莎士比亚全集

VIII

人民文学出版社

目　次

暴风雨 …………………………………………… *1*
冬天的故事 ……………………………………… *81*
特洛伊罗斯与克瑞西达 ………………………… *181*
麦克白 …………………………………………… *303*

暴风雨

朱生豪 译
方 平 校

TEMPEST.

Vol. III. Act I. Sc. 2.

剧 中 人 物

阿隆佐　那不勒斯王

西巴斯辛　阿隆佐之弟

普洛斯彼罗　旧米兰公爵

安东尼奥　普洛斯彼罗之弟,篡位者

腓迪南　那不勒斯王子

贡柴罗　正直的老大臣

阿德里安 ⎫
　　　　　⎬ 侍臣
弗兰西斯科 ⎭

凯列班　野性而丑怪的奴隶

特林鸠罗　弄臣

斯丹法诺　酗酒的膳夫

船长

水手长

众水手

米兰达　普洛斯彼罗之女

爱丽儿　缥缈的精灵

伊 里 斯 ⎫
刻 瑞 斯 ⎪
朱　　诺 ⎬ 由精灵们扮演
众水仙女 ⎪
众刈禾人 ⎭

其他侍候普洛斯彼罗的精灵们

地　　点

海船上；岛上

第 一 幕

第一场 在海中的一只船上。暴风雨和雷电

船长及水手长上。

船　长　老大!
水手长　有,船长。什么事?
船　长　好,对水手们说:出力,手脚麻利点儿,否则我们要触礁啦。出力,出力!(下。)

众水手上。

水手长　喂,弟兄们!出力,出力,弟兄们!赶快,赶快!把中桅帆收起!留心着船长的哨子。——尽你吹着怎么大的风,只要船儿掉得转头,就让你去吹吧!

阿隆佐、西巴斯辛、安东尼奥、腓迪南、贡柴罗及余人等上。

阿隆佐　好水手长,小心哪。船长在哪里?放出勇气来!
水手长　我劳驾你们,请到下面去。
安东尼奥　老大,船长在哪里?
水手长　你没听见他吗?你们妨碍了我们的工作。好好地待在舱里吧;你们简直是跟风浪一起来和我们作对。
贡柴罗　哎,大哥,别发脾气呀!

水手长　你叫这个海不要发脾气吧。走开!这些波涛哪里管得了什么国王不国王?到舱里去,安静些!别跟我们麻烦。

贡柴罗　好,但是请记住这船上载的是什么人。

水手长　随便什么人我都不放在心上,我只管我自个儿。你是个堂堂枢密大臣,要是你有本事命令风浪静下来,叫眼前大家都平安,那么我们愿意从此不再干这拉帆收缆的营生了。把你的威权用出来吧!要是你不能,那么还是谢谢天老爷让你活得这么长久,赶快钻进你的舱里去,等待着万一会来的厄运吧!——出力啊,好弟兄们!——快给我走开!(下。)

贡柴罗　这家伙给我很大的安慰。我觉得他脸上一点没有命该淹死的记号;他的相貌活是一副要上绞架的神气。慈悲的运命之神啊,不要放过了他的绞刑啊!让绞死他的绳索作为我们的锚缆,因为我们的锚缆全然抵不住风暴!如果他不是命该绞死的,那么我们就倒楣了!(与众人同下。)

　　　　　水手长重上。

水手长　把中桅放下来!赶快!再低些,再低些!把大桅横帆张起来试试看。(内呼声)遭瘟的,喊得这么响!连风暴的声音和我们的号令都被压得听不见了。——

　　　　　西巴斯辛、安东尼奥、贡柴罗重上。

水手长　又来了?你们到这儿来干吗?我们大家放了手,一起淹死了好不好?你们想要淹死是不是?

西巴斯辛　愿你喉咙里长起个痘疮来吧,你这大喊大叫、出口伤人、没有心肝的狗东西!

水手长　那么你来干一下,好不好?

安东尼奥　该死的贱狗!你这下流的、骄横的、喧哗的东西,我

6

们才不像你那样害怕淹死哩!

贡柴罗　我担保他一定不会淹死;虽然这船不比果壳更坚牢,水漏得像一个浪狂的娘儿们一样。

水手长　紧紧靠着风行驶!扯起两面大帆来!把船向海洋开出去;避开陆地。

　　众水手浑身淋湿上。

众水手　完了!完了!求求上天吧!求求上天吧!什么都完了!(下。)

水手长　怎么,我们非淹死不可吗?

贡柴罗　王上和王子在那里祈祷了。让我们跟他们一起祈祷吧,大家的情形都一样。

西巴斯辛　我真按捺不住我的怒火。

安东尼奥　我们的生命全然被醉汉们在作弄着。——这个大嘴巴的恶徒!但愿你倘使淹死的话,十次的波涛冲打你的尸体!①

贡柴罗　他总要被绞死的,即使每一滴水都发誓不同意,而是要气势汹汹地把他一口吞下去。

　　幕内嘈杂的呼声:——"可怜我们吧!"——"我们遭难了!我们遭难了!"——"再会吧,我的妻子!我的孩儿!"——"再会吧,兄弟!"——"我们遭难了!我们遭难了!我们遭难了!"——

安东尼奥　让我们大家跟王上一起沉没吧!(下。)

西巴斯辛　让我们去和他作别一下。(下。)

贡柴罗　现在我真愿意用千顷的海水来换得一亩荒地;草莽荆

---

① 当时英国海盗被判绞刑后,在海边执行;尸体须经海潮冲打三次后,才许收殓。

棘,什么都好。照上天的旨意行事吧!但是我倒宁愿死在陆地上。(下。)

第二场　岛上。普洛斯彼罗所居洞室之前

　　　　普洛斯彼罗及米兰达上。

米兰达　亲爱的父亲,假如你曾经用你的法术使狂暴的海水兴起这场风浪,请你使它们平息了吧!天空似乎要倒下发臭的沥青来,但海水腾涌到天的脸上,把火焰浇熄了。唉!我瞧着那些受难的人们,我也和他们同样受难:这样一只壮丽的船,里面一定载着好些尊贵的人,一下子便撞得粉碎!啊,那呼号的声音一直打进我的心坎。可怜的人们,他们死了!要是我是一个有权力的神,我一定要叫海沉进地中,不让它把这只好船和它所载着的人们一起这样吞没了。

普洛斯彼罗　安静些,不要惊骇!告诉你那仁慈的心,一点灾祸都不会发生。

米兰达　唉,不幸的日子!

普洛斯彼罗　不要紧的。凡我所做的事,无非是为你打算,我的宝贝!我的女儿!你不知道你是什么人,也不知道我从什么地方来;你也不会想到我是一个比普洛斯彼罗——一所十分寒碜的洞窟的主人,你的微贱的父亲——更出色的人物。

米兰达　我从来不曾想到要知道得更多一些。

普洛斯彼罗　现在是我该更详细地告诉你一些事情的时候了。帮我把我的法衣脱去。好,(放下法衣)躺在那里吧,我的法术!——揩干你的眼睛,安心吧!这场凄惨的沉舟的景象,

使你的同情心如此激动,我曾经借着我的法术的力量非常妥善地预先安排好:你听见他们呼号,看见他们沉没,但这船里没有一个人会送命,即使随便什么人的一根头发也不会损失。坐下来;你必须知道得更详细一些。

米兰达　你总是刚要开始告诉我我是什么人,便突然住了口,对于我的徒然的探问的回答,只是一句"且慢,时机还没有到"。

普洛斯彼罗　时机现在已经到了,就在这一分钟它要叫你撑开你的耳朵。乖乖地听着吧。你能不能记得在我们来到这里之前的一个时候?我想你不会记得,因为那时你还不过三岁。

米兰达　我当然记得,父亲。

普洛斯彼罗　你怎么会记得?什么房屋?或是什么人?把留在你脑中的随便什么印象告诉我吧。

米兰达　那是很遥远的事了;它不像是记忆所证明的事实,倒更像是一个梦。不是曾经有四五个妇人服侍过我吗?

普洛斯彼罗　是的,而且还不止此数呢,米兰达。但是这怎么会留在你的脑中呢?你在过去时光的幽暗的深渊里,还看不看得见其余的影子?要是你记得在你未来这里以前的情形,也许你也能记得你怎样会到这里来。

米兰达　但是我不记得了。

普洛斯彼罗　十二年之前,米兰达,十二年之前,你的父亲是米兰的公爵,并且是一个有权有势的国君。

米兰达　父亲,你不是我的父亲吗?

普洛斯彼罗　你的母亲是一位贤德的妇人,她说你是我的女儿;你的父亲是米兰的公爵,他的唯一的嗣息就是你,一位堂堂

9

的郡主。

米兰达　天啊！我们是遭到了什么样的奸谋才离开那里的呢？还是那算是幸运一桩？

普洛斯彼罗　都是，都是，我的孩儿。如你所说的，因为遭到了奸谋，我们才离开了那里，因为幸运，我们才漂流到此。

米兰达　唉！想到我给你的种种劳心焦虑，真使我心里难过得很，只是我记不得了——请再讲下去吧。

普洛斯彼罗　我的弟弟，就是你的叔父，名叫安东尼奥。听好，世上真有这样奸恶的兄弟！除了你之外，他就是我在世上最爱的人了；我把国事都托付他管理。那时候米兰在列邦中称雄，普洛斯彼罗也是最出名的公爵，威名远播，在学问艺术上更是一时无双。我因为专心研究，便把政治放到我弟弟的肩上，对于自己的国事不闻不问，只管沉溺在魔法的研究中。你那坏心肠的叔父——你在不在听我？

米兰达　我在聚精会神地听着，父亲。

普洛斯彼罗　学会了怎样接受或驳斥臣民的诉愿，谁应当拔擢，谁因为升迁太快而应当贬抑；把我手下的人重新封叙，迁调的迁调，改用的改用；大权在握，使国中所有的人心都要听从他的喜恶。他简直成为一株常春藤，掩蔽了我参天的巨干，而吸收去我的精华。——你不在听吗？

米兰达　啊，好父亲！我在听着。

普洛斯彼罗　听好。我这样遗弃了俗务，在幽居生活中修养我的德性；除了生活过于孤寂之外，我这门学问真可说胜过世上所称道的一切事业；谁知这却引起了我那恶弟的毒心。我给与他的无限大的信托，正像善良的父母产出刁顽的儿女来一样，得到的酬报只是他的同样无限大的欺诈。他这

样做了一国之主,不但握有我的岁入的财源,更僭用我的权
力从事搜括。像一个说谎的人自己相信自己的欺骗一样,
他俨然以为自己便是一个不折不扣的公爵。处于代理者的
位置上,他用一切的威权铺张着外表上的庄严:他的野心于
是逐渐旺盛起来——你在不在听我?

米兰达　你的故事,父亲,能把聋子都治好呢。

普洛斯彼罗　作为代理公爵的他,和他所代理的公爵之间,还横
隔着一重屏障;他自然希望撤除这重屏障,使自己成为米兰
大权独揽的主人翁。我呢,一个可怜的人,书斋便是我广大
的公国,他以为我已没有能力处理政事。因为一心觊觎着
大位,他便和那不勒斯王协谋,甘愿每年进贡臣服,把他自
己的冠冕俯伏在他人的王冠之前。唉,可怜的米兰!一个
从来不曾向别人低首下心过的邦国,这回却遭到了可耻的
卑屈!

米兰达　天哪!

普洛斯彼罗　听我告诉你他所缔结的条款,以及此后发生的事
情,然后再告诉我那算不算得是一个好兄弟。

米兰达　我不敢冒渎我的可敬的祖母,然而美德的娘亲有时却
会生出不肖的儿子来。

普洛斯彼罗　现在要说到这条约了。这位那不勒斯王因为跟我
有根深蒂固的仇恨,答应了我弟弟的要求;那就是说,以称
臣纳贡——我也不知要纳多少贡金——作为交换的条件,
他当立刻把我和属于我的人撵出国境,而把大好的米兰和
一切荣衔权益,全部赏给我的弟弟。因此在命中注定的某
夜,不义之师被召集起来,安东尼奥打开了米兰的国门;在
寂静的深宵,阴谋的执行者便把我和哭泣着的你赶走。

米兰达　唉,可叹!我已记不起那时我是怎样哭法,但我现在愿意再哭泣一番。这是一件想起来太叫人伤心的事。

普洛斯彼罗　你再听我讲下去,我便要叫你明白眼前这一回事情;否则这故事便是一点不相干的了。

米兰达　为什么那时他们不杀害我们呢?

普洛斯彼罗　问得不错,孩子;谁听了我的故事都会发生这个疑问。亲爱的,他们没有这胆量,因为我的人民十分爱戴我,而且他们也不敢在这事情上留下太重大的污迹;他们希图用比较清白的颜色掩饰去他们的毒心。一句话,他们把我们押上船,驶出了十几哩以外的海面;在那边他们已经预备好一只腐朽的破船,帆篷、缆索、桅樯——什么都没有,就是老鼠一见也会自然而然地退缩开去。他们把我们推到这破船上,听我们向着周围的怒海呼号,望着迎面的狂风悲叹;那同情的风陪着我们发出叹息,却反而加添了我们的危险。

米兰达　唉,那时你是怎样受我的烦累呢!

普洛斯彼罗　啊,你是个小天使,幸亏有你我才不致绝望而死!上天赋予你一种坚忍,当我把热泪向大海挥洒、因心头的怨苦而呻吟的时候,你却向我微笑;为了这我才生出忍耐的力量,准备抵御一切接踵而来的祸患。

米兰达　我们是怎样上岸的呢?

普洛斯彼罗　靠着上天的保佑,我们有一些食物和清水,那是一个那不勒斯的贵人贡柴罗——那时他被任命为参与这件阴谋的使臣——出于善心而给我们的;另外还有一些好衣裳、衬衣、毛织品和各种需用的东西,使我们受惠不少。他又知道我爱好书籍,特意从我的书斋里把那些我看得比一个公国更宝贵的书给我带了来。

米兰达　我多么希望能见一见这位好人！

普洛斯彼罗　现在我要起来了。(把法衣重新穿上)静静地坐着,听我讲完了我们海上的惨史。后来我们到达了这个岛上,就在这里,我亲自做你的教师,使你得到比别的公主小姐们更丰富的知识,因为她们大部分的时间都花在无聊的事情上,而且她们的师傅也决不会这样认真。

米兰达　真感谢你啊！现在请告诉我,父亲,为什么你要兴起这场风浪？因为我的心中仍是惊疑不定。

普洛斯彼罗　听我说下去;现在由于奇怪的偶然,慈悲的上天眷宠着我,已经把我的仇人们引到这岛岸上来了。我借着预知术料知福星正在临近我命运的顶点,要是现在轻轻放过了这机会,以后我的一生将再没有出头的希望。别再多问啦,你已经倦得都瞌睡了;很好,放心睡吧！我知道你身不由主。(米兰达睡)出来,仆人,出来！我已经预备好了。来啊,我的爱丽儿,来吧！

　　　　　爱丽儿上。

爱丽儿　万福,尊贵的主人！威严的主人,万福！我来听候你的旨意。无论在空中飞也好,在水里游也好,向火里钻也好,腾云驾雾也好,凡是你有力的吩咐,爱丽儿愿意用全副的精神奉行。

普洛斯彼罗　精灵,你有没有完全按照我的命令指挥那场风波？

爱丽儿　桩桩件件都没有忘失。我跃登了国王的船上;我变作一团滚滚的火球,一会儿在船头上,一会儿在船腰上,一会儿在甲板上,一会儿在每一间船舱中,我扇起了恐慌。有时我分身在各处烧起火来,中桅上哪,帆桁上哪,斜桅上哪——都同时燃烧起来;然后我再把一团团火焰合拢来,即

13

使是天神的闪电,那可怕的震雷的先驱者,也没有这样迅速而炫人眼目;硫磺的火光和轰炸声似乎在围攻那威风凛凛的海神,使他的怒涛不禁颤抖,使他手里可怕的三叉戟不禁摇晃。

普洛斯彼罗　我的能干的精灵!谁能这样坚定、镇静,在这样的骚乱中不曾惊惶失措呢?

爱丽儿　没有一个人不是发疯似的干着一些不顾死活的勾当。除了水手们之外,所有的人都逃出火光融融的船而跳入泡沫腾涌的海水中。王子腓迪南头发像海草似的乱成一团,第一个跳入水中;他高呼着,"地狱开了门,所有的魔鬼都出来了!"

普洛斯彼罗　啊,那真是我的好精灵!但是这回乱子是不是就在靠近海岸的地方呢?

爱丽儿　就在海岸附近,主人。

普洛斯彼罗　但是他们都没有送命吗,爱丽儿?

爱丽儿　一根头发都没有损失;他们穿在身上的衣服也没有一点斑迹,反而比以前更干净了。照着你的命令,我把他们一队一队地分散在这岛上。国王的儿子我叫他独个儿上岸,把他遗留在岛上一个隐僻的所在,让他悲伤地绞着两臂,坐在那儿望着天空长吁短叹,把空气都吹凉了。

普洛斯彼罗　告诉我你怎样处置国王的船上的水手们和其余的船舶?

爱丽儿　国王的船安全地停泊在一个幽静的所在;你曾经某次在半夜里把我从那里叫醒前去采集永远为波涛冲打的百慕大群岛上的露珠;船便藏在那个地方。那些水手们在精疲力竭之后,我已经用魔术使他们昏睡过去,现今都躺在舱口底下。其余的船舶我把它们分散之后,已经重又会合,现今在地中海上;他们以为他们看见国王的船已经沉没,国王已经溺死,都失魂落魄地驶回那不勒斯去了。

普洛斯彼罗　爱丽儿,你的差使干得一事不差;但是还有些事情要你做。现在是什么时候了?

爱丽儿　中午已经过去。

普洛斯彼罗　至少已经过去了两个钟头了。从此刻起到六点钟之间的时间,我们两人必须好好利用,不要让它白白地过去。

爱丽儿　还有繁重的工作吗?你既然这样麻烦我,我不得不向你提醒你所允许我而还没有履行的话。

普洛斯彼罗　怎么啦!生起气来了?你要求些什么?

爱丽儿　我的自由。

普洛斯彼罗　在限期未满之前吗?别再说了吧!

爱丽儿　请你想想我曾经为你怎样尽力服务过;我不曾对你撒过一次谎,不曾犯过一次过失,侍候你的时候,不曾发过一句怨言;你曾经答应过我缩短一年的期限的。

普洛斯彼罗　你忘记了我从怎样的苦难里把你救出来吗?

爱丽儿　不曾。

普洛斯彼罗　你一定忘记了,而以为踏着海底的软泥,穿过凛冽的北风,当寒霜冻结的时候在地下水道中为我奔走,便算是了不得的辛苦了。

爱丽儿　我不曾忘记,主人。

普洛斯彼罗　你说谎,你这坏蛋!那个恶女巫西考拉克斯——她因为年老和心肠恶毒,全身伛偻得都像一个环了——你已经把她忘了吗?你把她忘了吗?

爱丽儿　不曾,主人。

普洛斯彼罗　你一定已经忘了。她是在什么地方出世的?对我说来。

爱丽儿　在阿尔及尔,主人。

普洛斯彼罗　噢!是在阿尔及尔吗?我必须每个月向你复述一次你的来历,因为你一下子便要忘记。这个万恶的女巫西考拉克斯,因为作恶多端,她的妖法没人听见了不害怕,所以被逐出阿尔及尔;他们因为她曾经行过某件好事,因此不曾杀死她。是不是?

爱丽儿　是的,主人。

普洛斯彼罗　这个眼圈发青的妖妇被押到这儿来的时候,正怀着孕;水手们把她丢弃在这座岛上。你,我的奴隶,据你自己说那时是她的仆人,因为你是个太柔善的精灵,不能奉行她的粗暴的、邪恶的命令,因此违拗了她的意志,她在一阵暴怒中借着她的强有力的妖役的帮助,把你幽禁在一株坼裂的松树中。在那松树的裂缝里你挨过了十二年痛苦的岁月;后来她死了,你便一直留在那儿,像水车轮拍水那样急速地、不断地发出你的呻吟来。那时这岛上除了她所生产下来的那个儿子,一个浑身斑痣的妖妇贱种之外,就没有一个人类。

爱丽儿　不错,那是她的儿子凯列班。

普洛斯彼罗　那个凯列班是一个蠢物,现在被我收留着做苦役。你当然知道得十分清楚,那时我发现你处在怎样的苦难中,你的呻吟使得豺狼长嗥,哀鸣刺透了怒熊的心胸。那是一种沦于永劫的苦恼,就是西考拉克斯也没有法子把你解脱;后来我到了这岛上,听见了你的呼号,才用我的法术使那株松树张开裂口,把你放了出来。

爱丽儿　我感谢你,主人。

普洛斯彼罗　假如你再要叽里咕噜的话,我要劈开一株橡树,把你钉住在它多节的内心,让你再呻吟十二个冬天。

爱丽儿　饶恕我,主人,我愿意听从命令,好好地执行你的差使。

普洛斯彼罗　好吧,你倘然好好办事,两天之后我就释放你。

爱丽儿　那真是我的好主人!你要吩咐我做什么事?告诉我你要我做什么事。

普洛斯彼罗　去把你自己变成一个海中的仙女,除了我之外不要让别人的眼睛看见你。去,装扮好了再来。去吧,用心一点!(爱丽儿下)醒来,心肝,醒来!你睡得这么熟;醒来吧!

米兰达　(醒)你的奇异的故事使我昏沉睡去。

普洛斯彼罗　清醒一下。来,我们要去访问访问我的奴隶凯列班,他是从来不曾有过一句好话回答我们的。

米兰达　那是一个恶人,父亲,我不高兴看见他。

普洛斯彼罗　虽然这样说,我们也缺不了他:他给我们生火,给我们捡柴,也为我们做有用的工作。——喂,奴才!凯列班!你这泥块!哑了吗?

凯列班　(在内)里面木头已经尽够了。

普洛斯彼罗　跑出来,对你说;还有事情要你做呢。出来,你这乌龟!还不来吗?

　　　　　爱丽儿重上,做水中仙女的形状。

普洛斯彼罗　出色的精灵!我的伶俐的爱丽儿,过来我对你讲话。(耳语。)

爱丽儿　主人,一切依照你的吩咐。(下。)

普洛斯彼罗　你这恶毒的奴才,魔鬼和你那万恶的老娘合生下

17

来的,给我滚出来吧!

　　凯列班上。

凯列班　但愿我那老娘用乌鸦毛从不洁的沼泽上刮下来的毒露一齐倒在你们两人身上!但愿一阵西南的恶风把你们吹得浑身都起水疱!

普洛斯彼罗　记住吧,为着你的出言不逊,今夜要叫你抽筋,叫你的腰像有针在刺,使你喘得透不过气来;所有的刺猬们将在漫漫的长夜里折磨你,你将要被刺得遍身像蜜蜂窠一般,每刺一下都要比蜂刺难受得多。

凯列班　我必须吃饭。这岛是我老娘西考拉克斯传给我而被你夺了去的。你刚来的时候,抚拍我,待我好,给我有浆果的水喝,教给我白天亮着的大的光叫什么名字,晚上亮着的小的光叫什么名字;因此我以为你是个好人,把这岛上一切的富源都指点给你知道,什么地方是清泉,盐井,什么地方是荒地和肥田。我真该死让你知道这一切!但愿西考拉克斯一切的符咒、癞蛤蟆、甲虫、蝙蝠,都咒在你身上!本来我可以自称为王,现在却要做你的唯一的奴仆;你把我禁锢在这堆岩石的中间,而把整个岛给你自己受用。

普洛斯彼罗　满嘴扯谎的贱奴!好心肠不能使你感恩,只有鞭打才能教训你!虽然你这样下流,我也曾用心好好对待你,让你住在我自己的洞里,谁叫你胆敢想要破坏我孩子的贞操!

凯列班　啊哈哈哈!要是那时上了手才真好!你倘然不曾妨碍我的事,我早已使这岛上住满大大小小的凯列班了。

普洛斯彼罗　可恶的贱奴,不学一点好,坏的事情样样都来得!我因为看你的样子可怜,才辛辛苦苦地教你讲话,每时每刻教导你这样那样。那时你这野鬼连自己说的什么也不懂,只会像一只野东西一样咕噜咕噜;我教你怎样用说话来表达你的意思,但是像你这种下流胚,即使受了教化,天性中的顽劣仍是改不过来,因此你才活该被禁锢在这堆岩石的中间;其实单单把你囚禁起来也还是宽待了你。

凯列班　你教我讲话,我从这上面得到的益处只是知道怎样骂人;但愿血瘟病瘟死了你,因为你要教我说你的那种话!

普洛斯彼罗　妖妇的贱种,滚开去!去把柴搬进来。懂事的话,赶快些,因为还有别的事要你做。你在耸肩吗,恶鬼?要是你不好好做我吩咐你做的事,或是心中不情愿,我要叫你浑身抽搐;叫你每个骨节里都痛起来;叫你在地上打滚咆哮,连野兽听见你的呼号都会吓得发抖。

凯列班　啊不要,我求求你!(旁白)我不得不服从,因为他的法术有很大的力量,就是我老娘所礼拜的神明塞提柏斯也得听他指挥,做他的仆人。

普洛斯彼罗　贱奴,去吧!(凯列班下。)

　　　　　爱丽儿隐形重上,弹琴唱歌;腓迪南随后。

爱丽儿　(唱)
　　　　来吧,来到黄沙的海滨,
　　　　　把手儿牵得牢牢,
　　　　深深地屈拜细吻轻轻,
　　　　　叫海水莫起波涛——
　　　　柔舞翩翩在水面飘扬;
　　　　可爱的精灵,伴我歌唱。
　　　　　听!听!(和声)
　　　　汪!汪!汪!(散乱地)
　　　　　看门狗儿的狺狺,(和声)

19

汪！汪！汪！（散乱地）

听！听！我听见雄鸡

昂起了颈儿长啼,（啼声）

喔喔喔！

腓迪南　这音乐是从什么地方来的呢？在天上,还是在地上？现在已经静止了。一定的,它是为这岛上的神灵而弹唱的。当我正坐在海滨,思念我的父王的惨死而重又痛哭起来的时候,这音乐便从水面掠了过来,飘到我的身旁,它的甜柔的乐曲平静了海水的怒涛,也安定了我激荡的感情；因此我跟随着它,或者不如说是它吸引了我,——但它现在已经静止了。啊,又唱起来了。

爱丽儿　（唱）

五㖽的水深处躺着你的父亲,

他的骨骼已化成珊瑚；

他眼睛是耀眼的明珠；

他消失的全身没有一处不曾

受到海水神奇的变幻,

化成瑰宝,富丽的珍怪。

海的女神时时摇起他的丧钟,（和声）

叮！咚！

听！我现在听到了叮咚的丧钟。

腓迪南　这支歌在纪念我的溺毙的父亲。这一定不是凡间的音乐,也不是地上来的声音。我现在听出来它是在我的头上。

普洛斯彼罗　抬起你的被睫毛深掩的眼睛来,看一看那边有什么东西。

米兰达　那是什么？一个精灵吗？啊上帝,它是怎样向着四周瞧望啊！相信我的话,父亲,它生得这样美！但那一定是一个精灵。

普洛斯彼罗　不是,女儿,他会吃也会睡,和我们一样有各种知觉。你所看见的这个年轻汉子就是遭到船难的一人;要不是因为忧伤损害了他的美貌——美貌最怕忧伤来损害——你确实可以称他为一个美男子。他因为失去了他的同伴,正在四处徘徊着寻找他们呢。

米兰达　我简直要说他是个神;因为我从来不曾见过宇宙中有这样出色的人物。

普洛斯彼罗　(旁白)哈！有几分意思了;这正是我中心所愿望的。好精灵！为了你这次功劳,我要在两天之内恢复你的自由。

腓迪南　再不用疑惑,这一定是这些乐曲所奏奉的女神了！——请你俯允我的祈求,告诉我你是否属于这个岛上;指点我怎样在这里安身;我的最后的最大的一个请求是你——神奇啊！请你告诉我你是不是一位处女?

米兰达　并没什么神奇,先生;不过我确实是一个处女。

腓迪南　天啊！她说着和我同样的言语！唉！要是我在我的本国,在说这种言语的人们中间,我要算是最尊贵的人。

普洛斯彼罗　什么！最尊贵的?假如给那不勒斯的国王听见了,他将怎么说呢?请问你将成为何等样的人?

腓迪南　我是一个孤独的人,如同你现在所看见的,但听你说起那不勒斯,我感到惊异。我的话,那不勒斯的国王已经听见了;就因为给他听见了,①我才要哭;因为我正是那不勒斯

---

① "那不勒斯的国王已经听见了"、"给他听见了"都是腓迪南指自己而言,意即我听见了自己的话。腓迪南以为父亲已死,故以"那不勒斯的国王"自称。

的国王,亲眼看见我的父亲随船覆溺;我的眼泪到现在还不曾干过。

米兰达　唉,可怜!

腓迪南　是的,溺死的还有他的一切大臣,其中有两人是米兰的公爵和他的卓越的儿子。

普洛斯彼罗　(旁白)假如现在是适当的时机,米兰的公爵和他的更卓越的女儿就可以把你驳倒了。才第一次见面他们便已在眉目传情了。可爱的爱丽儿!为着这我要使你自由。(向腓迪南)且慢,老兄,我觉得你有些转错了念头!我有话跟你说。

米兰达　(旁白)为什么我的父亲说得这样暴戾?这是我一生中所见到的第三个人;而且是第一个我为他叹息的人。但愿怜悯激动我父亲的心,使他也和我抱同样的感觉才好!

腓迪南　(旁白)啊!假如你是个还没有爱上别人的闺女,我愿意立你做那不勒斯的王后。

普洛斯彼罗　且慢,老兄,有话跟你讲。(旁白)他们已经彼此情丝互缚了;但是这样顺利的事儿我需要给他们一点障碍,因为恐怕太不费力的获得会使人看不起他的追求的对象。(向腓迪南)一句话,我命令你用心听好。你在这里僭窃着不属于你的名号,到这岛上来做密探,想要从我——这海岛的主人——手里盗取海岛,是不是?

腓迪南　凭着堂堂男子的名义,我否认。

米兰达　这样一座殿堂里是不会容留邪恶的;要是邪恶的精神占有这么美好的一所宅屋,善良的美德也必定会努力住进去的。

普洛斯彼罗　(向腓迪南)跟我来。(向米兰达)不许帮他说话;他是个奸细。(向腓迪南)来,我要把你的头颈和脚枷锁在一起;给你喝海水,把淡水河中的贝蛤、干枯的树根和橡果的皮壳给你做食物。跟我来。

腓迪南　不,我要抗拒这样的待遇,除非我的敌人有更大的威力。(拔剑,但为魔法所制不能动。)

米兰达　亲爱的父亲啊!不要太折磨他,因为他很和蔼,并不可怕。

普洛斯彼罗　什么!小孩子倒管教起老人家来了不成?——放下你的剑,奸细!你只会装腔作势,但是不敢动手,因为你的良心中充满了罪恶。来,不要再装出那副斗剑的架式了,因为我能用这根杖的力量叫你的武器落地。

米兰达　我请求你,父亲!

普洛斯彼罗　走开,不要拉住我的衣服!

米兰达　父亲,发发慈悲吧!我愿意做他的保人。

普洛斯彼罗　不许说话!再多嘴,我不恨你也要骂你了。什么!帮一个骗子说话吗?嘘!你以为世上没有和他一样的人,因为你除了他和凯列班之外不曾见过别的人;傻丫头!和大部分人比较起来,他不过是个凯列班,他们都是天使哩!

米兰达　真是这样的话,我的爱情的愿望是极其卑微的;我并不想看见一个更美好的人。

普洛斯彼罗　(向腓迪南)来,来,服从吧;你已经软弱得完全像一个小孩子一样,一点力气都没有了。

腓迪南　正是这样;我的精神好像在梦里似的,全然被束缚住了。我的父亲的死亡、我自己所感觉到的软弱无力、我的一切朋友们的丧失,以及这个将我屈服的人对我的恫吓,对于我全然不算什么,只要我能在我的囚牢中每天一次看见这位女郎。这地球的每个角落让自由的人们去受用吧,我在这样一个牢狱中已经觉得很宽广的了。

普洛斯彼罗　（旁白）事情进行得很顺利。（向腓迪南）走来!——你干得很好,好爱丽儿!（向腓迪南）跟我来!（向爱丽儿)听我吩咐你此外应该做的工作。

米兰达　宽心吧,先生!我父亲的性格不像他的说话那样坏;他向来不是这样的。

普洛斯彼罗　你将像山上的风一样自由;但你必须先执行我所吩咐你的一切。

爱丽儿　一个字都不会弄错。

普洛斯彼罗　（向腓迪南）来,跟着我。（向米兰达）不要为他说情。（同下。）

第 二 幕

第一场　岛上的另一处

　　阿隆佐、西巴斯辛、安东尼奥、贡柴罗、阿德里安、弗兰西斯科及余人等上。

贡柴罗　大王,请不要悲伤了吧!您跟我们大家都有应该高兴的理由;因为把我们的脱险和我们的损失较量起来,我们是十分幸运的。我们所逢的不幸是极平常的事,每天都有一些航海者的妻子、商船的主人和托运货物的商人,遭到和我们同样的逆运;但是像我们这次安然无恙的奇迹,却是一百万个人中间也难得有一个人碰到过的。所以,陛下,请您平心静气地把我们的一悲一喜称量一下吧。

阿隆佐　请你不要讲话。

西巴斯辛　他厌弃安慰好像厌弃一碗冷粥一样。

安东尼奥　可是那位善心的人却不肯就此甘休。

西巴斯辛　瞧吧,他在旋转着他那嘴巴子里的发条;不久他那口钟又要敲起来啦。

贡柴罗　大王——

西巴斯辛　钟鸣一下:数好。

贡柴罗　人如果把每一种临到他身上的忧愁都容纳进他的心里,那他可就大大地——

西巴斯辛　大大地有赏。

贡柴罗　大大地把身子伤了;可不,你讲的比你想的更有道理些。

西巴斯辛　想不到你一接口,我的话也就聪明起来了。

贡柴罗　所以,大王——

安东尼奥　咄!他多么浪费他的唇舌!

阿隆佐　请你把你的言语节省点儿吧。

贡柴罗　好,我已经说完了;不过——

西巴斯辛　他还要讲下去。

安东尼奥　我们来打赌一下,他跟阿德里安两个人,这回谁先开口?

西巴斯辛　那只老公鸡。

安东尼奥　我说是那只小鸡儿。

西巴斯辛　好,赌些什么?

安东尼奥　输者大笑三声。

西巴斯辛　算数。

阿德里安　虽然这岛上似乎很荒凉——

西巴斯辛　哈!哈!哈!你赢了。

阿德里安　不能居住,而且差不多无路可通——

西巴斯辛　然而——

阿德里安　然而——

安东尼奥　这两个字是他缺少不了的得意之笔。

阿德里安　然而气候一定是很美好、很温和、很可爱的。

安东尼奥　气候是一个可爱的姑娘。

西巴斯辛　而且很温和哩;照他那样文质彬彬的说法。

阿德里安　吹气如兰的香风飘拂到我们的脸上。

西巴斯辛　仿佛风也有呼吸器官,而且还是腐烂的呼吸器官。

安东尼奥　或者说仿佛沼泽地会散发出香气,熏得风都变香了。

贡柴罗　这里具有一切对人生有益的条件。

安东尼奥　不错,除了生活的必需品之外。

西巴斯辛　那简直是没有,或者非常之少。

贡柴罗　草儿望上去多么茂盛而蓬勃！多么青葱！

安东尼奥　地面实在只是一片黄土色。

西巴斯辛　加上一点点的绿。

安东尼奥　他的话说得不算十分错。

西巴斯辛　错是不算十分错,只不过完全不对而已。

贡柴罗　但最奇怪的是,那简直叫人不敢相信——

西巴斯辛　无论是谁夸张起来总是这么说。

贡柴罗　我们的衣服在水里浸过之后,却是照旧干净而有光彩;不但不因咸水而褪色,反而像是新染过的一样。

安东尼奥　假如他有一只衣袋会说话,它会不会说他撒谎呢？

西巴斯辛　嗯,但也许会很不老实地把他的谣言包得好好的。

贡柴罗　克拉莉贝尔公主跟突尼斯王大婚的时候,我们在非洲第一次穿上这身衣服;我觉得它们现在正就和那时一样新。

西巴斯辛　那真是一桩美满的婚姻,我们的归航也顺利得很呢。

阿德里安　突尼斯从来没有娶过这样一位绝世的王后。

贡柴罗　自从狄多寡妇①之后,他们的确不曾有过这样一位王后。

---

① 狄多(Dido),古代迦太基女王,热恋特洛亚英雄埃涅阿斯,后埃涅阿斯乘船逃走,狄多自焚而死。

安东尼奥　寡妇！该死！怎样掺进一个寡妇来了呢？狄多寡妇，嘿！

西巴斯辛　也许他还要说出鳏夫埃涅阿斯来了呢。大王，您能够容忍他这样胡说八道吗？

阿德里安　你说狄多寡妇吗？照我考查起来，她是迦太基的，不是突尼斯的。

贡柴罗　这个突尼斯，足下，就是迦太基。

阿德里安　迦太基？

贡柴罗　确实告诉你，它便是迦太基。

安东尼奥　他的说话简直比神话中所说的竖琴①还神奇。

西巴斯辛　居然把城墙跟房子一起搬了地方啦。

安东尼奥　他还要行些什么不可能的奇迹呢？

西巴斯辛　我想他也许要想把这个岛装在口袋里，带回家去赏给他的儿子，就像赏给他一只苹果一样。

安东尼奥　再把这苹果核种在海里，于是又有许多岛长起来啦。

贡柴罗　呃？

安东尼奥　呃，不消多少时候。

贡柴罗　（向阿隆佐）大人，我们刚才说的是我们现在穿着的衣服新得跟我们在突尼斯参加公主的婚礼时一样；公主现在已经是一位王后了。

安东尼奥　而且是那里从来不曾有过的第一位出色的王后。

西巴斯辛　除了狄多寡妇之外，我得请你记住。

安东尼奥　啊！狄多寡妇；对了，还有狄多寡妇。

贡柴罗　我的紧身衣，大人，不是跟第一天穿上去的时候一样新

——————

① 希腊神话中安菲翁（Amphion）弹琴而筑成忒拜城。

28

吗？我的意思是说有几分差不多新。

安东尼奥　那"几分"你补充得很周到。

贡柴罗　不是吗，当我在公主大婚时穿着它的时候？

阿隆佐　你唠唠叨叨地把这种话塞进我的耳朵里，把我的胃口都倒尽了。我真希望我不曾把女儿嫁到那里！因为从那边动身回来，我的儿子便失去了；在我的感觉中，她也同样已经失去，因为她离意大利这么远，我将永远不能再见她一面。唉，我的儿子，那不勒斯和米兰的储君！你葬身在哪一头鱼腹中呢？

弗兰西斯科　大王,他也许还活着。我看见他击着波浪，将身体耸出在水面上，不顾浪涛怎样和他作对，他凌波而前，尽力抵御着迎面而来的最大的巨浪；他的勇敢的头总是探出在怒潮的上面，而把他那壮健的臂膊以有力的姿势将自己划近岸边；海岸的岸脚已被浪潮侵蚀空了，那倒挂的岩顶似乎在俯向着他，要把他援救起来。我确信他是平安地到了岸上。

阿隆佐　不，不，他已经死了。

西巴斯辛　大王，您给自己带来这一重大的损失，倒是应该感谢您自己，因为您不把您的女儿留着赐福给欧洲人，却宁愿把她捐弃给一个非洲人；至少她从此远离了您的眼前，难怪您要伤心掉泪了。

阿隆佐　请你别再说了吧。

西巴斯辛　我们大家都曾经跪求着您改变您的意志；她自己也处于怨恨和服从之间，犹豫不决应当迁就哪一个方面。现在我们已经失去了您的儿子，恐怕再没有看见他的希望了；为着这一回举动，米兰和那不勒斯又加添了许多寡妇，我们带回家乡去安慰她们的男人却没有几个:一切过失全在您的身上。

阿隆佐　这确是最严重的损失。

贡柴罗　西巴斯辛大人,您说的自然是真话,但是太苛酷了点儿,而且现在也不该说这种话;应当敷膏药的时候,你却去触动痛处。

西巴斯辛　说得很好。

安东尼奥　而且真像一位大夫的样子。

贡柴罗　当您为愁云笼罩的时候,大王,我们也都一样处于阴沉的天气中。

西巴斯辛　阴沉的天气?

安东尼奥　阴沉得很。

贡柴罗　如果这一个岛归我所有,大王——

安东尼奥　他一定要把它种满了荨麻。

西巴斯辛　或是酸模草,锦葵。

贡柴罗　而且我要是这岛上的王的话,请猜我将做些什么事。

西巴斯辛　使你自己不致喝醉,因为无酒可饮。

贡柴罗　在这共和国中我要实行一切与众不同的设施;我要禁止一切的贸易;没有地方官的设立;没有文学;富有、贫穷和雇佣都要废止;契约、承袭、疆界、区域、耕种、葡萄园都没有;金属、谷物、酒、油都没有用处;废除职业,所有的人都不做事;妇女也是这样,但她们是天真而纯洁;没有君主——

西巴斯辛　但是他说他是这岛上的王。

安东尼奥　他的共和国的后面的部分把开头的部分忘了。

贡柴罗　大自然中一切的产物都须不用血汗劳力而获得;叛逆、重罪、剑、戟、刀、枪、炮以及一切武器的使用,一律杜绝;但

　　　　　是大自然会自己产生出一切丰饶的东西，养育我那些纯朴的人民。

西巴斯辛　他的人民中间没有结婚这一件事吗？

安东尼奥　没有的，老兄；大家闲荡着，尽是些娼妓和无赖。

贡柴罗　我要照着这样的理想统治，足以媲美往古的黄金时代。

西巴斯辛　上帝保佑吾王！

安东尼奥　贡柴罗万岁！

贡柴罗　而且——您在不在听我，大王？

阿隆佐　算了，请你别再说下去了吧！你对我尽说些没意思的话。

贡柴罗　我很相信陛下的话。我的本意原是要让这两位贵人把我取笑取笑，他们的天性是这样敏感而伶俐，常常会无缘无故发笑。

安东尼奥　我们笑的是你。

贡柴罗　在这种取笑讥讽的事情上，我在你们的眼中简直不算什么名堂，那么你们只管笑个没有名堂吧。

安东尼奥　好一句厉害的话！

西巴斯辛　可惜不中要害。

贡柴罗　你们是血气奋发的贵人们，假使月亮连续五个星期不生变化，你们也会把她撵走。

　　　　　爱丽儿隐形上，奏庄严的音乐。

西巴斯辛　对啦，我们一定会把她撵走，然后在黑夜里捉鸟去。

安东尼奥　呦，好大人，别生气哪！

贡柴罗　放心吧，我不会的；我不会这样不知自检。我觉得疲倦得很，你们肯不肯把我笑得睡去？

安东尼奥　好，你睡吧，听我们笑你。（除阿隆佐、西巴斯辛、安东尼奥外余皆睡去。）

阿隆佐　怎么！大家一会儿都睡熟了！我希望我的眼睛安安静静地合拢，把我的思潮关闭起来。我觉得它们确实要合拢了。

西巴斯辛　大王，请您不要拒绝睡神的好意。他不大会降临到忧愁者的身上；但倘使来了的时候，那是一个安慰。

安东尼奥　我们两个人，大王，会在您休息的时候护卫着您，留意着您的安全。

阿隆佐　谢谢你们。倦得很。（阿隆佐睡；爱丽儿下。）

西巴斯辛　真奇怪，大家都这样倦！

安东尼奥　那是因为气候的关系。

西巴斯辛　那么为什么我们的眼皮不垂下来呢？我觉得我自己一点不想睡。

安东尼奥　我也不想睡；我的精神很兴奋。他们一个一个倒下来，好像预先约定好似的，又像受了电击一般。可尊敬的西巴斯辛，什么事情也许会……啊！什么事情也许会……算了，不说了；但是我总觉得我能从你的脸上看出你应当成为何等样的人。时机全然于你有利；我在强烈的想象里似乎看见一顶王冠降到你的头上了。

西巴斯辛　什么！你是醒着还是睡着？

安东尼奥　你听不见我说话吗？

西巴斯辛　我听见的；但那一定是你睡梦中说出来的呓语。你在说些什么？这是一种奇怪的睡状，一面睡着，一面却睁大了眼睛；站立着，讲着话，行动着，然而却睡得这样熟。

安东尼奥　尊贵的西巴斯辛，你徒然让你的幸运睡去，竟或是让它死去；你虽然醒着，却闭上了眼睛。

西巴斯辛　你清清楚楚在打鼾；你的鼾声里却蕴藏着意义。

安东尼奥　我在一本正经地说话，你不要以为我跟平常一样。你要是愿意听我的话，也必须一本正经；听了我的话之后，我的尊荣将要增加三倍。

西巴斯辛　噉，你知道我是心如止水。

安东尼奥　我可以教你怎样让止水激涨起来。

西巴斯辛　你试试看吧；但习惯的惰性只会教我退落下去。

安东尼奥　啊，但愿你知道你心中也在转这念头，虽然你表面上这样拿这件事取笑！越是排斥这思想，这思想越是牢固在你的心里。向后退的人，为了他们自己的胆小和因循，总是出不出头来。

西巴斯辛　请你说下去吧；瞧你的眼睛和面颊的神气，好像心中藏着什么话，而且像是产妇难产似的，很吃力地要把它说出来。

安东尼奥　我要说的是，大人：我们那位记性不好的大爷——这个人要是去世之后，别人也会把他淡然忘却的——他虽然已经把王上劝说得几乎使他相信他的儿子还活着——因为这个人唯一的本领就是向人家唠叨劝说，——但王子不曾死这一回事是绝对不可能的，正像在这里睡着的人不会游泳一样。

西巴斯辛　我对于他不曾溺死这一句话是不抱一点希望的。

安东尼奥　哎，不要说什么不抱希望啦，你自己的希望大着呢！从那方面说是没有希望，反过来说却正是最大不过的希望，野心所能企及而无可再进的极点。你同意不同意我说：腓迪南已经溺死了？

西巴斯辛　他一定已经送命了。

安东尼奥　那么告诉我,除了他,应该轮到谁承继那不勒斯的王位?

西巴斯辛　克拉莉贝尔。

安东尼奥　她是突尼斯的王后;她住的地区那么遥远,一个人赶一辈子路,可还差五六十里才到得了她的家;她和那不勒斯没有通信的可能:月亮里的使者是太慢了,除非叫太阳给她捎信,那么直到新生婴孩柔滑的脸上长满胡须的时候也许可以送到。我们从她的地方出发而遭到了海浪的吞噬,一部分人幸得生命,这是命中注定的,因为他们将有所作为,以往的一切都只是个开场的引子,以后的正文该由我们来干一番。

西巴斯辛　这是什么话!你怎么说的?不错,我的哥哥的女儿是突尼斯的王后,她也是那不勒斯的嗣君;两地之间相隔着好多路程。

安东尼奥　这路程是这么长,每一步的距离都似乎在喊着,"克拉莉贝尔怎么还能回头走,回到那不勒斯去呢?不要离开突尼斯,让西巴斯辛快清醒过来吧!"瞧,他们睡得像死去一般;真的,就是死了也不过如此。这儿有一个人治理起那不勒斯来,也绝不亚于睡着的这一个;也总不会缺少像这位贡柴罗一样善于唠叨说空话的大臣——就是乌鸦我也能教它讲得比他有意思一点哩。啊,要是你也跟我一样想法就好了!这样的昏睡对于你的高升真是一个多么好的机会!你懂不懂我的意思?

西巴斯辛　我想我懂得。

安东尼奥　那么你对于你自己的好运气有什么意见呢?

西巴斯辛　我记得你曾经篡夺过你哥哥普洛斯彼罗的位置。

34

安东尼奥　是的；你瞧我穿着这身衣服多么称身；比从前神气得多了！本来我的哥哥的仆人和我处在同等的地位，现在他们都在我的手下了。

西巴斯辛　但是你的良心上——

安东尼奥　哎，大人，良心在什么地方呢？假如它像一块冻疮，那么也许会害我穿不上鞋子；但是我并不觉得在我的胸头有这么一位神明。即使有二十颗冻结起来的良心梗在我和米兰之间，那么不等它们作梗起来，也早就溶化了。这儿躺着你的兄长，跟泥土也不差多少——假如他真像他现在这个样子，看上去就像死了一般；我用这柄称心如意的剑，只要轻轻刺进三时那么深，就可以叫他永远安静。同时你照着我的样子，也可以叫这个老头子，这位老成持重的老臣，从此长眠不醒，再也不会来呶呶指责我们。至于其余的人，只要用好处引诱他们，就会像猫儿舐牛奶似的流连不去；假如我们说是黄昏，他们也不敢说是早晨。

西巴斯辛　好朋友，我将把你的情形作为我的榜样；如同你得到米兰一样，我也要得到我的那不勒斯。举起你的剑来吧；只要这么一下，便可以免却你以后的纳贡；我做了国王之后，一定十分眷宠你。

安东尼奥　我们一起举剑吧；当我举起手来的时候，你也照样把你的剑对准贡柴罗的胸口。

西巴斯辛　啊！且慢。（二人往一旁密议。）

　　　　　音乐；爱丽儿隐形复上。

爱丽儿　我的主人凭他的法术，预知你，他的朋友，所陷入的危险，因此差我来保全你的性命，因为否则他的计划就要失败。（在贡柴罗耳边唱。）

　　　　当你酣然熟睡的时候，
　　　　眼睛睁得大大的"阴谋"，
　　　　　正在施展着毒手。
　　　　假如你重视你的生命，
　　　　不要再睡了，你得留神；
　　　　　快快醒醒吧，醒醒！

安东尼奥　那么让我们赶快下手吧。

贡柴罗　天使保佑王上啊！（众醒。）

阿隆佐　什么？怎么啦？喂，醒来！你们为什么拔剑？为什么脸无人色？

贡柴罗　什么事？

西巴斯辛　我们正站在这儿守护您的安息，就在这时候忽然听见了一阵大声的狂吼，好像公牛，不，狮子一样。你们不是也被那声音惊醒的吗？我听了害怕极了。

阿隆佐　我什么都没听见。

安东尼奥　啊！那是一种怪兽听了也会害怕的咆哮，大地都给它震动起来。那一定是一大群狮子的吼声。

阿隆佐　你听见这声音吗，贡柴罗？

贡柴罗　凭着我的名誉起誓，大王，我只听见一种很奇怪的蜜蜂似的声音，它使我惊醒转来。我摇着您的身体，喊醒了您。我一睁开眼睛，便看见他们的剑拔出鞘外。有一个声音，那是真的。最好我们留心提防着，否则赶快离开这地方。让我们把武器预备好。

阿隆佐　带领我们离开这块地面，让我们再去找寻一下我那可怜的孩子。

贡柴罗　上天保佑他不要给这些野兽害了！我相信他一定在这

岛上。

阿隆佐　领路走吧。(率众人下。)

爱丽儿　我要把我的工作回去报告我的主人；
　　　　国王呀，安心着前去把你的孩子找寻。(下。)

第二场　岛上的另一处

　　　凯列班荷柴上，雷声。

凯列班　愿太阳从一切沼泽、平原上吸起来的瘴气都降在普洛斯彼罗身上，让他的全身没有一处不生恶病！他的精灵会听见我的话，但我非把他咒一下不可。他们要是没有他的吩咐，决不会拧我，显出各种怪相吓我，把我推到烂泥里，或是在黑暗中化作一团磷火诱我迷路；但是只要我有点儿什么，他们便想出种种的恶作剧来摆布我：有时变成猴子，向我咧着牙齿扮鬼脸，然后再咬我；一下子又变成刺猬，在路上滚作一团，我的赤脚一踏上去，便把针刺竖了起来；有时我的周身围绕着几条毒蛇，吐出分叉的舌头来，那咝咝的声音吓得我发狂。

　　　特林鸠罗上。

凯列班　瞧！瞧！又有一个他的精灵来了！因为我柴捡得慢，要来给我吃苦头。让我把身体横躺下来；也许他会不注意到我。

特林鸠罗　这儿没有丛林也没有灌木，可以抵御任何风雨。又有一阵大雷雨要来啦，我听见风在呼啸，那边那堆大的乌云像是一只臭皮袋就要把袋里的酒倒下来的样子。要是这回再像不久以前那么响着大雷，我不晓得我该把我的头藏到什么地方去好;那块云准要整桶整桶地倒下水来。咦!这是什么东西?是一个人还是一条鱼?死的还是活的?一定是一条鱼;他的气味像一条鱼,有些隔宿发霉的鱼腥气,不是新腌的鱼。奇怪的鱼!我从前曾经到过英国;要是我现在还在英国,只要把这条鱼画出来,挂在帐篷外面,包管那边无论哪一个节日里没事做的傻瓜都会掏出整块的银洋来瞧一瞧;在那边很可以靠这条鱼发一笔财;随便什么稀奇古怪的畜生在那边都可以让你发一笔财。他们不愿意丢一个铜子给跛脚的叫化,却愿意拿出一角钱来看一个死了的印第安红种人。嘿,他像人一样生着腿呢!他的翼鳍多么像是一对臂膀!他的身体还是暖的!我说我弄错了,我放弃原来的意见了,这不是鱼,是一个岛上的土人,刚才被天雷轰得那样子。(雷声)唉!雷雨又来了;我只得躲到他的衫子底下去,再没有别的躲避的地方了:一个人倒起运来,就要跟妖怪一起睡觉。让我躲在这儿,直到云消雨散。

  斯丹法诺唱歌上,手持酒瓶。

斯丹法诺 (唱)

  我将不再到海上去,到海上去,

  我要老死在岸上。——

这是一支送葬时唱的难听的曲子。好,这儿是我的安慰。

(饮酒;唱)

  船长,船老大,咱小子和打扫甲板的,

   还有炮手和他的助理,

  爱上了毛儿、梅哥、玛利痕和玛葛丽,

   但凯德可没有人欢喜;

   因为她有一副绝顶响喉咙,

>见了水手就要嚷,"送你的终!"
>焦油和沥青的气味熏得她满心烦躁,
>可是裁缝把她浑身搔痒就呵呵乱笑:
>海上去吧,弟兄们,让她自个儿去上吊!

这也是一支难听的曲子;但这儿是我的安慰。(饮酒。)

凯列班　不要折磨我,喔!

斯丹法诺　什么事?这儿有鬼吗?叫野人和印第安人来跟我们捣乱吗?哈!海水都淹不死我,我还怕四只脚的东西不成?古话说得好,一个人神气得竟然用四条腿走路,就决不能叫人望而生畏;只要斯丹法诺鼻孔里还透着气,这句话还是照样要说下去。

凯列班　精灵在折磨我了,喔!

斯丹法诺　这是这儿岛上生四条腿的什么怪物,照我看起来像在发疟疾。见鬼,他跟谁学会了我们的话?为了这,我也得给他医治一下子;要是我医好了他,把他驯服了,带回到那不勒斯去,可不是一桩可以送给随便哪一个脚踏牛皮的皇帝老官儿的绝妙礼物!

凯列班　不要折磨我,求求你!我愿意赶紧把柴背回家去。

斯丹法诺　他现在寒热发作,语无伦次,他可以尝一尝我瓶里的酒;要是他从来不曾沾过一滴酒,那很可以把他完全医好。我倘然医好了他,把他驯服了,我也不要怎么狠心需索;反正谁要他,谁就得出一笔钱——出一大笔钱。

凯列班　你还不曾给我多少苦头吃,但你就要大动其手了;我知道的,因为你在发抖;普洛斯彼罗的法术在驱使你了。

斯丹法诺　给我爬过来,张开你的嘴巴;这是会叫你说话的好东西,你这头猫!张开嘴来;这会把你的战抖完完全全驱走,

39

我可以告诉你。(给凯列班喝酒)你不晓得谁是你的朋友。再张开嘴来。

特林鸠罗　这声音我很熟悉,那像是——但他已经淹死了。这些都是邪鬼。老天保佑我啊!

斯丹法诺　四条腿,两个声音,真是一个有趣不过的怪物!他的前面的嘴巴在向他的朋友说着恭维的话,他的背后的嘴巴却在说他坏话讥笑他。即使医好他需要我全瓶的酒,我也要给他出一下力。喝吧。阿门!让我再把一些酒倒在你那另外一只嘴里。

特林鸠罗　斯丹法诺!

斯丹法诺　你另外的那张嘴在叫我吗?天哪,天哪!这是个魔鬼,不是个妖怪。我得离开他;我可跟魔鬼打不了交道。

特林鸠罗　斯丹法诺!如果你是斯丹法诺,请你过来摸摸我,跟我讲几句话。我是特林鸠罗;不要害怕,你的好朋友特林鸠罗。

斯丹法诺　你倘然是特林鸠罗,那么钻出来吧。让我来把那两条小一点的腿拔出来;要是这儿有特林鸠罗的腿的话,这一定不会错。哎哟,你果真是特林鸠罗!你怎么会变成这个妖怪的粪便?他能够泻下特林鸠罗来吗?

特林鸠罗　我以为他是给天雷轰死了的。但是你不是淹死了吗,斯丹法诺?我现在希望你不曾淹死。雷雨过去了吗?我因为害怕雷雨,所以才躲在这个死妖精的衫子底下。你还活着吗,斯丹法诺?啊,斯丹法诺,两个那不勒斯人脱险了!

斯丹法诺　请你不要把我旋来旋去,我的胃不大好。

凯列班　(旁白)这两个人倘然不是精灵,一定是好人。那是一位英雄的天神;他还有琼浆玉液。我要向他跪下去。

斯丹法诺　你怎么会逃命了的?你怎么会到这儿来?凭着这个瓶儿起誓,你是怎么到这儿来的?凭着这个瓶儿起誓,我自己是因为伏在一桶白葡萄酒的桶顶上才不曾淹死;那桶酒是水手们从船上抛下海的;这个瓶是我被冲上岸之后自己亲手用树干刳成的。

凯列班　凭着那个瓶儿起誓,我要做您的忠心的仆人;因为您那种水是仙水。

斯丹法诺　嗨,起誓吧,说你是怎样逃了命的。

特林鸠罗　游泳到岸上,像一只鸭子一样;我会像鸭子一样游泳,我可以起誓。

斯丹法诺　来,吻你的《圣经》①。(给特林鸠罗喝酒)你虽然能像鸭子一样游泳,可是你的样子倒像是一只鹅。

特林鸠罗　啊,斯丹法诺!这酒还有吗?

斯丹法诺　有着整整一桶呢,老兄;我在海边的一座岩穴里藏下了我的美酒。喂,妖精!你的寒热病怎么样啦?

凯列班　您不是从天上掉下来的吗?

斯丹法诺　从月亮里下来的,实实在在告诉你;从前我是住在月亮里的。

凯列班　我曾经看见过您在月亮里;我真喜欢您。我的女主人曾经指点给我看您和您的狗和您的柴枝。

斯丹法诺　来,起誓吧,吻你的《圣经》;我会把它重新装满。起誓吧。

---

①　吻《圣经》原为基督徒起誓时表示郑重之仪式,此处斯丹法诺用以指饮其瓶中之酒。

特林鸠罗　凭着这个太阳起誓,这是个蠢得很的怪物;可笑我竟会害怕起他来!一个不中用的怪物!月亮里的人,嘿!这个可怜的轻信的怪物!好啊,怪物!你的酒量真不小。

凯列班　我要指点给您看这岛上每一处肥沃的地方;我要吻您的脚。请您做我的神明吧!

特林鸠罗　凭着太阳起誓,这是一个居心不良的嗜酒的怪物;一等他的神明睡了过去,他就会把酒瓶偷走。

凯列班　我要吻您的脚;我要发誓做您的仆人。

斯丹法诺　那么好,跪下来起誓吧。

特林鸠罗　这个头脑简单的怪物要把我笑死了。这个不要脸的怪物!我心里真想把他揍一顿。

斯丹法诺　来,吻吧。

特林鸠罗　但是这个可怜的怪物是喝醉了;一个作孽的怪物!

凯列班　我要指点您最好的泉水;我要给您摘浆果;我要给您捉鱼,给您打很多的柴。但愿瘟疫降临在我那暴君的身上!我再不给他搬柴了;我要跟着您走,您这了不得的人!

特林鸠罗　一个可笑又可气的怪物!竟会把一个无赖的醉汉看作了不得的人!

凯列班　请您让我带您到长着野苹果的地方;我要用我的长指爪给您掘出落花生来,把樫鸟的窝指点给您看,教给您怎样捕捉伶俐的小猢狲的法子;我要采成球的榛果献给您;我还要从岩石上为您捉下海鸥的雏鸟来。您肯不肯跟我走?

斯丹法诺　请你带着我走,不要再噜里噜苏了。——特林鸠罗,国王和我们的同伴们既然全都淹死,这地方便归我们所有了。——来,给我拿着酒瓶。——特林鸠罗老朋友,我们不久便要再把它装满。

凯列班　（醉吃地唱）

　　　　　再会,主人！再会！再会！

特林鸠罗　一个喧哗的怪物！一个醉酒的怪物！

凯列班

　　　　　不再筑堰捕鱼；

　　　　　不再捡柴生火，

　　　　　硬要听你吩咐；

　　　　　不刷盘子不洗碗；

　　　　　班,班,凯——凯列班,

　　　　　换了一个新老板！

　　　自由,哈哈！哈哈,自由！自由！哈哈,自由！

斯丹法诺　啊,出色的怪物！带路走呀。（同下。）

第 三 幕

第一场　普洛斯彼罗洞室之前

　　　　　腓迪南负木上。

腓迪南　有一类游戏是很吃力的,但兴趣会使人忘记辛苦;有一类卑微的工作是用坚苦卓绝的精神忍受着的,最低陋的事情往往指向最崇高的目标。我这种贱役对于我应该是艰重而可厌的,但我所奉侍的女郎使我生趣勃发,觉得劳苦反而是一种愉快。啊,她的温柔十倍于她父亲的乖戾,而他则浑身都是暴戾!他严厉地吩咐我必须把几千根这样的木头搬过去堆垒起来;我那可爱的姑娘见了我这样劳苦,竟哭了起来,说从来不曾见过像我这种人干这等卑贱的工作。唉!我把工作都忘了。但这些甜蜜的思想给与我新生的力量,在我干活的当儿,我的思想最活跃。

　　　　　米兰达上;普洛斯彼罗潜随其后。

米兰达　唉,请你不要太辛苦了吧!我真希望一阵闪电把那些要你堆垒的木头一起烧掉!请你暂时放下来,坐下歇歇吧。要是这根木头被烧起来的时候,它一定会想到它所给你的劳苦而流泪的。我的父亲正在一心一意地读书;请你休息休息吧,在这三个钟头之内,他是不会出来的。

腓迪南　啊,最亲爱的姑娘,在我还没有把我必须做的工作努力做完之前,太阳就要下去了。

米兰达　要是你肯坐下来,我愿意代你搬一会儿木头,请你给我吧;让我把它搬到那一堆上面去。

腓迪南　怎么可以呢,珍贵的人儿!我宁愿毁损我的筋骨,压折我的背膀,也不愿让你干这种下贱的工作,而我空着两手坐在一旁。

米兰达　要是这种工作配给你做,当然它也配给我做。而且我做起来心里更舒服一点;因为我是自己甘愿,而你是被迫的。

普洛斯彼罗　(旁白)可怜的孩子,你已经情魔缠身了!你这痛苦的呻吟流露了真情。

米兰达　你瞧上去很疲乏。

腓迪南　不,尊贵的姑娘!当你在我身边的时候,黑夜也变成了清新的早晨。我恳求你告诉我你的名字,好让我把它放进我的祈祷里去。

米兰达　米兰达。——唉!父亲,我已经违背了你的叮嘱,把它说了出来啦!

腓迪南　可赞美的米兰达!真是一切仰慕的最高峰,价值抵得过世界上一切最珍贵的财宝!我的眼睛曾经关注地盼睐过许多女郎,许多次她们那柔婉的声调使我的过于敏感的听觉对之倾倒;为了各种不同的美点,我曾经喜欢过各个不同的女子;但是从不曾全心全意地爱上一个,总有一些缺点损害了她那崇高的优美。但是你啊,这样完美而无双,是把每一个人的最好的美点集合起来而造成的!

米兰达　我不曾见过一个和我同性的人,除了在镜子里见到自己的面孔以外,我不记得任何女子的相貌;除了你,好友,和我的亲爱的父亲以外,也不曾见过哪一个我可以称为男子的人。我不知道别处地方人们都是生得什么样子,但是凭着我最可宝贵的嫁妆——贞洁起誓:除了你之外,在这世上我不企望任何的伴侣;除了你之外,我的想象也不能再产生出一个可以使我喜爱的形象。但是我的话讲得有些太越出界限,把我父亲的教训全忘记了。

腓迪南　我在我的地位上是一个王子,米兰达;也许竟是一个国王——但我希望我不是!我不能容忍一只苍蝇玷污我的嘴角,更不用说挨受这种搬运木头的苦役了。听我的心灵向你诉告:当我每一眼看见你的时候,我的心就已经飞到你的身边,甘心为你执役,使我成为你的奴隶;只是为了你的缘故,我才肯让自己当这个辛苦的运木的工人。

米兰达　你爱我吗?

腓迪南　天在顶上!地在底下!为我作证这一句妙音。要是我所说的话是真的,愿天地赐给我幸福的结果;如其所说是假,那么请把我命中注定的幸运都转成厄运!超过世间其他一切事物的界限之上,我爱你,珍重你,崇拜你!

米兰达　我是一个傻子,听见了衷心喜欢的话就流起泪来!

普洛斯彼罗　(旁白)一段难得的良缘的会合!上天赐福给他们的后裔吧!

腓迪南　你为什么哭起来了呢?

米兰达　因为我是太平凡了,我不敢献给你我所愿意献给你的,更不敢从你接受我所渴想得到的。但这是废话;越是掩饰,它越是显露得清楚。去吧,羞怯的狡狯!让单纯而神圣的天真指导我说什么话吧！要是你肯娶我，我愿意做你的妻子；不然的话，我将到死都是你的婢女：你可以拒绝我做你的伴侣；但不论你愿不愿意，我将是你的奴仆。

腓迪南　我的最亲爱的爱人！我永远低首在你的面前。

米兰达　那么你是我的丈夫吗？

腓迪南　是的，我全心愿望着，如同受拘束的人愿望自由一样。握着我的手。

米兰达　这儿是我的手，我的心也跟它在一起。现在我们该分手了，半点钟之后再会吧。

腓迪南　一千个再会吧！（分别下。）

普洛斯彼罗　我当然不能比他们自己更为高兴，而且他们是全然不曾预先料到的；但没有别的事可以比这事更使我快活了。我要去读我的书去，因为在晚餐之前，我还有一些事情须得做好。（下。）

第二场　岛上的另一处

凯列班持酒瓶，斯丹法诺、特林鸠罗同上。

斯丹法诺　别对我说；要是酒桶里的酒完了，然后我们再喝水；只要还有一滴酒剩着，让我们总是喝酒吧。来，一！二！三！加油干！妖怪奴才，向我祝饮呀！

特林鸠罗　妖怪奴才！这岛上特产的笨货！据说这岛上一共只有五个人，我们已经是三个；要是其余的两个人跟我们一样聪明，我们的江山就不稳了。

斯丹法诺　喝酒呀，妖怪奴才！我叫你喝你就喝。你的眼睛简直呆呆地生牢在你的头上了。

特林鸠罗　眼睛不生在头上倒该生在什么地方？要是他的眼睛生在尾巴上,那才真是个出色的怪物哩!

斯丹法诺　我的妖怪奴才的舌头已经在白葡萄酒里淹死了;但是我,海水也淹不死我:凭着这太阳起誓,我在一百多哩的海面上游来游去,一直游到了岸边。你得做我的副官,怪物,或是做我的旗手。

特林鸠罗　还是做个副官吧,要是你中意的话;他当不了旗手。

斯丹法诺　我们不想奔跑呢,怪物先生。

特林鸠罗　也不想走路,你还是像条狗那么躺下来吧;一句话也别说。

斯丹法诺　妖精,说一句话吧,如果你是个好妖精。

凯列班　给老爷请安!让我舐您的靴子。我不要服侍他,他是个懦夫。

特林鸠罗　你说谎,一窍不通的怪物!我打得过一个警察呢。嘿,你这条臭鱼!像我今天一样喝了那么多白酒的人,还说是个懦夫吗?因为你是一只一半鱼、一半妖怪的荒唐东西,你就要撒一个荒唐的谎吗?

凯列班　瞧!他多么取笑我!您让他这样说下去吗,老爷?

特林鸠罗　他说"老爷"!谁想得到一个怪物会是这么一个蠢材!

凯列班　喏,喏,又来啦!我请您咬死他。

斯丹法诺　特林鸠罗,好好地堵住你的嘴!如果你要造反,就把你吊死在眼前那株树上!这个可怜的怪物是我的人,不能给人家欺侮。

凯列班　谢谢大老爷!您肯不肯再听一次我的条陈?

斯丹法诺　依你所奏;跪下来说吧。我立着,特林鸠罗也立着。

爱丽儿隐形上。

凯列班　我已经说过,我屈服在一个暴君、一个巫师的手下,他用诡计把这岛从我手里夺了去。

爱丽儿　你说谎!

凯列班　你说谎,你这插科打诨的猴子!我希望我的勇敢的主人把你杀死。我没有说谎。

斯丹法诺　特林鸠罗,要是你在他讲话的时候再来缠扰,凭着这只手起誓,我要敲掉你的牙齿。

特林鸠罗　怎么?我一句话都没有说。

斯丹法诺　那么别响,不要再多话了。(向凯列班)讲下去。

凯列班　我说,他用妖法占据了这岛,从我手里夺了去;要是老爷肯替我向他报仇——我知道您一定敢,但这家伙绝没有这胆子——

斯丹法诺　自然啰。

凯列班　您就可以做这岛上的主人,我愿意服侍您。

斯丹法诺　用什么方法可以实现这事呢?你能不能把我带到那个人的地方去?

凯列班　可以的,可以的,老爷。我可以乘他睡熟的时候把他交付给您,您就可以用一根钉敲进他的脑袋里去。

爱丽儿　你说谎,你不敢!

凯列班　这个穿花花衣裳的蠢货!这个混蛋!请老爷把他痛打一顿,把他的酒瓶夺过来;他没有酒喝之后,就只好喝海里的咸水了,因为我不愿告诉他清泉在什么地方。

斯丹法诺　特林鸠罗,别再自讨没趣啦!你再说一句话打扰这怪物,凭着这只手起誓,我就要不顾情面,把你打成一条鱼干了。

49

特林鸠罗　什么？我得罪了你什么？我一句话都没有说。让我再离得远一点儿。

斯丹法诺　你不是说他说谎吗？

爱丽儿　你说谎！

斯丹法诺　我说谎吗！吃这一下！（打特林鸠罗）要是你觉得滋味不错的话，下回再试试看吧。

特林鸠罗　我并没有说你说谎。你头脑昏了，连耳朵也听不清楚了吗？该死的酒瓶！喝酒才把你搅得那么昏沉沉的。愿你的怪物给牛瘟病瘟死，魔鬼把你的手指弯断了去！

凯列班　哈哈哈！

斯丹法诺　现在讲下去吧。——请你再站得远些。

凯列班　狠狠地打他一下子；停一会儿我也要打他。

斯丹法诺　站远些。——来，说吧。

凯列班　我对您说过，他有一个老规矩，一到下午就要睡觉；那时您先把他的书拿了去，就可以捶碎他的脑袋，或者用一根木头敲破他的头颅，或者用一根棍子搠破他的肚肠，或者用您的刀割断他的喉咙。记好，先要把他的书拿到手；因为他一失去了他的书，就是一个跟我差不多的大傻瓜，也没有一个精灵会听他指挥：这些精灵们没有一个不像我一样把他恨入骨髓。只要把他的书烧了就是了；他还有些出色的家具——他叫做"家具"——预备造了房子之后陈设起来的；但第一应该放在心上的是他那美貌的女儿。他自己说她是一个美艳无双的人；我从来不曾见过一个女人，除了我的老娘西考拉克斯和她之外；可是她比起西考拉克斯来，真不知要好看得多少倍了，正像天地的相差一样。

斯丹法诺　是这样一个出色的姑娘吗？

凯列班　是的,老爷;我可以担保一句,她跟您睡在一床是再合适也没有的啦,她会给您生下出色的小子来。

斯丹法诺　怪物,我一定要把这人杀死;他的女儿和我做王后和国王,上帝保佑!特林鸠罗和你做总督。你赞成不赞成这计策,特林鸠罗?

特林鸠罗　好极了。

斯丹法诺　让我握你的手。我很抱歉打了你;可是你活着的时候,总以少开口为妙。

凯列班　在这半点钟之内他就要入睡;您愿不愿就在这时候杀了他?

斯丹法诺　好的,凭着我的名誉起誓。

爱丽儿　我要告诉主人去。

凯列班　您使我高兴得很,我心里充满了快乐。让我们畅快一下。您肯不肯把您刚才教给我的轮唱曲唱起来?

斯丹法诺　准你所奏,怪物;凡是合乎道理的事我都可以答应。来啊,特林鸠罗,让我们唱歌。(唱)

　　　　嘲弄他们,讥讽他们,
　　　　讥讽他们,嘲弄他们,
　　　　思想多么自由!

凯列班　这曲子不对。

　　　　爱丽儿击鼓吹箫,依曲调而奏。

斯丹法诺　这是什么声音?

特林鸠罗　这是我们的歌的曲子,在空中吹奏着呢。

斯丹法诺　你倘然是一个人,像一个人那样出来吧;你倘然是一个鬼,也随你显出怎样的形状来吧!

特林鸠罗　饶赦我的罪过呀!

51

斯丹法诺　人一死什么都完了；我不怕你。但是可怜我们吧！

凯列班　您害怕吗？

斯丹法诺　不，怪物，我怕什么？

凯列班　不要怕。这岛上充满了各种声音和悦耳的乐曲，使人听了愉快，不会伤害人。有时成千的叮叮咚咚的乐器在我耳边鸣响。有时在我酣睡醒来的时候，听见了那种歌声，又使我沉沉睡去；那时在梦中便好像云端里开了门，无数珍宝要向我倾倒下来；当我醒来之后，我简直哭了起来，希望重新做一遍这样的梦。

斯丹法诺　这倒是一个出色的国土，可以不费钱白听音乐。

凯列班　但第一您得先杀死普洛斯彼罗。

斯丹法诺　那事我们不久就可以动手；我记住了。

特林鸠罗　这声音渐渐远去了；让我们跟着它，然后再干我们的事。

斯丹法诺　领着我们走，怪物；我们跟着你。我很希望见一见这个打鼓的家伙，瞧他的样子奏得倒挺不错。

特林鸠罗　你来吗？我跟着它走了，斯丹法诺。（同下。）

第三场　岛上的另一处

阿隆佐、西巴斯辛、安东尼奥、贡柴罗、阿德里安、弗兰西斯科及余人等上。

贡柴罗　天哪！我走不动啦，大王；我的老骨头在痛。这儿的路一条直一条弯的，完全把人迷昏了！要是您不见怪，我必须休息一下。

阿隆佐　老人家，我不能怪你；我自己也心灰意懒，疲乏得很。

坐下来歇歇吧。现在我已经断了念头，不再自己哄自己了。他一定已经淹死了，尽管我们乱摸瞎撞地找寻他；海水也在嘲笑着我们在岸上的无益的寻觅。算了吧，让他死了就完了！

安东尼奥　（向西巴斯辛旁白）我很高兴他是这样灰心。别因为一次遭到失败，就放弃了你的已决定好的计划。

西巴斯辛　（向安东尼奥旁白）下一次的机会我们一定不要错过。

安东尼奥　（向西巴斯辛旁白）就在今夜吧；他们现在已经走得很疲乏，一定不会，而且也不能，再那么警觉了。

西巴斯辛　（向安东尼奥旁白）好，今夜吧。不要再说了。

　　　　庄严而奇异的音乐。普洛斯彼罗自上方隐形上。下侧若干奇形怪状的精灵抬了一桌酒席进来；他们围着它跳舞，且作出各种表示敬礼的姿势，邀请国王以次诸人就食后退去。

阿隆佐　这是什么音乐？好朋友们，听哪！

贡柴罗　神奇的甜美的音乐！

阿隆佐　上天保佑我们！这些是什么？

西巴斯辛　一幅活动的傀儡戏！现在我才相信世上有独角的麒麟，阿拉伯有凤凰所栖的树，上面有一只凤凰至今还在南面称王呢。

安东尼奥　麒麟和凤凰我都相信；要是此外还有什么难于置信的东西，都来告诉我好了，我一定会发誓说那是真的。旅行的人决不会说谎话，足不出门的傻瓜才嗤笑他们。

贡柴罗　要是我现在在那不勒斯，把这事告诉了别人，他们会不会相信我呢？要是我对他们说，我看见岛上的人民是这样这样的——这些当然一定是岛上的人民啰——虽然他们的形状生得很奇怪，然而倒是很有礼貌、很和善，在我们人类

53

中也难得见到的。

普洛斯彼罗　（旁白）正直的老人家，你说得不错；因为在你们自己一群人当中，就有几个人比魔鬼还要坏。

阿隆佐　我再不能这样吃惊了；虽然不开口，但他们的那种形状、那种手势、那种音乐，都表演了一幕美妙的哑剧。

普洛斯彼罗　（旁白）且慢称赞吧。

弗兰西斯科　他们消失得很奇怪。

西巴斯辛　不要管他，既然他们把食物留下，我们有肚子就该享用。——您要不要尝尝试试看？

阿隆佐　我可不想吃。

贡柴罗　真的，大王，您无须胆小。当我们还是孩子的时候，谁肯相信有一种山居的人民，喉头长着肉袋，像一头牛一样？谁又肯相信一种人的头是长在胸膛上的？可是我们现在都相信每个旅行的人都能肯定这种话不是虚假的了。

阿隆佐　好，我要吃，即使这是我的最后一餐；有什么关系呢？我的最好的日子也已经过去了。贤弟，公爵，陪我们一起来吃吧。

　　　　雷电。爱丽儿化女面鸟身的怪鸟上，以翼击桌，筵席顿时消失——用一种特别的机关装置。

爱丽儿　你们是三个有罪的人；操纵着下界一切的天命使得那贪馋的怒海重又把你们吐了出来，把你们抛在这没有人居住的岛上，你们是不配居住在人类中间的。你们已经发狂了。（阿隆佐、西巴斯辛等拔剑）即使像你们这样勇敢的人，也没有法子免除一死。你们这辈愚人！我和我的同伴们都是运命的使者；你们的用风、火熔炼的刀剑不能损害我们身上的一根羽毛，正像把它们砍向呼啸的风、刺向分而复合的水波一样，只显得可笑。我的伙伴们也是刀枪不入的。而且即使它们能够把我们伤害，现在你们也已经没有力量把臂膀举起来了。好生记住吧，我来就是告诉你们这句话，你们三个人是在米兰把善良的普洛斯彼罗篡逐的恶人，你们把他和他的无辜的婴孩放逐在海上，如今你们也受到同样的报应了。为着这件恶事，上天虽然并不把惩罚立刻加在你们身上，却并没有轻轻放过，已经使海洋陆地，以及一切有生之伦，都来和你们作对了。你，阿隆佐，已经丧失了你的儿子；我再向你宣告；活地狱的无穷的痛苦——一切死状合在一起也没有那么惨，将要一步步临到你生命的途程中；除非痛悔前非，以后洗心革面，做一个清白的人，否则在这荒岛上面，天谴已经迫在眼前了！

    爱丽儿在雷鸣中隐去。柔和的乐声复起；精灵们重上，跳舞且做揶揄状，把空桌抬下。

普洛斯彼罗 （旁白）你把这怪鸟扮演得很好，我的爱丽儿，这一桌酒席你也席卷得妙，我叫你说的话你一句也没有漏去；就是那些小精灵们也都是生龙活虎，各自非常出力。我的神通已经显出力量，我这些仇人们已经惊惶得不能动弹；他们都已经在我的权力之下了。现在我要在这种情形下面离开他们，去探视他们以为已经淹死了的年轻的腓迪南和他的也是我的亲爱的人儿。（自上方下。）

贡柴罗 凭着神圣的名义，大王，为什么您这样呆呆地站着？

阿隆佐 啊，那真是可怕！可怕！我觉得海潮在那儿这样告诉我；风在那儿把它唱进我的耳中；那深沉可怕、像管风琴似的雷鸣在向我震荡出普洛斯彼罗的名字，它用洪亮的低音宣布了我的罪恶。这样看来，我的孩子一定是葬身在海底的软泥之下了；我要到深不可测的海底去寻找他，跟他睡在一块儿！（下。）

西巴斯辛　要是这些鬼怪们一个一个地来，我可以打得过他们。

安东尼奥　让我助你一臂之力。（西巴斯辛、安东尼奥下。）

贡柴罗　这三个人都有些不顾死活的神气。他们的重大的罪恶像隔了好久才发作的毒药一样，现在已经在开始咬啮他们的灵魂了。你们是比较善于临机应变的，请快快追上去，阻止他们不要做出什么疯狂的举动来。

阿德里安　你们跟我来吧。（同下。）

第 四 幕

第一场　普洛斯彼罗洞室之前

　　普洛斯彼罗、腓迪南、米兰达上。

普洛斯彼罗　要是我曾经给你太严厉的惩罚,你也已经得到补偿了;因为我已经把我生命中的一部分给了你,我是为了她才活着的。现在我再把她交给你的手里;你所受的一切苦恼都不过是我用来试验你的爱情的,而你能异常坚强地忍受它们;这里我当着天,许给你这个珍贵的赏赐。腓迪南啊,不要笑我这样把她夸奖,你自己将会知道一切的称赞比起她自身的美好来,都是瞠乎其后的。

腓迪南　我绝对相信您的话。

普洛斯彼罗　既然我的给与和你的获得都不是出于贸然,你就可以娶我的女儿。但在一切神圣的仪式没有充分给你许可之前,你不能侵犯她处女的尊严;否则你们的结合将不能得到上天的美满的祝福,冷淡的憎恨、白眼的轻蔑和不睦将使你们的姻缘中长满令人嫌恶的恶草。所以小心一点吧,许门①的明灯将照

---

① 许门(Hymen),希腊罗马神话中司婚姻之神。

引着你们!

腓迪南　我希望的是以后在和如今一样的爱情中享受着平和的日子、美秀的儿女和绵绵的生命,因此即使在最幽冥的暗室中,在最方便的场合,有伺隙而来的魔鬼的最强烈的煽惑,也不能使我的廉耻化为肉欲,而轻轻地损毁了举行婚礼那天的无比的欢乐。可是那样的一天来得也太慢了,我觉得不是太阳神的骏马在途中跑垮了,便是黑夜被系禁在冥域了。

普洛斯彼罗　说得很好。坐下来跟她谈话吧,她是属于你的。喂,爱丽儿!我的勤劳的仆人,爱丽儿!

　　　　爱丽儿上。

爱丽儿　我的威严的主人,有什么吩咐?我在这里。

普洛斯彼罗　你跟你的小伙计们把刚才的事情办得很好;我必须再差你们做一件这样的把戏。去把你手下的小喽啰们召唤到这儿来;叫他们赶快装扮起来;因为我必须在这一对年轻人的面前卖弄卖弄我的法术;我曾经答应过他们,他们也在盼望着。

爱丽儿　即刻吗?

普洛斯彼罗　是的,一霎眼的时间内就得办好。

爱丽儿　你来去还不曾出口,
　　　　你呼吸还留着没透,
　　　　我们早脚尖儿飞快,
　　　　扮鬼脸大伙儿都在,
　　　　主人,你爱我不爱?

普洛斯彼罗　我很爱你,我的伶俐的爱丽儿!在我没有叫你之前,不要就来。

爱丽儿　好,我知道。(下。)

普洛斯彼罗　当心保持你的忠实,不要太恣意调情。血液中的火焰一燃烧起来,最坚强的誓言也就等于草秆。节制一些吧,否则你的誓约就要守不住了!

腓迪南　请您放心,老人家;皎白的处女的冰雪,早已压服了我胸中的欲火。

普洛斯彼罗　好。——出来吧,我的爱丽儿!不要让精灵们缺少一个,多一个倒不妨。轻轻快快地出来吧!大家不要响,只许静静地看!

　　　柔和的音乐;假面剧开始。精灵扮伊里斯①上。

伊里斯　刻瑞斯②,最丰饶的女神,我是天上的彩虹,我是天后的使官,天后在云端,传旨请你离开你那繁荣着小麦、大麦、黑麦、燕麦、野豆、豌豆的膏田;离开你那羊群所游息的茂草的山坡,以及饲牧它们的满铺着刍草的平原;离开你那生长着立金花和蒲苇的堤岸,多雨的四月奉着你的命令而把它装饰着的,在那里给清冷的水仙女们备下了洁净的新冠;离开你那为失恋的情郎们所爱好而徘徊其下的金雀花的薮丛;你那牵藤的葡萄园;你那荒瘠碕确的海滨,你所散步游息的所在:请你离开这些地方,到这里的草地上来,和尊严的天后陛下一同游戏;她的孔雀已经轻捷地飞翔起来了,请你来陪驾吧,富有的刻瑞斯。

　　　刻瑞斯上。

刻瑞斯　万福,你永远服从着天后命令的,五彩缤纷的使者!你

----

① 伊里斯(Iris),希腊罗马神话中诸神之信使,又为虹之女神。
② 刻瑞斯(Ceres),希腊罗马神话中司农事及大地之女神。

用你的橙黄色的翼膀常常洒下甘露似的清新的阵雨在我的花朵上面,用你的青色的弓的两端为我的林木丛生的地亩和没有灌枝的高原披上了富丽的肩巾:敢问你的王后唤我到这细草原上来,有什么吩咐?

伊里斯　为要庆祝真心的爱情的结合,大量地赐福给这一双有福的恋人。

刻瑞斯　告诉我,天虹,你知不知道维纳斯或她的儿子是否也随侍着天后?自从她们用诡计使我的女儿陷在幽冥的狄斯的手中以后,我已经立誓不再见她和她那盲目的小儿的无耻的面孔了。①

伊里斯　不要担心会碰见她;我遇见她的灵驾由一对对的白鸽拖引着,正冲破云霄,向帕福斯②而去,她的儿子同车陪着她。她们因为这里的这一对男女曾经立誓在许门的火炬未燃着以前不得同衾,因此想要在他们身上干一些无赖的把戏,可是白费了心机;马斯的情妇③已经满心暴躁地回去;她那发恼的儿子已经折断了他的箭,发誓以后不再射人,只是跟麻雀们开开玩笑,打算做一个好孩子了。

刻瑞斯　最高贵的王后,伟大的朱诺④来了;从她的步履上我辨认得出来。

　　　朱诺上。

朱　诺　我的丰饶的贤妹安好?跟我去祝福这一对璧人,让他

---

① 狄斯(Dis)即普路同(Pluto),幽冥之主,掠刻瑞斯之女普洛塞庇那为妻;后者即春之女神,每年一次被释返地上。维纳斯之子即小爱神丘匹德,因俗语云爱情是盲目的,故云"盲目的小儿"。
② 帕福斯(Paphos),维纳斯神庙所在地,相传她在海中诞生后首临于此。
③ 马斯(Mars),希腊罗马神话里的战神,与爱神维纳斯有私。
④ 朱诺(Juno),希腊罗马神话中的天后。

们一生幸福,产出美好的后裔来。(唱)

  富贵尊荣,美满良姻,
  百年偕老,子孙盈庭;
  幸福朝朝,欢娱暮暮,
  朱诺向你们恭贺!

刻瑞斯 (唱)

  田多落穗,积谷盈仓,
  葡萄成簇,摘果满筐;
  秋去春来,如心所欲,
  刻瑞斯为你们祝福!

腓迪南 这是一个最神奇的幻景,这样迷人而谐美!我能不能猜想这些都是精灵呢?

普洛斯彼罗 是的,这些是我从他们的世界里用法术召唤来表现我一时的空想的精灵们。

腓迪南 让我终老在这里吧!有着这样一位人间稀有的神奇而贤哲的父亲,这地方简直是天堂了。

  朱诺与刻瑞斯作耳语,授命令于伊里斯。

普洛斯彼罗 亲爱的,莫做声!朱诺和刻瑞斯在那儿严肃地耳语,将要有一些另外的事情。嘘!不要开口!否则我们的魔法就要破解了。

伊里斯 戴着蒲苇之冠,眼光永远是那么柔和的、住在蜿蜒的河流中的仙女们啊!离开你们那涡卷的河床,到这青青的草地上来答应朱诺的召唤吧!前来,冷洁的水仙们,伴着我们一同庆祝一段良缘的缔结,不要太迟了。

  若干水仙女上。

伊里斯 你们在八月的日光下蒸晒着的辛苦的刈禾人,离开你们的田亩,到这里来欢乐一番;戴上你们麦秆的帽子,一个一个地来和这些清艳的水仙们跳起乡村的舞蹈来吧!

若干服饰齐整的刈禾人上,和水仙女们一齐作优美的舞蹈;临了时普洛斯彼罗突起发言,在一阵奇异的、幽沉的、杂乱的声音中,众精灵悄然隐去。

普洛斯彼罗　(旁白)我已经忘记了那个畜生凯列班和他的同党想来谋取我生命的奸谋,他们所定的时间已经差不多到了。

(向精灵们)很好!现在完了,去吧!

腓迪南　这可奇怪了,你的父亲在发着很大的脾气。

米兰达　直到今天为止,我从来不曾看见过他狂怒到这样子。

普洛斯彼罗　王子,你瞧上去似乎有点惊疑的神气。高兴起来吧,我儿;我们的狂欢已经终止了。我们的这一些演员们,我曾经告诉过你,原是一群精灵;他们都已化成淡烟而消散了。如同这虚无缥缈的幻景一样,入云的楼阁、瑰伟的宫殿、庄严的庙堂,甚至地球自身,以及地球上所有的一切,都将同样消散,就像这一场幻景,连一点烟云的影子都不曾留下。构成我们的料子也就是那梦幻的料子;我们的短暂的一生,前后都环绕在酣睡之中。王子,我心中有些昏乱,原谅我不能控制我的弱点;我的衰老的头脑有些昏了。不要因为我的年老不中用而不安。假如你们愿意,请回到我的洞里休息一下。我将略作散步,安定安定我焦躁的心境。

米兰达
腓迪南　愿你安静啊!(下。)

普洛斯彼罗　赶快来!谢谢你,爱丽儿,来啊!

爱丽儿上。

爱丽儿　我永远准备着执行你的意志。有什么吩咐?

普洛斯彼罗　精灵,我们必须预备着对付凯列班。

爱丽儿　是的,我的命令者;我在扮演刻瑞斯的时候就想对你说,可是我深恐触怒了你。

普洛斯彼罗　再对我说一次,你把这些恶人安置在什么地方?

爱丽儿　我告诉过你,主人,他们喝得醉醺醺的,勇敢得了不得;他们怒打着风,因为风吹到了他们的脸上,痛击着地面,因为地面吻了他们的脚;但总是不忘记他们的计划。于是我敲起小鼓来;一听见了这声音,他们便像狂野的小马一样,耸起了他们的耳朵,睁大了他们的眼睛,掀起了他们的鼻孔,似乎音乐是可以嗅到的样子。这样我迷惑了他们的耳朵,使他们像小牛跟从着母牛的叫声一样,跟我走过了一簇簇长着尖齿的野茨,咬人的刺金雀和锐利的荆棘丛,把他们可怜的胫骨刺穿。最后我把他们遗留在离开这里不远的那口满是浮渣的污水池中,水没到了下巴,他们却在那里手舞足蹈,把一池臭水搅得比他们的臭脚还臭。

普洛斯彼罗　干得很好,我的鸟儿。你仍旧隐形前去,把我室内的华丽的衣服拿来,好把这些恶贼们诱上圈套。

爱丽儿　我去,我去。(下。)

普洛斯彼罗　一个魔鬼,一个天生的魔鬼,教养也改不过他的天性来;在他身上我一切好心的努力都全然白费。他的形状随着年纪而一天丑陋似一天,他的心也一天一天腐烂下去。我要把他们狠狠惩治一顿,直至他们因痛苦而呼号。

　　　爱丽儿携带许多华服等上。

普洛斯彼罗　来,把它们挂起在这根绳上。

　　　普洛斯彼罗与爱丽儿隐身留原处。凯列班、斯丹法诺、特林鸠罗三人浑身淋湿上。

凯列班　请你们脚步放轻些,不要让瞎眼的鼹鼠听见了我们的足声。我们现在已经走近他的洞窟了。

斯丹法诺　怪物,你说你那个不会害人的仙人简直跟我们开了一个不大不小的玩笑。

特林鸠罗　怪物,我满鼻子都是马尿的气味,把我恶心得不得了。

斯丹法诺　我也是这样。你听见吗,怪物?要是我向你一发起恼来,当心点儿——

特林鸠罗　你不过是一个走投无路的怪物罢了。

凯列班　好老爷,不要恼我,耐心些;因为我将要带给您的好处可以抵偿过这场不幸。请你们轻轻地讲话;大家要静得好像在深夜里一样。

特林鸠罗　呃,可是我们的酒瓶也落在池里了。

斯丹法诺　这不单是耻辱和不名誉,简直是无限的损失。

特林鸠罗　这比浑身淋湿更使我痛心;可是,怪物,你却说那是你的不会害人的仙人。

斯丹法诺　我一定要去把我的酒瓶捞起来,即使我必须没头没脑钻在水里。

凯列班　我的王爷,请您安静下来。瞧这里,这便是洞口了;不要响,走进去。把那件大好的恶事干起来,这岛便属您所有了;我,您的凯列班,将要永远舐您的脚。

斯丹法诺　让我握你的手;我开始动了杀人的念头了。

特林鸠罗　啊,斯丹法诺大王!大老爷!尊贵的斯丹法诺!瞧这儿有多么好的衣服给您穿呀!

凯列班　让它去,你这蠢货!这些不过是废物罢了。

特林鸠罗　哈哈,怪物!什么是旧衣庄上的货色,我们是看得出

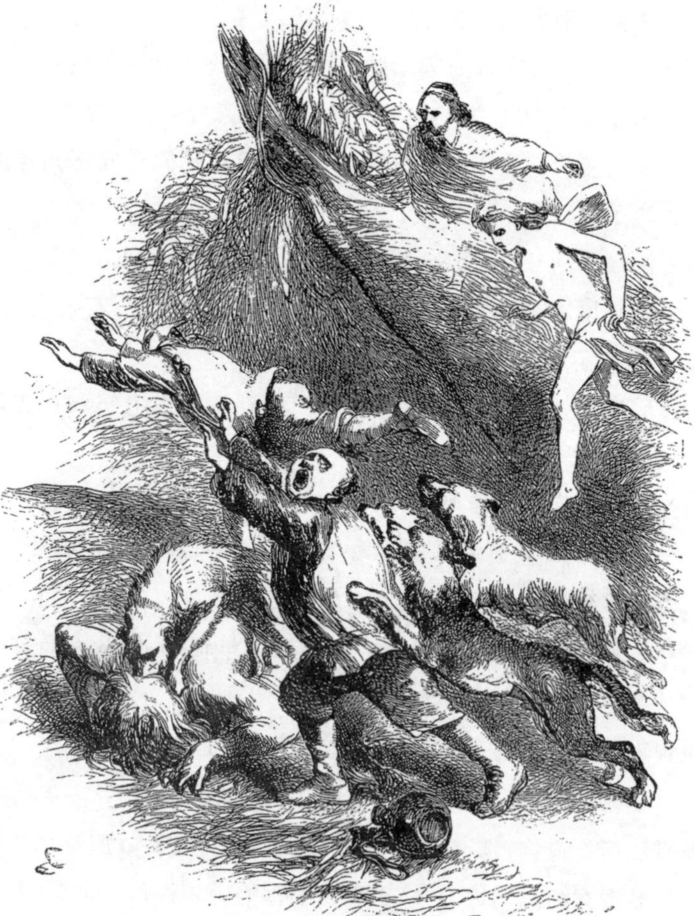

来的。啊,斯丹法诺大王!

斯丹法诺　放下那件袍子,特林鸠罗!凭着我这手起誓,那件袍子我要。

特林鸠罗　请大王拿去好了。

凯列班　愿这傻子浑身起水肿!你老是恋恋不舍这种废料有什么意思呢?别去理这些个,让我们先去行刺。要是他醒了,他会使我们从脚心到头顶遍体鳞伤,把我们弄成不知什么样子的。

斯丹法诺　别开口,怪物!——绳太太,这不是我的短外套吗?本来吊在你绳上,现在吊在我身上;短外衣呀,我说,你别"掉"了毛,变个秃头雕才好。

特林鸠罗　妙极妙极!大王高兴的话,让我们横七竖八一齐偷了去!

斯丹法诺　你这句话说得很妙,赏给你这件衣服吧。只要我做这里的国王,聪明人总不会被亏待的。"横七竖八偷了去"是一句绝妙的俏皮话,再赏你一件衣服。

特林鸠罗　怪物,来啊,涂一些胶在你的手指上,把其余的都拿去吧。

凯列班　我什么都不要。我们将要错过了时间,大家要变成蠢鹅,或是额角低得难看的猴子了!

斯丹法诺　怪物,别连手都不动一动;给我把这件衣服拿到我那放着大酒桶的地方去,否则我的国境内不许你立足。去,把这拿去。

特林鸠罗　还有这一件。

斯丹法诺　呃,还有这一件。

　　　　幕内猎人的声音。若干精灵化作猎犬上,将斯丹法诺等三人追逐;普洛斯彼罗和爱丽儿嗾着它们。

普洛斯彼罗　嗨！莽丁,嗨！

爱丽儿　雪狒！那边去,雪狒！

普洛斯彼罗　飞雷！飞雷！那边,铁龙！那边！听,听！(凯列班、斯丹法诺、特林鸠罗被驱下)去叫我的妖精们用厉害的痉挛磨他们的骨节;叫他们的肌肉像老年人那样抽搐起来,掐得他们满身都是伤痕,比豹子或山猫身上的斑点还多。

爱丽儿　听！他们在呼号呢。

普洛斯彼罗　让他们被痛痛快快地追一下子。此刻我的一切仇人们都在我的手掌之中了;不久我的工作便可完毕,你就可以呼吸自由的空气,暂时你再跟我来,帮我一些忙吧。(同下。)

第 五 幕

第一场　普洛斯彼罗洞室之前

　　　　普洛斯彼罗穿法衣上；爱丽儿随上。

普洛斯彼罗　现在我的计划将告完成；我的魔法毫无差失；我的精灵们俯首听命；一切按部就班顺利地过去。是什么时候了？

爱丽儿　将近六点钟。你曾经说过，主人，在这时候我们的工作应当完毕。

普洛斯彼罗　当我刚兴起这场暴风雨的时候，我曾经这样说过。告诉我，我的精灵，国王和他的从者们怎么样啦？

爱丽儿　按照着你的吩咐，他们仍旧照样囚禁在一起，同你离开他们的时候一样，在荫蔽着你的洞室的那一列大菩提树底下聚集着这一群囚徒；你要是不把他们释放，他们便一步路也不能移动。国王、他的弟弟和你的弟弟，三个人都疯了；其余的人在为他们悲泣，充满了忧伤和惊骇；尤其是那位你所称为"善良的老大臣贡柴罗"的，他的眼泪一直从他的胡须上淋了下来，就像从茅檐上流下来的冬天的滴水一样。你在他们身上所施的魔术的力量是这么大，要是你现在看见了他们,你的心也一定会软下来。

普洛斯彼罗　你这样想吗,精灵?

爱丽儿　如果我是人类,主人,我会觉得不忍的。

普洛斯彼罗　我的心也将会觉得不忍。你不过是一阵空气罢了,居然也会感觉到他们的痛苦;我是他们的同类,跟他们一样敏锐地感到一切,和他们有着同样的感情,难道我的心反会比你硬吗?虽然他们给我这样大的迫害,使我痛心切齿,但是我宁愿压服我的愤恨而听从我的更高尚的理性;道德的行动较之仇恨的行动是可贵得多的。要是他们已经悔过,我的唯一的目的也就达到终点,不再对他们更有一点怨恨。去把他们释放了吧,爱丽儿。我要给他们解去我的魔法,唤醒他们的知觉,让他们仍旧恢复本来的面目。

爱丽儿　我去领他们来,主人。(下。)

普洛斯彼罗　你们山河林沼的小妖们;踏沙无痕、追逐着退潮时的海神而等他一转身来便又倏然逃去的精灵们;在月下的草地上留下了环舞的圈迹,使羊群不敢走近的小神仙们;以及在半夜中以制造菌蕈为乐事,一听见肃穆的晚钟便雀跃起来的你们:虽然你们不过是些弱小的精灵,但我借着你们的帮助,才能遮暗了中天的太阳,唤起作乱的狂风,在青天碧海之间激起浩荡的战争:我把火给与震雷,用乔武大神的霹雳碎了他自己那株粗干的橡树;我使稳固的海岬震动,连根拔起松树和杉柏:因着我的法力无边的命令,坟墓中的长眠者也被惊醒,打开了墓门出来。但现在我要捐弃这种狂暴的魔术,仅仅再要求一些微妙的天乐,化导他们的心性,使我能得到我所希望的结果;以后我便将折断我的魔杖,把它埋在幽深的地底,把我的书投向深不可测的海心。

庄严的音乐。爱丽儿重上；他的后面跟随着神情狂乱的阿隆佐，由贡柴罗随侍；西巴斯辛与安东尼奥也和阿隆佐一样，由阿德里安及弗兰西斯科随侍；他们都步入普洛斯彼罗在地上所划的圆圈中，被魔法所禁，呆立不动。普洛斯彼罗看见此情此景，开口说道：

普洛斯彼罗　庄严的音乐是对于昏迷的幻觉的无上安慰，愿它医治好你们那在煎炙着的失去作用的脑筋！站在那儿吧，因为你们已经被魔法所制伏了。圣人一样的贡柴罗，可尊敬的人！我的眼睛一看见了你，便油然堕下同情的眼泪来。魔术的力量在很快地消失，如同晨光悄悄掩袭暮夜，把黑暗消解了一样，他们那开始抬头的知觉已经在驱除那蒙蔽住他们清明理智的迷糊的烟雾了。啊，善良的贡柴罗！不单是我的真正的救命恩人，也是你所跟随着的君主的一位忠心耿耿的臣子，我要在名义上在实际上重重报答你的好处。你，阿隆佐，对待我们父女的手段未免太残酷了！你的兄弟也是一个帮凶的人。你现在也受到惩罚了，西巴斯辛！你，我的骨肉之亲的兄弟，为着野心，忘却了怜悯和天性；在这里又要和西巴斯辛谋弑你们的君王，为着这缘故他的良心的受罚是十分厉害的；我宽恕了你，虽然你的天性是这样刻薄！他们的知觉的浪潮已经在渐渐激涨起来，不久便要冲上了现在还是一片黄泥的理智的海岸。在他们中间还不曾有一个人看见我，或者会认识我。爱丽儿，给我到我的洞里去把我的帽子和佩剑拿来。（爱丽儿下）我要显出我的本来面目，重新打扮做旧时的米兰公爵的样子。快一些，精灵！你不久就可以自由了。

爱丽儿重上，唱歌，一面帮助普洛斯彼罗装束。

爱丽儿　（唱）

　　　　蜂儿吮啜的地方,我也在那儿吮啜;
　　　　在一朵莲香花的冠中我躺着休息;
　　　　我安然睡去,当夜枭开始它的呜咽。
　　　　骑在蝙蝠背上我快活地飞舞翩翩,
　　　　快活地快活地追随着逝去的夏天;
　　　　　快活地快活地我要如今
　　　　　　向垂在枝头的花底安身。

普洛斯彼罗　啊,这真是我的可爱的爱丽儿!我真舍不得你;但你必须有你的自由。——好了,好了。——你仍旧隐着身子,到国王的船里去:水手们都在舱口下面熟睡着,先去唤醒了船长和水手长之后,把他们引到这里来!快一些。

爱丽儿　我乘风而去,不等到你的脉搏跳了两跳就回来。（下。）

贡柴罗　这儿有着一切的迫害、苦难、惊奇和骇愕;求神圣把我们带出这可怕的国土吧!

普洛斯彼罗　请您看清楚,大王,被害的米兰公爵普洛斯彼罗在这里。为要使您相信对您讲话的是一个活着的邦君,让我拥抱您;对于您和您的同伴们,我是竭诚欢迎!

阿隆佐　我不知道你真的是不是他,或者不过是一些欺人的鬼魅,如同我不久以前所遇到的。但是你的脉搏跳得和寻常血肉的人一样;而且自从我一见你之后,那使我发狂的精神上的痛苦已减轻了些。如果这是一件实在发生的事,那定然是一段最稀奇的故事。你的公国我奉还给你,并且恳求你饶恕我的罪恶。——但是普洛斯彼罗怎么还会活着而且在这里呢?

普洛斯彼罗　尊贵的朋友,先让我把您老人家拥抱一下;您的崇

71

高是不可以限量的。
贡柴罗　我不能确定这是真实还是虚无。
普洛斯彼罗　这岛上的一些蜃楼海市曾经欺骗了你,以致使你不敢相信确实的事情。——欢迎啊,我的一切的朋友们!
　　(向西巴斯辛、安东尼奥旁白)但是你们这一对贵人,要是我不客气的话,可以当场证明你们是叛徒,叫你们的王上翻过脸来;可是现在我不想揭发你们。
西巴斯辛　(旁白)魔鬼在他嘴里说话吗?
普洛斯彼罗　不。讲到你,最邪恶的人,称你是兄弟也会玷污了我的齿舌,但我饶恕了你的最卑劣的罪恶,一切全不计较了;我单单要向你讨还我的公国,我知道那是你不得不把它交还的。
阿隆佐　如果你是普洛斯彼罗,请告诉我们你的遇救的详情,怎么你会在这里遇见我们。在三小时以前,我们的船毁没在这海岸的附近;在这里,最使我想起了心中惨痛的,我失去了我的亲爱的儿子腓迪南!
普洛斯彼罗　我听见这消息很悲伤,大王。
阿隆佐　这损失是无可挽回的,忍耐也已经失去了它的效用。
普洛斯彼罗　我觉得您还不曾向忍耐求助。我自己也曾经遭到和您同样的损失,但借着忍耐的慈惠的力量,使我安之若素。
阿隆佐　你也遭到同样的损失!
普洛斯彼罗　对我正是同样重大,而且也是同样新近的事;比之您,我更缺少任何安慰的可能,我所失去的是我的女儿。
阿隆佐　一个女儿吗?天啊!要是他们俩都活着,都在那不勒斯,一个做国王,一个做王后,那将是多么美满!真能这样的话,我宁愿自己长眠在我的孩子现今所在的海底。你的女儿是什么时候失去的?

普洛斯彼罗　就在这次暴风雨中。我看这些贵人们由于这次的遭遇,太惊愕了,惶惑得不能相信他们眼睛所见的是真实,他们嘴里所说的是真的言语。但是,不论你们心里怎样迷惘,请你们相信我确实便是普洛斯彼罗,从米兰被放逐出来的公爵;因了不可思议的偶然,恰恰在这儿你们沉舟的地方我登上陆岸,做了岛上的主人。关于这事现在不要再多谈了,因为那是要好多天才讲得完的一部历史,不是一顿饭的时间所能叙述得了,而且也不适宜于我们这初次的相聚。欢迎啊,大王!这洞窟便是我的宫廷,在这里我也有寥寥几个侍从,没有一个外地的臣民。请您向里面探望一下。因为您还给了我的公国,我也要把一件同样好的礼物答谢您;至少也要献出一个奇迹来,使它给与您安慰,正像我的公国安慰了我一样。

　　　　　洞门开启,腓迪南与米兰达在内对弈。

米兰达　好人,你在安排着作弄我。

腓迪南　不,我的最亲爱的,即使给我整个的世界我也不愿欺弄你。

米兰达　我说你作弄我;可是就算你并吞了我二十个王国,我还是认为这是一场公正的游戏。

阿隆佐　倘使这不过是这岛上的一场幻景,那么我将要两次失去我的亲爱的孩子了。

西巴斯辛　不可思议的奇迹!

腓迪南　海水虽然似乎那样凶暴,然而却是仁慈的;我错怨了它们。(向阿隆佐跪下。)

阿隆佐　让一个快乐的父亲的所有的祝福拥抱着你！起来，告诉我你是怎么到这里来的。

米兰达　神奇啊！这里有多少好看的人！人类是多么美丽！啊，新奇的世界，有这么出色的人物！

普洛斯彼罗　对于你这是新奇的。

阿隆佐　和你一起玩着的这姑娘是谁？你们的认识顶多也不过三个钟头罢了。她是不是就是把我们拆散了又使我们重新聚合的女神？

腓迪南　父亲，她是凡人，但借着上天的旨意她是属于我的；我选中她的时候，无法征询父亲的意见，而且那时我也不相信我还有一位父亲。她就是这位著名的米兰公爵的女儿；我常常听见说起过他的名字，但从没有看见过他一面。从他的手里我得到了第二次生命；而现在这位小姐使他成为我的第二个父亲。

阿隆佐　那么我也是她的父亲了；但是唉，听起来多么使人奇怪，我必须向我的孩子请求宽恕！

普洛斯彼罗　好了，大王，别再说了；让我们不要把过去的不幸重压在我们的记忆上。

贡柴罗　我的心中感激得说不出话来，否则我早就开口了。天上的神明们，请俯视尘寰，把一顶幸福的冠冕降临在这一对少年的头上；因为把我们带到这里来相聚的，完全是上天的主意！

阿隆佐　让我跟着你说"阿门"，贡柴罗！

贡柴罗　米兰的主人被逐出米兰，而他的后裔将成为那不勒斯的王族吗？啊，这是超乎寻常喜事的喜事，应当用金字把它铭刻在柱上，好让它传至永久。在一次航程中，克拉莉贝尔在突尼斯获得了她的丈夫;她的兄弟腓迪南又在他迷失的岛上找到了一位妻子;普洛斯彼罗在一座荒岛上收回了他的公国;而我们大家呢,在每个人迷失了本性的时候,重新找着了各人自己。

阿隆佐　（向腓迪南、米兰达）让我握你们的手:谁不希望你们快乐的,让忧伤和悲哀永远占据他的心灵!

贡柴罗　愿如大王所说的,阿门!

　　　　爱丽儿重上,船长及水手长惊愕地随在后面。

贡柴罗　瞧啊,大王!瞧!又有几个我们的人来啦。我曾经预言过,只要陆地上有绞架,这家伙一定不会淹死。喂,你这谩骂的东西!在船上由得你指天骂日,怎么一上了岸响都不响了呢?难道你没有把你的嘴巴带到岸上来吗?说来,有什么消息?

水手长　最好的消息是我们平安地找到了我们的王上和同伴;其次,在三个钟头以前我们还以为已经撞碎了的我们那条船,却正和第一次下水的时候那样结实、完好而齐整。

爱丽儿　（向普洛斯彼罗旁白）主人,这些都是我去了以后所做的事。

普洛斯彼罗　（向爱丽儿旁白）我的足智多谋的精灵!

阿隆佐　这些事情都异乎寻常;它们越来越奇怪了。说,你怎么会到这儿来的?

水手长　大王,要是我自己觉得我是清清楚楚地醒着,也许我会勉强告诉您。可是我们都睡得像死去一般,也不知道怎么一下子,都给关闭在舱口底下了。就在不久之前我们听见了各种奇怪的响声——怒号、哀叫、狂呼、铿锵的铁链声以及此外许多可怕的声音,把我们闹醒。立刻我们就自由了,个个都好好儿的;我们看见壮丽的王船丝毫无恙,明明白白在我们的眼前;我们的船长一面看着它,一面手舞足蹈。忽然一下子莫名其妙地,我们就像在梦中一样糊里糊涂地离开了其余的兄弟,被带到这里来了。

爱丽儿　（向普洛斯彼罗旁白）干得好不好?

普洛斯彼罗　（向爱丽儿旁白）出色极了,我的勤劳的精灵!你就要得到自由了。

阿隆佐　这真叫人像坠入五里雾中一样!这种事情一定有一个超自然的势力在那儿指挥着;愿神明的启迪给我们一些指示吧!

普洛斯彼罗　大王,不要因为这种怪事而使您心里迷惑不宁;不久我们有了空暇,我便可以简简单单地向您解答这种种奇迹,使您觉得这一切的发生,未尝不是可能的事。现在请高兴起来,把什么事都往好的方面着想吧。(向爱丽儿旁白)过来,精灵;把凯列班和他的伙伴们放出来,解去他们身上的魔法。(爱丽儿下)怎样,大王?你们的一伙中还缺少几个人,一两个为你们所忘怀了的人物。

　　　　爱丽儿驱凯列班、斯丹法诺、特林鸠罗上,各人穿着他们所偷得的衣服。

斯丹法诺　让各人为别人打算,不要顾到自己,①因为一切都是命运。勇气啊!出色的怪物,勇气啊!

特林鸠罗　要是装在我头上的眼睛不曾欺骗我,这里的确是很堂皇的样子。

---

① 斯丹法诺正酒醉糊涂,语无伦次;按照他的本意,他该是想说:"让各人为自己打算,不要顾到别人。"

凯列班　塞提柏斯呀！这些才真是出色的精灵！我的主人真是一表非凡！我怕他要责罚我。

西巴斯辛　哈哈！这些是什么东西,安东尼奥大人？可以不可以用钱买的？

安东尼奥　大概可以吧；他们中间的一个完全是一条鱼,而且一定很可以卖几个钱。

普洛斯彼罗　各位大人,请瞧一瞧这些家伙们身上穿着的东西,就可以知道他们是不是好东西。这个奇丑的恶汉的母亲是一个很有法力的女巫,能够叫月亮都听她的话,能够支配着本来由月亮操纵的潮汐。这三个家伙做贼偷了我的东西；这个魔鬼生下来的杂种又跟那两个东西商量谋害我的生命。那两人你们应当认识,是您的人；这个坏东西我必须承认是属于我的。

凯列班　我免不了要被拧得死去活来。

阿隆佐　这不是我的酗酒的膳夫斯丹法诺吗？

西巴斯辛　他现在仍然醉着；他从哪儿来的酒呢？

阿隆佐　这是特林鸠罗,看他醉得天旋地转。他们从哪儿喝这么多的好酒,把他们的脸染得这样血红呢？你怎么会变成这种样子？

特林鸠罗　自从我离开了你之后,我的骨髓也都浸酥了；我想这股气味可以熏得连苍蝇也不会在我的身上下卵了吧？

西巴斯辛　喂,喂,斯丹法诺！

斯丹法诺　啊！不要碰我！我不是什么斯丹法诺,我不过是一堆动弹不得的烂肉。

普洛斯彼罗　狗才,你要做这岛上的王,是不是？

斯丹法诺　那么我一定是个倒楣的王爷。

77

阿隆佐　这样奇怪的东西我从来没有看见过。（指凯列班。）

普洛斯彼罗　他的行为跟他的形状同样都是天生的下劣。——去，狗才，到我的洞里去；把你的同伴们也带了进去。要是你希望我饶恕的话，把里面打扫得干净点儿。

凯列班　是，是，我就去。从此以后我要聪明一些，学学讨好的法子。我真是一头比六头蠢驴合起来还蠢的蠢货！竟会把这种醉汉当作神明，向这种蠢材叩头膜拜！

普洛斯彼罗　快滚开！

阿隆佐　滚吧，把你们那些衣服仍旧归还到原来寻得的地方去。

西巴斯辛　什么寻得，是偷的呢。（凯列班、斯丹法诺、特林鸠罗同下。）

普洛斯彼罗　大王，我请您的大驾和您的随从们到我的洞窟里来；今夜暂时要屈你们在这儿宿一夜。一部分的时间我将消磨在谈话上，我相信那种谈话会使时间很快溜过；我要告诉您我的生涯中的经历，以及一切自从我到这岛上来之后所遭遇的事情。明天早晨我要带着你们上船回到那不勒斯去；我希望我们所疼爱的孩子们的婚礼就在那儿举行；然后我要回到我的米兰，在那儿等待着瞑目长眠的一天。

阿隆佐　我渴想听您讲述您的经历，那一定会使我们的耳朵着迷。

普洛斯彼罗　我将从头到尾向您细讲；并且答应您一路上将会风平浪静，有吉利的顺风吹送，可以赶上已经去远了的您的船队。（向爱丽儿旁白）爱丽儿，我的小鸟，这事要托你办理；以后你便可以自由地回到空中，从此我们永别了！——请你们过来。（同下。）

收 场 诗

普洛斯彼罗致辞：
现在我已把我的魔法尽行抛弃，
剩余微弱的力量都属于我自己；
横在我面前的分明有两条道路，
不是终生被符箓把我在此幽锢，
便是凭借你们的力量重返故郭。
既然我现今已把我的旧权重握，
饶恕了迫害我的仇人，请再不要
把我永远锢闭在这寂寞的荒岛！
求你们解脱了我灵魂上的系锁，
赖着你们善意殷勤的鼓掌相助；
再烦你们为我吹嘘出一口和风，
好让我们的船只一齐鼓满帆篷。
否则我的计划便落空。我再没有
魔法迷人，再没有精灵为我奔走；
我的结局将要变成不幸的绝望，
除非依托着万能的祈祷的力量，
它能把慈悲的神明的中心刺彻，
赦免了可怜的下民的一切过失。
你们有罪过希望别人不再追究，
愿你们也格外宽大，给我以自由！（下。）

冬天的故事

朱 生 豪 译
吴 兴 华 校

WINTER'S TALE.

VOL. III.   Act III Sc. 3

剧 中 人 物

里昂提斯　西西里国王

迈密勒斯　西西里小王子

卡密罗 ⎫

安提哥纳斯 ⎬ 西西里大臣

克里奥米尼斯 ⎪

狄温 ⎭

波力克希尼斯　波希米亚国王

弗罗利泽　其子

阿契达摩斯　波希米亚大臣

水手

狱吏

牧人　潘狄塔的假父

小丑　其子

牧人之仆

奥托里古斯　流氓

赫米温妮　里昂提斯之后

潘狄塔　里昂提斯及赫米温妮之女

宝丽娜　安提哥纳斯之妻

爱米利娅 ⎫
　　　　 ⎬ 宫女 ⎫
其他宫女 ⎭　　　 ⎬ 随侍王后

毛大姐 ⎫
　　　 ⎬ 牧羊女
陶姑儿 ⎭

西西里众臣及贵妇；侍从及卫士；扮萨特者；牧人及牧羊女等；致辞者扮时间

地　　点

西西里；波希米亚

第 一 幕

第一场 西西里。里昂提斯宫中的前厅

    卡密罗及阿契达摩斯上。

阿契达摩斯　卡密罗,要是您有机会到波希米亚来,也像我这回陪驾来到贵处一样,我已经说过,您一定可以瞧出我们的波希米亚跟你们的西西里有很大的不同。

卡密罗　我想明年夏天西西里王打算答访波希米亚。

阿契达摩斯　我们的简陋的款待虽然不免贻笑,可是我们会用热情来表示我们的诚意;因为说老实话——

卡密罗　请您——

阿契达摩斯　真的,我并不是随口说说。我们不能像这样盛大——用这种珍奇的——我简直说不出来。可是我们会给你们喝醉人的酒,好让你们感觉不到我们的简陋;虽然得不到你们的夸奖,至少也不会惹你们见怪。

卡密罗　您太言重了。

阿契达摩斯　相信我,我说的都是从心里说出来的老实话。

卡密罗　西西里对于波希米亚的情谊,是怎么也不能完全表示出来的。两位陛下从小便在一起受教育;他们彼此间的感

情本来非常深切,无怪现在这么要好。自从他们长大之后,地位和政治上的必要使他们不能再在一起,但是他们仍旧交换着礼物、书信和友谊的使节,代替着当面的晤对。虽然隔离,却似乎朝夕共处;远隔重洋,却似乎携手相亲;一在天南,一在地北,却似乎可以互相拥抱。但愿上天继续着他们的友谊!

阿契达摩斯　我想世间没有什么阴谋或意外的事故可以改变他们的心,你们那位小王子迈密勒斯真是一位福星,他是我眼中所见到的最有希望的少年。

卡密罗　我很同意你对于他的期望。他是个了不得的孩子,受到全国人民的爱慕。在他没有诞生以前便已经扶杖而行的老人,也在希望着能够活到看见他长大成人的一天。

阿契达摩斯　否则他们便会甘心死去吗?

卡密罗　是的,要是此外没有必须活下去的理由。

阿契达摩斯　要是王上没有儿子,他们会希望扶着拐杖活下去看到他有个孩子的。(同下。)

第二场　同前。宫中大厅

　　里昂提斯、波力克希尼斯、赫米温妮、迈密勒斯、卡密罗及侍从等上。

波力克希尼斯　自从我抛开政务、辞别我的御座之后,牧人日历中如水的明月已经盈亏了九度。再长一倍的时间也会载满了我的感谢,我的王兄;可是现在我必须负着永远不能报答的恩情而告别了。像一个置身在富丽之处的微贱之徒,我再在以前已经说过的千万次道谢之上再加上一句,

"谢谢!"

里昂提斯　且慢道谢,等您去的时候再说吧。

波力克希尼斯　王兄,那就是明天了。我在担心着当我不在的时候,也许国中会发生什么事情;——但愿平安无事,不要让我的疑惧果成事实!而且,我住的时间已经长得叫您生厌了。

里昂提斯　王兄,您别瞧我不中用,以为我一下子就会不耐烦起来的。

波力克希尼斯　不再耽搁下去了。

里昂提斯　再住一个星期吧。

波力克希尼斯　真的,明天就要去了。

里昂提斯　那么我们把时间折半平分;这您可不能反对了。

波力克希尼斯　请您不要这样勉强我。世上没有人,绝对没有人能像您那样说动我;要是您的请求对于您确实是必要,那么即使我有必须拒绝的理由,我也会遵命住下。可是我的事情逼着我回去,您要是拦住我,虽说出于好意,却像是给我一种惩罚。同时我耽搁在这儿,又要累您麻烦。免得两面不讨好,王兄,我们还是分手了吧。

里昂提斯　你变成结舌了吗,我的王后?你说句话儿。

赫米温妮　我在想,陛下,等您逼得他发誓决不耽搁的时候再开口。陛下的言辞太冷淡了些。您应当对他说您相信波希米亚一切都平安,这可以用过去的日子来证明的。这样对他说了之后,他就无可借口了。

里昂提斯　说得好,赫米温妮。

赫米温妮　要是说他渴想见他的儿子,那倒是一个有力的理由;他要是这样说,便可以放他去;他要是这样发誓,就可以不必耽搁,我们会用纺线杆子把他打走的。(向波力克希尼斯)可是这不是您的理由,因此我敢再向陛下告借一个星期;等您在波希米亚接待我的王爷的时候,我可以允许他比约定告辞的日子迟一个月回来。——可是说老实话,里昂提斯,我的爱你一分一秒都不下于无论哪位老爷的太太哩。——您答应住下来吗?

波力克希尼斯　不,王嫂。

赫米温妮　你一定不答应住下来吗?

波力克希尼斯　我真的不能耽搁了。

赫米温妮　真的!您用这种话来轻轻地拒绝我;可是即使您发下漫天大誓,我仍旧要说:"陛下,您不准去。"真的,您不能去;女人嘴里说一句"真的",也跟王爷们嘴里说的"真的"一样有力呢。您仍旧要去吗?一定要我把您像囚犯一样拘禁起来,而不像贵宾一样款留着吗?您宁愿用赎金代替道谢而脱身回去吗?您怎么说?我的囚犯呢,还是我的贵宾?凭着您那句可怕的"真的",您必须在两者之间选取其一。

波力克希尼斯　那么,王嫂,我还是做您的宾客吧;做您的囚犯是说我有什么冒犯的地方,那我是断断不敢的。

赫米温妮　那么我也不是您的狱卒,而是您的殷勤的主妇了。来,我要问问您,我的王爷跟您两人小时候喜欢玩些什么把戏;那时你们一定是很有趣的哥儿吧?

波力克希尼斯　王嫂,我们那时是两个不知道有将来的孩子,以为明天就跟今天一样,永远是个孩子。

赫米温妮　我的王爷不是比您更喜欢开玩笑吗?

波力克希尼斯　我们就像是在阳光中欢跃的一对孪生的羔羊,彼此交换着咩咩的叫唤。我们各以一片天真相待,不懂得做恶事,也不曾梦想到世间会有恶人。要是我们继续过那种生活,要是我们的脆弱的心灵从不曾被激烈的情欲所激动,那么我们可以大胆向上天说,人类所继承下来的罪恶,我们是无分的。

赫米温妮　照这样说来,我知道你们以后曾经犯过罪了。

波力克希尼斯　啊!我的圣洁的娘娘!此后我们便受到了诱惑;因为在那些乳臭未干的日子,我的妻子还是一个女孩子,您的美妙的姿容也还不曾映进了我的少年游侣的眼中。

赫米温妮　哎哟!您别说下去了,也许您要说您的娘娘跟我都是魔鬼哩。可是您说下去也不妨;我们可以担承陷害你们的罪名,只要你们跟我们犯罪是第一次,只要你们继续跟我们犯罪,而不去跟别人犯罪。

里昂提斯　他有没有答应?

赫米温妮　他愿意住下来了,陛下。

里昂提斯　我请他,他却不肯。赫米温妮,我的亲爱的,你的三寸舌建了空前的奇功了。

赫米温妮　空前的吗?

里昂提斯　除了还有一次之外,可以说是空前的。

赫米温妮　什么!我的舌头曾经立过两次奇功吗?以前的那次是在什么时候?请你告诉我;把我夸奖得心花怒放,高兴得像一头养肥了的家畜似的。一件功劳要是默默无闻,可以消沉了以后再做一千件的兴致;褒奖便是我们的酬报。一回的鞭策还不曾使马儿走过一亩地,温柔的一吻早已使它驰过百里。言归正传:我刚才的功劳是劝他住下;以前的那件呢?要是我不曾听错,那么它还有一个大姊姊哩;我希望她有一个高雅的名字!可是那一回我说出好话来是在什么时候？告诉我吧！我急于要知道呢。

里昂提斯　那就是当三个月难堪的时间终于黯然消逝，我毕竟使你伸出你的白白的手来，答应委身于我的那时候；你说："我永远是你的了。"

赫米温妮　那真是一句好话。你们瞧，我已经说过两回好话了；一次我永久得到了一位君王，一次我暂时留住了一位朋友。

（伸手给波力克希尼斯。）

里昂提斯　（旁白）太热了！太热了！朋友交得太亲密了，难免发生情欲上的纠纷。我的心在跳着；可不是因为欢喜；不是欢喜。这种招待客人的样子也许是很纯洁的，不过因为诚恳，因为慷慨，因为一片真心而忘怀了形迹，并没有什么可以非议的地方；我承认那是没有什么关系的。可是手捏着手，指头碰着指头，像他们现在这个样子；脸上装着不自然的笑容，好像对着镜子似的；又叹起气来，好像一头鹿临死前的喘息：嘿！那种招待我可不欢喜；就是我的额角也不愿意长什么东西出来呢。——迈密勒斯，你是我的孩子吗？

迈密勒斯　是的，好爸爸。

里昂提斯　哈哈，真是我的好小子。怎么！把你的鼻子弄脏了吗？人家说他活像我的样子。来，司令官，我们一定要齐齐整整；不是齐齐整整，是干干净净，司令官；可是公牛、母牛和小牛，人家也会说它们齐齐整整。——还在弄他的手心！——喂喂，你这顽皮的小牛！你是我的小牛吗？

迈密勒斯　是的，要是您愿意，爸爸。

里昂提斯　你要是有一头蓬松的头发，再出了一对像我这样的角儿，那就完全像我了。可是人家说我们简直像两个蛋一样相像；女人们这样说，她们是什么都说得出来的；可是即使她们像染坏了的黑布一样坏,像风像水一样轻浮不定,像骗子在赌钱时用的骰子一样不可捉摸,然而说这孩子像我却总是一句真话。来,哥儿,用你那蔚蓝的眼睛望着我。可爱的坏东西!最亲爱的!我的肉!你的娘会不会?——也许有这种事吗?——爱情!你深入一切事物的中心;你会把不存在的事实变成可能,而和梦境互相沟通;——怎么会有这种事呢?——你能和伪妄合作,和空虚联络,难道便不会和实体发生关系吗?这种事情已经无忌惮地发生了,我已经看了出来,使我痛心疾首。

波力克希尼斯　西西里在说些什么?

赫米温妮　他好像有些烦躁。

波力克希尼斯　喂,王兄!怎么啦?你觉得怎样,王兄?

赫米温妮　您似乎头脑昏乱;想到了什么心事啦,陛下?

里昂提斯　不,真的没有什么。有时人类的至情会使人作出痴态来,叫心硬的人看着取笑!瞧我这孩子脸上的线条,我觉得好像恢复到二十三年之前,看见我自己不穿裤子,罩着一件绿天鹅绒的外衣,我的短剑套在鞘子里,因恐它伤了它的主人,如同一般装饰品一样,证明它是太危险的;我觉得那时的我多么像这个小东西,这位小爷爷。——我的好朋友,你愿意让人家欺骗你吗?

迈密勒斯　不,爸爸,我要跟他打。

里昂提斯　你要跟他打吗?哈哈!——王兄,您也像我们这样喜欢您的小王子吗?

波力克希尼斯　在家里,王兄,他是我唯一的消遣,唯一的安慰,唯一的关心;一会儿是我的结义之交,一会儿又是我的敌人;一会儿又是我的朝臣、我的兵士和我的官员。他使七月

91

的白昼像十二月天一样短促,用种种孩子气的方法来解除我心中的郁闷。

里昂提斯　这位小爷爷对我也是这样。王兄,我们两人先去,你们多耽搁一会儿。赫米温妮,把你对我的爱情,好好地在招待我这位王兄的上头表示出来吧;西西里所有的一切贵重的东西,都不要嫌破费去备来。除了你自己和我这位小流氓之外,他便是我最贴心的人了。

赫米温妮　假如您需要我们,我们就在园里;我们就在那边等着您好吗?

里昂提斯　随你们便吧,只要你们不飞到天上去,总可以找得到的。(旁白)我现在在垂钓,虽然你们没有看见我放下钓线去。好吧,好吧!瞧她那么把嘴向他送过去!简直像个妻子对她正式的丈夫那样无所顾忌!(波力克希尼斯、赫米温妮及侍从等下)已经去了!一顶绿头巾已经稳稳地戴上了!去玩去吧,孩子,玩去吧。你妈在玩着,我也在玩着;可是你扮的是这么一个丢脸的角色,准要给人喝倒彩嘘下了坟墓去的,轻蔑和讥笑便是我的葬钟。去玩去吧,孩子,玩去吧。要是我不曾弄错,那么乌龟这东西确是从来便有的;即使在现在,当我说这话的时候,一定就有许多人抱着他的妻子,却不知道她在他不在的时候早已给别人揩过油;他自己池子里的鱼,已经给他笑脸的邻居捞了去。我道不孤,聊堪自慰。假如有了不贞的妻子的男人全都怨起命来,世界上十分之一的人类都要上吊死了。补救的办法是一点没有的。正像有一个荒淫的星球,照临人世,到处惹是招非。你想,东南西北,无论哪处都抵挡不过肚子底下的作怪;魔鬼简直可以带了箱笼行李堂而皇之地进出呢。我们中间有千万个人都害着这毛病,但自己却不觉得。喂,孩子!

迈密勒斯　他们说我像您呢。

里昂提斯　嗯,这倒是我的一点点儿安慰。喂!卡密罗在不在?

卡密罗　有,陛下。

里昂提斯　去玩吧,迈密勒斯;你是个好人儿。(迈密勒斯下)卡密罗,这位大王爷还要住下去呢。

卡密罗　您好容易才把他留住的;方才抛下几次锚去,都没有成功。

里昂提斯　你也注意到了吗?

卡密罗　您几次请求他,他都不肯再留,反而把他自己的事情说得更为重要。

里昂提斯　你也看出来了吗?(旁白)他们已经在那边交头接耳地说西西里是这么这么了。事情已经发展到这地步,我应该老早就瞧出来的。——卡密罗,他怎么会留下来?

卡密罗　因为听从了贤德的王后的恳求。

里昂提斯　单说听从了王后的恳求就够了;贤德两个字却不大得当。表面是这样,其中却另有缘故。除了你之外,还有什么明白人看出来了吗?你的眼睛是特别亮的,比普通木头脑壳的人更善于察言观色;大概只有少数几个机灵人才注意到吧?低贱的人众也许对这种把戏毫无所知吧?你说。

卡密罗　什么把戏,陛下!我以为大家都知道波希米亚王要在这儿多住几天。

里昂提斯　嘿!

卡密罗　在这儿多住几天。

里昂提斯　嗯,可是什么道理呢?

卡密罗　因为不忍辜负陛下跟我们大贤大德的娘娘的美意。

里昂提斯　不忍辜负你娘娘的美意！这就够了。卡密罗,我不曾瞒过你一切我心底里的事情,向来我的私事都要跟你商量过;你常常像个教士一样洗净我胸中的污点,听过了你的话,我便像个悔罪的信徒一样得到了不少的教益。我以为你是个忠心的臣子,可是我看错了人了。

卡密罗　我希望不至于吧,陛下！

里昂提斯　我还要这样说,你是个不诚实的人;否则,要是你还有几分诚实,你便是个懦夫,不敢堂堂正正地尽你的本分;否则你是个为主人所倚重而辜恩怠职的仆人;或是一个傻瓜,看见一场赌局告终,大宗的赌注都已被人赢走,还以为只是一场玩笑。

卡密罗　陛下明鉴,微臣也许是疏忽、愚蠢而胆小;这些毛病是每个人免不了的,在世事的纷纭之中,常常不免要显露出来。在陛下的事情上我要是故意疏忽,那是因为我的愚蠢;要是我有心假作痴呆,那是因为我的疏忽,不曾顾虑到结果;要是有时我不敢去做一件我所抱着疑虑的事,可是后来毕竟证明了不做是不对的,那是连聪明人也常犯的胆怯:这些弱点,陛下,是正直人所不免的。可是我要请陛下明白告诉我的错处,好让我有辩白的机会。

里昂提斯　难道你没有看见吗,卡密罗？——可是那不用说了,你一定已经看见,否则你的眼睛比乌龟壳还昏沉了;——难道你没有听见吗？——像这种彰明昭著的事情,不会没有谣言兴起的——难道你也没有想到我的妻子是不贞的吗？——一个人除非没有脑子,总会思想的。要是你不能厚着脸皮说你不生眼睛不长耳朵没有头脑,你就该承认我的妻子是一匹给人骑着玩的木马;就像没有出嫁便去跟人睡觉的那种小户人家的女子一样淫贱。你老实说吧。

卡密罗　要是我听见别人这样诽谤我的娘娘,我一定要马上给他一些颜色看的。真的,您从来没有说过像这样不成体统的话;把那种话重说一遍,那罪恶就跟您所说的这种事一样大,如果那是真的话。

里昂提斯　难道那样悄声说话不算什么一回事吗？脸贴着脸,鼻子碰着鼻子,嘴唇咂着嘴唇,笑声里夹着一两声叹息,这些百无一失的失贞的表征,都不算什么一回事吗？脚踩着脚,躲在角落里,巴不得钟走得快些,一点钟一点钟变成一分钟一分钟,中午赶快变成深夜;巴不得众人的眼睛都出了毛病,不看见他们的恶事;这难道不算什么一回事吗？嘿,那么这世界和它所有的一切都不算什么一回事;笼罩宇宙的天空也不算什么一回事;波希米亚也不算什么一回事;我的妻子也不算什么一回事;这些算不得什么事的什么事根本就没有存在,要是这不算是什么一回事。

卡密罗　陛下,这种病态的思想,您赶快去掉吧;它是十分危险的。

里昂提斯　即使它是危险的,真总是真的。

卡密罗　不,不,不是真的,陛下。

里昂提斯　是真的;你说谎！你说谎！我说你说谎,卡密罗;我讨厌你。你是个大大的蠢货,没有脑子的奴才;否则便是个周旋于两可之间的骑墙分子,能够看明善恶,却不敢得罪哪一方。我的妻子的肝脏要是像她的生活那样腐烂,她不能再活到下一个钟头。

卡密罗　谁把她腐烂了？

里昂提斯　嘿,就是那个把她当作肖像一样挂在头颈上的波希米亚啦。要是我身边有生眼睛的忠心的臣子,不但只顾他们个人的利害,也顾到我的名誉,他们一定会干一些事来阻止以后有更坏的事情发生。你是他的行觞的侍臣,我把你从卑微的地位提拔起来,使你身居显要;你知道我的烦恼,就像天看见地、地看见天一样明白:你可以给我的仇人调好一杯酒,让他得到一个永久的安眠,那就使我大大的高兴了。

卡密罗　陛下,我可以干这事,而且不用急性的药物,只用一种慢性的,使他不觉得中了毒。可是我不能相信娘娘会这样败德,她是那样高贵的人。我已经尽忠于您——

里昂提斯　你要是还不相信,你就该死了!你以为我是这样傻,发痴似的会这么自寻烦恼,使我的被褥蒙上不洁,让荆棘榛刺和黄蜂之尾来捣乱我的睡眠,让人家怀疑我的儿子的血统,虽然我相信他是我的而疼爱着他;难道我会无中生有,而没有充分的理由吗?谁能这样丢自己的脸呢?

卡密罗　我必须相信您的话,陛下。我相信您,愿意就去谋害波希米亚。他一除去之后,请陛下看在小殿下的面上,仍旧跟娘娘和好如初,免得和我们有来往的列国朝廷里兴起谣诼来。

里昂提斯　你说得正合我心;我决不让她的名誉上沾染污点。

卡密罗　陛下,那么您就去吧;对于波希米亚和娘娘,您仍然要装出一副和气殷勤的容貌。我是他的行觞的侍臣;要是他喝了我的酒毫无异状,您就不用把我当作您的仆人。

里昂提斯　好,没有别的事了。你做了此事,我的一半的心便属于你的;倘不做此事,我要把你的心剖成两半。

卡密罗　我一定去做,陛下。

里昂提斯　我就听你的话,装出一副和气的样子。(下。)

卡密罗　唉,不幸的娘娘!可是我在什么一种处境中呢?我必须去毒死善良的波力克希尼斯,理由只是因为服从我的主人,他自己发了疯,硬要叫他手下的人也跟着他干发疯的事。我做了这件事,便有升官发财的希望。即使我能够在几千件谋害人君的前例中找得出后来会有好结果的人,我也不愿去做;既然碑版卷籍上从来不曾记载过这样一个例子,那么为了不干这种罪恶的事,我也顾不得尽忠了。我必须离开朝廷;做与不做,都是一样的为难。但愿我有好运气!——波希米亚来了。

　　　　波力克希尼斯重上。

波力克希尼斯　这可奇了!我觉得这儿有点不大欢迎我来。不说一句话吗?——早安,卡密罗!

卡密罗　给陛下请安!

波力克希尼斯　朝中有什么消息?

卡密罗　没有什么特别的消息,陛下。

波力克希尼斯　你们大王的脸上似乎失去了什么州省或是一块宝贵的土地一样;刚才我见了他,照常礼向他招呼,他却把眼睛转向别处,抹一抹瞧不起人的嘴唇,便急急地打我身边走去了,使我莫名其妙,不知道什么事情使他这样改变了态度。

卡密罗　我不敢知道,陛下。

波力克希尼斯　怎么!不敢知道!还是不知道?你知道了,可是不敢说出来吗?讲明白点吧,多半是这样的;因为就你自己而论,你所知道的,你一定知道,没有什么不敢知道的道理。好卡密罗,你变了脸色了;你的脸色正像是我的一面镜子,反映出我也变了脸色了;因为我知道我在这种变动当中一定也有份。

卡密罗　有一种病使我们中间有些人很不舒服,可是我说不出是什么病来;而那种病是从仍然健全着的您的身上传染过去的。

波力克希尼斯　怎么!从我身上传染过去的?不要以为我的眼睛能够伤人;我曾经看觑过千万个人,他们因为得到我的注意而荣达起来,可是却不曾因此而伤了命。卡密罗,你是个正人君子,加之学问渊博,洞明世事,那是跟我们的高贵家世一样值得尊重的;要是你知道什么事是应该让我知道的,请不要故意瞒着我。

卡密罗　我不敢回答您。

波力克希尼斯　从我身上传染过去的病,而我却健康着!我非得明白这句话的意思不可,你听见吗,卡密罗?凭着人类的一切光荣的义务(其中也包括我当前对你的请求),告诉我你以为有什么祸事将要临到我身上;离我多远多近;要是可以避过的话,应当采取什么方法;要是避不了的话,应当怎样忍受。

卡密罗　陛下,我相信您是个高贵的人,您既然以义理责我,我不得不告诉您。听好我的主意吧;我只能很急促地对您说知,您也必须赶快依我的话做,否则您我两人都难幸免,要高喊"完了!"

波力克希尼斯　说吧,好卡密罗。

卡密罗　我是奉命来谋害您的。

波力克希尼斯　奉谁的命,卡密罗?

卡密罗　奉王上的命。

波力克希尼斯　为什么？

卡密罗　他以为——不,他十分确信地发誓说您已经跟他的娘娘发生暧昧,确凿得就好像是他亲眼看见或是曾经诱导您做那件恶事一样。

波力克希尼斯　啊,真有那样的事,那么让我的血化成溃烂的毒脓,我的名字跟那出卖救主的叛徒相提并论吧!让我的纯洁的名声发出恶臭来,嗅觉最不灵敏的人也会掩鼻而避之,比之耳朵所曾听到过书上所曾记载过的最厉害的恶疾更为人所深恶痛恨吧!

卡密罗　您即使指着天上每一颗星星发誓说他误会,那也无异于叫海水不要服从月亮,因为想用立誓或劝告来解除他那种痴愚的妄想是绝不可能的;这种想头已经深植在他的心里,到死也不会更移的了。

波力克希尼斯　这是怎么发生的呢?

卡密罗　我不知道;可是我相信避免已经起来的祸患,比之追问它怎么发生要安全些。我可以把我的一身给您作担保,要是您信得过我,今夜就去吧!我可以去通知您的侍从,叫他们三三两两地从边门溜出城外。至于我自己呢,愿意从此为您效劳;为了这次的泄漏机密,在这里已经不能再立足了。不要踌躇!我用我父母的名誉为誓,我说的是真话;要是您一定要对证,那我可不敢出场,您的命运也将跟王上亲口定罪的人一样,难逃一死了。

波力克希尼斯　我相信你的话;我已经从他的脸上看出他的心思来。把你的手给我,做我的引路者;您将永远得到我的眷宠。我的船只已经备好;我的人民在两天之前就已盼我回去。这场嫉妒是对一位珍贵的人儿而起的;她是个绝世的佳人，他又是个当代的雄主，因此这嫉妒一定很厉害；而且他以为使他蒙耻的是他的结义的好友，一定更使他急于复仇。恐怖包围着我；但愿我能够平安离去，但愿贤德的王后快乐！她也是这幕剧中的一个角色，可是他不曾对她有恶意的猜疑吧？来，卡密罗；要是你这回帮我脱离此地，我将把你当作父母看待。让我们逃吧。

卡密罗　京城的各道边门的钥匙都归我掌管；请陛下赶紧预备起来。来，陛下，走吧！（同下。）

第 二 幕

第一场　西西里。宫中一室

　　　　　赫米温妮、迈密勒斯及宫女等上。

赫米温妮　把这孩子带去。他老缠着我,真讨厌死人了。

宫女甲　来,我的好殿下,我跟您玩好吗?

迈密勒斯　不,我不要你。

宫女甲　为什么呢,我的好殿下?

迈密勒斯　你吻我吻得那么重,讲起话来仍旧把我当作一个小孩子似的。(向宫女乙)我还是喜欢你一些。

宫女乙　为什么呢,殿下?

迈密勒斯　不是因为你的眉毛生得黑一些;虽然人家说有些人还是眉毛黑一些好看,只要不十分浓,用笔描成弯弯的样子。

宫女乙　谁告诉您这些的?

迈密勒斯　我从女人的脸上看出来的。(向宫女甲)现在我要问你,你的眉毛是什么颜色?

宫女甲　青的,殿下。

迈密勒斯　哎,你在说笑话了;我看见过一位姑娘的鼻子发青,可是青眉毛倒没有见过。

宫女乙　好好听着,您的妈妈肚子高起来了,我们不久便要服侍一位漂亮的小王子;那时您只好跟我们玩了,但也要看我们高兴不高兴。

宫女甲　她近来胖得厉害;愿她幸运!

赫米温妮　你们在讲些什么聪明话?来,哥儿,现在我又要你了。请你陪我坐下来,讲一个故事给我听。

迈密勒斯　是快乐的故事呢,还是悲哀的故事?

赫米温妮　随你的意思讲个快乐点儿的吧。

迈密勒斯　冬天最好讲悲哀的故事。我有一个关于鬼怪和妖精的。

赫米温妮　讲给我们听吧,好哥儿。来,坐下来;讲吧,尽你的本事用你那些鬼怪吓我,这是你的拿手好戏哩。

迈密勒斯　从前有一个人——

赫米温妮　不,坐下来讲;好,讲下去。

迈密勒斯　住在墓园的旁边。——我要悄悄地讲,不让那些蟋蟀听见。

赫米温妮　那么好,靠近我的耳朵讲吧。

　　　　　　　里昂提斯、安提哥纳斯、众臣及余人等上。

里昂提斯　看见他在那边吗?他的随从也在吗?卡密罗也和他在一起吗?

臣　甲　我在一簇松树后面碰见他们;我从来不曾见过人们这样匆促地赶路;我一直望到他们上了船。

里昂提斯　我多么运气,判断得一点不错!唉,倒是糊涂些好!这种运气可是多么倒楣!酒杯里也许浸着一个蜘蛛,一个人喝了酒走了,却不曾中毒,因为他没有知道这回事;可是假如他看见了这个可怕的东西,知道他怎样喝过了这杯里的酒,他便要呕吐狼藉了。我便是喝过了酒而看见那蜘蛛的人。卡密罗是他的同党,给他居间拉拢;他们在阴谋算计着我的生命,篡夺我的王位,一切的猜疑都已证实;我所差遣的那个奸人,原来已给他预先买通了,被他知道了我的意思,使我空落得人家的笑骂。嘿,真有手段!那些边门怎么这样不费事地开了?

臣　甲　这是他的权力所及的,就跟陛下的命令一样有力。

里昂提斯　我很知道。(向赫米温妮)把这孩子给我。幸亏你没有喂他吃奶;虽然他有些像我,可是他的身体里你的血份太多了。

赫米温妮　什么事?开玩笑吗?

里昂提斯　把这孩子带开;不准他走近她的身边;把他带走!(侍从等拥迈密勒斯下)让她跟自己肚子里的那个孽种玩吧;你的肚子是给波力克希尼斯弄大的。

赫米温妮　可是我要说他不曾,而且不管你怎么往坏处想,我发誓你会相信我的话。

里昂提斯　列位贤卿,你们瞧她,仔细瞧着她;你们嘴里刚要说,"她是一个美貌的女人,"你们心里的正义感就会接上去说,"可惜她不贞。"你们可以单单赞美她的外貌,我相信那确是值得赞美的;然后就耸了耸肩,鼻子里一声哼,嘴里一声嘿,这些小小的烙印都是诽谤所常用的——我说错了,我应当说都是慈悲所常用,因为诽谤是会把贞洁都烙伤了的。你们才说了她是美貌的,还来不及说她是贞洁的,这种耸肩、这种哼、这种嘿,就已经跟着来了。可是让我告诉你们,虽然承认这点使我比任何人都更感觉痛心——她是个淫妇。

赫米温妮　要是说这话的是个恶人，世界上最恶的恶人，那么，这样说也还会使他恶上加恶；您，陛下，可错了。

里昂提斯　你错了，我的娘娘，才会把波力克希尼斯当成了里昂提斯。唉，你这东西！像你这样身份的人，我真不愿这样称呼你，也许大家学着我的样子，粗野地不再顾到社会上阶级的区别，将要任意地把同样的言语向着不论什么人使用，把王子和乞丐等量齐观。我已经说她是个淫妇；我也说过她跟谁通奸；而且她是个叛逆。卡密罗是她的同党，她跟她那个万恶的主犯所干的无耻勾当他都知道；他知道她是个不贞的女人，像粗俗的人们用最难听的名称称呼着的那种货色一样不要脸。而且她也预闻他们这次的逃走。

赫米温妮　不，我以生命起誓，我什么都不知情。等到您明白过来，想一想您把我这样羞辱，那时您将要多么难过！我的好王爷，那时您就是承认您错了，也不能再洗刷掉我的委屈。

里昂提斯　不，要是我把这种判断的根据搞错了，那么除非地球小得不够给一个学童在上面抽陀螺。把她带去收了监！谁要是给她说句话儿，即使他和这回事情不相干，也要算他有罪。

赫米温妮　现在正是灾星当头，必须忍耐着等到天日清明的时候。各位大人，我不像我们一般女人那样善于哭泣；也许正因为我流不出无聊的泪水，你们会减少对我的怜悯；可是我心里蕴藏着正义的哀愁，那愤火的燃灼的力量是远胜于眼泪的泛滥的。我请求各位衡情酌理来审判我；好，让他们执行陛下的意旨吧！

里昂提斯　（向卫士）没有人听我说吗？

赫米温妮　谁愿意跟我去？请陛下准许我带走我的侍女,因为您明白我现在的情形,这是必要的。别哭,傻丫头们,用不着哭;等你们知道你们的娘娘罪有应得的时候,再用眼泪送我吧。我现在去受鞫的结果,一定会证明我的清白。再会,陛下!我一向希望着永远不要看见您伤心,可是现在我相信我将要看见您伤心了。姑娘们,来吧;你们已经得到了许可。

里昂提斯　去,照我的话办;去!(卫士押王后及宫女等下。)

臣　甲　请陛下叫娘娘回来吧。

安提哥纳斯　陛下,您应该仔细考虑您做的事,免得您的聪明正直反而变成了暴虐。这一来有三位贵人都要遭逢不幸,您自己、娘娘和小殿下。

臣　甲　陛下,只要您肯接受,我敢并且也愿意用我的生命担保王后是清白的,当着上天和您的面前——我的意思是说,在您所谴责她的这件事情上,她是无罪的。

安提哥纳斯　假如她果然有罪,我便要把我的妻子像狗马一样看守起来,一步都不放松,不放心让她一个人独自待着。因为假如娘娘是不贞的,那么世间女人身上一寸一厘的肉都是不贞的了。

里昂提斯　闭住你们的嘴!

臣　甲　陛下——

安提哥纳斯　我们说这些话为的都是您,不是我们自己。您上了人家的当了,那个造谣生事的人不会得到好死的;要是我知道这个坏东西是谁,他休想好好地活在世上!我有三个女孩子,大的十一岁,第二个九岁,小的才四五岁;要是王后果然靠不住,这种事果然是真的话,我愿意叫她们受过。我

105

一定要在她们未满十四岁之前叫她们全变成石女,免得产下淫邪的后代来;她们都是嗣我家声的人,我宁愿阉了自己,也不愿让她们生下败坏门风的子孙。

里昂提斯　住嘴!别再说了!你们都是死人鼻子,冷冰冰地闻不出味来;我可是亲眼看见、亲身感觉到的,正像你们看见我这样用手指碰着你们而感觉到一样。

安提哥纳斯　真是这样的话,那么我们无须去掘什么坟墓来埋葬贞洁;因为世上根本不曾有什么贞洁存在,可以来装饰一下这整个粪污的地面。

里昂提斯　什么!我的话不足信吗?

臣　甲　陛下,在这回事情上我宁愿您的话比我的话更不足信;不论您怎样责怪我,我宁愿王后是贞洁的,不愿您的猜疑得到证实。

里昂提斯　哼,我何必跟你们商量?我只要照我自己的意思行事好了。我自有权力,无须征询你们的意见,只是因为好意才对你们说知。假如你们的知觉那样麻木,或者故意假作痴呆,不能或是不愿相信这种真实的事实,那么你们应该知道我本来不需要征求你们的意见;这件事情怎样处置,利害得失,都是我自己的事。

安提哥纳斯　陛下,我也希望您当初只在冷静的推考里把它判断,而没有声张出来。

里昂提斯　那怎么能够呢?倘不是你老悖了,定然你是个天生的蠢材。他们那种狎昵的情形是不难想见的;除了不曾亲眼看见之外,一切都可以证明此事的不虚;再加上卡密罗的逃走,使我不得不采取这种手段。可是这等重大的事情,最忌卤莽从事,为了进一步确定这事,我已经派急使到得尔福圣地的阿波罗神庙里去;我所差去的是克里奥米尼斯和狄温两人,你们知道他们都是十分可靠的。他们带来的神谕会告知我们一切,会鼓励我或阻止我这样行事。我这办法好不好?

臣　甲　很好,陛下。

里昂提斯　我虽然十分确信不必再要知道什么,可是那神谕会使那些不肯接受真理的愚蠢的轻信者无法反对。我认为应当把她关禁起来,以防那两个逃去的人定下的阴谋由她来执行。跟我来吧;我们要当众宣布此事;这事情已经闹大了。

安提哥纳斯　(旁白)照我看来,等到真相大白之后,不过闹下一场笑话而已。(众下。)

第二场　同前。狱中外室

　　　　宝丽娜及侍从等上。

宝丽娜　通报一声狱吏,告诉他我是谁。(一侍从下)好娘娘,你是配住欧洲最好的王宫的;狱中的生活你怎么过呢?

　　　　侍从偕狱吏重上。

宝丽娜　长官,你知道我是谁,是不是?

狱　吏　我知道您是一位我所钦仰的尊贵的夫人。

宝丽娜　那么请你带我去见一见王后。

狱　吏　我不能,夫人;有命令禁止接见。

宝丽娜　这可难了!一个正直的好人,连好意的访问者都不能相见!请问见见她的侍女可不可以呢?随便哪一个?爱米利娅?

狱　　吏　夫人,请您遣开您这些从人,我就可以带爱米利娅出来。

宝丽娜　请你就去叫她来吧。你们都走开。(侍从等下。)

狱　　吏　而且,夫人,我必须在场听你们的谈话。

宝丽娜　好,就这么吧,谢谢你。(狱吏下)明明是清白的,偏要说一团漆黑,还这么大惊小怪!

　　　　　　狱吏偕爱米利娅重上。

宝丽娜　好姑娘,我们那位贤德的娘娘好吗?

爱米利娅　她总算尽了一个那样高贵而无助的人儿所能尽的力量支持过来了。她所遭受的惊恐和悲哀,是无论哪位娇弱的贵夫人都受不了的;在这种惊忧交迫之下,她已经不足月而早产了。

宝丽娜　一个男孩吗?

爱米利娅　一个女孩子,很好看的小孩,很健壮,大概可以活下去。她给娘娘不少的安慰,她说:"我的可怜的小囚徒,我是跟你一样无辜的!"

宝丽娜　那是一定的。王上那种危险的胡作胡为真是该死!必须要叫他明白才是,他一定要明白他犯的错误;这种工作还是一个女人来担任好一些,我去对他说吧。要是我果然能够说得婉转动听,那么让我的舌头说得起泡,再不用来宣泄我的愤火了。爱米利娅,请你给我向娘娘多多致意;要是她敢把她的小孩信托给我,我愿把她拿去给王上看,替她竭力说情。我们不知道他见了这孩子会多么心软起来;无言的纯洁的天真,往往比说话更能打动人心。

爱米利娅　好夫人,照您那样正直和仁心,您这种见义勇为的行动是不会得不到美满的结果的;除了您之外,再没有第二个人可以担任这件重大的差使了。请您到隔壁坐一会儿,我就去把您的尊意禀知娘娘;她今天正也想到这个计策,可是唯恐遭到拒绝,不敢向一个可以信托的人出口。

宝丽娜　对她说,爱米利娅,我愿意竭力运用我的口才;要是我有一片生花的妙舌,如同我有一颗毅勇的赤心一样,那么我一定会成功的。

爱米利娅　上帝保佑您!我就对娘娘说去。请您过来。

狱　吏　夫人,要是娘娘愿意把孩子交给您,我让您把她抱了出去,上头没有命令可不大方便。

宝丽娜　你不用担心,长官。这孩子是娘胎里的囚人,一出了娘胎,按照法律和天理,便是一个自由的解放了的人;王上的愤怒和她无关,娘娘要是果真有罪,那错处也牵连不到小孩的身上。

狱　吏　我相信您的话。

宝丽娜　不用担心;要是有什么危险,我可以为你负责。(同下。)

第三场　同前。宫中一室

里昂提斯、安提哥纳斯、众臣及其他侍从等上。

里昂提斯　黑夜白天都得不到安息;照这样把这种情形忍受下去,不过是懦弱而已,全然的懦弱。要是把扰乱我安宁的原因除去——或者说,一部分原因,也就是那淫妇;因为我的手臂伸不到那个淫君的身上,我对他无计可施;可是她却在我手掌之中;要是她死了,用火把她烧了,那么我也许可以恢复我一部分的安静。来人!

侍从甲　（趋前）陛下？

里昂提斯　孩子怎样？

侍从甲　他昨夜睡得很好；希望他的病就可以好转。

里昂提斯　瞧他那高贵的天性！知道了他母亲的败德，便立刻心绪消沉，受到了无限的感触，把那种羞辱牢牢地加在自己身上。颓唐了他的精神，消失了他的胃口，扰乱了他的睡眠，很快地憔悴下来了。让我一个人在这儿。去瞧瞧他看。（侍从甲下）嘿，嘿！别想到他了。这样子考虑复仇只能对我自己不利。那人太有势力，帮手又多，我暂时把他放过；先把她处罚了再说。卡密罗和波力克希尼斯瞧着我的伤心而得意；要是我的力量能够达到他们，他们可不能再笑了；可是她却在我的权力之中，看她能不能笑我。

　　　　宝丽娜抱小儿上。

臣　　甲　你不能进去。

宝丽娜　不，列位大人，帮帮我忙吧。唉，难道你们担心他的无道的暴怒，更甚于王后的性命吗？她是一个贤德的纯洁的人儿，比起他的嫉妒来她要无辜得多了。

安提哥纳斯　够了。

侍从乙　夫人，他昨夜不曾安睡，吩咐谁都不能见他。

宝丽娜　您别这么凶呀；我正是来使他安睡的。都是你们这种人，像影子一样在他旁边轻手轻脚地走来走去，偶然听见他的一声叹息就大惊小怪地发起急来；都是你们这种人累得他不能安睡。我一片诚心带来几句忠言给他，它们都是医治他失眠的灵药。

里昂提斯　喂，谁在吵闹？

宝丽娜　不是吵闹，陛下；是来跟您商量请谁行洗礼。

里昂提斯 怎么！把那个无礼的妇人撵走！安提哥纳斯,我不是命令过你不准她走近我身边吗？我知道她要来的。

安提哥纳斯 我对她说过了,陛下；我告诉她不准前来看您,免得招惹您也招惹我不高兴。

里昂提斯 什么！你管不了她吗？

宝丽娜 我要是做错了事,他可以管得了我；可是这一番除非他也学您的样子,因为我做了正事反而把我关起来；不然,相信我吧,他是管不了我的。

安提哥纳斯 您瞧！您听见她说的话。她要是自己做起主来,我只好由她；可是她是不会犯错误的。

宝丽娜 陛下,我的确来了；请您听我说,我自认我是您的忠心的仆人,您的医生和您的最恭顺的臣子；可是您要是做了错事,我却不敢像那些貌作恭顺的人们一样随声附和。我说,我是从您的好王后那儿来的。

里昂提斯 好王后！

宝丽娜 好王后,陛下,好王后；我说是好王后,假如我是男人,那么即使我毫无武艺,也愿意跟人决斗证明她是个好王后。

里昂提斯 把她赶出去！

宝丽娜 谁要是向我动一动手,那就叫他留心着自己的眼珠吧。我要走的时候自己会走,可是必须先把我的事情办好。您的好王后,她真是一位好王后,已经给您添下一位公主了；这便是,希望您给她祝福。(将小儿放下。)

里昂提斯 出去！大胆的妖妇！把她撵出去！不要脸的老鸨！

宝丽娜 我不是；我不懂你加给我这种称呼的意思。你自己才是昏了头了；我是个正直的女人,正像你是个疯子一样；我敢说和你的疯狂同等程度的正直,在这个世界上应该算过

111

得去的。

里昂提斯　你们这些奸贼！你们不肯把她推出去吗？把那野种给她抱出去。(向安提哥纳斯)你这不中用的汉子！你是个怕老婆的,那个母夜叉把你吓倒了吗？把那野种捡起来；对你说,把她捡起来；还给你那头老母羊去。

宝丽娜　要是你服从了他的暴力的乱命,把这孩子拿起来,你的手便永远是不洁的了！

里昂提斯　他怕他的妻子！

宝丽娜　我希望你也怕你的妻子,那么你一定会把你的孩子认为是亲生的了。

里昂提斯　都是一群奸党！

安提哥纳斯　天日在上,我不是奸党。

宝丽娜　我也不是；谁都不是；只有这里的一个人才是,那就是他自己。因为他用比刀剑还厉害的谰言来中伤他自己的、他的王后的、他的有前途的儿子的和他的婴孩的神圣的荣名；可恨的是没有人能够强迫他除去他那种龌龊不堪的猜疑。

里昂提斯　这个长舌的泼妇,刚打过她丈夫,现在却来向我寻事了！这小畜生不是我的；她是波力克希尼斯的孩子；把她拿出去跟那母狗一起烧死了吧！

宝丽娜　她是你的；正像古话所说："她这么像你,才真倒楣！"瞧,列位大人,虽然是副缩小的版子,那父亲的全副相貌,都抄了下来了；那眼睛、鼻子、嘴唇、皱眉头的神气、那额角,以至于颊上的可爱的酒涡儿,那笑容、手哪、指甲哪、手指哪,都是一副模型里造出来的。慈悲的天神哪！你把她造得这么像她的生身的父亲,如果你使她的性情也像她的父亲,但愿你不要让她也有一颗嫉妒的心;否则也许她也要像他一样疑心她的孩子不是她丈夫的儿子呢。

里昂提斯　好一个蠢俗的妖婆!你这不中用的汉子,你不能叫她闭嘴,你也是该死的。

安提哥纳斯　要是把在这件工作上无能为力的丈夫们都吊死了,那么您恐怕连一个臣子也没有了。

里昂提斯　我再吩咐一次,把她撵出去!

宝丽娜　最无道的忍心害理的昏君也不能做出比你更恶的事来。

里昂提斯　我要把你烧死。

宝丽娜　我不怕;生起火来的人才是个异教徒,而不是被烧死的人。我不愿把你叫做暴君;可是你对于你的王后这种残酷的凌辱,只凭着自己的一点毫无根据的想象就随便加以诬蔑,不能不说有一点暴君的味道;它会叫你丢脸,给全世界所耻笑的。

里昂提斯　你们要是还有一点忠心的话,快给我把她带出去吧!假如我是个暴君,她还活得了吗?她要是真知道我是个暴君,决不敢这样叫我的。把她带出去!

宝丽娜　请你们不用推我,我自己会走的。陛下,好好照顾您的孩子吧;她是您的。愿上帝给她一个更好的守护神!你们用手揪住我做什么?你们眼看他做着傻事而不敢有什么举动,全都是些没有用处的饭桶!好,好;再见!我们走了。(下。)

里昂提斯　你这奸贼,都是你撺掇你的妻子做出这种把戏来的。我的孩子!把她拿出去!我就吩咐你,你这软心肠的人,去把她立刻烧死了;我不要别人,只要你去。快把她抱起来;在这点钟之内就来回报,而且一定要拿出证据来,否则你的命和你的财产都要保不住。要是你违抗我的命令,胆敢触怒我的话,那么你说吧;我要用我自己的手亲自摔出这个野种的脑浆来。去,把她丢到火里,因为你的妻子是受了你的怂恿才来的。

安提哥纳斯　不是受了我的怂恿,陛下;这儿的各位大人都可以给我辩白,要是他们愿意。

臣　　甲　我们可以给他证明,陛下,他的妻子来此和他并不相干。

里昂提斯　你们都是说谎的骗子。

臣　　甲　请陛下相信我们。我们一直都是忠心耿耿地侍候着您的,请您不要以为我们会对您不忠。我们跪下来向您请求,看在我们过去和将来的忠诚的分上,收回了这个旨意,它是这样残酷而可怕,将会有不幸的结果发生。我们都在这儿下跪了。

里昂提斯　我是一片羽毛,什么风都可以把我吹动。难道我要活着看见这个野种跪在我膝前,叫我做父亲吗?与其将来恨她,还是现在就烧死了的好。可是好吧,就饶了她的命吧;她总不会活下去的。(向安提哥纳斯)你过来。你曾经那么好心地跟你那位虔婆出力保全这野种的生命——她是个野种,正像你的胡须是灰色的一样毫无疑问——现在你打算怎样搭救这小东西呢?

安提哥纳斯　陛下,只要是我的力量所能胜任的合乎正义的事,我便愿意去做。我愿意用我仅余的一滴血救助无罪的人,只要不是不可能的事。

里昂提斯　我要叫你做的事并不是不可能的。凭着这柄宝剑,你发誓你愿意执行我的命令。

安提哥纳斯　我愿意,陛下。

里昂提斯　那么你小心执行着吧;要是有一点点儿违反我的话,不但你不能活命,就是你那出言无礼的妻子也难逃一死,现在我姑且宽恕了她。你既然是我的臣仆,我命令你把这野女孩子抱出去,到我们国境之外远远的荒野上丢下,不要怜悯她,让她风吹日晒,自求生路,死也好活也好。她既然来得突然,我们也就叫她去得突然,你赶快把她送到一块陌生的地方去,悉听运命把她怎样支配;倘不依话办去,你的灵魂就要因破誓而受罪,你的身体也要因违命而被罚。把她抱起来!

安提哥纳斯　我已经发过誓,只好去做,虽然我宁愿立刻受死刑的处分。来,可怜的孩子;但愿法力高强的精灵驱使鸢隼乌鸦来乳哺着你!据说豺狼和熊都曾经脱去了它们的野性,做过这一类慈悲的好事。陛下,您虽然做了这等事,仍旧愿您幸福吧!可怜的东西,命定要给丢弃的,愿上天祝福你,帮助你抵御这种残酷的运命!(抱儿下。)

里昂提斯　不,我可不能把别人的孩子养大起来。

　　　　　一仆人上。

仆　人　启禀陛下,奉旨前去叩求神谕的使者已经在一小时前到了;克里奥米尼斯和狄温已经去过得尔福,赶程回国,现在都已登陆了。

臣　甲　陛下,他们这一趟走得出乎意外的快。

里昂提斯　他们去了二十三天;的确很快;可见得伟大的阿波罗要这事的真相早早明白。各位贤卿,请你们预备起来,召集一次廷议,好让我正式对我这个不贞的女人提出控诉;她既然已经公开被控,就该给她一个公正的公开的审判。她活着一天,我总不能安心。去吧,把我的命令考虑一下执行起来。(众下。)

第 三 幕

第一场　西西里海口

克里奥米尼斯及狄温上。

克里奥米尼斯　气候宜人,空气爽朗极了,岛上的土壤那样膏腴,庙堂的庄严远超过一切的赞美。

狄　温　给我印象最深的是那种神圣的法服和穿着法服的庄严的教士那种虔敬的神情。啊,那种祭礼!在献祭的时候,那礼节是多么隆重、严肃而神圣!

克里奥米尼斯　可是最奇怪的是那神谕的宣示和那种震耳欲聋的声音,正像天神的霹雳一样,把我吓呆了。

狄　温　我们这次的旅程是那么难得,那么可喜,又那么快捷;要是它的结果能够证明王后的无罪——但愿如此!——那么总算不虚此行了。

克里奥米尼斯　伟大的阿波罗把一切事情都转到最好的方面!这些无故诬蔑赫米温妮的诏令真叫我难过。

狄　温　这回残酷的审判会分别出一个明白来的。等阿波罗的神圣的祭司所密封着的神谕宣示出来之后,一定会有出人意表的事向众人宣布。去,换马!希望诸事大吉!(同下)

第二场　西西里。法庭

　　里昂提斯、众臣及庭吏等上。

里昂提斯　这次开庭是十分不幸而使我痛心的；我们所要审判的一造是王家之女，我的素来受到深恩殊宠的御妻。我们这次要尽力避免暴虐，因为我们已经按照法律的程序公开进行，有罪无罪，总可以见个分晓。带犯人上来。

庭　吏　有旨请王后出庭。肃静！

　　卫士押赫米温妮上，宝丽娜及宫女等随上。

里昂提斯　宣读起诉书。

庭　吏　（读）"西西里贤王里昂提斯之后赫米温妮其敬听！尔与波希米亚王波力克希尼斯通奸，复与卡密罗同谋弑主；迨该项阴谋事泄，复背忠君之义，暗助奸慝，眚夜逃生：揆诸国法，良不可恕。我等今控尔以大逆不道之罪。"

赫米温妮　我所要说的话，不用说要跟控诉我的话相反，而能够给我证明的，又只有我自己，因此即便辩白无罪，也没有多大用处；我的真诚已经被当作虚伪，那么即使说真话也不能使你们相信。可是假如天上的神明监视着人们的行事，我相信无罪的纯洁一定可以使伪妄的诬蔑惭愧，暴虐将会对含忍战栗。陛下，我过去的生活是怎样贞洁而忠诚，您是十分明白的，虽然您不愿意去想它；我现在的不幸是史无前例的。我以一个后妃的身份，叨陪着至尊的宝座，一个伟大的国王的女儿，又是一个富有前途的王子的母亲，现在却成为阶下之囚，絮絮地讲着生命和名誉，来请求你们垂听。当我估量到生命中所有的忧愁的时候，我就觉得生命是不值得留恋的；可是名誉是我所要传给我的后人的，它是我唯一关心的事物。陛下，我请你自问良心，当波力克希尼斯没有来此之前，你曾经怎样眷宠着我，那种眷宠是不是得当；他来了之后，我曾经跟他有过什么礼法所不许的约会，以至于失去了你的欢心，而到了今天这等地步。无论在我的行动上或是意志上，要是有一点儿越礼的地方，那么你们听见我说话的各位，尽可以不必对我加以宽恕，我的最亲近的人也可以在我的坟墓上羞骂我。

里昂提斯　我一向就听说：人假使做了无耻的事，总免不了还要用加倍的无耻来抵赖。

赫米温妮　陛下，您的话说得不错；可是那不能应用在我的身上。

里昂提斯　那是由于你不肯承认。

赫米温妮　我所没有份儿的事，别人用诬蔑的手段加之于我的，我当然不能承认。你说我跟波力克希尼斯有不端的情事，我承认我是照着他应得的礼遇，用合于我的身份的那种情谊来敬爱他；那种敬爱正是你所命令于我的。要是我不对他表示殷勤，我以为那不但是违反了你的旨意，同时对于你那位在孩提时便那样要好的朋友也未免有失敬意。至于阴谋犯上的事，即使人家预先布置好了叫我尝试一下，我也不会知道那是什么味道。我唯一知道的，卡密罗是一个正直的好人；为什么他要离开你的宫廷，那是即使天神也像我一样全然不知道的。

里昂提斯　你知道他的出走，也知道你在他们去后要干些什么事。

赫米温妮　陛下，您说的话我不懂；我现在只能献出我的生命，给您异想天开的噩梦充当牺牲。

里昂提斯　我的梦完全是你的所作所为！你跟波力克希尼斯生了一个野种,那也是我的梦吗？你跟你那一党都是些无耻的东西,完全靠不住,愈是抵赖愈显得情真罪确。你那个小东西没有父亲来认领,已经把她丢掉了,她本没有什么罪,罪恶是在你的身上,现在你该受到正义的制裁,最慈悲的判决也不能低于死罪。

赫米温妮　陛下,请不用吓我吧；你所用来使我害怕的鬼物,正是我求之不得的。对于我,生命并不是什么可贵的东西。我的生命中的幸福的极致,你的眷宠,已经无可挽回了；因为我觉得它离我而去,但是不知道它是怎样去的。我的第二个心爱的人,又是我第一次结下的果子,已经被隔离了,不准和我见面,似乎我是一个身染恶疾的人一样。我的第三个安慰出世便逢厄运,无辜的乳汁还含在她那无辜的嘴里,便被人从我的胸前夺了去活活害死。我自己呢,被公开宣布是一个娼妇；无论哪种身份的妇女都享受得到的产褥上的特权,也因为暴力的憎恨而拒绝了我；这还不够,现在我身上没有一点力气,还要把我驱到这里来,受风日的侵凌。请问陛下,我活着有什么幸福,为什么我要怕死呢？请你就动手吧。可是听着:不要误会我,我不要生命,它在我的眼中不值一根稻草；但我要把我的名誉洗刷。假如你根据了无稽的猜测把我定罪,一切证据都可以不问,只凭着你的妒心做主,那么我告诉你这不是法律,这是暴虐。列位大人,我把自己信托给阿波罗的神谕,愿他做我的法官！

臣　甲　你这请求是全然合理的。凭着阿波罗的名义,去把他的神谕取来。(若干庭吏下。)

赫米温妮　俄罗斯的皇帝是我的父亲;唉!要是他活着在这儿看见他的女儿受审判;要是他看见我这样极度的不幸,但不是用复仇的眼光,而是用怜悯的心情!

　　　　　庭吏偕克里奥米尼斯及狄温重上。

庭　吏　克里奥米尼斯和狄温,你们愿意按着这柄公道之剑宣誓说你们确曾到了得尔福,从阿波罗大神的祭司手中带来了这通密封的神谕;你们也不曾敢去拆开神圣的钤记,私自读过其中的秘密吗?

克里奥米尼斯
狄　　　温　这一切我们都可以宣誓。

里昂提斯　开封宣读。

庭　吏　(读)"赫米温妮洁白无辜;波力克希尼斯德行无缺;卡密罗忠诚不贰;里昂提斯者多疑之暴君;无罪之婴孩乃其亲生;倘已失者不能重得,王将绝嗣。"

众　臣　赞美阿波罗大神!

赫米温妮　感谢神明!

里昂提斯　你没有念错吗?

庭　吏　没有念错,陛下;正是照着上面写着的念的。

里昂提斯　这神谕全然不足凭信。审判继续进行。这是假造的。

　　　　　一仆人上。

仆　人　吾王陛下,陛下!

里昂提斯　什么事?

仆　人　啊,陛下!我真不愿意向您报告,小殿下因为担心着娘娘的命运,已经去了!

里昂提斯　怎么!去了!

仆　人　死了。

里昂提斯　阿波罗发怒了；诸天的群神都在谴责我的暴虐。(赫米温妮晕去)怎么啦？

宝丽娜　娘娘受不了这消息；瞧她已经死过去了。

里昂提斯　把她扶出去。她不过因为心中受了太多的刺激；就会醒过来的。我太轻信我自己的猜疑了。请你们好生在意把她救活过来。(宝丽娜及宫女等扶赫米温妮下)阿波罗，恕我大大地亵渎了你的神谕！我愿意跟波力克希尼斯复和，向我的王后求恕，召回善良的卡密罗，他是一个忠诚而慈善的好人。我因为嫉妒而失了常态，一心想着流血和复仇，才选中了卡密罗，命他去毒死我的朋友波力克希尼斯；虽然我用死罪来威吓他，用重赏来鼓励他，可是卡密罗的好心肠终于耽误了我的急如烈火的命令，否则这件事早已做出来了。他是那么仁慈而心地高尚，便向我的贵宾告知了我的毒计，牺牲了他在这里的不小的家私，甘冒着一切的危险，把名誉当作唯一的财产。他因为我的锈腐而发出了多少的光明！他的仁慈格外显得我的行为是多么卑鄙。

　　　　　　宝丽娜重上。

宝丽娜　不好了！唉，快把我的衣带解开，否则我的心要连着它一起爆碎了！

臣　甲　这是怎么一回事，好夫人？

宝丽娜　昏君，你有什么酷刑给我预备着？碾人的车轮？脱肢的拷架？火烧？剥皮？炮烙还是油煎？我的每一句话都是触犯着你的，你有什么旧式的、新式的刑具可以叫我尝试？你的暴虐无道，再加上你的嫉妒，比孩子们还幼稚的想象，九岁的女孩也不会转这种孩子气的无聊的念头；唉！要是你想一想你已经做了些什么事,你一定要发疯了,全然发疯了;因为你以前的一切愚蠢,不过是小试其端而已。你谋害波力克希尼斯,那不算什么;那不过表明你是个心性反复、忘情背义的傻子。你叫卡密罗弑害一个君王,使他永远蒙着一个污名,那也不算什么;还有比这些更重大的罪恶哩。你把你的女儿抛给牛羊践踏,不是死就是活着做一个卑微的人,纵然是魔鬼,在干这种事之前,他的发火的眼睛里也会迸出眼泪来的。我也不把小王子的死直接归罪于你;他虽然那么年轻,他的心地却是过人的高贵,看见他那粗暴痴愚的父亲把他贤德的母亲那样侮辱,他的心便碎了。不,这也不是我所要责怪你的;可是最后的一件事——各位大人哪!等我说了出来,大家恸哭起来吧!——王后,王后,最温柔的、最可爱的人儿已经死了,可是还没有报应降到害死她的人的身上!

臣　甲　有这等事!

宝丽娜　我说她已经死了;我可以发誓;要是我的话和我的誓都不能使你们相信,那么你们自己去看吧。要是你们能够叫她的嘴唇泛出血色来,叫她的眼睛露出光芒来,叫她的身上发出温热,叫她的喉头透出呼吸,那么我愿意把你们当作天神样叩头膜拜。可是你这暴君啊!这些事情你也不用后悔了,因为它们沉重得不是你一切的悲哀所能更改的;绝望是你唯一的结局。叫一千个膝盖在荒山上整整跪了一万个年头,裸着身体,断绝饮食,永远熬受冬天的暴风雪的吹打,也不能感动天上的神明把你宽恕。

里昂提斯　说下去吧,说下去吧。你怎么说都不会太过分的;我该受一切人的最恶毒的责骂。

臣　　甲　别说下去了；无论如何，您这样出言无忌总是不对的。
宝丽娜　我很抱歉；我一明白我所犯的过失，便会后悔。唉！我凭着我的女人家的脾气，太过于放言无忌了；他的高贵的心里已经深受刺伤。已经过去而无能为力的事，悲伤也是没有用的。不要因为我的话而难过；请您还是处我以应得之罪吧，因为我不该把您应该忘记的事向您提醒。我的好王爷，陛下，原谅一个傻女人吧！因为我对于娘娘的敬爱。——瞧，又要说傻话了！我不再提起她，也不再提起您的孩子们了；我也不愿向您提起我的拙夫，他也已经失了踪；请您安心忍耐，我不再多话了。
里昂提斯　你说的话都很对；我能够听取这一切真话，你可以不必怜悯我。请你同我去看一看我的王后和儿子的尸体；两人应当合葬在一个坟里，墓碑上要刻着他们死去的原因，永远留着我的涮不去的耻辱。我要每天一次访谒他们埋骨的教堂，用眼泪挥洒在那边，这样消度我的时间；我要发誓每天如此，直到死去。带我去向他们挥泪吧。（同下。）

第三场　波希米亚。沿岸荒乡

　　　　安提哥纳斯抱小儿及一水手上。
安提哥纳斯　那么你真的相信我们的船靠岸的地方就是波希米亚的荒野吗？
水　　手　是的，老爷；我在担心着我们上岸上得不凑巧，天色很昏暗，怕就要刮大风了。照我看来，天似乎在发怒，对我们当前做的这桩事有点儿不高兴。
安提哥纳斯　愿上天的旨意完成！你上船去，照顾好你的船；我等会儿就来。

水　手　请您赶紧点儿,别走得太远了;天气多半要变,而且这儿是有名出野兽的地方。

安提哥纳斯　你去吧;我马上就来。

水　手　我巴不得早早脱身。(下。)

安提哥纳斯　来,可怜的孩子。我听人家说死人的灵魂会出现,可是却不敢相信;要是真有那回事,那么昨晚一定是你的母亲向我出现了,梦境从来没有那样清楚的。我看见一个人向我走来,她的头有时侧在这一边,有时侧在那一边;我从来不曾见过一个满面愁容的人有这样庄严的妙相。她穿着一身洁白的袍服,像个神圣似的走到了我的船舱中,向我鞠躬三次,非常吃力地想说几句话;她的眼睛像一对喷泉。她痛哭一阵之后,便说了这几句话:"善良的安提哥纳斯,命运和你的良心作对,使你成为抛弃我的可怜的孩子的人;按照你所发的誓,你要把她丢在一个辽远的地方,波希米亚正是那地方,到那边去,让她自个儿哭泣吧。因为那孩子已经被认为永远遗失的了,我请你给她取名为潘狄塔。你奉了我丈夫的命令做了这件残酷的事,你将永远再见不到你的妻子宝丽娜了。"这样说了之后,便尖叫几声,消失不见了。我吓得不得了,立刻定了定心,觉得这是实在的事,不是睡着做梦。梦是不足凭信的;可是这一次我必须小心翼翼地依从着嘱咐。我相信赫米温妮已经给处死了,这确实是波力克希尼斯的孩子,因此阿波罗要我把她放在这里,无论死活,总是回到了她的亲生父亲的国土上。小宝贝,愿你平安!(将小儿放下)躺着吧;这儿放着你的一张字条;这些东西,(放下一个包裹)要是你运气好的话,小宝贝,可以供给你安身立命。风雨起来了。可怜的东西!为了你母亲的错处,被弃在荒郊,不知道要落得怎样一场结果!我不能哭泣,可是我的心头的热血在流;为了立过誓,不得不干这种事,我真是倒楣!别了!天色越变越坏,你多半要听到一阕太粗暴的催眠歌。我从不曾见过白昼的天色会这么阴暗。哪里来的怕人的喧声!但愿我平安上了船!一头野兽给人赶到这儿来了;我这回准活不成!(被大熊追下。)

  牧人上。

牧 人 我希望十六岁和二十三岁之间并没有别的年龄,否则这整段时间里就让青春在睡梦中度了过去吧;因为在这中间所发生的事,不过是叫姑娘们养起孩子来,对长辈任意侮辱,偷东西,打架。你听!除了十六岁和二十三岁之间的那种火辣辣的年轻人,谁还会在这种天气出来打猎?他们已经吓走了我的两头顶好的羊;我担心在它们的东家没有找到它们之前,狼已经先把它们找到了。它们多半是在海边啃着常春藤。好运气保佑着我吧!咦,这儿是什么?(抱起小儿)哎呀,一个孩子,一个怪体面的孩子!不知道是个男的还是个女的?好一个孩子;真是一个可爱的孩子。一定是什么私情事儿;虽然我读过的书不多,可是我也还读过那些大户人家的侍女怎样跟人结识私情的笑话儿:梯子放好,箱笼收拾好,两口子打后门一溜。爷娘睡在暖暖的被窝里好快活,可怜的孩子却丢在这儿受冻。我要行个好事把他抱起来;可是我还是等我的儿子来了再说吧。他已经在叫我了。喂!喂!

  小丑上。

小 丑 喂!

牧　人　咦,你就在这儿吗?要是你想见一件到你身死骨头烂的时候还要向人讲起的东西,那么你过来吧。嗽,孩子,你为什么难过?

小　丑　我在海上和岸上见到了两件惨事!可是我不能说海上,因为现在究竟哪块是天,哪块是海,已经全然分别不出来了。

牧　人　什么,孩子,什么事?

小　丑　我希望你也看见那风浪怎样生气,怎样发怒,怎样冲上了海岸!可是那是些不相干的闲话。唉!那些苦人儿的凄惨的呼声!有时候望得见他们,有时候望不见他们;一会儿船上的大桅顶着月亮,顷刻间就在泡沫里卷沉下去了,正像你把一块软木塞丢在一个大桶里一样。然后又有岸上发生的那回事情。瞧那头熊怎样撕下了他的肩胛骨,他怎样向我喊救命,说他的名字叫安提哥纳斯,是一个贵人。可是我们先把那只船的事情讲完了;瞧海水怎样把它一口吞下;可是我们先说那些苦人儿怎样喊着喊着,海水又怎样把他们取笑;那位可怜的老爷怎样喊着喊着,那头熊又怎样把他取笑;他们喊叫的声音,都比海涛和风声更响。

牧　人　哎呀!这是什么时候发生的,孩子?

小　丑　现在,现在;我看见这种情形之后还不曾霎一霎眼呢。水底下的人还没有完全冷掉;那头熊还不曾吃掉那位老爷的一半,它现在还在吃呢。

牧　人　要是给我看见了的话,我一定会搭救那个人的。

小　丑　我倒希望你在船边,搭救那船;你的好心一定站立不稳。

牧　人　真惨!真惨!你瞧这儿,孩子。给你自己祝福吧!你看见人死,我却看见刚生下来的东西。这看着才够味儿呢!你瞧,褓衣里裹着一位大户人家的孩子!瞧这儿;拿起来,拿起来,孩子;解开来。让我们看。人家对我说神仙会保佑我发财;这一定是神仙丢下来的孩儿。解开来,里面有些什么,孩子?

小　丑　你已经是一个发财的老头子了;要是老天爷不计较你年轻时的罪恶,你可以享福了!金子!完全是金子!

牧　人　这是仙人的金子,孩子,没有问题的;拿着藏好了。拣近路回家去,回家去!我们很运气,孩子;倘使要保持这运气,我们必须严守秘密。我的羊就让它去吧。来,好孩子,拣近路回家去。

小　丑　你拿着你发现的东西拣近路回去吧。我先去瞧瞧那熊有没有离开那位老爷,它究竟吃得怎样了;这种畜生只在肚子饿的时候才会发坏脾气。假如他还有一点骨肉剩下,我便把他埋了。

牧　人　那是件好事。要是你能够从他留下来的什么东西上看出来他是个什么样人,就来叫我,让我看看。

小　丑　好的;你可以帮我把他下土。

牧　人　今天是运气的日子,孩子;我们要做些好事才是。(同下。)

第 四 幕

引 子

致辞者扮时间上。

时　间　我令少数人欢欣,我给一切人磨难,
　　　　善善恶恶把喜乐和惊忧一一宣展;
　　　　让我如今用时间的名义驾起双翩,
　　　　把一段悠长的岁月跳过请莫指斥:
　　　　十六个春秋早已默无声息地过度,
　　　　这其间白发红颜人事有几多变故;
　　　　我既有能力推翻一切世间的习俗,
　　　　又何必俯就古往今来规则的束缚?
　　　　这一段不小的空白就此搁在一旁,
　　　　各人的遭遇早已在前文交代端详;
　　　　如今我再要提说全然新鲜的情由,
　　　　让陈旧的故事闪烁着灿烂的光流:
　　　　就像你们突然从睡梦中惊醒转来,
　　　　容我向你们把一个新的场面铺开。
　　　　里昂提斯悔恨他痴愚的无根嫉妒,

此后便关起门来独自儿闲居思过；
善良的观众，再想象我在波希米亚，
记住国王他有一个儿子在他膝下，
弗罗利泽是这位青年王子的表名；
现在再说潘狄塔，出落得丰秀超群：
她后来的遭际我不必在这儿预报，
时间的消息到时候自会一一揭晓；
现在她认一个牧羊人做她的父亲，
她此后的运命不久时间便会显明。
诸君倘嫌这本戏无聊请不要心焦，
希望你们以后再不受同样的无聊！（下。）

第一场　波希米亚。波力克希尼斯宫中一室

波力克希尼斯及卡密罗上。

波力克希尼斯　好卡密罗，不要再向我苛求了。拒绝你无论什么事都使我难过；可是我倘使答应了你这要求，那我简直活不下去了。

卡密罗　我离开我的故国已经十五年了；虽然我已经过惯了异乡的生活，可是我希望能归骨故丘。此外，我的故主国王陛下也已经忏罪，并且派人召我回去了；虽然我不该妄自夸耀，但是看到我可能会稍微减轻他心头的痛苦，这就为我的离去增加了一番动力。

波力克希尼斯　你是爱我的，卡密罗，不要在现在离开我而把你过去的辛劳都一笔勾销了。你自身的好处使我缺少不了

你；与其中途你抛弃了我，倒不如我从来不曾认识你的好。你已经给我筹划了好些除了你之外别人再也不能胜任的愉快的工作；要是你不能留在这儿亲自处理，就不得不把你亲手创下的事业搁置起来。这些事情要是我还不曾仔细考虑过——无论如何总不会嫌过于仔细的——那么我今后一定要专心一志地研究如何对你表示感激；这样我会得益更多，我们的友谊也会愈益增加。至于那个倒楣的国家西西里，请你不要再提起它了；你一说起那个名字，便会使我忆起了你所说的那位忏罪而已经捐弃了宿怨的王兄而心中难过；他那个珍贵无比的王后和孩子们的惨死，就是现在想起来也会令人重新恸哭。告诉我，你什么时候看见过我的孩子弗罗利泽王子？国王们有了不肖的儿子，或是有了好儿子随后又失去，都是一样的不幸。

卡密罗　陛下，我已经有三天没有看见王子了。他在做些什么消遣我不知道；可是我很遗憾地注意到他近来不大在宫廷里，也不像从前那样热心于他的那种合于王子身份的技艺。

波力克希尼斯　我也这样想，卡密罗，我很有点放不下心。据我的耳目报告，说他老是在一个极平常的牧人的家里；据说那牧人本来是个穷措大，谁也不知道怎么一下子发起横财来了。

卡密罗　陛下，我也听说有这样一个人；据说他有一个绝世的女儿，她的名声传播得那么广，谁也想不到她的来源只是这样一间草屋。

波力克希尼斯　我也得到这样的报告，可是我怕那便是引诱我儿子到那边去的原因。你陪我去看一下；我们化了装，向那牧人探问探问，他的简单的头脑是不难叫他说出我的儿子所以到那儿去的缘故来的。请你就陪着我进行这一件事，把西西里的念头搁开了吧。

卡密罗　敬遵陛下的旨意。

波力克希尼斯　我的最好的卡密罗！我们该去假扮起来。

（下。）

第二场　同前。牧人村舍附近的大路

奥托里古斯上。

奥托里古斯　（唱）

当水仙花初放它的娇黄，
　　嗨！山谷那面有一位多娇；
那是一年里最好的时光，
　　严冬的热血在涨着狂潮。

漂白的布单在墙头晒晾，
　　嗨！鸟儿们唱得多么动听！
引起我难熬的贼心痒痒，
　　有了一壶酒喝胜坐龙廷。

听那百灵鸟的清歌婉丽，
　　嗨！还有画眉喜鹊的叫噪，
一齐唱出了夏天的欢喜，
　　当我在稻草上左搂右抱。

我曾经侍候过弗罗利泽王子,穿过顶好的丝绒;可是现在已经遭了革逐。

我要为这悲伤吗,好人儿?
　　　　惨白的月亮照耀着夜幕;
　　当我从这儿偷摸到那儿,
　　　　我并没有走错我的道路。

　　要是补锅子的能够过活,
　　　　背起他那张猪皮的革囊,
　　我当然也可以交代明白,
　　　　顶着枷招认这一套勾当。

被单是我的专门生意;在鹞子搭窠的时候,人家少不了要短些零星布屑。我的父亲把我取名为奥托里古斯;他也像我一样水星照命,也是一个专门注意人家不留心的零碎东西的小偷。呼幺喝六,眠花宿柳,到头来换得这一身五花大氅,做小偷是我唯一的生计。大路上呢,怕被官捉去拷打吊死不是玩的;后日茫茫,也只有以一睡了之。——一注好买卖上门了!

　　小丑上。

小　　丑　　让我看:每阉羊十一头出二十八磅羊毛;每二十八磅羊毛可卖一镑几先令;剪过的羊有一千五百只,一共有多少羊毛呢?

奥托里古斯　　(旁白)要是网儿摆得稳,这只鸡一定会给我捉住。

小　　丑　　没有筹码,我可算不出来。让我看,我要给我们庆祝剪羊毛的欢宴买些什么东西呢?三磅糖,五磅小葡萄干,米——我这位妹子要米做什么呢,可是爸爸已经叫她主持这次欢宴,这是她的主意。她已经给剪羊毛的,和唱三部歌的人们扎好了二十四扎花束;他们都是很好的人,但多半是唱中音和低音的,可是其中有一个是清教徒,和着角笛他便唱圣诗。我要不要买些番红花粉来把梨饼着上颜色?荳蔻壳?枣子?——不要,那不曾开在我的账上。荳蔻仁,七枚;生姜,一两块,可是那我可以向人白要的;乌梅,四磅;再有同样多的葡萄干。

奥托里古斯　我好苦命呀!(在地上匍匐。)

小　丑　哎呀!——

奥托里古斯　唉,救救我!救救我!替我脱下这身破衣服!然后让我死吧!

小　丑　唉,苦人儿!你应当再多穿一些破衣服,怎么反而连这也要脱去了呢?

奥托里古斯　唉,先生!这身衣服比我身上受过的鞭打还叫我难过;我重重地挨了足有几百万下呢。

小　丑　唉,苦人儿!挨了几百万下可不是玩的呢。

奥托里古斯　先生,我碰见了强盗,叫他们打坏了;我的钱、我的衣服,都给他们抢去了,却把这种可厌的东西给我披在身上。

小　丑　什么,是一个骑马的,还是步行的?

奥托里古斯　是个步行的,好先生,步行的。

小　丑　对了,照他留给你的这身衣服看来,他一定是个脚夫之类;假如这件是骑马人穿的衣服,那么它一定有不少的经历了。把你的手伸给我,让我搀着你。来,把你的手给我。(扶奥托里古斯起。)

奥托里古斯　啊!好先生,轻一点儿。唷!

小　丑　唉,苦人儿!

奥托里古斯　啊!好先生;轻点儿,好先生!先生,我怕我的肩胛骨都断了呢。

小　　丑　怎么！你站不住吗？

奥托里古斯　轻轻的,好先生;(窃取小丑钱袋)好先生,轻轻的。您做了一件好事啦。

小　　丑　你缺钱用吗？我可以给你几个钱。

奥托里古斯　不,好先生;不,谢谢您,先生。离这儿不到一哩路我有一个亲戚,我就到他那儿去;我可以向他借钱或是别的我所需要的东西。别给我钱,我请求您;那会使我不高兴。

小　　丑　抢了你的是怎样一个人呀？

奥托里古斯　据我所知道的,先生,他是一个到处跟人打弹子戏的家伙。我知道他从前曾经侍候过王子;后来我确实知道他是被鞭打赶出宫廷的,好先生,虽然我不晓得为了他的哪一点好处。

小　　丑　你应当说坏处;好人是不会被鞭打赶出宫廷的。他们奖励着人们的好处,好让它留在那边;可是好容易才能留得住几分钟呢。

奥托里古斯　我应当说坏处,先生。我很熟悉这家伙。他后来曾经做过牵猢狲的;后来又当过官差;后来去做一个演浪子回头的木偶戏的人,在离开我的田地一哩路之内的地方跟一个补锅子的老婆结了亲;各种下流的行业做了一桩换一桩,终于做了一个流氓。有人叫他做奥托里古斯。

小　　丑　他妈的！他是个贼;在教堂落成礼的时候,在市集里,在耍熊的场上,常常有他的踪迹。

奥托里古斯　不错,先生;那正是他,先生;那就是给我披上这身衣服的流氓。

小　　丑　波希米亚没有比他再鼠胆的流氓;你只要摆出一些架

势来,向他脸上啐过去,他就逃掉了。

奥托里古斯　不瞒您说,先生,我不会和人打架。在那方面我是全然没用的;我相信他也知道。

小　丑　你现在怎样?

奥托里古斯　好先生,好得多啦;我可以站起来走了。我应该向您告别,慢慢地走到我的亲戚那儿去。

小　丑　要不要我带着你走?

奥托里古斯　不,和气面孔的先生;不,好先生。

小　丑　那么再会吧;我必须去买些香料来预备庆贺剪羊毛的喜宴。

奥托里古斯　愿您好运气,好先生!(小丑下)你的钱袋可不够你买香料呢。等你们举行剪羊毛的喜宴,我也要来参加一下;假如我不能在这场把戏上再出把戏,叫那些剪羊毛的人自己变成了羊,那么把我在花名簿上除名,算作一个规矩人吧。

　　上前走,上前走,脚踏着人行道,
　　　　高高兴兴地手扶着界木:
　　心里高兴走整天也不会累倒,
　　　　愁人走一哩也像下地狱。(下。)

第三场　同前。牧人村舍前的草地

　　弗罗利泽及潘狄塔上。

弗罗利泽　你这种异常的装束使你的每一部分都有了生命;不像是一个牧女,而像是出现在四月之初的花神了。你们这场剪羊毛的喜宴正像群神集会,而你就是其中的仙后。

潘狄塔　殿下，要是我责备您不该打扮得这么古怪，那就是失礼了——唉！恕我，我已经说了出来。您把您尊贵的自身，全国瞻瞩的表记，用田舍郎的装束晦没起来；我这低贱的女子，却装扮作女神的样子。幸而我们这宴会在上每一道菜的时候都不缺少一些疯狂的胡闹，宾客们已视为惯例，不以为意，否则我见您这样打扮，仿佛看见了我镜中的自己，就难免脸红了。

弗罗利泽　我感谢我那好鹰飞过了你父亲的地面上！

潘狄塔　上帝保佑您这感谢不是全没有理由的吧！在我看来，我们阶级的不同只能引起畏惧；您的尊贵是不惯于畏惧的。就是在现在，我一想起您的父亲也许也像您一样偶然走过这里，就会吓得发抖。天啊！他要是看见他的高贵的大作装订得这么恶劣，将会觉得怎样呢？他会说些什么话？我穿着这种借来的华饰，又怎样抵御得住他的庄严的神气呢？

弗罗利泽　除了行乐之外，再不要担心什么。天神也曾经为了爱情，降低了他们的天神的身份，而化作禽兽的样子。朱庇特变成公牛作牛鸣；青色的海神涅普图恩变成牡羊学羊叫；穿着火袍的金色的阿波罗，也曾像我现在这样乔装作一个穷寒的田舍郎。他们化形所追求的对象并不比你更美，他们的目的也并不比我更纯洁，因为我是发乎情而止乎礼义的！

潘狄塔　唉！但是，殿下，您一定会遭到王上的反对，那时您的意志就不能不屈服了；结果不是您改变了您的主意，就是我必得放弃这种比翼双飞的生活。

弗罗利泽　最亲爱的潘狄塔，请你不要想着这种事情来扫宴乐的兴致。要是我不能成为你的，我的美人，那么我就不是我的父亲的;因为假如我不是你的,那么我也不能是我自己的,什么都是无所归属的了。即使运命反对我,我的心也是坚决的。高兴些,好人儿,用你眼前所见的事物把这种思想驱去了吧。你的客人们来了;抬起你的脸来,就像我们两人约定举行婚礼的那一天一样。

潘狄塔　运命的女神啊,请你慈悲一些!

弗罗利泽　瞧,你的客人们来了;活活泼泼地去招待他们,让我们大家开怀欢畅吧。

　　　　牧人偕波力克希尼斯及卡密罗各乔装上;小丑、毛大姐、陶姑儿及余人等随上。

牧　　人　哎哟,女儿!我那老婆在世的时候,在这样一天她又要料理伙食,又要招呼酒席,又要烹调菜蔬;一面当主妇,一面做用人;每一个来客都要她欢迎,都要她亲自侍候;又要唱歌,又要跳舞;一会儿在桌子的上首,一会儿在中央;一会儿在这人的肩头斟酒,一会儿又在那人的肩旁,辛苦得满脸火一样红,自己坐下来歇息喝酒也必须举杯向每个人奉敬。你躲在一旁,好像你是被招待的贵客,而不是这场宴会的女主人。请你过来欢迎这两位不相识的朋友;因为这样我们才可以相熟起来,大家做好朋友。来,别害羞,作出你的女主人的样子来吧。说呀,欢迎我们来参加你的剪羊毛的庆宴,你的好羊群将会繁盛起来。

潘狄塔　（向波力克希尼斯）先生,欢迎!是家父的意思要我担任今天女主人的职务。（向卡密罗）欢迎,先生!把那些花给我,陶姑儿。可尊敬的先生们,这两束迷迭香和芸香是给你们的;它们的颜色和香气在冬天不会消散。愿上天赐福给你们两位,永不会被人忘记!我们欢迎你们来。

波力克希尼斯　美丽的牧女,你把冬天的花来配合我们的年龄,倒是很适当的。

潘狄塔　先生,绚烂的季节已经过去,在这夏日的余晖尚未消逝、令人战栗的冬天还没有到来之际,当令的最美的花卉,只有卡耐馨和有人称为自然界的私生儿的斑石竹;我们这村野的园中不曾种植它们,我也不想去采一两枝来。

波力克希尼斯　好姑娘,为什么你瞧不起它们呢?

潘狄塔　因为我听人家说,在它们的斑斓的鲜艳中,人工曾经巧夺了天工。

波力克希尼斯　即使是这样的话,那种改进天工的工具,正也是天工所造成的;因此,你所说的加于天工之上的人工,也就是天工的产物。你瞧,好姑娘,我们常把一枝善种的嫩枝接在野树上,使低劣的植物和优良的交配而感孕。这是一种改良天然的艺术,或者可说是改变天然,但那种艺术的本身正是出于天然。

潘狄塔　您说得对。

波力克希尼斯　那么在你的园里多种些石竹花,不要叫它们做私生子吧。

潘狄塔　我不愿用我的小锹在地上种下一枝;正如要是我满脸涂脂抹粉,我不愿这位少年称赞它很好,只因为那副假象才想娶我为妻。这是给你们的花儿,浓烈的薄荷、香草;陪着太阳就寝、流着泪跟他一起起身的万寿菊:这些是仲夏的花卉,我想它们应当给与中年人。给您吧,欢迎您来。

卡密罗　假如我也是你的一头羊,我可以无须吃草,用凝视来使我活命。

潘狄塔　唉,别说了吧! 您会消瘦到一阵正月的风可以把您吹来吹去的。(向弗罗利泽)现在,我的最美的朋友,我希望我有几枝春天的花朵,可以适合你的年纪——还有你,还有你,在你们处女的嫩枝上花儿尚含苞未放。普洛塞庇那啊!现在所需要的正是你在惊惶中从狄斯的车上堕下的花朵!在燕子尚未归来之前,就已经大胆开放,丰姿招展地迎着三月之和风的水仙花;比朱诺的眼睑,或是西塞利娅①的气息更为甜美的暗色的紫罗兰;像一般薄命的女郎一样,还不曾看见光明的福玻斯在中天大放荣辉,便以未嫁之身奄然长逝的樱草花;勇武的,皇冠一样的莲香花;以及各种的百合花,包括着泽兰。唉!我没有这些花朵来给你们扎成花圈;再把它们撒遍你,我的好友的全身!

弗罗利泽　什么!像一个尸体那样吗?

潘狄塔　不,像是给爱情所偃卧游戏的水滩,不是像一个尸体;或者是抱在我臂中的活体,而不是去埋葬的。来,把你们的花儿拿了。我简直像他们在圣灵降临节扮演的牧歌戏里一样放肆了;一定是我这身衣服改变了我的性情。

弗罗利泽　无论你做什么事,总比已经做过的更为美妙。当你说话的时候,亲爱的,我希望你永远说下去。当你唱歌的时候,我希望你做买卖的时候也这样唱着,布施的时候也这样唱着,祈祷的时候也这样唱着,管理家政的时候也这样唱着。当你跳舞的时候,我希望你是海中的一朵浪花,永远那么波动着,再不做别的事。你的每一个动作,在无论哪一点上都是那么特殊的美妙;每看到一件眼前的事,都会令人以

---

① 西塞利娅(Cytherea),希腊神话中爱与美的女神阿佛洛狄忒(Aphrodite)的称号。

潘狄塔　啊,道里克尔斯!你把我恭维得太过分了。倘不是因为你的年轻和你的真诚,表示出你确是一个纯洁的牧人的话,我的道里克尔斯,我是很有理由疑心你别有用意的。

弗罗利泽　我没有可以引起你疑心的用意,你也没有疑心我的理由。可是来吧,请你允许我陪你跳舞。把你的手给我,我的潘狄塔;就像一对斑鸠一样,永不分开。

潘狄塔　我誓愿如此。

波力克希尼斯　这是牧场上最美的小家碧玉;她的每一个动作、每一种姿态,都有一种比她自身更为高贵的品质,这地方似乎屈辱了她。

卡密罗　他对她说了句什么话儿,羞得她脸红起来了。真的,她可说是田舍的女王。

小　丑　来,奏起音乐来。

陶姑儿　叫毛大姐做你的情人吧;好,别忘记嘴里含个大蒜儿,接起吻来味道好一些。

毛大姐　岂有此理!

小　丑　别说了,别说了;大家要讲究礼貌。来,奏起来。(奏乐;牧人群舞。)

波力克希尼斯　请问,好牧人,跟你女儿跳舞的那个漂亮的田舍郎是谁?

牧　人　他们把他叫做道里克尔斯;他自己夸说他有很好的牧场。我相信他的话;他瞧上去是个老实人。他说他爱我的女儿。我也这样想;因为就是月亮凝视着流水,也赶不上他那么痴心地立定呆望着我女儿的眼波。老实说吧,从他们的接吻上要分别出谁更爱谁来,是不可能的。

波力克希尼斯　她跳舞跳得很好。

牧　　人　她样样都精;虽然我不该这样自夸。要是年轻的道里克尔斯选中了她,她会给他梦想不到的好处的。

　　　　　一仆人上。

仆　　人　(向小丑)啊,大官人!要是你听见了门口的那个货郎,你就再不会跟着手鼓和笛子跳舞了;不,风笛也不能诱动你了。他唱了几支曲调比你数银钱还快,似乎他曾经吃过许多歌谣似的;大家的耳朵都生牢在他的歌儿上了。

小　　丑　他来得正好;我们应当叫他进来。山歌我是再爱听不过的了,只要它是用快活的调子唱着悲伤的事,或是用十分伤心的调子唱着很快活的事儿。

仆　　人　他有给各色男女的歌儿;没有哪个女服店主会像他那样恰如其分地用合适的手套配合着每个顾客了。他有最可爱的情歌给姑娘们,难得的是一点不粗俗,那和歌和尾声是这样优雅,"跳她一顿,揍她一顿";唯恐有什么喜欢讲粗话的坏蛋要趁此开个恶作剧的玩笑,他便叫那姑娘回答说:"喔唷,饶饶我,好人儿!"把他推了开去,这么撇下了他,"喔唷,饶饶我,好人儿!"

波力克希尼斯　这是一个有趣的家伙。

小　　丑　真的,你说的是一个很调皮的东西。他有没有什么新鲜的货色?

仆　　人　他有虹霓上各种颜色的丝带;带纽之多,可以叫波希米亚所有的律师们大批地来也点不清楚;羽毛带、毛绒带、细麻布、细竹布;他把它们一样一样唱着,好像它们都是男神女神的名字呢。他把女人衬衫的袖口和胸前的花样都唱得那么动听,你会以为每一件衬衫都是一个女天使呢。

小　　丑　　去领他进来;叫他一路唱着来。

潘狄塔　　吩咐他可不许唱出粗俗的句子来。(仆人下。)

小　　丑　　瞧不出这班货郎真有点儿本事呢,妹妹。

潘狄塔　　是的,好哥哥,我再瞧也不会瞧出什么来的。

　　　　　　奥托里古斯唱歌上。

奥托里古斯　(唱)

　　　　　　白布白,像雪花;

　　　　　　黑纱黑,像乌鸦;

　　　　　　一双手套玫瑰香;

　　　　　　假脸罩住俊脸庞;

　　　　　　琥珀项链琉璃镯,

　　　　　　绣闼生香芳郁郁;

　　　　　　金线帽儿绣肚罩,

　　　　　　买回送与姐儿俏;

　　　　　　烙衣铁棒别针尖,

　　　　　　闺房百宝尽完全;

　　　　　　来买来买快来买,

　　　　　　哥儿不买姐儿怪。

小　　丑　　要不是因为我爱上了毛大姐,你再不用想从我手里骗钱去,可是现在我既然爱她都爱得着了魔,不得不买些丝带手套了。

毛大姐　　你曾经答应过买来送给我今天穿戴;但现在还不算太迟。

陶姑儿　　他答应你的一定还不止这些哩。

毛大姐　　他答应你的,都已经给了你了;也许他给你的比他所答应你的还要多哩,看你好意思说出来。

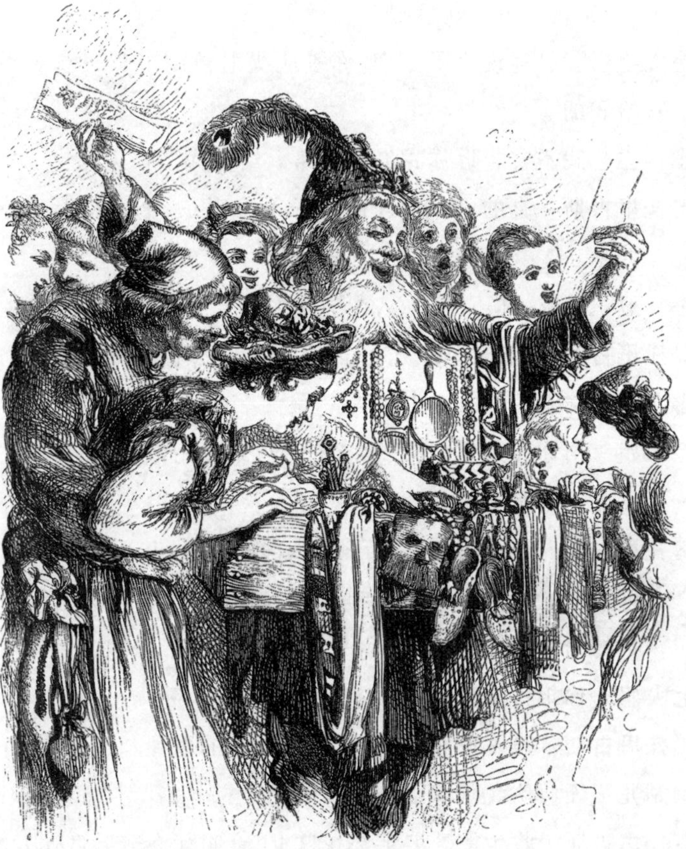

小　　丑　难道姑娘家就不讲个礼数吗？穿裤子可以当着大家的脸吗？你们不可以在挤牛奶的时候、睡觉的时候或是在灶下悄声地谈说你们的秘密，一定要当着众位客人之前唠叨不停吗？怪不得他们都在那儿交头接耳了。闭住你们的嘴，别再多说一句话吧。

毛大姐　我已经说完了。来，你答应买一条围巾和一双香手套给我的。

小　　丑　我不曾告诉你我怎样在路上给人掏了钱去吗？

奥托里古斯　真的，先生，外面拐子很多呢；一个人总得小心些才是。

小　　丑　朋友，你不用担心，在这儿你不会失落什么的。

奥托里古斯　但愿如此，先生；因为我有许多值钱的东西呢。

小　　丑　你有些什么？山歌吗？

毛大姐　请你买几支；我顶喜欢刻印出来的山歌，因为那样的山歌才一定是真的。

奥托里古斯　这儿是一支调子很悲伤的山歌，里面讲着一个放债人的老婆一胎生下二十只钱袋来，她尽想着吃蛇头和煮烂的蛤蟆。

毛大姐　你想这是真的吗？

奥托里古斯　再真没有了，才一个月以前的事呢。

陶姑儿　天保佑我别嫁给一个放债的人！

奥托里古斯　收生婆的名字都在这上头，叫什么造谣言太太的，另外还有五六个在场的奶奶们。我干什么要到处胡说呢？

毛大姐　谢谢你，买了它吧。

小　　丑　好，把它放在一旁。让我们看还有什么别的歌；别的东西等会儿再买吧。

奥托里古斯　这儿是另外一支歌,讲到有一条鱼在四月十八日星期三这一天在海岸上出现,离水面二十四万呎以上;它便唱着这一支歌打动姑娘们的硬心肠。据说那鱼本来是一个女人,因为不肯跟爱她的人交欢,故而变成一条冷血的鱼。这歌儿十分动人,而且是千真万确的。

陶姑儿　你想那也是真的吗?

奥托里古斯　五个法官调查过这件事,证人多得数不清呢。

小　　丑　也把它放下来;再来一支看看。

奥托里古斯　这是一支轻松的小调,可是怪可爱的。

毛大姐　让我们买几支轻松的歌儿。

奥托里古斯　这才是非常轻松的歌儿呢,它可以用"两个姑娘争风"这个调子唱。西方一带的姑娘谁都会唱这歌;销路好得很呢,我告诉你们。

毛大姐　我们俩也会唱。要是你也加入唱,你便可以听我们唱得怎样;它是三部合唱。

陶姑儿　我们在一个月之前就学会这个调子了。

奥托里古斯　我可以参加;你们要知道这是我的吃饭本领呢。请唱吧。(三人轮唱。)

奥托里古斯

　　　　你去吧,因为我必须走,
　　　　到哪里用不着你追究。

陶姑儿

　　　　哪里去?

毛大姐

　　　　啊!哪里去?

陶姑儿

哪里去?

毛大姐

赌过的咒难道便忘掉,

什么秘密该让我知晓?

陶姑儿

让我也到那里去。

毛大姐

你到农场还是到磨坊?

陶姑儿

这两处全不是好地方。

奥托里古斯

都不是。

陶姑儿

咦,都不是?

奥托里古斯

都不是。

陶姑儿

你曾经发誓说你爱我。

毛大姐

你屡次发誓说你爱我。

究竟你到哪里去?

小　丑　让我们把这个歌儿拣个清静的地方唱完它;我的爸爸跟那两位老爷在讲正经话,咱们别搅扰了他们。来,带着你的东西跟我来吧。两位大姐,你们两人都不会落空。货郎,让我们先发发利市。跟我来,姑娘们。(小丑、陶姑儿、毛大姐同下。)

奥托里古斯　你要大破其钞呢。(唱)

　　　　　要不要买些儿时新花边？
　　　　　要不要镶条儿缝上披肩？
　　　　　　我的小娇娇，我的好亲亲！
　　　　　要不要买些儿丝线缎绸？
　　　　　要不要首饰儿插个满头？
　　　　　　质地又出色，式样又时新。
　　　　　要什么东西请告诉货郎，
　　　　　钱财是个爱多事的魔王：
　　　　　　人要爱打扮，只须有金银。(下。)

　　　　仆人重上。

仆　人　主人，有三个推小车的，三个放羊的，三个看牛的和三个牧猪的，都身上披了毛皮，自己说是什么骚提厄尔①的；他们跳的那种舞，姑娘们说全然是一阵乱窜乱跳，因为里面没有女的，可是他们自己却以为也许那些只懂得常规的人们会以为他们这种跳法太粗野了，其实倒是满有趣的。

牧　人　去！我们不要看他们；粗蠢的把戏已嫌太多了。先生！我知道一定会叫你们心烦。

波力克希尼斯　你在叫那些使我们高兴的人心烦呢。请你让我们瞧瞧这三个人一组的四班牧人吧。

仆　人　据他们自己说，先生，其中的三个人曾经在王上面前跳过舞，就是其中顶坏的三个，也会跳十二呎半呢。

牧　人　别多嘴了。这两位好先生既然高兴，就叫他们进来吧；

---

① 骚提厄尔(Saltiers)应是萨特(Satyr)，希腊神话中人身马尾，遨游山林的怪物。此处把音说错了。

147

可是快些。

仆　　人　他们就在门口等着呢,主人。(下。)

仆人领十二乡人扮萨特重上。跳舞后同下。

波力克希尼斯　(向牧人)老丈,慢慢再让你知道吧。(向卡密罗)这不是太那个了吗?现在应该去拆散他们了。他果然很老实,把一切都讲出来了。(向弗罗利泽)你好,漂亮的牧人!你的心里充满了些什么东西,连宴会也忘记了?真的,当我年轻的时候,我也像你一样恋爱着,常常送给我的她许多小东西。我会把货郎的绸绢倾筐倒箧地送给她;可是你却轻轻地让他去了,不同他作成一点交易。要是你的姑娘误会了,以为这是你不爱她或是器量小的缘故,那些你假如不愿失去她,可就难于自圆了。

弗罗利泽　老先生,我知道她不像别人那样看重这种不值钱的东西。她要我给她的礼物,是深深地锁藏在我的心中的,我已经给了她了,可是还不曾正式递交。(向潘狄塔)这位年尊的先生似乎也曾经恋爱过,当着他的面前,听我诉说我的心灵吧!我握着你的手,这像鸽毛一样柔软而洁白、像非洲人的牙齿、像被北风簸扬过两次的雪花一样白的手。

波力克希尼斯　还有些什么下文呢?这个年轻的乡下女子似乎花了不少心血在洗那本来已经很美的手呢!恕我打扰;你说下去吧:让我听一听你要宣布些什么话。

弗罗利泽　好,就请您作个见证。

波力克希尼斯　我这位伙伴也可以听吗?

弗罗利泽　他也可以,再有别人也可以,一切的人,天地和万物,都可以来为我作见证:即使我戴上了最尊严最高贵的皇冠,即使我是世上引人注目的最美貌的少年,即使我有超人的力量和知识,我也不愿重视它们,假如我得不到她的爱情;它们都是她的臣仆,她可以赏擢它们使供奔走,或者贬斥它们沦于永劫。

波力克希尼斯 说得很好听。

卡密罗 这可以表示真切的爱悦。

牧　　人 可是,我的女儿,你不会对他也说些什么吗?

潘狄塔 我不能说得像他那么好;我也没有比他更好一点的意思。用我自己的思想作为例子,我可以看出他的真诚来。

牧　　人 握手吧;交易成功了。不相识的朋友们,你们可以作证:我把我的女儿给了他,她的嫁奁我要使它和他的财产相当。

弗罗利泽 啊!那该是你女儿自身的德性了。要是有一个人死了,我所有的将为你们梦想所不及;那时再叫你吃惊吧。现在来,当着这两位证人之前给我们订婚。

牧　　人 伸出你的手来;女儿,你也伸出手来。

波力克希尼斯 且慢,汉子。你有父亲吗?

弗罗利泽 有的;为什么提起他呢?

波力克希尼斯 他知道这件事吗?

弗罗利泽 他不知道,也不会知道。

波力克希尼斯 我想一个父亲是他儿子的婚宴上最不能缺少的尊客。我再请问你一声,你的父亲已经老悖得做不了主了吗?他是不是一个老糊涂?他会说话吗?他耳朵听得见吗?能不能认识人,谈论自己的事情?他是不是躺在床上爬不起来,只会做些孩子气的事?

弗罗利泽 不,好先生,像他那个年纪的人,很少有他这样壮健的呢。

波力克希尼斯　凭着我的白胡子起誓,如果真是这样的话,你太不孝了。儿子自己选中一个妻子,这是说得过去的;可是做父亲的一心想望着子孙的好,在这种事情上也参加一点意见,总也是应该的吧。

弗罗利泽　我承认您的话很对;可是,我的尊严的先生,为了别的一些不能告诉您的理由,我不曾让我的父亲知道这回事。

波力克希尼斯　那你就该去告诉他才是。

弗罗利泽　他不能知道。

波力克希尼斯　他一定要知道。

弗罗利泽　不,他一定不能知道。

牧　人　去告诉他吧,我的孩子;他要是知道了你选了怎样一个妻子,决不会不中意的。

弗罗利泽　不,不,他一定不能知道。来,给我们证婚吧。

波力克希尼斯　给你们离婚吧,少爷;(除去假装)我不敢叫你做儿子呢。你这没出息的东西,我还能跟你认父子吗?堂堂的储君,却爱上了牧羊的曲杖!你这老贼,我恨不得把你吊死;可是即使吊死了你,像你这样年纪,也不过促短了你几天的寿命。还有你,美貌的妖巫,你一定早已知道跟你发生关系的那人是个天潢贵胄的傻瓜——

牧　人　哎哟!

波力克希尼斯　我要用荆棘抓破你的美貌,叫你的脸比你的身份还寒碜。讲到你,痴心的孩子,我再不准你看见这丫头的脸了;要是你敢叹一口气,我就把你废为庶人,摈出王族,以后永绝关系。听好我的话;跟我回宫去。(向牧人)蠢东西,你虽然使我大大生气,可是暂时恕过你这遭。(向潘狄塔)妖精,你只配嫁个放牛的!若不是为了顾及我王家的体面,像他这样恬不知耻自贬身份的人和你倒也相配！要是你以后再开你的柴门接他进来，或者再敢去抱住他的身体，我一定要想出一种最残酷的死刑来处决你这弱不禁风的娇躯。（下。）

潘狄塔　虽然一切都完了，我却并不恐惧。不止一次我想要对他明白说：同一的太阳照着他的宫殿，也不曾避过了我们的草屋；日光是一视同仁的。殿下，请您去吧；我对您说过会有什么结果的。请您留心着您自己的地位；我现在已经梦醒，就别再扮什么女王了。让我一路挤着羊奶，一路哀泣吧。

卡密罗　嗷，怎么啦，老丈！在你没有死之前，说句话呀。

牧　　人　我不能说话，也不能思想，更不敢知道我所知道的事。唉，殿下！我活了八十三岁，但愿安安静静地死去，在我的父亲葬身的地方，跟他正直的骸骨长眠在一块儿，可是您现在把我毁了！替我盖上殓衣的，将要是个行刑的绞手；我的埋骨之处，没有一个牧师会加上一铲土。唉，该死的孽根！你知道他是王子，却敢跟他谈情。完了！完了！要是我能够就在这点钟内死去，那么总算死得其时。（下。）

弗罗利泽　你为什么这样看着我？我不过有点悲伤，却并不恐惧；不过受了挫折，却没有变心；本来是怎样，现在仍旧是怎样。因为给拉住了而更要努力向前，不甘心委屈地给人拖了去。

卡密罗　殿下，您知道您父亲的脾气。这时候他一定不听人家的话；我想您也不会想去跟他说什么；而且我怕他现在也未必高兴见您的面：所以您还是等他的火性退了之后再去见他吧。

弗罗利泽　我没有这个意思。我想你是卡密罗吧？

卡密罗　正是,殿下。

潘狄塔　我不是常常对你说事情会弄到这样的！我不是常常说等到这事一泄露,我就要丢脸了！

弗罗利泽　你决不会丢脸,除非我背了信;那时就让天把地球的两边碰了拢来,毁灭掉一切的生灵吧！抬起你的脸来。父亲,把我废斥了吧;我是我的爱情的后嗣。

卡密罗　请听劝告吧。

弗罗利泽　我听从着我的爱情的劝告呢。要是我的理性能服从指挥,那么我是有理性的;否则我的感觉就会看中疯闹,向它表示欢迎。

卡密罗　您这简直是乱来了,殿下。

弗罗利泽　随你怎样说吧;可是这才可以实现我的盟誓,我必须以为这样做是正当的。卡密罗,我不愿为了波希米亚,或是它的一切的荣华,或是太阳所临照、土壤所孕育以及无底的深海所隐藏的一切,而破毁了我向这位美貌的未婚妻所立的誓。所以,我拜托你,因为你一直是我父亲所看重的朋友,当他失去我的时候——不瞒你说,我预备再不见他了——请你好好安慰安慰他;让我一个儿挣扎我的未来的运命吧。我不妨告诉你,你也可以这样对他说,因为在岸上我不能保有她,我要同着她到海上去了;巧得很,我刚有一艘快船在此,虽然本来并非为着这次的计划。至于我预备采取什么方针,那你无须知道,我也不必告诉你了。

卡密罗　啊,我的殿下！我希望您的性子不那么固执,更能听取忠告,或者您的精神较为坚强,更能适合您的需要。

弗罗利泽　听我说,潘狄塔。（携潘狄塔至一旁。向卡密罗）等会儿再跟你谈。

卡密罗　他已经立志不移,一定要出走了。要是我能在他的这回出走上想个计策,一方面偿了我的心愿,一方面帮助他脱去危险,为他尽些力量;让我再看见我的亲爱的西西里和我渴想见面的不幸的旧君,那就一举两得了。

弗罗利泽　好卡密罗,我因为有许多难题要解决,多多失礼了。

卡密罗　殿下,我想您也听说过我对于您父亲的微末的忠勤吧?

弗罗利泽　你是很值得尊敬的;我父亲一提起你的功绩,总是极口称赞;他也常常想到要怎样补报你。

卡密罗　好,殿下,要是您愿意把我看成是忠心于王上,同时因为忠心于他的缘故,也愿意忠心于和他最关切的人,那就是说您殿下自己,那么请您接受我的指示:假如您那已经决定了的重要的计划可以略加更改的话,我可以指点您一处将会按着您的身份竭诚接待您的地方;您可以在那边陪您的恋人享着艳福,我知道要把你们拆散是不可能的,除非遭到了毁灭的命运——上帝保佑不会有这种事!您跟她结了婚;这边我可以竭力向您的怫意的父亲劝解,渐渐使他同意。

弗罗利泽　这简直是奇迹了,卡密罗;怎么可以实现呢?我要相信你不是个凡人,然后才可以相信你的话。

卡密罗　您有没有想到一个去处?

弗罗利泽　还没有;可是因为这回事情的突如其来,不得不使我们采取莽撞的行动。我们只好听从运命的支配,随着风把我们吹到什么方向。

卡密罗　那么听我说。要是您立定主意出走,那么到西西里去吧;您可以带着您这位美人去谒见里昂提斯,说她是位公主,把她穿扮得适合于做您妻子的身份。我想象得到里昂提斯将会伸出他的宽宏的手来,含着眼泪欢迎你;把你当作你父亲本人一样,向你请求原谅;吻着你的娇艳的公主的手;一面忏悔他过去的不仁,一面让眼前的殷勤飞快地愈加增长。

弗罗利泽　可尊敬的卡密罗,我要用些什么借口来向他说明这次访问呢?

卡密罗　您说是您父王差遣您来向他问候通好的。殿下,您要用什么方式去见他;作为您父亲的代表,您要向他说些什么话;那些在我们三人间所知道的事情,我都可以给您写下来,指示您每次朝见时所要说的话,他一定会相信您的父亲已经把心腹之事全告诉您了。

弗罗利泽　我真感谢你。这似乎有些可能。

卡密罗　比起您的卤莽的做法来,总要有把握多了,照您的做法,只能听任无路可通的大海、梦想不到的海滨、无可避免的灾祸摆布,没有人能够帮助您,脱了这场险又会遭遇另一场险,除了尽力把你们留在你们所厌恶的地方的铁锚而外,再没有可靠之物。而且您知道幸运是爱情的维系;爱情的鲜艳的容色和热烈的心,也会因困苦而起了变化。

潘狄塔　你的话只算一半对;我想困苦可以使脸色惨淡,却未必能改变心肠。

卡密罗　噢,你这样说吗?你父亲的家里再七年也生不出像你这样一个人来。

弗罗利泽　我的好卡密罗,她虽然出身比我们低,她的教养却不次于我们。

卡密罗　我不能因为她的缺少教育而惋惜,因为她似乎比大多数教育别人的都更有教育。

潘狄塔　大人,承您过奖,惭愧得很。

弗罗利泽　我的最可爱的潘狄塔!可是唉!我们却立于荆棘之上!卡密罗,你曾经救了我的父亲,现在又救了我,你是我们一家人的良药;现在我们该怎么办呢?我既然穿得不像一个波希米亚的王子,到了西西里也没有办法好想。

卡密罗　殿下,您不用担心。我想您也知道我的财产全在那边;我一定会像关心自己的事一样设法让您穿得富丽堂皇。譬如说,殿下,让您知道您不会缺少什么——过来我对您说。

(三人退一旁谈话。)

奥托里古斯上。

奥托里古斯　哈哈!诚实真是个大傻瓜!他的把兄弟,"信任",脑筋也很简单!我的一切不值钱的玩意儿全卖光了;担子里空空如也,不剩一粒假宝石,一条丝带,一面镜子,一颗香丸,一枚饰针,一本笔记簿,一页歌曲,一把小刀,一根织带,一双手套,一副鞋带,一只手镯,或是一个明角戒指。他们争先恐后地抢着买,好像我这种玩意儿都是神圣的宝石,谁买了去就会有好福气似的。我就借此看了出来谁的袋里像是最有钱;凡是我的眼睛所看见的,我便记在心里备用。我那位傻小子混头混脑,听了那些小娘儿们的歌着了迷了,他那猪猡脚站定了动都不动,一定要把曲谱和歌词全买了才肯罢休;因此引集了许多人都到了我身边,只顾着听,别的全忘记了:你尽可以把哪个姑娘的衬裙抄走,她是决不会觉得的;你要是把像个鸡巴似的钱袋剪了下来,简直不费吹灰之力;我可以把一串链条上的钥匙都锉下来呢:什么都不听见,什么都不觉得,只顾着我那位大爷的唱歌,津

155

津有味地听那种胡说八道。因此在这种昏迷颠倒的时候，我把他们中间大部分人为着来赶热闹而装满了的钱袋都掏空了；假如不是因为那个老头子连嚷带喊地走来，骂着他的女儿和国王的儿子，把那些秕糠上的蠢鸟都吓走了，我一定会叫他们的钱袋全军覆没的。（卡密罗、弗罗利泽、潘狄塔上前。）

卡密罗　不，可是用这方法我的信可以和您同时到那边，这困难便可以解决了。

弗罗利泽　同时你请里昂提斯王写信给我们斡旋——

卡密罗　那一定会把您父亲的心劝转来。

潘狄塔　多谢您！您所说的都是很好的办法。

卡密罗　（见奥托里古斯）谁在这儿？我们也许可以把这人利用利用；有机会总不要放过。

奥托里古斯　（旁白）要是我的话给他们听了去，那么我就该死了。

卡密罗　喂，好家伙！你干吗这样发抖呀？别怕，朋友；我们并不要为难你。

奥托里古斯　我是个苦人儿，老爷。

卡密罗　那么你就是个苦人儿吧，没有人会来偷你这个名号的。可是我们倒要和你的贫穷的外表做一注交易哩。快脱下你的衣服来吧——你该知道你非脱不可——和这位先生换一身穿。虽然他换到的只是一件破旧不值一个子儿的东西，可是还有几个额外的钱给你，你拿了去吧。

奥托里古斯　我是个苦人儿，老爷。（旁白）我知道你们的把戏。

卡密罗　哎，请你赶快吧；这位先生已经脱下来了。

奥托里古斯　您不是开玩笑吧，老爷？（旁白）我有点儿明白这种诡计。

弗罗利泽　请你快些。

奥托里古斯　您虽然一本正经地给我定钱,可是我却有点儿不能相信呢。

卡密罗　脱下来,脱下来。(弗罗利泽、奥托里古斯二人换衣)幸运的姑娘,让我对你的预言成为真实吧!你应该拣一簇树木中间躲着,把你爱人的帽子拿去覆住了前额,蒙住你的脸,改变你的装束,竭力隐住了自己的原形,然后再上船去;路上恐怕眼目很多,免得被人瞧破。

潘狄塔　看来这本戏里我也要扮一个角色。

卡密罗　也是没有办法呀。——您已经好了吗?

弗罗利泽　要是我现在遇见了我的父亲,他不会叫我做儿子的。

卡密罗　不,这帽子不给你戴。(以帽给潘狄塔)来。姑娘,来吧。再见,我的朋友。

奥托里古斯　再见,老爷。

弗罗利泽　啊,潘狄塔,我们忘了一件事了!来跟你讲一句话。(弗罗利泽、潘狄塔在旁谈话。)

卡密罗　(旁白)这以后我便去向国王告知他们的逃亡和行踪;我希望因此可以劝他追赶他们,这样我便可以陪着他再见西西里的面,我真像一个女人那样相思着它呢。

弗罗利泽　幸运保佑我们!卡密罗,我们就此到海边去了。

卡密罗　一路顺风!(弗罗利泽、潘狄塔及卡密罗各下。)

奥托里古斯　我知道这回事情;我听见他们的话。一张好耳朵,一对快眼,一双妙手,这是当扒手所不可缺少的;而且还要有一个好鼻子,可以替别的器官嗅出些机会来。看来现今是小人得势之秋。不加小账,这已经是一桩好交易了;况且还有这样的油水！天老爷今年一定特别包容我们,我们尽可以放手干去。王子自己也就有点不大靠得住,拖着绊脚的东西逃开了父亲的身旁。假如把这消息去报告国王知道是一件正当的事情,我也不愿这样干。不去报告本是小人的行径,正合我的本色。我还是干我的本行吧。走开些,走开些;一个活动的头脑,又可以有些事情做了。每一条巷头巷尾,每一家店铺、教堂、法庭、刑场,一个小心的人都可以显他的身手。

　　小丑及牧人上。

小　　丑　瞧,瞧,你现在弄到什么地步啦!唯一的办法是去告诉国王她是个拾来的孩子,并不是你的亲生骨肉。

牧　　人　不,你听我说。

小　　丑　不,你听我说。

牧　　人　好,那么你说吧。

小　　丑　她既然不是你的骨肉,你的骨肉就不曾得罪国王;因此他就不能责罚你的骨肉。你只要把你在她身边找到的那些东西,那些秘密的东西,都拿出来给他们看,只除了她的财物。这么一来,我可以担保,法律也不会奈何你了。

牧　　人　我要把一切都去告诉国王,每一个字,是的,还要告诉他他的儿子的胡闹;我可以说他这个人无论对于他的父亲和我都不是个好人,想要把我和国王攀做亲家。

小　　丑　不错,你起码也可以做他的亲家;那时你的血就不知道要贵多少钱一两了。

奥托里古斯　（旁白）很聪明,狗子们!

牧　　人　好,让我们见国王去;他见了这包裹里的东西,准要摸他的胡须呢。

奥托里古斯　（旁白）我不知道他们要是这样去说了会怎么阻碍我那主人的逃走。

小　　丑　但愿他在宫里。

奥托里古斯　（旁白）虽然我生来不是个好人,有时我却偶然要做个好人;让我把货郎的胡须取下藏好。（取下假须）喂,乡下人！你们到哪儿去？

牧　　人　不瞒大爷说,我们到宫里去。

奥托里古斯　你们到那边去有什么事？要去见谁？这包裹里是什么东西？你们家住何处？姓甚名谁？多大年纪？有多少财产？出身怎样？一切必须知道的事情,都给我说来。

小　　丑　我们不过是平常百姓呢,大爷。

奥托里古斯　胡说！瞧你们这种满脸须发蓬松的野相,就知道不是好人。我不要听胡说;只有做买卖的才会胡说,他们老是骗我们军人;可是我们却不给他们吃刀剑,反而用银钱买他们的谎——所以他们也不算胡说。

小　　丑　亏得您最后改过口来,不然您倒是对我们胡说一通了。

牧　　人　大爷,请问您是不是个官？

奥托里古斯　随你们瞧我像不像官,我可真是个官。没看见这身衣服就是十足的官气吗？我穿着这身衣服走路,那样子不是十足的官派吗？你们没闻到我身上的官味道吗？瞧着你们这副贱相,我不是大摆着官架子吗？你们以为我对你们讲话的时候和气了点,动问你们微贱的底细,因此我就不是个官了吗？我从头到脚都是个官,一高兴可以帮你们忙,一发脾气你们就算遭了瘟;所以我命令你们把你们的事情说出来。

牧　　人　大爷,我是去见国王的。

奥托里古斯　你去见他有什么脚路呢？

牧　　人　请您原谅,我不知道。

小　　丑　脚路是一句官话,意思是问你有没有野鸡送上去。你说没有。

牧　　人　没有,大爷;我没有野鸡,公的母的都没有。

奥托里古斯　我们不是傻瓜的人真幸福!可是谁知道当初造物不会把我也造成他们这种样子?因此我也不要瞧不起他们。

小　　丑　这一定是位大官儿。

牧　　人　他的衣服很神气,可是他的穿法却不大好看。

小　　丑　他似乎因为落拓不羁而格外显得高贵些。我可以担保他一定是个大人物;我瞧他剔牙齿的样子就看出来了。

奥托里古斯　那包裹是什么?里面有些什么东西?那箱子又是哪里来的?

牧　　人　大爷,在这包裹和箱子里头有一个很大的秘密,除了国王以外谁也不能知道;要是我能够去见他说话,那么他在这一小时之内就可以知道了。

奥托里古斯　老头子,你白白辛苦了。

牧　　人　为什么呢,大爷?

奥托里古斯　国王不在宫里;他已经坐了一只新船出去解闷养息去了。要是你这人还算懂事的话,你该知道国王心里很不乐意。

牧　　人　人家正这么说呢,大爷;说是因为他的儿子想要跟一个牧人的女儿结婚。

奥托里古斯　要是那个牧人还不曾交保,还是赶快远走高飞的好。他将要受到的咒诅和刑罚,一定会把他的背膀压断,就是妖魔的心也禁不住要碎裂的。

小　　丑　　您以为这样吗,大爷?

奥托里古斯　　不但他一个人要大吃其苦,就是跟他有点亲戚关系的,即使疏远得相隔五十层,也逃不了要上绞架。虽然那似乎太残忍些,然而却是应该的。一个看羊的贱东西,居然胆敢叫他的女儿妄图非分!有人说应当用石头砸死他;可是我说这样的死法太惬意了。把九五之尊拉到了羊棚里来!这简直是万死犹有余辜,极刑尚嫌太轻哩。

小　　丑　　大爷,请问您听没听见说那老头子有一个儿子?

奥托里古斯　　他有一个儿子,要把他活活剥皮;然后涂上蜜,放在胡蜂巢的顶上;等他八分是鬼两分是人的时候,再用火酒把他救活过来;然后拣一个历本上所说的最热的日子,把他那块生猪肉似的身体背贴着砖墙上烤烤,太阳向着正南方蒸晒着他,让那家伙身上给苍蝇下卵而死去。可是我们说起这种奸恶的坏人做什么呢?他们犯了如此大罪,受这种苦难也不妨付之一笑。你们瞧上去像是正直良民,告诉我你们见国王有什么公干。你们如果向我孝敬孝敬,我可以带你们到他的船上去,给你们引见,悄悄地给你们说句好话。要是国王身边有什么人能够影响你们的请求的话,这个人就在你们的眼前。

小　　丑　　他瞧上去是个有权有势的人,跟他商量,送给他些金子吧;虽然权势是一头固执的熊,可是金子可以拉着它的鼻子走。把你钱袋里的东西放在他手掌之上,再不用瞎操心了。记住,用石头砸死,活活地剥皮!

牧　　人　　大爷,要是您肯替我们担任这件事情,这儿是我的金子;我还可以去给您拿这么多来,这个年轻人可以留在您这儿权作抵押。

161

奥托里古斯　那是说等我做了我所允许的事情以后吗?

牧　　人　是的,大爷。

奥托里古斯　好,就先给我一部分吧。这事情你也有份儿吗?

小　　丑　略为有点儿份,大爷;可是我的情形虽然很可怜,我希望我不至于给剥了皮去。

奥托里古斯　啊!那说的是那牧人的儿子呢;这家伙应该吊死,以昭炯戒。

小　　丑　鼓起精神来!我们必须去见国王,给他看些古怪的东西。他一定要知道她不是你的女儿,也不是我的妹妹;我们是全不相干的。大爷,等事情办完之后,我要送给您像这位老头子送给您的一样多;而且照他所说的,在没有去拿来给您之前,我可以把我自己抵押给您。

奥托里古斯　我可以相信你。你们先到海边去,向右边走。我略为张望张望就来。

小　　丑　我们真运气遇见这个人,真运气!

牧　　人　让我们照他的话先去。他真是老天爷派来帮我们忙的。(牧人、小丑下。)

奥托里古斯　假如我有一颗要做老实人的心,看来命运也不会允许我;她会把横财丢到我嘴里来的。我现在有了个一举两得的机会,一方面有钱财到手,一方面又可以向我的主人王子邀功;谁知道那不会使我再高升起来呢?我要把这两只瞎眼珠的耗子带到他的船上去;假如他以为不妨把他们放回岸上,让他们去向国王告发也没甚关系,那么就让他因为我的多事而骂我混蛋吧;那个头衔以及连带着的耻辱,反正对我都没有影响。我要带他们去见他;也许会有什么事情要见分晓。(下。)

第 五 幕

第一场　西西里。里昂提斯宫中一室

　　　　里昂提斯、克里奥米尼斯、狄温、宝丽娜及余人等同上。
克里奥米尼斯　陛下,像一个忏悔的圣者一样,你已经伤心得够了。无论怎样的错处,您的忏悔也都已经可以补赎而有余。请您遵照着天意,忘怀了您的罪过,宽恕了自己吧。
里昂提斯　当我记起她和她的圣德来的时候,我忘不了我自己的罪;我也永远想到我对于自己所铸成的大错,使我的国统失去了嗣续,毁灭了一位人间最可爱的伴侣。
宝丽娜　真的,一点不错,陛下。要是您和世间的每一个女子依次结婚,或者把所有的女子的美点提出来造成一个完美的女性,也抵不上给您害死的那位那样好。
里昂提斯　我也这样想。害死!她是给我害死的!我的确害死了她,可是你这样说,太使我难过了;在你舌头上吐出来的这句话,正像在我心中的一样刻毒。请你少说几次吧。
克里奥米尼斯　您别说了吧,好夫人;千不说,万不说,为什么一定要说这种火上浇油的话呢?
宝丽娜　你也是希望他再结婚的。

狄　　温　　要是您不这样希望,那么您未免太不能为王上设身处地想一想,假如陛下绝了后嗣,国家将会遇到怎样的危机,就是一筹莫展、袖手旁观的人也难脱身事外。还有什么事情比之让先后瞑目地下更为神圣呢?为了王统的恢复,为了目前的安慰和将来的利益,还有什么比再诞生一位可爱的小王子尤其神圣的事?

宝丽娜　　想到已经故世了的王后,那么世上是没有人有资格继承她的。而且神们也一定要实现他们秘密的意旨;神圣的阿波罗不是曾经在他的神谕里说过,里昂提斯在不曾找到他的失去的孩子之前,将不会有后裔?这种事情照我们凡人的常理推想起来,正像我的安提哥纳斯会从坟墓里出来一样不可能,我相信他是一定和那婴孩死在一起了。可是你们却要劝陛下违反了天意。(向里昂提斯)不要担心着后嗣;王冠总会有人戴的。亚历山大皇帝把他的王位传给功德最著的人;他的继位者因此是最好的贤人。

里昂提斯　　好宝丽娜,我知道你忘不了赫米温妮的贤德;唉!要是我早听你的话就好了!那么即使在现在,我也可以正视着我的王后的双眼,从她的唇边领略着仙露的滋味——

宝丽娜　　那是取之不竭的;当您离开之后,它会变得愈加富裕。

里昂提斯　　你说得对。佳人难再得,我也不愿再娶了。要是娶了一个不如她的人,却受到胜于她的待遇,一定会使她在天之灵不安,她将重新以肉身出现在罪恶的人间,而责问着:"为什么对我那样?"

宝丽娜　　要是她有那样力量,她是很有理由这样做的。

里昂提斯　　是的,而且她要引动我杀害了我所娶的那个人。

宝丽娜　　假如是我,我一定会这样的。要是我是那现形的鬼魂,我要叫你看着她的眼睛,告诉我你为了她哪一点不足取的地方而选中了她;然后我要锐声呼叫,你的耳朵也会听了震裂;于是我要说:"记着我吧!"

里昂提斯　她的眼睛是闪烁的明星,一切的眼睛都是消烬的寒煤!不用担心我会再娶;我不会再娶的,宝丽娜。

宝丽娜　您愿意发誓说不得到我的许可,决不结婚吗?

里昂提斯　决不结婚,宝丽娜;祝福我的灵魂!

宝丽娜　那么,各位大人,请为他立的誓作见证。

克里奥米尼斯　你使他激动得太过分了。

宝丽娜　除非他的眼睛将会再看见一个就像赫米温妮的画像那样跟她相像的人。

克里奥米尼斯　好夫人——

宝丽娜　我已经说好了。可是,假如陛下要结婚的话——假如您要,陛下,那也没有办法,只好让您结婚——可是允许我代您选一位王后。她不会像先前那位那样年轻;可是一定要是那种人,假设先后的幽灵出现,看着您把她抱在怀里,她会感觉高兴的。

里昂提斯　我的忠实的宝丽娜,你不叫我结婚,我就不结婚。

宝丽娜　等您的第一位王后复活的时候,您就可以结婚。

　　　　一侍从上。

侍　从　启禀陛下,有一个自称为波力克希尼斯之子,名叫弗罗利泽王子的,带着他的夫人,要来求见;他的夫人是一位我平生所见的最美的美人。

里昂提斯　他随身带些什么人?他来得不大合于他父亲的那种身份;照这样轻骑简从,又是那么突然的样子看起来,一定不是预订的访谒,而是出于意外的需要。他的随从是什么样子的?

侍　　从　很少,也不大像样。

里昂提斯　你说他的夫人也同来了吗?

侍　　从　是的,我想她是灿烂的阳光所照射到的举世无双的美人。

宝丽娜　唉,赫米温妮!"现在"总是夸说它自己胜于比它更好的"过去",因此泉下的你也必须让眼前的人掩去你的光荣了。先生,你自己曾经亲口说过,亲手写过这样的句子:"她是空前绝后的";你曾经这样歌颂过她的美貌,可是现在你的文字已经比给你歌咏的那人更冷了。你怎么好说你又见了一个更好的呢。

侍　　从　恕我,夫人。那一位我差不多已经忘了——恕我——现在的这一位要是您看见了,您一定也会称赞的。这一个人儿,要是她创始了一种新的教派,准会叫别派的信徒冷却了热诚,所有的人都会皈依她。

宝丽娜　什么!女人可不见得跟着她吧?

侍　　从　女人爱她,因为她是个比无论哪个男人更好的女人;男人爱她,因为她是一切女人中的最稀有者。

里昂提斯　去,克里奥米尼斯,你带着你的高贵的同僚们去把他们迎接进来。可是那总是一件怪事,(克里奥米尼斯及若干大臣及侍从同下)他会这样悄悄地溜到我们这儿来。

宝丽娜　要是我们那位宝贝王子现在还活着,他和这位殿下一定是很好的一对呢;他们的出世相距不满一个月。

里昂提斯　请你别说了!你知道一提起他,又会使我像当时一样难过起来。你这样说了,我一看见这位贵宾,便又要想起了可以使我发狂的旧事。他们来了。

克里奥米尼斯偕弗罗利泽、潘狄塔及余人等重上。

里昂提斯　你的母后是一位忠贞的贤妇,王子;因为她在怀孕你的时候,全然把你父王的形象铸下来了。你那样酷肖你的父亲,跟他的神气一模一样,要是我现在还不过二十一岁,我一定会把你当作了他,叫你一声王兄,跟你谈一些我们从前的浪漫事儿。欢迎欢迎!还有你,天仙一样美貌的公主!——唉!我失去了一双人儿,要是活在世上,一定也会像你们这一双佳偶那样令人惊叹;于是我又失去了——都是我的愚蠢!——你的贤明的父王的友谊,我宁愿遭受困厄,只要能再见他一次面。

弗罗利泽　奉了他的命,我才到这儿西西里来,向陛下转达友谊的问候。倘不是因为年迈无力,他渴想亲自渡过了间隔着两国的山河而来跟陛下谋面。他吩咐我多多拜上陛下;他说他对您的友情是远胜于一切王位的尊荣的。

里昂提斯　啊,我的王兄!我对你的负疚又重新在我的心头搅动了,你这样无比的殷勤,使我惭愧我的因循的疏慢。像大地欢迎春光一样,我们欢迎你的来临!他也忍心让这位无双的美人冒着大海的风波,来问候一个她所不值得这样奔波着来问候的人吗?

弗罗利泽　陛下,她是从利比亚来的。

里昂提斯　就是那位高贵的勇武的斯曼勒斯在那里受人慑服敬爱的利比亚吗?

弗罗利泽　陛下,正是从那边来的;她便是他的女儿,从那边含泪道别。赖着一帆善意的南风,我们从那边渡海而来,执行我父王的使命,来访问陛下。我的重要的侍从我已经在贵邦的海岸旁边遣走,叫他们回到波希米亚去,禀复我在利比亚的顺利,以及我和贱内平安到此的消息。

里昂提斯　但愿可赞美的天神扫清了我们空气中的毒氛,当你们耽搁在敝国的时候!你有一位可敬的有德的父亲,我很抱歉对他负着罪疚,为此招致了上天的恼怒,罚我没有后裔;你的父亲却因为仁德之报,天赐给他你这样一个好儿子。要是我也有一双儿女在眼前,也像你们一样俊美,那我将要怎样快活啊!

　　　　一大臣上。

大　臣　陛下,倘不是因为证据就在眼前,您一定不会相信我所要说的话。波希米亚王命我代向陛下致意,请陛下就把他的儿子逮捕;他不顾自己的尊严和责任,和一个牧人的女儿逃出了父亲的国土,使他的父亲对他大失所望。

里昂提斯　波希米亚王在哪里?说呀。

大　臣　就在此间陛下的城里,我刚从他那儿来。我的说话有点昏乱,因为我的惊奇和我的使命把我搅昏了。他向陛下的宫廷行来,目的似乎是要追拿这一对佳偶,在路上却遇见了这位冒牌的公主的父亲和她的哥哥,他们两人都离乡背井跟这位年轻王子同来。

弗罗利泽　我上了卡密罗的当了;他的令名和真诚,向来都是坚持不变的。

大　臣　都是他出的主意;他陪着您的父王同来呢。

里昂提斯　谁?卡密罗?

大　臣　卡密罗,陛下;我跟他交谈过,他现在正在盘问这两个苦人儿。我从来不曾见过可怜的人们发抖到这样子;他们跪着,头碰着地,满口赌神发咒。王上塞紧了耳朵,恐吓着要用各种死罪一起加在他们身上。

潘狄塔　唉,我的可怜的父亲!上天差了密探来侦察着我们,不愿成全我们的好事。

里昂提斯　你们已经结了婚吗?

弗罗利泽　我们还没有,陛下;而且大概也没有希望了,正像星辰不能和山谷接吻一样;命运的残酷是不择高下的。

里昂提斯　贤侄,这是一位国王的女儿吗?

弗罗利泽　假如她成为我的妻子以后,她便是一位国王的女儿了。

里昂提斯　照着令尊的急性看来,这"假如"恐怕要等好久吧。我很抱憾你已经背弃子道,失了他的欢心;我也很抱憾你的意中人的身份与美貌不能相称,不配做你合适的配偶。

弗罗利泽　亲爱的,抬起头来。命运虽然明明白白是我们的敌人,驱使我的父亲来追赶我们;可是它却全无能力来改变我们的爱情。陛下,请您回想到您跟我一样年纪的时候,回想到那时的您所感到的爱情,挺身出来为我的行事辩护吧!只要您肯向我的父亲说句话,任是怎样宝贵的东西,他都会看作戋戋小物而答应给您的。

里昂提斯　要是他真会这样,那么我要向他要求你这位宝贵的姑娘,被他所看作戋戋小物的。

宝丽娜　陛下,您的眼睛里有太多的青春。在娘娘未死之前,她是更值得受您这样注视的。

里昂提斯　我在做这样注视的时候,心里就在想起她。(向弗罗利泽)可是我还没有回答你的请求。我可以去见你的父亲;只要你的荣誉没有因你的感情而颠覆,我就可以协助你;现在我就去见他调停。跟我来瞧我的手段吧。来,王子。(同下。)

第二场　同前。宫前

　　　　奥托里古斯及侍从甲上。

奥托里古斯　请问你,先生,这次的谈话你也在场吗?

侍从甲　打开包裹来的时候我也在场,听见那老牧人说当时他怎样发现她的。他的话引起了一些惊异,以后我们便都奉命退出宫外;好像只听见那牧人说孩子是他找到的。

奥托里古斯　我真想知道后来的情形。

侍从甲　我只能零零碎碎地报告一些;可是我看见国王和卡密罗的脸色都变得十分惊奇。他们面面相觑,简直像要把眼皮撑破似的。在他们的静默里含着许多话语;在他们的姿势里表示着充分的意义。他们瞧上去像听见了一个世界赎回或是灭亡的消息。他们的脸上可以看得出有一种惊奇的感情;可是即使观察最灵敏的人倘使不曾知道前因后果,也一定辨不出来那意义究竟是欢喜还是伤心;但那倘不是极端的欢喜,一定是极端的伤心。

　　　　侍从乙上。

侍从甲　这儿来的这位先生也许知道得更详细一些。什么消息,洛哲罗?

侍从乙　喜事喜事!神谕已经应验;国王的女儿已经找到了。在这点钟内突然发生的这许多奇事,编歌谣的人一定描写不出来。

　　　　侍从丙上。

侍从乙　宝丽娜夫人的管家来了;他可以告诉你更详细的情形。事情怎样啦,先生?这件据说是真的消息太像一段故事,叫人难于置信。国王找到他的后嗣了吗？

侍从丙　照情形看起来是千真万确的；听着那样凿凿可靠的证据，简直就像亲眼目睹一样。赫米温妮王后的罩衫，挂在孩子头颈上的她的珠宝，安提哥纳斯的亲笔书信，那姑娘跟她母亲那么相像的一副华贵的相貌，她的天然的高贵，以及其他许多的证据，都证明她即是国王的女儿。你有没有看见两位国王会面的情形？

侍从乙　没有。

侍从丙　那么你错过了一场只可以目击不可以言述的情景了。一桩喜事上再加一桩喜事，使他们悲喜交集，老泪横流。他们大张着眼，紧握着手，脸上的昏惘的神情，人们要不是看见他们身上的御袍，简直都不认识他们了。我们的王上因为找到了他的女儿而欢喜得要跳起来，乐极生悲，他只是喊着："啊，你的母亲！你的母亲！"于是向波希米亚求恕；于是拥抱他的女婿；于是又搂着他的女儿；一会儿又向立在一旁像一道年深日久的泄水沟一样的牧羊老人连声道谢。我从来不曾听见过这样的遭遇，简直叫人话都来不及说，描摹都描摹不出来。

侍从乙　请问把孩子带出去的那个安提哥纳斯下落如何？

侍从丙　像一个老故事一样，不管人家相信不相信，要不要听，故事总是说不完的。他给一头熊撕裂了，这是那牧人的儿子说的；瞧他的傻样子不像是个会说谎话的，何况还有安提哥纳斯的手帕和戒指，宝丽娜认得是他的。

侍从甲　他的船和他的从人呢？

侍从丙　那船就在他们的主人送命的时候破了，这是那牧人看见的；因此一切帮着把这孩子丢弃的工具，在孩子给人发现

171

的时候，便都灭亡了。可是唉！那时宝丽娜心里是多么悲喜交战！她的一只眼睛因为死了丈夫而黯然低垂，另一只眼睛又因为神谕实现而欣然扬举。她把公主抱了起来，紧紧地把她拥在怀里，似乎怕再失去她。

侍从甲　这一场庄严的戏剧值得君王们观赏，因为扮演者正是这样高贵的人。

侍从丙　最动人的是当讲起王后奄逝的时候，国王慨然承认他的过失，痛悼她的死状；他的女儿全神贯注地听着，她的脸色越变越惨，终于一声长叹，我觉得她的眼泪像血一样流下来，因为那时我相信我心里的血也像眼泪一样在奔涌。在场的即使是心肠最硬的人，也都惨然失色；有的晕了过去，没有人不伤心。要是全世界都看见这场情景，那么整个地球都会罩上悲哀的。

侍从甲　他们回到宫里去了吗？

侍从丙　不，公主听见宝丽娜家里藏着一座她母亲的雕像，那是意大利名师裘里奥·罗曼诺费了几年辛苦新近才完成的作品，那真是巧夺天工，简直就像她活了过来的模样；人家说谁只要一见这座雕像，都会向她说话而等着她的回答的。她们已经怀着满心的渴慕，前去瞻仰了；预备就在那儿进晚餐。

侍从乙　我早就猜到她在那边曾经进行着什么重大的事情；因为自从赫米温妮死了之后，她每天总要悄悄地到那间隐僻的屋子里去两三次。我们也到那边去大家助助兴好不好？

侍从甲　要是能够进去，谁不愿意去？霎一霎眼睛便有新的好事出来；我们去大可以添一番见识。走吧。（侍从甲、乙、丙同下。）

奥托里古斯 倘不是因为我过去的名气不好,现在准可以升官发财了。我把那老头子和他的儿子带到了王子的船上,禀告他说我听见他们说起一个什么包裹,如此如此,这般这般;可是他在那时太爱那个牧人的女儿了——他那时以为她是个牧人的女儿——她有点儿晕船,他也不大舒服,风浪继续不停,这秘密终于没有揭露出来。可是那对于我反正是一样,因为即使我是发现这场秘密的人,为了我的别种坏处,人家也不会赏识我。这儿来的是两个我无心给了他们好处的人,瞧他们已经神气起来了。

　　　　　牧人及小丑上。

牧　人 来,孩子;我已经不能再添丁了,可是你的儿子女儿,一生下来就是个上等人了。

小　丑 朋友,咱们遇见得很巧。那天你不肯跟我打架,因为我不是个上等人。你看见没看见我这身衣服?说你没看见,仍旧以为我不是个上等人吧;你还是说这身衣服不是上等人吧。你说我说谎,你说,咱们来试试看我现在究竟是不是个上等人。

奥托里古斯 少爷,我知道您现在是个上等人了。

小　丑 噢,我已经做了四个钟头的上等人了。

牧　人 我也是呢,孩子。

小　丑 你也是的。可是我比我爸爸先是个上等人:因为国王的儿子握着我的手,叫我做舅兄,于是两位王爷叫我的爸爸做亲家;于是我的王子妹夫叫我的爸爸做岳父,我的公主妹妹叫我的爸爸做父亲;于是我们流起眼泪来,那是我们第一次流的上等人的眼泪。

牧　人 我们活下去还要流许许多多的上等人的眼泪呢,我儿。

小　丑　啾,否则才是横财不富命穷人哩。

奥托里古斯　少爷,我低声下气地恳求您饶恕我一切冒犯您少爷的地方,在殿下那儿给我说句好话。

牧　人　我儿,你就答应了他吧;因为我们现在是上等人了,应该宽宏大量一些。

小　丑　你愿意改过自新吗?

奥托里古斯　是的,告少爷。

小　丑　让我们握手。我愿意向王子发誓说你在波希米亚是个再规矩不过的好人。

牧　人　你说说倒不妨,可不用发誓。

小　丑　现在我已经是个上等人了,不用发誓吗?让那些下等人乡下人去空口说白话吧,我是要发誓的。

牧　人　假如那是假的呢,我儿?

小　丑　假如那是假的,一个真的上等人也该为他的朋友而发誓。我一定要向王子发誓说你是个很勇敢的人,说你不喝酒,虽然我知道你不是个勇敢的人,而且你是要喝酒的;可是我却要这样发誓,而且我希望你会是个勇敢的人。

奥托里古斯　少爷,我一定尽力孚您的期望。

小　丑　啾,无论如何你要证明你自己是个勇敢的人;你既不是个勇敢的人,怎么又敢喝酒,这事我如果不觉得奇怪,那你就不要相信我好了。听!各位王爷们,我们的亲戚,都去瞧王后的雕像去了。来,跟我们走,我们一定可以做你的很好的靠山。(同下。)

第三场　同前。宝丽娜府中的礼拜堂

　　　　里昂提斯、波力克希尼斯、弗罗利泽、潘狄塔、卡密罗、宝丽娜、众臣及侍从等上。

里昂提斯　可敬的善良的宝丽娜啊,你给了我多大的安慰!

宝丽娜　啊,陛下,我虽然怀着满腔的愚诚,还不曾报效于万一。一切的微劳您都已给我补偿;这次又蒙您许可,同着友邦的元首和缔结同心的储贰光临蓬荜,真是天大的恩宠,终生都难报答的。

里昂提斯　啊,宝丽娜!我们不过来打扰你而已。可是我来是要看一看我的先后的雕像;我已经浏览过你的收藏,果然是琳琅满目,可是却还没有瞧见我的女儿专诚来此的目的物,她母亲的雕像呢。

宝丽娜　她活着的时候是绝世无双的;她身后的遗像,我相信一定远胜于你们眼中所曾见到,或者人手所曾制作的一切,因此我才把它独自另放在一处。它就在这儿;请你们准备着观赏一座逼真的雕像,睡眠之于死也没有这般酷肖。瞧着赞美吧。(拉开帏幕,赫米温妮如雕像状赫然呈现)我喜欢你们的静默,因为它更能表示出你们的惊奇;可是说吧——陛下,您先说,它不有点儿像吗?

里昂提斯　她的自然的姿势!骂我吧,亲爱的石像,好让我相信你真的便是赫米温妮;可是你不骂我更使我觉得你真的是她,因为她是像赤子一样温柔,天神一样慈悲。可是宝丽娜,赫米温妮脸上没有那么多的皱纹,并不像这座雕像一样老啊。

波力克希尼斯　是啊！远不是这样老。

宝丽娜　这格外见得雕刻师的手段,使十六年的岁月一气度过,而雕出了假如她现在还活着的形貌。

里昂提斯　假如她活着,她本该给我许多安慰的,现在却让我瞧着伤心。唉！当我最初向她求爱的时候,她正也是这样立着,带着这样庄严的神情和温暖的生命,如同她现在这般冷然立着一样。我好惭愧！那石头不在责备我比它心肠更硬吗？啊,高贵的杰作！在你的庄严里有一种魔术,提起了我过去的罪恶,使你那孺慕的女儿和你一样化石而呆立了。

潘狄塔　允许我,不要以为我崇拜偶像,我要跪下来求她祝福我。亲爱的母后,我一生下你便死去,让我吻一吻你的手吧！

宝丽娜　啊,耐心些！雕像新近塑好,色彩还不曾干哩。

卡密罗　陛下,您把您的伤心看得太认真了,十六个冬天的寒风也不能把它吹去,十六个夏天的烈日也不能使它干涸,欢乐是从没有这么经久的；任何的悲哀也早就自生自灭了。

波力克希尼斯　我的王兄,让惹起这一场不幸的人分担着你的悲哀吧。

宝丽娜　真的,陛下,要是我早想到我这座小小的石像会使您这样感动,我一定不给您看。

里昂提斯　别拉下帷幕！

宝丽娜　您再看着它,就要以为它是会动的了。

里昂提斯　别动！别动！我死也不会相信她已经不在——谁能造出这么一件神工来呢？瞧,王兄,你不以为她在呼吸吗？那些血管里面不真的流着血吗？

波力克希尼斯　妙极！她的嘴唇上似乎有着温暖的生命。

里昂提斯　艺术的狡狯使她的不动的眼睛在我们看来似乎在转动。

宝丽娜　我要把帷幕拉下了;陛下出神得就要以为她是活的了。

里昂提斯　啊,亲爱的宝丽娜!让我把这种思想保持二十年吧。没有一种清明的理智比得上这种疯狂的喜乐。让它去。

宝丽娜　陛下!我很抱歉这样触动了您的心事;可是我还能够再给您一些痛苦的。

里昂提斯　好的,宝丽娜,因为这种痛苦是像抚慰一样甜蜜。可是我仍然觉得她的嘴里在透着气;哪一把好凿子会刻得出气息来呢?谁也不要笑我,我要吻她。

宝丽娜　陛下,您不能!她嘴上的红润还没有干燥,吻了之后要把她弄坏了,那油漆还要弄脏了您的嘴唇。我把帷幕拉下了吧?

里昂提斯　不,二十年也不要下幕。

潘狄塔　我可以整整地站二十年瞧着她。

宝丽娜　好了吧,立刻离开这座礼拜堂,否则准备着更大的惊异吧。要是你们有这胆子瞧着,我可以叫这座雕像真的动起来,走下来握住你们的手;可是那时你们一定会以为我有妖法相助,那我可绝对否认。

里昂提斯　无论你能够叫她做些什么动作,我都愿意瞧着;无论你叫她说什么话,我都愿意听着。倘使能够叫她动,那么一定也能叫她说话。

宝丽娜　你们必须唤醒你们的信仰;然后大家静立。倘有谁以为我行的是犯法的妖术,他们可以走开。

里昂提斯　进行你的法术吧;谁都不准走动一步。

宝丽娜　音乐,奏起来,唤醒她!(音乐)是时候了,下来吧,不要

177

再做石头了;过来,让瞧着你的众人大吃一惊。来,我会把你的坟墓填塞;转动你的身体,走下来吧,把你僵固的姿态交还给死亡,因为你已经从死里重新得到了生命。你们瞧她已经动起来了。(赫米温妮走下)别怕,我的法术并非左道,她的行动是神圣的。不要见她惊避,否则她将再死去;那时你便是第二次把她杀害了。哎,伸出你的手来;当她年轻的时候,你曾经向她求爱;如今她老了,她却成为求爱的人!

里昂提斯　(抱赫米温妮)啊!她是温暖的!假如这是魔术,那么让它是一种和吃饭一样合法的技术吧。

波力克希尼斯　她抱着他!

卡密罗　她攀住他的头颈!假如她是活的,那么让她开口吧。

波力克希尼斯　是的,而且宣布她一向住在哪里,怎样会死而复生。

宝丽娜　要是告诉你们她还活着,那一定会被你们斥为无稽之谈;可是好像她确乎活着,虽然还没有开口说话。再瞧一下吧。请你走过去,好姑娘,跪下来求你的母亲祝福。转过身来,娘娘,我们的潘狄塔已经找到了。(潘狄塔跪于赫米温妮前。)

赫米温妮　神们,请下视人间,降福于我的女儿!告诉我,我的亲亲,你是在哪里遇救的?你在什么地方过活?怎样会找到你父亲的宫廷?我因为宝丽娜告诉我,说按照着神谕,你或者尚在人世,因此才偷生到现在,希望见到有这一天。

宝丽娜　那以后再说吧,免得他们都争着用同样的叙述来使你心烦。一块儿去吧,你们这辈命运的骄儿;让大家分享你们的欢喜吧!我,一只垂老的孤鸽,将去拣一株枯枝栖息,哀悼着我那永不回来的伴侣,直至死去。

里昂提斯　啊!别这样说,宝丽娜!我当初同意接受你指定的妻子,你也要接受我所指定的丈夫;这是我们约定在先的。你已经给我找到了我的妻子,可是我却不懂得事情的究竟;因为我觉得我明明看见她已经死了,好多次在她的墓前作过徒然的哀祷。我不必给你远远地找一位好丈夫,我有几分知道他的心。来,卡密罗,握着她的手;你的德行和正直为众人所仰望,并且可以由我们这一对国王证明。我们走吧。啊,瞧我的王兄!我恳求你们两位原谅我卑劣的猜疑。这个王子是你的女婿,上天替你的女儿做成了这件好事。好宝丽娜,给我们带路;一路上我们大家可以互相畅叙这许多年来的契阔。快走。(众下。)

特洛伊罗斯与克瑞西达

朱 生 豪 译
方　　重 校

TROILUS & CRESSIDA.

Act IV. Sc. 4.

剧 中 人 物

普里阿摩斯　特洛亚国王

赫克托 ⎫
特洛伊罗斯 ⎥
帕里斯 ⎬ 普里阿摩斯之子
得伊福玻斯 ⎥
赫勒诺斯 ⎭

玛伽瑞隆　普里阿摩斯的庶子

埃涅阿斯 ⎫
安忒诺 ⎬ 特洛亚将领

卡尔卡斯　特洛亚祭司，投降于希腊
潘达洛斯　克瑞西达的舅父
阿伽门农　希腊主帅
墨涅拉俄斯　阿伽门农之弟

阿喀琉斯 ⎫
埃阿斯 ⎥
俄底修斯 ⎬ 希腊将领
涅斯托 ⎥
狄俄墨得斯 ⎥
帕特洛克罗斯 ⎭

忒耳西忒斯　丑陋而好谩骂的希腊人

亚历山大　克瑞西达的仆人

特洛伊罗斯的仆人

帕里斯的仆人

狄俄墨得斯的仆人

海伦　墨涅拉俄斯之妻

安德洛玛刻　赫克托之妻

卡珊德拉　普里阿摩斯之女，能预知未来

克瑞西达　卡尔卡斯之女

特洛亚及希腊兵士、侍从等

地　　点

特洛亚;特洛亚郊外的希腊营地

开 场 白

　　这一场戏的地点是在特洛亚。一群心性高傲的希腊王子，怀着满腔的愤怒，把他们满载着准备一场恶战的武器的船舶会集在雅典港口；六十九个戴着王冠的武士，从雅典海湾浩浩荡荡向弗里吉亚出发；他们立誓荡平特洛亚，因为在特洛亚的坚强的城墙内，墨涅拉俄斯的王妃，失了身的海伦，正在风流的帕里斯怀抱中睡着：这就是引起战衅的原因。他们到了忒涅多斯，从庞大的船舶上搬下了他们的坚甲利兵；这批新上战场未临矢石的希腊人，就在达耳丹平原上扎下他们威武的营寨。普里阿摩斯的城市的六个城门，达耳丹、丁勃里亚、伊里亚斯、契他斯、特洛琴和安替诺力第斯，都用重重的铁锁封闭起来，关住了特洛亚的健儿。一边是特洛亚人，一边是希腊人，两方面各自提心吊胆，不知道谁胜谁败；正像我这念开场白的人，又要担心编剧的一支笔太笨拙，又要担心演戏的嗓子太坏，不知道这本戏究竟演得像个什么样子。在座的诸位观众，我要声明一句，我们并不从这场战争开始的时候演起，却是从中途开始的；后来的种种事实，都尽量在这出戏里表演出来。诸位欢喜它也好，不满意也好，都随诸位的高兴；本来胜败兵家常事，万一我们演得不好，也是不足为奇的呀。

第 一 幕

第一场　特洛亚。普里阿摩斯王宫门前

　　　　　特洛伊罗斯披甲胄上,潘达洛斯随上。

特洛伊罗斯　叫我的仆人来,我要把盔甲脱下了。我自己心里正在发生激战,为什么还要到特洛亚的城外去作战呢?让每一个能够主宰自己的心的特洛亚人去上战场吧;唉!特洛伊罗斯的心早就不属于他自己了。

潘达洛斯　您不能把您的精神振作起来吗?

特洛伊罗斯　希腊人又强壮、又有智谋,又凶猛、又勇敢;我却比妇人的眼泪还柔弱,比睡眠还温驯,比无知的蠢汉还痴愚,比夜间的处女还懦怯,比不懂事的婴儿还笨拙。

潘达洛斯　好,我的话也早就说完了;我自己实在不愿再多管什么闲事。一个人要吃面饼,总得先等把麦子磨成了面粉。

特洛伊罗斯　我不是已经等过了吗?

潘达洛斯　嗯,您已经等到麦子磨成了面粉;可是您必须再等面粉放在筛里筛过。

特洛伊罗斯　那我不是也已经等过了吗?

潘达洛斯　嗯,您已经等到面粉放在筛里筛过;可是您必须再等

它发起酵来。

特洛伊罗斯　那我也已经等过了。

潘达洛斯　嗯,您已经等它发过酵了;可是以后您还要等面粉搓成了面团,炉子里生起了火,把面饼烘熟;就是烘熟以后,您还要等它凉一凉,免得烫痛了您的嘴唇。

特洛伊罗斯　忍耐的女神也没有遭受过像我所遭受的那么多的苦难的煎熬。我坐在普里阿摩斯的华贵的食桌前,只要一想起美丽的克瑞西达——该死的家伙!"只要一想起"!什么时候她离开过我的脑海呢?

潘达洛斯　嗯,我从来没有看见过她像昨天晚上那样美丽,她比无论哪一个女人都美丽。

特洛伊罗斯　我要告诉你:当我那颗心好像要被叹息劈成两半的时候,为了恐怕被赫克托或是我的父亲觉察,我不得不把这叹息隐藏在笑纹的后面,正像懒洋洋的阳光勉强从阴云密布的天空探出头来一样;可是强作欢娱的忧伤,是和乐极生悲同样使人难堪的。

潘达洛斯　她的头发倘不是比海伦的头发略微黑了点儿——嗯,那也不用说了,她们两个人是不能相比的;可是拿我自己来说,她是我的甥女,我当然不好意思像人家所说的那样过分夸奖她,不过我倒很希望有人听见她昨天的谈话,就像我听见的一样。令姊卡珊德拉的口才固然很好,可是——

特洛伊罗斯　啊,潘达洛斯!我对你说,潘达洛斯——当我告诉你我的希望沉没在什么地方的时候,你不该回答我它们葬身的深渊有多么深。我告诉你,我为了爱克瑞西达都快发疯了;你却回答我她是多么美丽,把她的眼睛、她的头发、她的面庞、她的步态、她的语调,尽量倾注在我心头的伤口上。

啊！你口口声声对我说,一切洁白的东西,和她的玉手一比,都会变成墨水一样黝黑,写下它们自己的谴责;比起她柔荑的一握来,天鹅的绒毛是坚硬的,最敏锐的感觉相形之下,也会迟钝得好像农夫的手掌。当我说我爱她的时候,你这样告诉我;你的话并没有说错,可是你不但不替我在爱情所加于我的伤痕上敷抹油膏,反而用刀子加深我的一道道伤痕。

潘达洛斯　我说的不过是真话。

特洛伊罗斯　你的话还没有说到十分。

潘达洛斯　真的,我以后不管了。随她美也好,丑也好,她果然是美的,那是她自己的福气;要是她不美,也只好让她自己去设法补救。

特洛伊罗斯　好潘达洛斯,怎么啦,潘达洛斯!

潘达洛斯　我为你们费了许多的气力,她也怪我,您也怪我;在你们两人中间跑来跑去,今天一趟,明天一趟,也不曾听见一句感谢的话。

特洛伊罗斯　怎么!你生气了吗,潘达洛斯?怎么!生我的气吗?

潘达洛斯　因为她是我的亲戚,所以她就比不上海伦美丽;倘使她不是我的亲戚,那么她穿着平日的衣服也像海伦穿着节日的衣服一样美丽。可是那跟我有什么相干呢!即使她是个又黑又丑的人,也不关我的事。

特洛伊罗斯　我说她不美吗?

潘达洛斯　您说她美也好,说她不美也好,我都不管。她是个傻瓜,不跟她父亲去,偏要留在这儿;让她到希腊人那儿去吧,下次我看见她的时候,一定这样对她说。拿我自己来说,那么我以后可再也不管人家的闲事了。

特洛伊罗斯　潘达洛斯——

潘达洛斯　我什么都不管。

特洛伊罗斯　好潘达洛斯——

潘达洛斯　请您别再跟我多说了！言尽于此，我还是让一切照旧的好。（潘达洛斯下。号角声。）

特洛伊罗斯　别吵，你们这些聒耳的喧哗！别吵，粗暴的声音！两方面都是些傻瓜！无怪海伦是美丽的，因为你们每天用鲜血涂染着她的红颜。我不能为了这一个理由去和人家作战；它对于我的剑是一个太贫乏的题目。可是潘达洛斯——老天爷！您怎么这样作弄我！我要向克瑞西达传达我的情愫，只有靠着潘达洛斯的力量；可是求他去说情，他自己就是这么难说话，克瑞西达又是那么凛若冰霜，把一切哀求置之不闻。阿波罗，为了你对达芙妮的爱，告诉我，克瑞西达是什么，潘达洛斯是什么，我们都是些什么；她的眠床就是印度；她睡在上面，是一颗无价的明珠；一道汹涌的波涛隔开在我们的中间；我是个采宝的商人，这个潘达洛斯便是我的不可靠的希望，我的载登彼岸的渡航。

　　号角声。埃涅阿斯上。

埃涅阿斯　啊，特洛伊罗斯王子！您怎么不上战场去？

特洛伊罗斯　我不上战场就是因为我不上战场：这是一个娘儿们的答案，因为不上战场就不是男子汉的行为。埃涅阿斯，战场上今天有什么消息？

埃涅阿斯　帕里斯受了伤回来了。

特洛伊罗斯　谁伤了他，埃涅阿斯？

埃涅阿斯　墨涅拉俄斯。

特洛伊罗斯　让帕里斯流血吧；他房了人家的妻子来，就让人家的犄角碰伤了，也只算礼尚往来。(号角声。)

埃涅阿斯　听！今天城外厮杀得多么热闹！

特洛伊罗斯　我倒宁愿在家里安静点儿。可是我们也去凑凑热闹吧；你是不是要到那里去？

埃涅阿斯　我立刻就去。

特洛伊罗斯　好，那么我们一块儿去吧。(同下。)

第二场　同前。街道

克瑞西达及亚历山大上。

克瑞西达　走过去的那些人是谁？

亚历山大　赫卡柏王后和海伦。

克瑞西达　她们到什么地方去？

亚历山大　她们是上东塔去的，从塔上可以俯瞰山谷，看到战事的进行。赫克托素来是个很有涵养的人，今天却发了脾气；他骂过他的妻子安德洛玛刻，打过给他造甲胄的人；看来战事吃紧，在太阳升起以前他就披着轻甲，上战场去了；那战地上的每一朵花，都像一个先知似的，在赫克托的愤怒中看到了将要发生的一场血战而凄然堕泪。

克瑞西达　他为什么发怒？

亚历山大　据说是这样的：在希腊军队里有一个特洛亚血统的将领，同赫克托是表兄弟；他们叫他做埃阿斯。

克瑞西达　好，他怎么样？

亚历山大　他们说他是个与众不同的人，而且是个单独站得住脚的男子汉。

克瑞西达　个个男子都是如此的呀,除非他们喝醉了,病了,或是没有了腿。

亚历山大　这个人,姑娘,从许多野兽身上偷到了它们的特点:他像狮子一样勇敢,熊一样粗蠢,象一样迟钝。造物在他身上放进了太多的怪脾气,以至于把他的勇气糅成了愚蠢,在他的愚蠢之中,却又有几分聪明。每一个人的好处,他都有一点;每一个人的坏处,他也都有一点。他会无缘无故地垂头丧气,也会莫名其妙地兴高采烈。什么事情他都懂得几分,可是什么都是鸡零狗碎的,就像一个害着痛风的布里阿洛斯①,生了许多的手,一点用处都没有;又像一个昏聩的阿耳戈斯②,生了许多的眼睛,瞧不见什么东西。

克瑞西达　可是这个人我听了觉得好笑,怎么会把赫克托激怒了呢?

亚历山大　他们说他昨天和赫克托交战,把赫克托打下马来;赫克托受到这场耻辱,气得饭也吃不下,觉也睡不着。

克瑞西达　谁来啦?

　　　　　潘达洛斯上。

亚历山大　姑娘,是您的舅父潘达洛斯。

克瑞西达　赫克托是一条好汉。

亚历山大　他在这世上可算是一条好汉,姑娘。

潘达洛斯　你们说些什么?你们说些什么?

克瑞西达　早安,潘达洛斯舅舅。

潘达洛斯　早安,克瑞西达甥女。你们在那儿讲些什么?早安,

---

① 布里阿洛斯(Briareus),希腊神话中百手的巨人。
② 阿耳戈斯(Argus),希腊神话中的百眼怪物。

亚历山大　你好吗,甥女？你什么时候到王宫里去的？

克瑞西达　今天早上,舅舅。

潘达洛斯　我来的时候你们在讲些什么？赫克托在你进宫去的时候已经披上甲出去了吗？海伦还没有起来吗？

克瑞西达　赫克托已经出去了,海伦还没有起来。

潘达洛斯　是这样吗？赫克托起来得倒很早。

克瑞西达　我们刚才就在讲这件事,也说起了他发怒的事情。

潘达洛斯　他在发怒吗？

克瑞西达　这个人说他在发怒。

潘达洛斯　不错,他是在发怒;我也知道他为什么发怒。大家瞧着吧,他今天一定要显一显他的全身本领;还有特洛伊罗斯,他的武艺也不比他差多少哩;大家留意特洛伊罗斯吧,看我的话有没有错。

克瑞西达　什么！他也发怒了吗？

潘达洛斯　谁,特洛伊罗斯吗？这两个人比较起来,还是特洛伊罗斯强。

克瑞西达　天哪！这两个人怎么能相比？

潘达洛斯　什么！特洛伊罗斯不能跟赫克托相比吗？你难道有眼不识英雄吗？

克瑞西达　嗯,要是我见过他,我会认识他的。

潘达洛斯　好,我说特洛伊罗斯是特洛伊罗斯。

克瑞西达　那么您的意思跟我一样,因为我相信他一定不是赫克托。

潘达洛斯　赫克托也有不如特洛伊罗斯的地方。

克瑞西达　不错,他们各人有各人的本色;各人都是他自己。

潘达洛斯　他自己！唉,可怜的特洛伊罗斯！我希望他是他

192

自己。

克瑞西达　他正是他自己呀。

潘达洛斯　除非我赤了脚去印度朝拜了回来。

克瑞西达　他该不是赫克托哪。

潘达洛斯　他自己！不,他不是他自己。但愿他是他自己！好,天神在上,时间倘不照顾人,就会摧毁人的。好,特洛伊罗斯,好！我巴不得我的心在她的胸膛里。不,赫克托并不比特洛伊罗斯强。

克瑞西达　对不起。

潘达洛斯　他年纪大了些。

克瑞西达　对不起,对不起。

潘达洛斯　那一个还不曾到他这样的年纪；等到那一个也到了这样的年纪,你就要对他刮目相看了。赫克托今年已经老得有点头脑糊涂了,他没有特洛伊罗斯的聪明。

克瑞西达　他有他自己的聪明,用不着别人的聪明。

潘达洛斯　也没有特洛伊罗斯的才能。

克瑞西达　那也用不着。

潘达洛斯　也没有特洛伊罗斯的漂亮。

克瑞西达　那是和他的威武不相称的；还是他自己的相貌好。

潘达洛斯　甥女,你真是不生眼睛。海伦前天也说过,特洛伊罗斯虽然皮肤黑了点儿——我必须承认他的皮肤是黑了点儿,不过也不算怎么黑——

克瑞西达　不,就是有点儿黑。

潘达洛斯　凭良心说,黑是黑的,可是也不算黑。

克瑞西达　说老实话,真是真的,可是有点儿假。

潘达洛斯　她说他的皮肤的颜色胜过帕里斯。

克瑞西达　啊,帕里斯的皮肤难道血色不足吗?

潘达洛斯　不,他的血色很足。

克瑞西达　那么特洛伊罗斯的血色就嫌太多了:要是她说他的皮肤的颜色胜过帕里斯,那么他的血色一定比帕里斯更旺;一个的血色已经很足,一个却比他更旺,那一定红得像火烧一样,还有什么好看。我倒还是希望海伦的金口恭维特洛伊罗斯长着一个紫铜色的鼻子。

潘达洛斯　我向你发誓,我想海伦爱他胜过帕里斯哩。

克瑞西达　那么她真是一个风流的希腊女人了。

潘达洛斯　是的,我的的确确知道她爱着他。有一天她跑到他的房间里去——你知道他的下巴上一共不过长着三四根胡子——

克瑞西达　不错,一个酒保都可以很快地把他的胡须算出一个总数来。

潘达洛斯　他年纪很轻,可是他的哥哥赫克托能够举起的重量,他也举得起来。

克瑞西达　他这样一个年轻人,居然就已经是举重能手了吗?

潘达洛斯　可是我要向你证明海伦的确爱他:她跑过去用她白嫩的手摸他那分岔的下巴——

克瑞西达　我的天哪!怎么会有分岔的下巴呢?

潘达洛斯　你知道他的脸上有酒涡,他笑起来比弗里吉亚的任何人都好看。

克瑞西达　啊,他笑得很好看。

潘达洛斯　不是吗?

克瑞西达　是,是,就像秋天起了乌云一般。

潘达洛斯　那才怪呢。可是我要向你证明海伦爱着特洛伊罗斯——

克瑞西达　要是您证明有这么一回事,特洛伊罗斯一定不会否认。

潘达洛斯　特洛伊罗斯!嘿,他才不把她放在心上,就像我瞧不起一个坏蛋一样呢。

克瑞西达　要是您喜欢吃坏蛋,就像您喜欢胡说八道一样,那您一定会在蛋壳里找小鸡吃。

潘达洛斯　我一想到她怎样摸弄他的下巴,就忍不住发笑;她的手真是白得出奇,我必须承认——

克瑞西达　这一点是不用上刑罚您也会承认的。

潘达洛斯　她在他的下巴上发现了一根白须。

克瑞西达　唉!可怜的下巴!许多人的肉瘤上都长着比它更多的毛呢。

潘达洛斯　可是大家都笑得不亦乐乎;赫卡柏王后笑得眼珠都打起滚来。

克瑞西达　就像两块磨石似的。

潘达洛斯　卡珊德拉也笑。

克瑞西达　可是她的眼睛底下火烧得不是顶猛;她的眼珠也打滚吗?

潘达洛斯　赫克托也笑。

克瑞西达　他们究竟都在笑些什么?

潘达洛斯　哈哈,他们就是笑海伦在特洛伊罗斯下巴上发现的那根白须。

克瑞西达　倘若那是一根绿须,那么我也要笑起来了。

潘达洛斯　这根胡须还不算好笑,他那俏皮的回答才叫他们笑得透不过气来呢。

克瑞西达　他怎么说？

潘达洛斯　她说，"你的下巴上一共只有五十一根胡须，其中倒有一根是白的。"

克瑞西达　这是她提出的问题。

潘达洛斯　不错，那你可以不用问。他说，"五十一根胡须，一根是白的；这根白须是我的父亲，其余都是他的儿子。""天哪！"她说，"哪一根胡须是我的丈夫帕里斯呢？""出角的那一根，"他说；"拔下来，给他拿去吧。"大家听了都哄然大笑起来，害得海伦怪不好意思的，帕里斯气得满脸通红，别的人一个个哈哈大笑，简直笑得合不拢嘴来。

克瑞西达　说了这许多时候的话，现在您也可以合拢一下嘴了。

潘达洛斯　好，甥女，昨天我对你说起的事情，请你仔细想一想。

克瑞西达　我正在想着呢。

潘达洛斯　我可以发誓说那是真的；他哭起来就像个四月里出世的泪人儿一般。

克瑞西达　那么我就像一棵盼望五月到来的荨麻一样，在他的泪雨之中长了起来。（归营号声。）

潘达洛斯　听！他们从战场上回来了。我们站在这儿高一点的地方，看他们回宫去好不好？好甥女，看一看吧，亲爱的克瑞西达。

克瑞西达　随您的便。

潘达洛斯　这儿，这儿，这儿有一块很好的地方，我们可以看得清清楚楚。他们走过的时候，我可以一个个把他们的名字告诉你，可是你尤其要注意特洛伊罗斯。

克瑞西达　说话轻一点。

　　　　　埃涅阿斯自台前走过。

潘达洛斯　那是埃涅阿斯;他不是一个好汉吗?我告诉你,他是特洛亚的一朵花。可是留心看特洛伊罗斯;他就要来了。

　　　　　安忒诺自台前走过。

克瑞西达　那个人是谁?

潘达洛斯　那是安忒诺;我告诉你,他是一个很有机智的人,也是一个很好的男子汉;他在特洛亚是一个顶有见识的人,他的仪表也很不错。特洛伊罗斯什么时候才来呢?特洛伊罗斯来的时候,我一定指给你看;他要是看见我,一定会向我点头招呼的。

克瑞西达　他会向你点头么?

潘达洛斯　你看吧。

克瑞西达　那样的话,你就更成了个颠三倒四的呆子了。

　　　　　赫克托自台前走过。

潘达洛斯　那是赫克托,你瞧,你瞧,这才是个汉子!愿你胜利,赫克托!甥女,这才是个好汉。啊,勇敢的赫克托!瞧他的神气多么威武!他不是个好汉吗?

克瑞西达　啊!真是个好汉。

潘达洛斯　不是吗?看见了这样的人,真叫人心里高兴。你瞧他盔上有多少刀剑的痕迹!瞧那里,你看见吗?瞧,瞧,这不是说笑话;那一道一道的,好像在说,有本领的,把我挑下来吧!

克瑞西达　那些都是刀剑割破的吗?

潘达洛斯　刀剑?他什么都不怕;即使魔鬼来找他,他也不放在心上。看见了这样的人,真叫人心里高兴。你瞧,那不是帕里斯来了吗?那不是帕里斯来了吗?

　　　　　帕里斯自台前走过。

197

潘达洛斯　甥女,你瞧;他不也是个英俊的男子吗?哎哟,瞧他多神气!谁说他今天受了伤回来?他没有受伤;海伦看见了一定很高兴,哈哈!我希望现在就看见特洛伊罗斯!那么你也就可以看见特洛伊罗斯了。

克瑞西达　那是谁?

　　　　　赫勒诺斯自台前走过。

潘达洛斯　那是赫勒诺斯。我不知道特洛伊罗斯到什么地方去了。那是赫勒诺斯。我想他今天大概没有出来。那是赫勒诺斯。

克瑞西达　赫勒诺斯会不会打仗,舅舅?

潘达洛斯　赫勒诺斯?不,是,他还能应付两下。我不知道特洛伊罗斯到什么地方去了。听!你不听见人们在喊"特洛伊罗斯"吗?赫勒诺斯是个祭司。

克瑞西达　那边来的那个鬼鬼祟祟的家伙是谁?

　　　　　特洛伊罗斯自台前走过。

潘达洛斯　什么地方?那儿吗?那是得伊福玻斯。啊,那是特洛伊罗斯!甥女,这才是个好汉子!嘿!勇敢的特洛伊罗斯!骑士中的魁首!

克瑞西达　别说啦!不害羞吗?别说啦!

潘达洛斯　瞧着他,留心瞧着他;啊,勇敢的特洛伊罗斯!甥女,好好瞧着他;瞧他的剑上沾着多少血,他盔上的刀伤剑痕比赫克托的盔上还要多;瞧他的神气,瞧他走路的姿势!啊,可钦佩的少年!他还没有满二十三岁哩。愿你胜利,特洛伊罗斯,愿你胜利!要是我有一个姊妹是女神,或是有一个女儿是天仙,我也愿意让他自己选一个去。啊,可钦佩的男子!帕里斯?嘿!帕里斯比起他来简直泥土不如;我可以大胆说一句,海伦要是能够把帕里斯换了特洛伊罗斯,就是叫她挖出一颗眼珠来她也心甘情愿。

克瑞西达　又有许多人来了。

　　　　众兵士自台前走过。

潘达洛斯　驴子!傻瓜!蠢材!麸皮和糠屑,麸皮和糠屑!大鱼大肉以后的稀粥!我可以在特洛伊罗斯的眼面前度过我的一生。别瞧啦,别瞧啦;鹰隼已经过去,现在就剩了些乌鸦,就剩了些乌鸦了!我宁愿做一个像特洛伊罗斯那样的男子,不愿做阿伽门农以及整个的希腊。

克瑞西达　在希腊人中间有一个阿喀琉斯,他比特洛伊罗斯强得多啦。

潘达洛斯　阿喀琉斯!他只好推推车子,扛扛东西,他简直是一匹骆驼。

克瑞西达　好,好。

潘达洛斯　"好,好"!嘿,难道你一点不懂得好坏吗?难道你没有眼睛吗?你不知道怎样才算一个好男子吗?家世、容貌、体格、谈吐、勇气、学问、文雅、品行、青春、慷慨,这些岂不都足以加强一个男子的美德吗?

克瑞西达　是呀,这样简直是以人为脍啦;烤成了一只去骨鸡,那还有什么骨气可言。

潘达洛斯　你在女人中间也正是这样一个角色啰,谁也不知道你采用了一套什么护身符。

克瑞西达　我靠在背上好保卫我的肚子;靠我的聪明好守住我肚子里的玩意儿;靠我守住秘密好保持我的清白;靠我的面罩好卫护我的美貌;我还靠着你来保卫这一切:这就是我的一套护身法宝,招架着四面八方。

潘达洛斯　你且把你所招架的一面一方说来听听。

克瑞西达　嘿,首先就是把你看紧;这是其中最重要的一点。我如果不能抵御对方的袭击,至少可以注意到你的把戏,不让你看出我是怎样接住那横刺的剑头,除非我被击中受伤,那就藏也无从藏起了。

潘达洛斯　你真也算得一个。

　　　　　特洛伊罗斯侍童上。

侍　　童　老爷,我的主人请您马上过去,有事相谈。

潘达洛斯　在什么地方?

侍　　童　就在您府上;他就在那里脱下他的盔甲。

潘达洛斯　好孩子,对他说我就来。(侍童下)我不知道他有没有受伤。再见,好甥女。

克瑞西达　再见,舅舅。

潘达洛斯　甥女,等会儿我就来看你。

克瑞西达　舅舅,您要带些什么来呢?

潘达洛斯　啊,我要带一件特洛伊罗斯的礼物给你。

克瑞西达　那么您真是个氤氲使者了。(潘达洛斯下)言语、盟誓、礼物、眼泪以及恋爱的全部祭礼,他都借着别人的手向我呈献过了;然而我从特洛伊罗斯本身所看到的,比之从潘达洛斯的谀辞的镜子里所看到的,还要清楚千倍。可是我却还不能就答应他。女人在被人追求的时候是个天使;无论什么东西,一到了人家手里,便一切都完了;无论什么事情,也只有正在进行的时候兴趣最为浓厚。一个被人恋爱的女子,要是不知道男人重视未获得的事物,甚于既得的事物,她就等于一无所知;一个女人要是以为恋爱在达到目的以后,还是像热情未获满足以前一样的甜蜜,那么她一定从来不曾有过恋爱的经验。所以我从恋爱中间归纳出这一句箴言:既得之后是命令,未得之前是请求。虽然我的心里装满了爱情,我却不让我的眼睛泄露我的秘密。(克瑞西达、亚历山大同下。)

第三场　希腊营地。阿伽门农帐前

吹号;阿伽门农、涅斯托、俄底修斯、墨涅拉俄斯及余人等上。

阿伽门农　各位王子,你们的脸上为什么都这样郁郁不乐?希望所给我们的远大计划,并不能达到我们的预期;我们雄心勃勃的行为,发生了种种阻碍困难,正像壅结的树瘿扭曲了松树的纹理,妨害了它的发展。各位王子,你们都知道我们这次远征,把特洛亚城围困了七年,却还不能把它攻克下来;我们每一次的进攻,都不能收到理想的效果。你们看到了这样的成绩,满脸羞愧,认为是莫大的耻辱吗?实在说起来,那不过是伟大的乔武的一个长时期的考验,故意试探我们人类有没有恒心。人们在被命运眷宠的时候,勇、怯、强、弱、智、愚、贤、不肖,都看不出什么分别来;可是一旦为幸运所抛弃,开始涉历惊涛骇浪的时候,就好像有一把有力的大扇子,把他们扇开了,柔弱无用的都被扇去,有毅力、有操守的却会卓立不动。

涅斯托　伟大的阿伽门农,恕我不揣冒昧,说几句话补充你的意思。在命运的颠沛中,最可以看出人们的气节:风平浪静的时候,有多少轻如一叶的小舟,敢在宁谧的海面上行驶,和那些载重的大船并驾齐驱!可是一等到风涛怒作的时候,你就可以看见那坚固的大船像一匹凌空的天马,从如山的雪浪里腾跃疾进；那凭着自己单薄脆弱的船身，便想和有力者竞胜的不自量力的小舟呢，不是逃进港口，便是葬身在海神的腹中。表面的勇敢和实际的威武，也正是这样在命运的风浪中区别出来：在和煦的阳光照耀之下，迫害牛羊的不是猛虎而是蝇蚋；可是当烈风吹倒了多节的橡树，蝇蚋向有荫庇的地方纷纷飞去的时候，那山谷中的猛虎便会应和着天风的怒号，发出惊人的长啸，正像一个叱咤风云的志士，不肯在命运的困迫之前低头一样。

俄底修斯　阿伽门农，伟大的统帅，整个希腊的神经和脊骨，我们全军的灵魂和主脑，听俄底修斯说几句话。对于你从你崇高的领导地位上所发表的有力的言词，以及你，涅斯托，凭着你的老成练达的人生经验所提出的可尊敬的意见，我只有赞美和同意；你的话，伟大的阿伽门农，应当刻在高耸云霄的铜柱上，让整个希腊都瞻望得到；你的话，尊严的涅斯托，应当像天轴地柱一样，把所有希腊人的心系束在一起：可是请你们再听俄底修斯说几句话。

阿伽门农　说吧，伊塔刻的王子；从你的嘴里吐出来的，一定不会是琐屑的空谈，无聊的废话，正像下流的忒耳西忒斯一张开嘴，我们便知道不会有音乐、智慧和天神的启示一样。

俄底修斯　特洛亚至今兀立不动，没有给我们攻下，赫克托的宝剑仍旧在它主人的手里，这都是因为我们漠视了军令的森严所致。看这一带大军驻屯的阵地，散布着多少虚有其表的营寨，谁都怀着各不相下的私心。大将就像是一个蜂房里的蜂王，要是采蜜的工蜂大家各自为政，不把采得的粮食归献蜂王，那么还有什么蜜可以酿得出来呢？尊卑的等级可以不分，那么最微贱的人，也可以和最有才能的人分庭抗

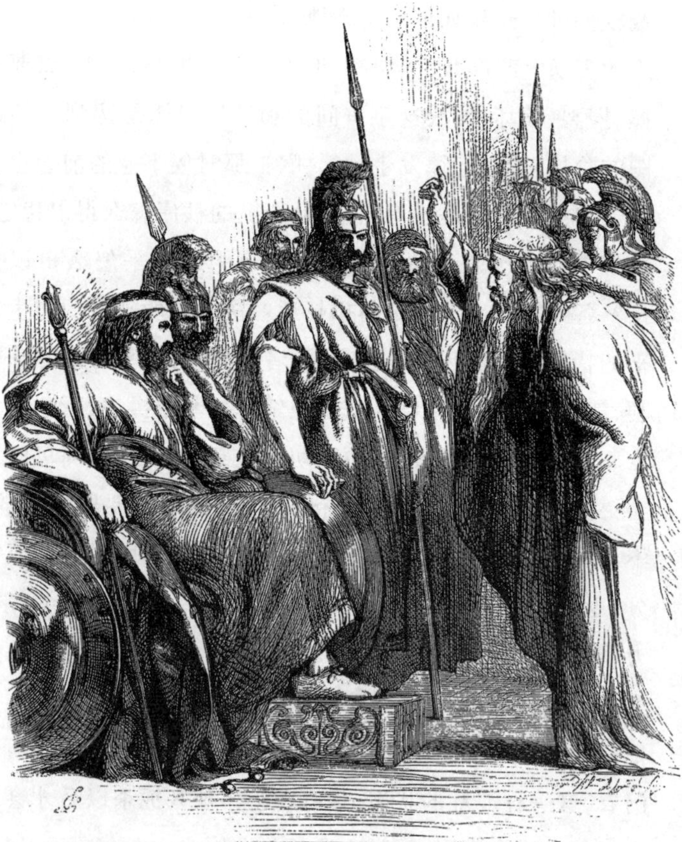

礼了。诸天的星辰，在运行的时候，谁都恪守着自身的等级和地位，遵循着各自的不变的轨道，依照着一定的范围、季候和方式，履行它们经常的职责；所以灿烂的太阳才能高拱出天，洞察寰宇，纠正星辰的过失，揭恶扬善，发挥它的无上威权。可是众星如果出了常轨，陷入了混乱的状态，那么多少的灾祸、变异、叛乱、海啸、地震、风暴、惊骇、恐怖，将要震撼、摧裂、破坏、毁灭这宇宙间的和谐！纪律是达到一切雄图的阶梯，要是纪律发生动摇，啊！那时候事业的前途也就变成黯淡了。要是没有纪律，社会上的秩序怎么得以稳定？学校中的班次怎么得以整齐？城市中的和平怎么得以保持？各地间的贸易怎么得以畅通？法律上所规定的与生俱来的特权，以及尊长、君王、统治者、胜利者所享有的特殊权利，怎么得以确立不坠？只要把纪律的琴弦拆去，听吧！多少刺耳的噪音就会发出来；一切都是互相抵触；江河里的水会泛滥得高过堤岸，淹没整个的世界；强壮的要欺凌老弱，不孝的儿子要打死他的父亲；威力将代替公理，没有是非之分，也没有正义存在。那时候权力便是一切，而凭仗着权力，便可以逞着自己的意志，放纵无厌的贪欲；欲望，这一头贪心不足的饿狼，得到了意志和权力的两重辅佐，势必至于把全世界供它的馋吻，然后把自己也吃下去。伟大的阿伽门农，这一种混乱的状态，只有在纪律被人扼杀以后才会发生。就是因为漠视了纪律，有意前进的才反而会向后退却。主帅被他属下的将领所轻视，那将领又被他的属下所轻视，这样上行下效，谁都瞧不起他的长官，结果就引起了猜嫉争竞的心理，损害了整个军队的元气。特洛亚所以至今兀立不动，不是靠着它自己的力量，乃是靠着我们的这一种弱点;换句话说,它的生命是全赖我们的弱点替它支持下来的。

涅斯托　俄底修斯已经很聪明地指出了我们的士气所以不振的原因。

阿伽门农　俄底修斯,病源已经发现了,那么应当怎样对症下药呢?

俄底修斯　公认为我军中坚的阿喀琉斯,因为听惯了人家的赞誉,养成了骄矜自负的心理,常常高卧在他的营帐里,讥笑着我们的战略;还有帕特洛克罗斯也整天陪着他懒洋洋地躺在一起,说些粗俗的笑话,用荒唐古怪的动作扮演着我们,说是模拟我们的神气。有时候,伟大的阿伽门农,他模仿着崇高的你,像一个高视阔步的伶人似的,走起路来脚底下发出蹬蹬的声响,用这种可怜又可笑的夸张的举止,表演着你的庄严的形状;当他说话的时候,就像一串哑钟的声音,发出一些荒诞无稽的怪话。魁梧的阿喀琉斯听见了这腐臭的一套,就会笑得在床上打滚,从他的胸口笑出了一声洪亮的喝彩:"好哇!这正是阿伽门农。现在再给我扮演涅斯托;咳嗽一声,摸摸你的胡须,就像他正要发表什么演说一样。"帕特洛克罗斯就这样扮了,扮得一点也不像,可是阿喀琉斯仍旧喊着,"好哇!这正是涅斯托。现在,帕特洛克罗斯,给我表演他穿上盔甲去抵御敌人夜袭的姿态。"于是老年人的弱点,就成为他们的笑料:咳一声嗽,吐一口痰,瘫痪的手乱抓乱摸着领口的纽钉。我们的英雄看见了这样的把戏,简直要笑死了,他喊着,"啊!够了,帕特洛克罗斯;我的肋骨不是钢铁打的,你再扮下去,我要把它们一起笑断了。"他们这样嘲笑着我们的能力、才干、性格、外貌，各个的和一般的优长；我们的进展、计谋、命令、防御、临阵的兴奋、议和的言论，我们的胜利或失败，以及一切真实的或无中生有的事实，都被这两人引作信口雌黄的题目。

涅斯托　许多人看着这两个人的榜样，也沾上了这种恶习。埃阿斯也变得执拗起来了，他那目空一切的神气，就跟阿喀琉斯没有两样；他也照样在自己的寨中独张一帜，聚集一班私党饮酒喧哗，大言无忌地辱骂各位将领；他手下有一个名叫忒耳西忒斯的奴才，一肚子都是骂人的言语，他就纵容着他把我们比得泥土不如，使军中对我们失去了信仰，也不管这种言论会引起多么危险的后果。

俄底修斯　他们斥责我们的政策，说它是懦怯；他们以为在战争中间用不着智慧；先见之明是不需要的，唯有行动才是一切；至于怎样调遣适当的军力，怎样测度敌人的强弱，这一类运筹帷幄的智谋，在他们的眼中都不值一笑，认为只是些痴人说梦，纸上谈兵；所以在他们看来，一辆凭着它的庞大的蛮力冲破城墙的战车，它的功劳远过于制造这战车的人，也远过于运用他们的智慧指挥它行动的人。

涅斯托　我们如果承认这一点，那就是说，阿喀琉斯的战马也比得上许多希腊的英雄了。（喇叭奏花腔。）

阿伽门农　这是哪里来的喇叭声音？墨涅拉俄斯，你去瞧瞧。

墨涅拉俄斯　是从特洛亚来的。

　　　埃涅阿斯上。

阿伽门农　你到我们的帐前来有什么事？

埃涅阿斯　请问一声，这就是伟大的阿伽门农的营寨吗？

阿伽门农　正是。

埃涅阿斯　我是一个使者，也是一个王子，可不可以让我把一个善意的音信传到他的尊贵的耳中？

阿伽门农　当着全体拥戴阿伽门农为他们统帅的希腊将士面前，我给你比阿喀琉斯的手臂更坚强的保证，你可以对他说话。

埃涅阿斯　谢谢你给我这样宽大的允许和保证。可是一个异邦人怎么可以从这许多人中间，辨别出哪一个是他们最尊贵的领袖呢？

阿伽门农　怎么！

埃涅阿斯　是的，我这样问是因为我要让我的脸上呈现出一种恭敬的表情，叫我的颊上露出一重羞愧的颜色，就像黎明冷眼窥探着少年的福玻斯一样。哪一位是指导世人的天神，尊贵威严的阿伽门农？

阿伽门农　这个特洛亚人在嘲笑我们；否则特洛亚人就都是些善于辞令的朝士。

埃涅阿斯　在和平的时候，他们是以天使般的坦白、文雅温恭而著称的朝士；可是当他们披上甲胄的时候，他们有的是无比的胆量、精良的武器、强健的筋骨、锋利的刀剑，什么也比不上他们的勇敢。可是住口吧，埃涅阿斯！赞美倘然从被赞美者自己的嘴里发出，是会减去赞美的价值的；从敌人嘴里发出的赞美，才是真正的光荣。

阿伽门农　特洛亚的使者，你说你的名字是埃涅阿斯吗？

埃涅阿斯　是，希腊人，那是我的名字。

阿伽门农　你来有什么事？

埃涅阿斯　恕我，将军，我必须向阿伽门农当面说知我的来意。

阿伽门农　从特洛亚带来的消息，他必须公之于众人。

埃涅阿斯　我从特洛亚奉命来此，并不是来向他耳边密语的；我带了一个喇叭来,要吹醒他的耳朵,唤起他的注意,然后再让他听我的话。

阿伽门农 请你像风一样自由地说吧,现在不是阿伽门农酣睡的时候;特洛亚人,你将要知道他是清醒着,因为这是他亲口告诉你的。

埃涅阿斯 喇叭,高声吹起来吧,把你的响亮的声音传进这些怠惰的营帐;让每一个有骨气的希腊人知道,特洛亚的意旨是要用高声宣布出来的。(喇叭吹响)伟大的阿伽门农,在我们特洛亚有一位赫克托王子,普里阿摩斯是他的父亲,他在这沉闷的长期的休战中,感到了髀肉复生的悲哀;他叫我带了一个喇叭来通知你们:各位贤王、各位王子、各位将军!要是在希腊的济济英才之中,有谁重视荣誉甚于安乐;有谁为了博取世人的赞美,不惜冒着重大的危险;有谁信任着自己的勇气,不知道世间有可怕的事;有谁爱恋自己的情人,不仅会在他所爱的人面前发空言,并且也敢在别人面前用武力证明她的美貌和才德;要是有这样的人,那么请他接受赫克托的挑战。赫克托愿意当着特洛亚人和希腊人的面前,用他的全力证明他有一个比任何希腊人所曾经拥抱过的更聪明、更美貌、更忠心的爱人;明天他要在你们的阵地和特洛亚的城墙之间的地带,用喇叭声唤起一个真心爱自己情人的希腊人前来,赫克托愿意和他一决胜负;倘然没有这样的人,那么他要回到特洛亚去向人家说,希腊的姑娘们都是又黑又丑,不值得为她们一战。这就是他叫我来说的话。

阿伽门农 埃涅阿斯将军,这番话我可以去告诉我们军中的情人们;要是我们军中没有这样的人,那么我们一定把这样的人都留在国内了。可是我们都是军人;一个军人要是不想恋爱、不曾恋爱或者不是正在恋爱,他一定是个卑怯的家伙!我们中间倘有一个正在恋爱,或者曾经恋爱过的,或者准备恋爱的人,他可以接受赫克托的挑战;要是没有别人,我愿意亲自出马。

涅斯托　对他说有一个涅斯托,在赫克托的祖父还在吃奶的时候就是个汉子了,他现在虽然上了年纪,可是在我们希腊军中,倘然没有一个胸膛里燃着一星光荣的火花,愿意为他的恋人而应战的勇士,你就去替我告诉他,我要把我的银须藏在黄金的面甲里,凭着我这一身衰朽的筋骨,也要披上甲胄,和他在战场上相见;我要对他说我的爱人比他的祖母更美,全世界没有比她更贞洁的女子;为了证明这一个事实,我要用我仅余的两三滴老血,和他的壮年的盛气决一高下。

埃涅阿斯　天哪!难道年轻的人这么少,一定要您老人家上阵吗?

俄底修斯　阿门。

阿伽门农　埃涅阿斯将军,让我搀着您的手,先带您到我们大营里看看,阿喀琉斯必须知道您这次的来意;各营各寨,每一个希腊将领,也都要一体传闻。在您回去以前,我们还要请您喝杯酒儿,表示我们对于一个高贵的敌人的敬礼。(除俄底修斯、涅斯托外同下。)

俄底修斯　涅斯托!

涅斯托　你有什么话,俄底修斯?

俄底修斯　我想起了一个幼稚的念头;请您帮我斟酌斟酌。

涅斯托　你想起些什么?

俄底修斯　我说,钝斧斩硬节,阿喀琉斯骄傲到这么一个地步,倘不把他及时挫折一下,让他的骄傲的种子播散开去,恐怕后患不堪设想。

涅斯托　那么你看应当怎么办?

俄底修斯　赫克托的这一次挑战虽然没有指名叫姓,实际上完全是对阿喀琉斯而发的。

涅斯托　他的目的很显然;我们在宣布他挑战的时候,应当尽力使阿喀琉斯明白——即使他的头脑像利比亚沙漠一样荒凉——赫克托的意思里是以他为目标的。

俄底修斯　您以为我们应当激他一下,叫他去应战吗?

涅斯托　是的,这是最适当的办法。除了阿喀琉斯以外,谁还能从赫克托的手里夺下胜利的光荣来呢?虽然这不过是一场游戏的斗争,可是从这回试验里,却可以判断出两方实力的高低;因为特洛亚人这次用他们最优秀的将才来试探我们的声威;相信我,俄底修斯,我们的名誉在这场儿戏的行动中将要遭受严峻的考验,结果如何,虽然只是一时的得失,但一隅可窥全局,未来的重大演变,未始不可以从此举的结果观察出来。前去和赫克托决战的人,在众人的心目中必须是从我们这里挑选出来的最有本领的人物,为我们全军的灵魂所寄,就好像他是从我们各个人的长处中提炼出来的精华;要是他失败了,那得胜的一方岂不将勇气百倍,格外加强他们的自信,即使单凭着一双赤手,也会出入白刃之间而不知恐惧吗?

俄底修斯　恕我这样说,我以为唯其如此,所以不能让阿喀琉斯去接受赫克托的挑战。我们应当像商人一样,尽先把次货拿出来,试试有没有脱售的可能;要是次货卖不出去,然后再把上等货色拿出来,那么在相形之下,更可以显出它的光彩。不要容许赫克托和阿喀琉斯交战,因为我们全军的荣辱,虽然系此一举,可是无论哪一方面得胜,胜利的光荣总不会属于我们的。

涅斯托　我老糊涂了,不能懂得你的意思。

俄底修斯　阿喀琉斯倘不是这样骄傲,那么他从赫克托手里取得的光荣,也就是我们共同的光荣;可是他现在已经是这样傲慢不逊,倘使赫克托也不能取胜于他,那他一定会更加目空一世,在他侮蔑的目光之下,我们都要像置身于非洲的骄阳中一样汗流浃背了;要是他失败了,那么他是我们的首将,他的耻辱当然要影响到我们全军的声誉。不,我们还是采取抽签的办法,预先安排好让愚蠢的埃阿斯抽中,叫他去和赫克托交战;我们私下里再竭力捧他一下,恭维他的本领比阿喀琉斯还强,那对于我们这位戴惯高帽子的大英雄可以成为一服清心的药剂,把他冲天的傲气挫折几分。要是这个没有头脑的、愚蠢的埃阿斯奏凯而归,我们不妨替他大吹特吹;要是他失败了,那么他本来不是什么了不得的人物,也不算丢了我们的脸。不管胜负如何,我们主要的目的,是要借埃阿斯的手,压下阿喀琉斯的气焰。

涅斯托　俄底修斯,你的意思果然很好,我可以先去向阿伽门农说说;我们现在就去找他吧。制伏两条咬人的恶犬,最好的办法是请它们彼此相争,骄傲便是挑拨它们搏斗的一根肉骨。(同下。)

第 二 幕

第一场　希腊营地的一部分

　　　　埃阿斯及忒耳西忒斯上。

埃阿斯　忒耳西忒斯！

忒耳西忒斯　要是阿伽门农浑身长起毒疮来呢？

埃阿斯　忒耳西忒斯！

忒耳西忒斯　要是那些毒疮都出起脓来呢？

埃阿斯　狗！

忒耳西忒斯　那样他总该可以拿出些东西来了吧；我现在可没看见他拿出什么东西来。

埃阿斯　你这狼狗养的,你没听见吗？且叫你尝点味儿。(打忒耳西忒斯。)

忒耳西忒斯　整个希腊的瘟疫降在你身上,你这蠢牛一样的狗杂种将军！

埃阿斯　你再说,你这发霉的酵母,再说；我要打掉你这丑陋的皮囊。

忒耳西忒斯　我要骂开你那糊涂的心窍；可是我想等到你能够不瞧着书本念熟一段祷告的时候,你的马也会背诵一篇演说了。你会打人吗？你这害血瘟症的！

埃阿斯　坏东西，把布告念给我听。

忒耳西忒斯　你这样打我，你以为我是没有知觉的吗？

埃阿斯　那布告上怎么说？

忒耳西忒斯　我想它说你是个傻瓜。

埃阿斯　你再说，野猪，你再说；我的手指头痒着呢。

忒耳西忒斯　我希望你从头上痒到脚上，让我把你浑身的皮都搔破了，叫你做一个全希腊顶讨人厌的癞皮化子。在你冲锋陷阵的时候，你就打不动了。

埃阿斯　我叫你把布告念给我听！

忒耳西忒斯　你一天到晚叽里咕噜地骂阿喀琉斯，因为他比你神气，所以你一肚子不舒服，就像一个丑妇瞧不惯别人长得比她好看一样；哼，你简直像狗一样地向他叫个不停。

埃阿斯　忒耳西忒斯老太太！

忒耳西忒斯　你可以打他呀。

埃阿斯　你这烘坏了的歪面包块儿！

忒耳西忒斯　他会像一个水手砸碎一块硬面包似的，一拳头就把你打得血肉横飞。

埃阿斯　你这婊子生的贱狗！（打忒耳西忒斯。）

忒耳西忒斯　你打，你打。

埃阿斯　你这替妖精垫屁股的凳子！

忒耳西忒斯　好，你打，你打；你这糊涂将军！我的臂弯里也比你有更多的头脑；一头蠢驴都可以做你的老师；你这下贱的莽驴子！他们叫你到这儿来打几个特洛亚人，你却给那些聪明人卖来卖去，好像一个蛮族的奴隶一般。要是你尽打我，我就从你的脚跟骂起，一寸一寸骂上去，一直骂到你的头顶,你这没有肚肠的东西,你!

埃阿斯　你这狗!

忒耳西忒斯　你这下贱的将军!

埃阿斯　你这恶狗!(打忒耳西忒斯。)

忒耳西忒斯　你这战神手下的白痴!你打,不讲理的东西;你打,蠢骆驼;你打,你打。

　　　　阿喀琉斯及帕特洛克罗斯上。

阿喀琉斯　啊,怎么,埃阿斯!你为什么打他?喂,忒耳西忒斯!怎么一回事?

忒耳西忒斯　你瞧他,你看见吗?

阿喀琉斯　我看见;是怎么一回事?

忒耳西忒斯　不,你再瞧瞧他。

阿喀琉斯　好;是怎么一回事?

忒耳西忒斯　不,你仔细瞧瞧他。

阿喀琉斯　好,我瞧过了。

忒耳西忒斯　可是你还没有把他瞧清楚;因为无论你把他当作什么人,他总是埃阿斯。

阿喀琉斯　那我也知道,傻瓜。

忒耳西忒斯　不错,可是那傻瓜却不知道他自己。

埃阿斯　所以我打你。

忒耳西忒斯　听,听,听,听,这还成什么话!简直是驴子的理由。我已经敲扁了他的脑袋,他倒还没有打痛我的骨头;我可以拿一个铜子去买九只麻雀,可是他的脑袋还不值一只麻雀的九分之一。我告诉你,阿喀琉斯,这家伙把思想装在肚子里,把大肠小肠一起塞在他的脑袋里,让我告诉你我怎么说他的。

阿喀琉斯　你怎么说的？

忒耳西忒斯　我说,这个埃阿斯——(埃阿斯举手欲打。)

阿喀琉斯　且慢,好埃阿斯。

忒耳西忒斯　他所有的一点点儿智慧——

阿喀琉斯　不,你不要动手。

忒耳西忒斯　还塞不满海伦的针眼,其实他还是为了这个海伦才来打仗的。

阿喀琉斯　住口,傻瓜!

忒耳西忒斯　我倒是想安安静静的,可是那傻瓜一定要跟我闹;瞧他,瞧他,你瞧。

埃阿斯　啊,你这该死的贱狗!我要——

阿喀琉斯　你何必跟一个傻瓜斗嘴呢？

忒耳西忒斯　不,他才不敢哩;他还斗不过一个傻瓜的嘴。

帕特洛克罗斯　说得好,忒耳西忒斯。

阿喀琉斯　为什么闹起来的？

埃阿斯　我叫这坏猫头鹰去替我看看布告上说些什么话,他就骂起我来了。

忒耳西忒斯　我又不是替你做事的。

埃阿斯　好,很好。

忒耳西忒斯　我是自己到这儿来的。

阿喀琉斯　你刚才到这儿来挨了打,不是自动的;没有人愿意挨打。埃阿斯才是自己来的,你却是不得已才来的。

忒耳西忒斯　哼,你也是条没脑子的蛮牛。赫克托要是把你们两个人的脑壳捶了开来,那才是个大笑话,因为这简直就跟捶碎一个空心的烂胡桃没有分别。

阿喀琉斯　怎么,忒耳西忒斯,你把我也骂起来了吗？

215

忒耳西忒斯　俄底修斯,还有那个涅斯托老头子,他们的头脑在你们的祖父还没有长脚爪的时候就已经发了霉了,把你们当作牛马一样驾驭,赶你们到战场上去替他们打仗。

阿喀琉斯　什么?什么?

忒耳西忒斯　是的,老实对你们说吧。哼,阿喀琉斯!哼,埃阿斯!哼!

埃阿斯　我要割下你的舌头。

忒耳西忒斯　没有关系,我被割下了舌头还比你会说话些。

帕特洛克罗斯　别多说啦,忒耳西忒斯;还不住口!

忒耳西忒斯　阿喀琉斯的走狗叫我别说话,我就闭上嘴吗?

阿喀琉斯　他骂到你身上来了,帕特洛克罗斯。

忒耳西忒斯　我要瞧你们像一串猪狗似的给吊死,然后我才会再踏进你们的营帐;我要去找一个有聪明人的地方住下,再不跟傻瓜们混在一起了。(下。)

帕特洛克罗斯　他去了倒也干净。

阿喀琉斯　埃阿斯,传谕全军的是这么一件事:赫克托要在明天早上五点钟的时候,在我们的营地和特洛亚城墙之间,以喇叭为号,召唤我们这儿的一个骑士去和他决战;要是谁敢宣称——我记不得那一套话,全是些胡说八道。再见。

埃阿斯　再见。那么派谁去应战呢?

阿喀琉斯　我不知道;那是要用抽签的办法来决定的;否则他们应该知道叫谁去的。

埃阿斯　啊,你的意思是说你自己。待我再去探听探听消息。

(各下。)

第二场　特洛亚。普里阿摩斯宫中一室

　　　　普里阿摩斯、赫克托、特洛伊罗斯、帕里斯及赫勒诺斯上。

普里阿摩斯　抛掷了这许多时间、生命和言语以后,希腊军中的涅斯托又向我们发出了这样的通牒:"把海伦交还我们,那么一切其他的损害,例如荣誉上的污辱,时间上的损失,人力物力的消耗,将士的伤亡,以及充填战争欲壑所消费的一切,都可以置之不问。"赫克托,你的意思怎样?

赫克托　就我个人而论,虽然我比谁都不怕这些希腊人,可是,尊严的普里阿摩斯,没有一个软心肠的女人会像我这样为了瞻望着不可知的前途而忧惧。太平景象最能带来一种危险,就是使人高枕无忧;所以适当的疑虑还是智者的明灯,是防患于未然的良方。放海伦回去吧;自从为了这一个问题开始掀动干戈以来,我们已经牺牲了无数的兵士,他们每一个人的生命都像海伦一样宝贵;要是我们丧亡了这许多同胞,去保卫一件既不属于我们、对于我们又没有多大价值的东西,那么我们凭着什么理由,拒绝把她交还给人家呢?

特洛伊罗斯　什么话!哥哥,你把我们伟大尊严的父王的荣誉,去和微贱的生命放在一个天平里称量吗?你要用算盘来计算出他无限的广大,用恐惧和理智的狭窄的分寸来束缚不可测度的巨人的腰身吗?呸,说这样丢脸的话!

赫勒诺斯　你这样痛斥理智是不足为奇的,因为你是个完全没有理智的人。是不是因为你说了这一套意气用事的话,我们的父王就不该用理智来处理他的事务了吗?

特洛伊罗斯　你还是去做梦打瞌睡吧,我的祭司哥哥;你满口都

217

是大道理。我可以代你把你的这番大道理说出来：你知道敌人是要来加害于你的；你知道一柄出鞘的剑是危险的，按照理智，一个人应当明哲保身；所以赫勒诺斯一看见拿起了剑的希腊人，就会像一颗出了轨道的流星似的，借着理智的翅膀高飞远走，这还用得着奇怪吗？不，我们要是谈理智，那么还是关起大门睡觉吧。一个堂堂男子，要是让他的脑中塞满了理智，就会变成一个胆小怕事的懦夫，泪没了他的英勇的气概。

赫克托　兄弟，她是不值得我们费这么大代价保留下来的。

特洛伊罗斯　哪一样东西的价值不是按照着人们的估计而决定的？

赫克托　可是价值不能凭着私心的爱憎而决定；一方面这东西的本身必须确有可贵的地方，另一方面它必须为估计者所重视，这样它的价值才能确立。要是把隆重的祭礼去向一个卑微的神祇献祭，那就是疯狂的崇拜；偏执着私人的感情而不知辨别是非利害，那也是溺爱不明。

特洛伊罗斯　假如我今天娶了一个妻子，我的选择是取决于我的意志，我的意志是受我的耳目所左右；假如我在选定以后，我的意志重新不满于我的选择，那么我怎么可以避免既成的事实呢？一方面逃避责任，一方面又要不损害自己的荣誉，这样的事是不可能的。我们把绸缎污毁了以后，就不能再拿它向商家退换；我们也不因为已经吃饱，就把剩余的食物倒在肮脏的阴沟里。当初大家都赞成帕里斯去向希腊人报复；你们的一致同意鼓励了他的远行，善于捣乱的海浪和天风，也协力帮助他一帆风顺地到了他的目的地；为了希腊人俘房了我们一个年老的姑母，他夺回了一个希腊的王妃作为交换,她的青春和娇艳掩盖了朝暾的美丽。我们为什么留住她不放?因为希腊人没有放还我们的姑母;她是值得我们保留的吗?啊,她是一颗明珠,它的高贵的价值,曾经掀动过千百个国王迢迢渡海而来,大家都要做一个觅宝的商人。你们不能不承认帕里斯的前去并不是失策,因为你们大家都喊着"去!去!"你们也不能不承认他带回了光荣的战利品,因为你们大家都拍手欢呼,说她的价值是不可估计的;那么你们现在为什么要诋毁从你们自己的智慧中产生的果实,把你们曾经估计为价值超过海洋和陆地的宝物重新贬斥得一文不值呢?啊!赃物已经偷了来了,我们却不敢把它保留下来,这才是最卑劣的偷窃!这样的盗贼是不配偷窃这样的宝物的。

卡珊德拉　(在内)痛哭吧,特洛亚人!痛哭吧!

普里阿摩斯　什么声音?谁在那儿喊叫?

特洛伊罗斯　这是我们那位发疯的姊姊,我听得出她的声音。

卡珊德拉　(在内)痛哭吧,特洛亚人!

赫克托　这是卡珊德拉。

　　　　卡珊德拉上,狂呼。

卡珊德拉　痛哭吧,特洛亚人!痛哭吧!借给我一万只眼睛,我要使它们充满先知的眼泪。

赫克托　安静些,妹妹,别闹!

卡珊德拉　少年的男女们,中年的、老年的人们,还有只会哭泣的荏弱的婴孩们,大家帮着我哭喊呀!让我们先付清一部分将来的重大的悲恸。痛哭吧,特洛亚人!痛哭吧!让你们的眼睛练习练习哭泣吧!特洛亚要化为一片平地,我们美好的宫殿要变成一堆瓦砾;我们那闯祸的兄弟帕里斯放了一把火,把我们一起烧成灰烬啦!痛哭吧,特洛亚人!痛哭吧!海伦是我们的祸根!痛哭吧,痛哭吧!特洛亚要烧起来啦,快把海伦放回去吧!(下。)

赫克托　特洛伊罗斯兄弟,你听了我们的姊妹这一种激昂的预言,难道一点都无动于衷吗?难道你的血液竟狂热得这样无可理喻,不知道师出无名,必遭天谴吗?

特洛伊罗斯　赫克托大哥,行动的是非曲直,只有从事实的发展上去判断,卡珊德拉的疯话,更不能打消我们的勇气;我们已经把我们各人的荣誉寄托在这一次战争里了,她的神经错乱的谵语,决不能抹煞我们行动的光明正大。拿我自己来说,我正像所有普里阿摩斯的儿子一样,什么都不能动摇我的决心;愿上帝唾弃我们中间那些畏首畏尾的懦夫!

帕里斯　要是我们不能贯彻始终,那么世人将要讥笑我的行动的轻率,也要讥笑你们决策的鲁莽;可是我指着天神为证,我因为得到你们完全的同意,才敢放胆行事,屏除一切恐惧,去进行这一个危险的计划;要不然单凭着这一双赤手空拳,能够做出什么事情来呢?一个人的匹夫之勇,怎么抵挡得了倾国之众的敌意呢?然而我可以说一句,要是我必须独自担当这些困难,要是我能够运用充分的权力,那么帕里斯决不从他已经做下的事情中缩回手来,也决不会中途气馁。

普里阿摩斯　帕里斯,你的话说得完全像一个沉醉于自己的欢乐中的人;你自己吮吸着蜜糖,让人家去尝胆汁的苦味。我不敢恭维你的勇敢。

帕里斯　父王,我本来不敢独占这样一个美人所带来的欢乐,可是为了洗刷她的失身的羞辱,我不能不保持她的光荣的完整。要是现在因为迫于对方的威胁,再把她还给敌人,那对于这位被劫的王妃是一件多么不可容忍的罪恶,对于您的尊严是一个多大的污点,对于我又是一桩多么难堪的耻辱!难道像这样一种卑劣的思想,也会侵入您的高贵的心灵吗?在我们这儿即使是一个最凡庸的懦夫,为了保卫海伦的缘故,也会挺身而出,拔剑而起;无论怎样高贵的人,都愿意为海伦献身效命;她既然是这样一个绝世无双的美人,我们难道不应该为她而作战吗?

赫克托　帕里斯,特洛伊罗斯,你们两人的话都说得很好;可是你们对于我们现在讨论的问题不过作了一番文饰外表的诡辩,正像亚里士多德所说的那种不适宜于听讲道德哲学的年轻人一样。你们所提出的理由,只能煽动偏激的意气,不能作为抉择是非的标准;因为一个耽于欢乐或是渴于复仇的人,他的耳朵是比蝮蛇更聋,听不见正确的判断的。物各有主,这是造物的意旨;在一切人类关系之中,还有什么比妻子对于丈夫更亲近的?要是这一条自然的法律为感情所破坏,思想卓越的人因为被私心所蒙蔽,也对它悍然不顾,那么在每一个组织健全的国家里,都有一条制定的法律,抑制这一类悖逆的乱行。海伦既然是斯巴达的王妃,按照自然的和国家的道德法律,就应该把她还给斯巴达;错误已经铸成,倘再执迷不悟地坚持下去,那就大错而特错了。这是赫克托认为正确的见解;可是虽然这么说,我的勇敢的兄弟们,我仍旧赞同你们的意思,把海伦留下来,因为这是对于我们全体和各人的荣誉大有关系的。

特洛伊罗斯　你这句话才真说中了我们的本意;倘然这不过是一场意气之争,而不是因为重视我们的光荣,那么我也不愿为了保卫她的缘故，再洒一滴特洛亚的血。可是，尊贵的赫克托，她是一个光荣的题目，可以策励我们建立英勇卓绝的伟业，使我们战胜当前的敌人，树立万世不朽的声名；我相信即使有人给他整个世界的财富，勇敢的赫克托也不愿放弃这一个千载一时的机会。

赫克托　我愿意和你们通力合作，伟大的普里阿摩斯的英勇的后人。我已经向这些行动滞钝、党派分歧的希腊贵人们提出挑战，惊醒他们昏睡的灵魂。我听说他们的主将只会睡觉不会管事，听任手下的将士们明争暗斗；也许我这一声怒吼，可以叫他觉醒过来。（同下。）

第三场　希腊营地。阿喀琉斯帐前

忒耳西忒斯上。

忒耳西忒斯　怎么，忒耳西忒斯！你把头都气昏了吗？埃阿斯这蠢象欺人太甚；他居然动手打人；可是他会打我，我就会骂他，总算也出了气了。要是颠倒过来，他骂我的时候我也可以打他，那才痛快呢！他妈的！我一定要去学会一些降神召鬼的法术，让我瞧见我的咒诅降在他身上。还有那个阿喀琉斯，也真是一尊好大炮。要是特洛亚一定要等这两个人去打下来，那么除非等到城墙自己坍倒。啊！你俄林波斯山上发射雷霆的乔武大神，还有你，蛇一样狡猾的麦鸠利，你们要是不能把他们所有的不过这么一点点儿的智慧拿去，那么还算什么万神之王，还算什么足智多谋？他们的智慧稀少得这样出奇，为了搭救一只粘在蜘蛛网上的飞虫，他们竟不知道除了拔出他们的刀剑来把蛛丝斩断以外还有什么别的办法。然后,我希望整个的军队都遭到灾殃;或者让他们一起害杨梅疮,因为他们在为一个婊子打仗,这是他们应得的报应。我的祷告已经说过了,让不怀好意的魔鬼去说他们吧。喂!阿喀琉斯将军!

    帕特洛克罗斯上。

帕特洛克罗斯　是谁?忒耳西忒斯!好忒耳西忒斯,进来骂几句人给我们听吧。

忒耳西忒斯　要是我能够记得一枚镀金的铅币,我一定会想起你;可是那也不用说了,我要骂你的时候,只要提起你的名字就够了。但愿人类共同的咒诅,无知和愚蠢一起降在你的身上!上天保佑你终身得不到明师的指示,听不到教诲的启迪!让你的血气引导着你直到死去!等你死了的时候,替你掩埋的那位太太要是说你是一个漂亮的尸体,我就要再三发誓,说她除了掩埋害麻风病死的人以外,从来不曾掩埋过别的尸体。阿门。阿喀琉斯呢?

帕特洛克罗斯　什么!你也会虔诚起来吗?你刚才在祷告吗?

忒耳西忒斯　是的,上天听见了我的话!

    阿喀琉斯上。

阿喀琉斯　谁在这儿?

帕特洛克罗斯　忒耳西忒斯,将军。

阿喀琉斯　哪儿?哪儿?你来了吗?啊,我的干酪,我的开胃的妙药,你为什么不常常到我的餐桌上来吃饭呢?来,告诉我阿伽门农是什么?

忒耳西忒斯　你的主帅,阿喀琉斯。告诉我,帕特洛克罗斯,阿喀琉斯是什么?

帕特洛克罗斯　你的主人,忒耳西忒斯。再请你告诉我,你自己

223

是什么？

忒耳西忒斯　我是知道你的人，帕特洛克罗斯。告诉我，帕特洛克罗斯，你是什么？

帕特洛克罗斯　你知道我，就不用问了。

阿喀琉斯　啊，你说，你说。

忒耳西忒斯　我可以把整个问题演绎下来。阿伽门农指挥阿喀琉斯；阿喀琉斯是我的主人；我是知道帕特洛克罗斯的人；帕特洛克罗斯是个傻瓜。

帕特洛克罗斯　你这混蛋！

忒耳西忒斯　闭嘴，傻瓜！我还没有说完呢。

阿喀琉斯　他是一个有谩骂特权的人。说下去吧，忒耳西忒斯。

忒耳西忒斯　阿伽门农是个傻瓜；阿喀琉斯是个傻瓜；忒耳西忒斯是个傻瓜；帕特洛克罗斯已经说过了是个傻瓜。

阿喀琉斯　来，把你的理由推论出来。

忒耳西忒斯　阿伽门农倘不是个傻瓜，他就不会指挥阿喀琉斯；阿喀琉斯倘不是个傻瓜，他就不会受阿伽门农的指挥；忒耳西忒斯倘不是个傻瓜，他就不会侍候这样一个傻瓜；帕特洛克罗斯不用说啦，当然是个傻瓜。

帕特洛克罗斯　为什么我是个傻瓜？

忒耳西忒斯　那你该去问那造下你来的上帝。我只要知道你是个傻瓜就够了。瞧，谁来啦？

阿喀琉斯　帕特洛克罗斯，我不想跟什么人说话。跟我进来，忒耳西忒斯。（下。）

忒耳西忒斯　全是些捣鬼的家伙！争来争去不过是为了一个王八和一个婊子，结果弄得彼此猜忌，白白损失了多少人的血。但愿战争和奸淫把他们一起抓了去！（下。）

　　　　　阿伽门农、俄底修斯、涅斯托、狄俄墨得斯及埃阿斯上。

阿伽门农　阿喀琉斯呢？

帕特洛克罗斯　在他的帐里，元帅；可是他的身子不大舒服。

阿伽门农　你去对他说，我在这儿。他辱骂我的使者，现在我又卑躬屈节地来拜访他；你对他说吧，叫他不要以为我不敢在他面前提起我的地位，也不要以为我不知道我自己的身份。

帕特洛克罗斯　我就照这样对他说。（下。）

俄底修斯　我们刚才看见他站在营帐的前面；他没有病。

埃阿斯　他害的是狮子的病，骄傲是他的病根。你们要是喜欢这个人，那么也可以说是一种忧郁症；可是照我说起来，完全是骄傲。他凭着什么理由这样骄傲呢？元帅，我对你说句话。（拉阿伽门农立一旁。）

涅斯托　埃阿斯为什么这样骂他？

俄底修斯　阿喀琉斯把他的弄人骗去了。

涅斯托　谁，忒耳西忒斯吗？

俄底修斯　正是他。

涅斯托　那很好，我们希望看见他们分裂，不希望看见他们勾结；可是为了这样一个傻子就会叫他们彼此不和，那么他们的友谊也实在太巩固了。

俄底修斯　智慧连络不起来的好感，愚蠢一下子就会把它打破。帕特洛克罗斯来了。

　　　　　帕特洛克罗斯重上。

涅斯托　阿喀琉斯没有跟他来。

俄底修斯　巨象的腿是为步行用的，不是为屈膝用的。

帕特洛克罗斯　阿喀琉斯叫我回复元帅，要是元帅的大驾光临敝寨，除了游玩以外还有其他的目的，那么他真是抱歉万分；他希望您不过是因为要在饭后活活筋骨，助助消化，所以才出来散散步的。

阿伽门农　听着，帕特洛克罗斯，他这种语含讥讽的推托，我们早就听厌了。他这个人不是没有可取的地方，可是因为自恃己长的缘故，他的优点已经开始在我们的眼中失去光彩，正像一枚很好的鲜果，因为放在龌龊的盆子里，没有人要去吃它，只好听任它腐烂。你去对他说，我们要来找他说话；你尽管大胆告诉他，说我们认为他太骄傲，也不够爽气，自以为了不起，其实说不上什么明智；他故意摆出一股威风，装模作样，目中无人，反而自鸣得意；他横行霸道，喜怒无常，好像天下大事都要由他摆布。你去把这些话告诉他，要是他把自己估价得这么高，那么我们也用不着他这么一个人，只好让他像一架无法拖曳的重炮一样，搁在武器库里生锈；对他说，我们宁愿重用一个活跃的侏儒，不要一个贪睡的巨人。

帕特洛克罗斯　是，我就去这样对他说，把他的回音立刻带出来。（下。）

阿伽门农　我们是来找他说话的，一定要听到他亲口的答复。俄底修斯，你进去。（俄底修斯下。）

埃阿斯　他有什么胜过别人的地方？

阿伽门农　他不过自以为比别人了不起罢了。

埃阿斯　他竟这样了不起吗？您想他是不是以为他比我强？

阿伽门农　那是没有问题的。

埃阿斯　您也跟他有同样的见解，认为他比我强吗？

阿伽门农　不，尊贵的埃阿斯，你跟他一样强，一样勇敢，一样聪明，一样高贵，可是你比他脾气好得多，也比他更听号令。

埃阿斯　一个人为什么要骄傲？骄傲的心理是怎么起来的？我就不知道什么是骄傲。

阿伽门农　埃阿斯,你的头脑比他明白,你的人格也比他高尚。一个骄傲的人,结果总是在骄傲里毁灭了自己。他一味对镜自赏,自吹自擂,遇事只顾浮夸失实,到头来只是事事落空而已。

埃阿斯　我讨厌一个骄傲的人,就像讨厌一窠癞蛤蟆一样。

涅斯托　(旁白)可是他却不讨厌他自己;这不是很奇怪吗？

　　　　俄底修斯重上。

俄底修斯　阿喀琉斯明天不愿上阵。

阿伽门农　他有什么理由？

俄底修斯　他也不讲什么理由,只逞着自己的性子,一味执拗,把什么人都不放在眼里。

阿伽门农　我们再三请他,为什么他总不出来？

俄底修斯　正因为我们前来移樽就教,他便妄自尊大起来,把草纸当文书;他好比着了迷似的,甚至连自己嘴里出一口气都不得平静。我们这位阿喀琉斯是如此自命不凡,连他的思想与行动也互相仇视,自相残杀,使他不能自主。我该怎么说呢？他的骄傲确已病入膏肓,无可救药了。

阿伽门农　让埃阿斯去叫他出来。将军,你到他帐里去看看他;听说他对你的感情不错,也许你去请他,他会却不过你的情面。

俄底修斯　啊,阿伽门农！不要这样。我们应当让埃阿斯离开阿喀琉斯越远越好。这个骄悍的将军用傲慢塞住了自己的心窍,眼睛里只有自己没有别人,难道我们反要叫一个更被我们敬重的人去向他礼拜吗？不,我们不能让这位比他尊

227

贵三倍的、勇武超群的将军污损了他的血战得来的光荣；他的才能并不在阿喀琉斯之下，为什么要叫他贬低身份去向阿喀琉斯央求呢？那不过格外助长他的骄傲的气焰罢了。叫这位将军去看他！不，天神不容许这样的事，天神会用雷鸣一样的声音怒吼着说，"叫阿喀琉斯出来见他！"

涅斯托　（旁白）啊！这样很好，说到他的心窝里去了。

狄俄墨得斯　（旁白）瞧他一声不响地听得多么出神！

埃阿斯　要是我去看他，我要一拳打歪他的脸。

阿伽门农　啊，不！你不要去。

埃阿斯　要是他对我神气活现，我可老实不客气要教训他一下。让我去看他。

俄底修斯　不，用不着惊动你去。

埃阿斯　下贱的、放肆的家伙！

涅斯托　（旁白）他把自己形容得一点不错！

埃阿斯　他不能客气一点吗？

俄底修斯　（旁白）乌鸦也会骂别人太黑！

埃阿斯　我要叫他的傲气变成鲜血。

阿伽门农　（旁白）他自己原是病人，倒去当起医生来了。

埃阿斯　要是大家的思想都跟我一样——

俄底修斯　（旁白）那么世上没有聪明人了。

埃阿斯　——一定不让他放肆到这个地步；他要是装腔作势，就叫他吞下他的刀子。

涅斯托　（旁白）果真如此，你也得同他平分秋色呢。

俄底修斯　（旁白）半斤八两。

埃阿斯　尽管他是个铁铮铮的硬汉，我也要把他揉做面团。

涅斯托　（旁白）他的热度还不是顶高；再恭维他几句，把他的野心扇起来。

俄底修斯 （向阿伽门农）元帅，你太容忍他了。

涅斯托 尊贵的元帅，不要这样做。

狄俄墨得斯 你必须准备不靠阿喀琉斯的力量去和特洛亚人作战。

俄底修斯 就是因为人家把他的名字挂在嘴边，所以养成了他的骄傲。我倒想起了一个人——可是他就在我们眼前，我还是不说了吧。

涅斯托 你为什么不说呢？他又不像阿喀琉斯一样争强好胜。

俄底修斯 整个世界都知道他是跟阿喀琉斯一样勇敢的。

埃阿斯 婊子养的畜生！在我们面前摆他的臭架子！但愿他是个特洛亚人！

涅斯托 要是埃阿斯现在也像他一样古怪——

俄底修斯 像他一样傲慢——

狄俄墨得斯 像他一样的喜欢人家奉承——

俄底修斯 像他一样的坏脾气——

狄俄墨得斯 像他一样的目中无人、妄自尊大——

俄底修斯 感谢上天，将军，你的天性是这样仁厚；那生下你的令尊、乳哺你的令堂，真是应该赞美；教你念书的那位先生，愿他名垂万世；你那非博学所能几及的天赋聪明，更可与日月争光；至于传授你武艺的那位师傅，那么他是应该和战神马斯并享千秋的；讲到你的神勇，那么力举全牛的迈罗①，也不得不向强壮的埃阿斯甘拜下风。我用不着称赞你的智慧，那

---

① 迈罗（Milo），希腊六世纪末的运动家，以力大能举一牛著名，曾六次获得奥林匹克胜利者的称号。

是像一道围墙、一堵堤岸,包围着你的广大丰富的才能。咱们这位涅斯托老将军眼睛里见过的多,自然智慧超人一等;可是对不起,涅斯托老爹,要是您也像埃阿斯一样年轻,您的教育也不过像他一样,那么您的智慧也决不会超过他的。

埃阿斯　我拜您做干爹吧。

俄底修斯　好,我的好儿子。

狄俄墨得斯　你要听他的话啊,埃阿斯将军。

俄底修斯　咱们不要在这儿多耽搁了;阿喀琉斯这野兔子在丛林里躲着呢。请元帅立刻传令全军,召集所有人马;新的君王们到特洛亚来了,明天我们一定要用全力保持我们的声威。这儿有一位大将,让从东方到西方来的骑士们各自争取他们的光荣吧,最大的胜利将是属于埃阿斯的。

阿伽门农　我们就去召开会议。让阿喀琉斯睡吧;正是轻舟虽捷,怎及巨舶容深。(同下。)

第 三 幕

第一场 特洛亚。普里阿摩斯宫中

    潘达洛斯及一仆人上。

潘达洛斯　喂,朋友!对不起,请问一声,你是跟随帕里斯王子的吗?

仆　人　是的,老爷,他走在我前面的时候,我就跟在他后面。

潘达洛斯　我的意思是说,你是靠他吃饭的吗?

仆　人　老爷,我是靠天吃饭的。

潘达洛斯　你依靠着一位贵人,我必须赞美他。

仆　人　愿赞美归于上帝!

潘达洛斯　你认识我吗?

仆　人　说老实话,老爷,我不过在外表上认识您。

潘达洛斯　朋友,我们大家应当熟悉一点。我是潘达洛斯老爷。

仆　人　我希望以后跟您老爷熟悉一点。

潘达洛斯　那很好。

仆　人　您是一位殿下吗?

潘达洛斯　殿下!不,朋友,你只可以叫我老爷或是大人。(内乐声)这是什么音乐?

仆　人　我不大知道,老爷,我想那是数部合奏的音乐。

潘达洛斯　你认识那些奏乐的人吗?

仆　人　我全都认识,老爷。

潘达洛斯　他们奏乐给谁听?

仆　人　他们奏给听音乐的人听,老爷。

潘达洛斯　是谁想听这音乐,朋友?

仆　人　我想听,还有爱音乐的人也想听。

潘达洛斯　朋友,你不懂我的意思;我太客气,你又太调皮。我是说什么人叫他们奏的。

仆　人　呃,老爷,是我的主人帕里斯叫他们奏的,他就在里面;那位人间的维纳斯,美的心血,爱的微妙的灵魂,也陪着他在一起。

潘达洛斯　谁,我的甥女克瑞西达吗?

仆　人　不,老爷,是海伦;您听了我形容她的话还不知道吗?

潘达洛斯　朋友,看来你还没有见过克瑞西达小姐。我是奉特洛伊罗斯王子之命来见帕里斯的;我的事情急得像热锅里的沸水,来不及等你进去通报了。

仆　人　好个热锅上的蚂蚁!呀,一句陈词滥调罢了!

　　　　帕里斯及海伦率侍从上。

潘达洛斯　您好,我的好殿下,这些好朋友们都好!愿美好的欲望好好地领导他们!您好,我的好娘娘!愿美好的思想做您的美好的枕头!

海　伦　好大人,您满嘴都是好话。

潘达洛斯　谢谢您的谬奖,好娘娘。好殿下,刚才的音乐很好,很好的杂色合奏呢。

帕里斯　是被你掺杂的,贤卿;现在要你加进来,奏得和谐起来。

232

耐儿①,他是很懂得和声的呢。

潘达洛斯　真的,娘娘,没有这回事。

海　伦　啊,大人!

潘达洛斯　粗俗得很,真的,粗俗不堪。

帕里斯　说得好,我的大人!你真说得好听。

潘达洛斯　好娘娘,我有事情要来对殿下说。殿下,您允许我跟您说句话吗?

海　伦　不,您不能这样赖过去。我们一定要听您唱歌。

潘达洛斯　哎,好娘娘,您在跟我开玩笑啦。可是,殿下,您的令弟特洛伊罗斯殿下——

海　伦　潘达洛斯大人,甜甜蜜蜜的大人——

潘达洛斯　算了,好娘娘,算了。——叫我向您致意问候。

海　伦　您不能赖掉我们的歌;要是您不唱,我可要生气了。

潘达洛斯　好娘娘,好娘娘!真是位好娘娘。

海　伦　叫一位好娘娘生气是一件大大的罪过。

潘达洛斯　不,不,不,哪儿的话,哪儿的话,哈哈!殿下,他要我对您说,晚餐的时候王上要是问起他,请您替他推托一下。

海　伦　潘达洛斯大人?——

潘达洛斯　我的好娘娘,我的顶好的好娘娘怎么说?

帕里斯　他有些什么要务?今晚他在什么地方吃饭?

海　伦　可是,大人——

潘达洛斯　我的好娘娘怎么说?——我那位殿下要生你的气了。我不能让您知道他在什么地方吃饭。

帕里斯　我可以拿我的生命打赌,他一定是到那位富有风趣的

---

① 耐儿(Nell),海伦的爱称。

克瑞西达那儿去啦。

潘达洛斯　不,不,哪有这样的事;您真是说笑话了。那位富有
　　　　风趣的婢子在害病呢。

帕里斯　好,我就替他捏造一个托辞。

潘达洛斯　是,我的好殿下。您为什么要说克瑞西达呢?不,这
　　　　个婢子在害病呢。

帕里斯　我早就看出来了。

潘达洛斯　您看出来了!您看出什么来啦?来,给我一件乐器。
　　　　好娘娘,请听吧。

海　伦　呵,这样才对。

潘达洛斯　我这位外甥女一心只想着一件东西,这件东西,好娘
　　　　娘,您倒是有了。

海　伦　我的大人,只要她所想要的不是我的丈夫帕里斯,什么
　　　　都可以给她。

潘达洛斯　哈!她不会要他;他两人只是彼此彼此。

海　伦　生过了气,和好如初,"彼此"两人就要变成三人了。

潘达洛斯　算了,算了,不谈这些;我来唱一支歌给您听吧。

海　伦　好,好,请你快唱吧。好大人,你的额角长得很好看哩。

潘达洛斯　啊,谬奖谬奖。

海　伦　你要给我唱一支爱情的歌;这个爱情要把我们一起葬
　　　　送了。啊,丘匹德,丘匹德,丘匹德!

潘达洛斯　爱情!啊,很好,很好。

帕里斯　对了,爱情,爱情,只有爱情是一切!

潘达洛斯　这支歌正是这样开始的:(唱)

　　　　　爱情,爱情,只有爱情是一切!

　　　　　爱情的宝弓,射雌也射雄;

>　　爱情的箭锋,射中了心胸,
>
>　　不会伤人,只叫人心头火热,
>
>　　那受伤的恋人痛哭哀号,
>
>　　啊！啊！啊！这一回性命难逃！
>
>　　等会儿他就要放声大笑,
>
>　　哈！哈！哈！爱情的味道真好！
>
>　　暂时的痛苦呻吟,啊！啊！啊！
>
>　　变成了一片笑声,哈！哈！哈！
>
>　　咳呵！

海　伦　哎哟,他的鼻尖儿都在恋爱哩。

帕里斯　爱人,他除了鸽子以外什么东西都不吃;一个人多吃了鸽子,他的血液里会添加热力,血液里添加热力便会激动情欲,情欲激动了便会胡思乱想,胡思乱想的结果就是玩女人闹恋爱。

潘达洛斯　这就是恋爱的产生经过吗?而这些经过不就是《圣经》里所说的毒蛇吗?好殿下,今天是什么人上阵?

帕里斯　赫克托、得伊福玻斯、赫勒诺斯、安忒诺以及所有特洛亚的英雄们都去了;我本来也想去的,可是我的耐儿不放我走。我的兄弟特洛伊罗斯为什么不去?

海　伦　他噘起了嘴唇,好像有些什么心事似的。潘达洛斯大人,您一定什么都知道。

潘达洛斯　哪儿的话,甜甜蜜蜜的娘娘。我很想听听他们今天打得怎样。您会记得替令弟设辞推托吗?

帕里斯　我记得就是了。

潘达洛斯　再会,好娘娘。

海　伦　替我问候您的甥女。

235

潘达洛斯　是,好娘娘。(下;归营号声。)

帕里斯　他们从战场上回来了,我们到普里阿摩斯的大厅上去迎接这一群战士吧。亲爱的海伦,我必须请求你帮助我们的赫克托卸下他的甲胄;他的坚强的带扣,利剑的锋刃和希腊人的武力都不能把它打开,却不能抵抗你的纤指的魔力;你的力量胜过希腊诸岛所有的国王。替伟大的赫克托卸除他的甲胄吧。

海伦　帕里斯,我能够做他的仆人是莫大的荣幸;为他服役的光荣,比我们天生的美貌更值得夸耀。

帕里斯　亲爱的,我爱你爱到了不可思议的地步。(同下。)

第二场　同前。潘达洛斯的花园

　　　　潘达洛斯及特洛伊罗斯的侍童自相对方向上。

潘达洛斯　啊!你的主人呢?在我的甥女克瑞西达家里吗?

侍童　不,老爷;他等着您带他去呢。

　　　　特洛伊罗斯上。

潘达洛斯　啊!他来了。怎么!怎么!

特洛伊罗斯　孩子,走开。(侍童下。)

潘达洛斯　您见过我的甥女吗?

特洛伊罗斯　不,潘达洛斯;我在她的门口踯躅,像一个站在冥河边岸的游魂,等待着渡船的接引。啊!请你做我的船夫卡戎①,赶快把我载到得救者的乐土中去,让我徜徉在百合花的中央!好潘达洛斯啊!请你从丘匹德的肩背上拔下他

---

① 卡戎(Charon),希腊神话中渡亡魂过冥河到冥府去的船夫。

的彩翼来,陪着我飞到克瑞西达身边去吧!

潘达洛斯　您在这园子里随便玩玩。我立刻就去带她来。
（下。）

特洛伊罗斯　我觉得眼前迷迷糊糊的,期望使我的头脑打着回旋。想象中的美味是这样甘芳,它迷醉了我的神经。要是我的生津的齿颊果然尝到了经过三次提炼的爱情的旨酒,那该怎样呢?我怕我会死去,昏昏沉沉地倒下去不再醒来;我怕那种太微妙渊深的快乐,调和在太芳冽的甘美里,不是我的粗俗的感官所能禁受;我怕,我更怕在无边的幸福之中,我会失去一切的知觉,正像大军冲锋、敌人披靡的时候,每个人忘记了自己一样。

　　　　潘达洛斯重上。

潘达洛斯　她正在打扮;她就要来了;您说话可要机灵点儿。她怕难为情怕得了不得,慌张得气都喘不过来,好像给一个鬼附上了身似的。我就去带她来。她真是个顶可爱的坏东西;就像一头刚给人捉住的麻雀似的慌张得喘不过气来。
（下。）

特洛伊罗斯　我自己的心里也感到了这样一种情绪;我的心跳得比一个害热病的人的脉搏还快;我的一切感官都失去了作用,正像臣仆在无意中瞥见了君王威严的眼光一样。

　　　　潘达洛斯偕克瑞西达重上。

潘达洛斯　来,来,有什么害羞呢?小孩子才怕难为情。他就在这儿呢。把您向我发过的誓当着她的面再发一遍吧。怎么!你又要回去了吗?你在没有给人家驯服以前,一定要有人看守着吗?来吧,来吧,要是你再退回去,我们可要把你像一匹马似的套在辕木里了。您为什么不对她说话呢?

来,打开这一块面纱,好给我们看看你的美容。呵,你何必这样不肯得罪一下日光呀!天黑了,你更要马上遮掩起来呢。好了,好了,赶快趁此将上一军吧。这才对了!一吻就定了终身!经营起来;多么甜美呵。让你们两颗心去扭成一团吧,莫等我把你们扯开了就迟了。真是英雄美人,好一双天配良缘:真不错,真不错。

特洛伊罗斯　姑娘,您使我一句话也说不出来了。

潘达洛斯　相思债是不能用说话去还清的,你还是给她一些行动吧,不要又是一动也不动的。怎么!又在亲嘴了吗?好,"良缘永缔,互结同心,"——进来吧,进来吧;我先去拿个火来。(下。)

克瑞西达　请进去吧,殿下。

特洛伊罗斯　啊,克瑞西达!我好容易盼望到这一天!

克瑞西达　盼望,殿下!但愿——啊,殿下!

特洛伊罗斯　但愿什么?为什么,您又不说下去了?我的亲爱的姑娘在我们爱的灵泉里发现什么渣滓了?

克瑞西达　要是我的恐惧是生眼睛的,那么我看见的渣滓比泉水还多。

特洛伊罗斯　恐惧可以使天使变成魔鬼,它所看到的永远不是真实。

克瑞西达　盲目的恐惧有明眼的理智领导,比之凭着盲目的理智毫无恐惧地横冲直撞,更容易找到一个安全的立足点;倘能时时忧虑着最大的不幸,那么在较小的不幸来临的时候往往可以安之若素。

特洛伊罗斯　啊!让我的爱人不要怀着丝毫恐惧;在爱神导演的戏剧里是没有恶魔的。

克瑞西达　也没有可怕的巨人吗？

特洛伊罗斯　没有，只有我们自己才是可怕的巨人，因为我们会发誓泪流成海，入火吞山，驯伏猛虎，凡是我们的爱人所想得到的事，我们都可以做到。姑娘，这就是恋爱的可怕的地方，意志是无限的，实行起来就有许多不可能；欲望是无穷的，行为却必须受制于种种束缚。

克瑞西达　人家说恋人们发誓要做的事情，总是超过他们的能力，可是他们却保留着一种永不实行的能力；他们发誓做十件以上的事，实际做到的还不满一件事的十分之一。这种声音像狮子、行动像兔子一样的家伙，可不是怪物吗？

特洛伊罗斯　果然有这样的怪物吗？我可不是这样。请您考验了我以后，再来估计我的价值吧；当我没有用行为证明我的爱情以前，我是不愿戴上胜利的荣冠的。一个人要继承产业，在没有到手之前不必得意：出世以前，谁也无从断定一个人的功绩，并且，一旦出世，他的名位也不会太高。为了真心的爱，让我简单讲一两句话。特洛伊罗斯将会向克瑞西达证明，一切出于恶意猜嫉的诽谤，都不足以诬蔑他的忠心；真理所能宣说的最真实的言语，也不会比特洛伊罗斯的爱情更真实。

克瑞西达　请进去吧，殿下。

　　　　潘达洛斯重上。

潘达洛斯　怎么！还有点不好意思吗？你们的话还没有说完吗？

克瑞西达　好，舅舅，要是我干下了什么错事，那都是您不好。

潘达洛斯　那么要是你给殿下生下了一位小殿下，你就把他抱来给我好了。你对殿下要忠心；他要是变了心，你尽管骂我。

特洛伊罗斯　令舅的话,和我的不变的忠诚,都可以给您做保证。

潘达洛斯　我也可以替她向您保证:我们家里的人都是不轻易许诺的,可是一旦许身于人,便永远不会变心,就像芒刺一样,碰上了身,再也掉不下来。

克瑞西达　我现在已经有了勇气:特洛伊罗斯王子,我朝思暮想,已经苦苦地爱着您几个月了。

特洛伊罗斯　那么我的克瑞西达为什么这样不容易征服呢?

克瑞西达　似乎不容易征服,可是,殿下,当您第一眼看着我的时候,我早就给您征服了——恕我不再说下去,要是我招认得太多,您会看轻我的。我现在爱着您;可是直到现在为止,我还能够控制我自己的感情;不,说老实话,我说了谎了;我的思想就像一群顽劣的孩子,倔强得不受他们母亲的管束。瞧,我们真是些傻瓜!为什么我要唠唠叨叨说这些话呢?要是我们不能替自己保守秘密,谁还会对我们忠实呢?可是我虽然这样爱您,却没有向您求爱;然而说老实话,我却希望我自己是个男子,或者我们女子也像男子一样有先启口的权利。亲爱的,快叫我止住我的舌头吧;因为我这样得意忘形,一定会说出使我后悔的话来。瞧,瞧!您这么狡猾地一声不响,已经使我从我的脆弱当中流露出我的内心来了。封住我的嘴吧。

特洛伊罗斯　好,虽然甜蜜的音乐从您嘴里发出,我愿意用一吻封住它。

潘达洛斯　妙得很,妙得很。

克瑞西达　殿下,请您原谅我;我并不是有意要求您吻我;真是怪羞人的！天哪！我做了什么事啦？现在我真的要告辞了，殿下。

特洛伊罗斯　告辞了，亲爱的克瑞西达？

潘达洛斯　告辞！你就是告辞到明天早晨，还会跟他在一起的。

克瑞西达　请您不要多说。

特洛伊罗斯　姑娘，什么事情使您生气了？

克瑞西达　我讨厌我自己。

特洛伊罗斯　您可不能逃避您自己。

克瑞西达　让我试一试。我有另外一个自己跟您在一起，可是它是无情的，宁愿离开它自己，去受别人的愚弄。我真的要走了；我的智慧掉在什么地方了？我自己也不知道自己在说些什么话。

特洛伊罗斯　说着这样聪明话的人，是不会不知道自己所说的话的。

克瑞西达　殿下，也许您会以为我所吐露的不是真情，我不过在耍着手段，故意用这种不害羞的招认，来试探您的意思，可是您是个聪明人，否则您也许不在恋爱，因为智慧和爱情只有在天神的心里才会同时存在，人们是不能兼而有之的。

特洛伊罗斯　啊！要是我能够相信一个女人会永远点亮她的爱情的不灭的明灯，保持她的不变的忠心和不老的青春，她那永远美好的灵魂不会随着美丽的外表同归衰谢；只要我能够相信我对您的一片至诚和忠心，会换到您的同样纯洁的爱情，那时我将要怎样地欢欣鼓舞呢！可是唉！我的忠心是这样单纯，比赤子之心还要简单而纯朴。

克瑞西达　在那一点上我要跟您互相竞争。

特洛伊罗斯　啊，当两种真理为了互争高下而相战的时候，那是一场多么道义的战争！从今以后，世上真心的情郎们都要以特洛伊罗斯为榜样；当他们充满了声诉、盟誓和夸大的比拟的诗句中缺少新的譬喻的时候，当他们厌倦于那些陈陈相因的套语，例如：像钢铁一样坚贞，像草木对于月亮、太阳对于白昼、斑鸠对于她的配偶一样忠心——当他们用尽了这一切关于忠诚的譬喻，而希望援引一个更有力的例证的时候，他们便可以加上一句说，"像特洛伊罗斯一样忠心。"

克瑞西达　愿您的话成为预言！要是我变了心，或者有一丝不忠不贞的地方，那么当时间变成古老而忘记了它自己的时候，当特洛亚的岩石被水珠滴烂、无数的城市被盲目的遗忘所吞噬、无数强大的国家了无痕迹地化为一堆泥土的时候，让我的不贞继续存留在人们的记忆里，永远受人唾骂！当他们说过了"像空气、像水、像风、像沙土一样轻浮；像狐狸对于羔羊、豺狼对于小牛、豹子对于母鹿、继母对于前妻的儿子一样虚伪"以后，让他们举出一个最轻浮最虚伪的榜样来，说，"像克瑞西达一样负心。"

潘达洛斯　好，交易已经作成，两方面盖个印吧；来，来，我替你们做证人。这儿我握着您的手，这儿我握着我甥女的手。我这样辛辛苦苦把你们两人拉在一起，要是你们中间无论哪一个变了心，那么从此以后，让世上所有可怜的媒人们都叫着我的名字，直到永远！让一切忠心的男人都叫作特洛伊罗斯，一切负心的女子都叫作克瑞西达，一切做媒的人都叫做潘达洛斯！大家说阿门。

特洛伊罗斯　阿门。

克瑞西达　阿门。

潘达洛斯　阿门。现在我要带你们到一间房间里去，那里面还有一张眠床;那张床是不会泄露你们的秘密的,你们尽管去成其美事吧。去!(同下。)

第三场　希腊营地

　　阿伽门农、俄底修斯、狄俄墨得斯、涅斯托、埃阿斯、墨涅拉俄斯及卡尔卡斯上。

卡尔卡斯　各位王子,为了我替你们所做的事情,现在我可以向你们要求报偿了。请你们想一想,我因为审察未来的大势,决心舍弃特洛亚,丢下了我的家产,顶上一个叛逆的名字;牺牲了现成的安稳的地位,来追求不可知的命运;抛开了我所习惯的一切,到这举目生疏的地方来替你们尽力:你们曾经允许给我许多好处,现在我只要求你们让我略沾小惠,想来你们总不会拒绝我吧。

阿伽门农　特洛亚人,你要向我们要求什么?说吧。

卡尔卡斯　你们昨天捉来了一个特洛亚的俘虏,名叫安忒诺;特洛亚对他是很重视的。你们常常要求他们拿我的女儿克瑞西达来交换被俘的特洛亚重要将士,可是特洛亚总是加以拒绝;据我所知,这个安忒诺在特洛亚军中是一个很重要的人物,一切事务倘没有他去处理,都要陷于停顿,他们甚至于愿意拿一个普里阿摩斯亲生的王子来和他交换;各位殿下,把他送回去,交换我的女儿来吧,只要让我瞧见她一面,就可以补偿我替你们所尽的一切劳力了。

阿伽门农　让狄俄墨得斯把他送去,带克瑞西达回来吧;卡尔卡斯的要求可以让他得到满足。狄俄墨得斯,你去准备好这一次交换所需要的一切,同时带个信去,问一声赫克托明天

243

是不是预备决战,埃阿斯已经预备好了。

狄俄墨得斯　我愿意担负这一个使命,并且认为这是莫大的光荣。(狄俄墨得斯、卡尔卡斯同下。)

　　　　阿喀琉斯及帕特洛克罗斯自帐内走出。

俄底修斯　阿喀琉斯正在他的帐前站着,请元帅在他面前走过去,理也不要理他,就好像忘记了他是个什么人似的;各位王子也都对他装出一副冷淡的态度。让我在最后走过,他一定会问我,为什么人家都向他投掷这样轻蔑的眼光;那时我就借你们的冷淡做题目,对他的骄傲发出一些意含针砭的讥讽,使他不能不饮下我给他的这一服清心药剂。这服药也许会发生效力。要一个骄傲的人看清他自己的嘴脸,只有用别人的骄傲给他做镜子;倘然向他卑躬屈节,只会助长他的气焰,徒然自取其辱。

阿伽门农　我就依照你的计策而行,当我走过他身旁的时候,故意装出一副冷淡的神气;每一位将军也都要这样,或者不理他,或者用轻蔑的态度向他打个招呼,那是会比完全不理他更使他难堪的。大家跟着我来。

阿喀琉斯　怎么!元帅又要来找我说话了吗?您知道我的意思,我是不愿再跟特洛亚人打仗的了。

阿伽门农　阿喀琉斯说些什么?他有什么事要跟我说?

涅斯托　将军,您有什么事要对元帅说吗?

阿喀琉斯　没有。

涅斯托　元帅,他说没有。

阿伽门农　那再好没有了。(阿伽门农,涅斯托同下。)

阿喀琉斯　早安,早安。

墨涅拉俄斯　您好?您好?(下。)

阿喀琉斯　怎么！那王八也瞧不起我吗？

埃阿斯　啊,帕特洛克罗斯！

阿喀琉斯　早安,埃阿斯。

埃阿斯　嘿？

阿喀琉斯　早安。

埃阿斯　是,是,早安,早安。(下。)

阿喀琉斯　这些家伙都是什么意思？他们不认识阿喀琉斯了吗？

帕特洛克罗斯　他们大模大样地走了过去。从前他们一看见阿喀琉斯,总是鞠躬如也,笑脸相迎,那一副恭而敬之的神气,就像礼拜神明一样。

阿喀琉斯　怎么！难道我的威风已经衰落了吗？大丈夫在失欢于命运以后,不用说会被众人所厌弃,他可以从别人的眼睛里看到他自己的没落；因为人们都是像蝴蝶一样,只会向炙手可热的夏天蹁跹起舞；在他们的俗眼之中,只有富贵尊荣,这一些不一定用才能去博得的身外浮华,才是值得敬重的；当这些不足恃的浮华化为乌有的时候,人们的敬意也就会烟消云散。可是我还没有到这样的地步,命运依然是我的朋友,我依然充分享受着我所有的一切,只有这些人却对我改变了态度,我想他们一定对我有什么不满意的地方。俄底修斯也来了,他在读些什么；待我前去打断他的诵读。啊,俄底修斯！

俄底修斯　啊,阿喀琉斯！

阿喀琉斯　你在读些什么？

俄底修斯　有一个不认识的人写给我这样几句话："无论一个人的天赋如何优异,外表或内心如何美好,也必须在他的德性的光辉照耀到他人身上发生了热力、再由感受他的热力的人把那热力反射到自己身上的时候,才能体会到他本身的价值的存在。"

阿喀琉斯　这没有什么奇怪,俄底修斯!一个人看不见自己的美貌,他的美貌只能反映在别人的眼里;眼睛,那最灵敏的感官,也看不见它自己,只有当自己的眼睛和别人的眼睛相遇的时候,才可以交换彼此的形象,因为视力不能反及自身,除非把自己的影子映在可以被自己看见的地方。这事一点也不足为怪。

俄底修斯　我并不重视这一种很普通的道理,可是我不懂写这几句话的人的用意;他用迂回婉转的说法,证明一个人无论禀有着什么奇才异能,倘然不把那种才能传达到别人的身上,他就等于一无所有;也只有在把才能发展出去以后所博得的赞美声中,才可以认识他本身的价值,正像一座穹窿把声音弹射回来,又像一扇迎着阳光的铁门,反映出太阳所投射的形状,同时吐发出它所吸收的热力一样。他这番话很引起了我的思索,使我立刻想起了默默无闻的埃阿斯。天哪,这是一个多好的汉子!真是一匹轶群的骏马,他的奇才还没有为他自己所发现。天下真有这样被人贱视的珍宝!也有毫无价值的东西,反会受尽世人的赞赏!明天我们可以看见埃阿斯在无意中得到一个大显身手的机会,从此以后,他的威名将要遍传人口了。天啊!有些人会乘着别人懈怠的时候,干出怎样一番事业!有的人悄悄地钻进了反复无常的命运女神的厅堂,有的人却在她的眼中扮演着痴人!有的人利用着别人的骄傲而飞黄腾达,有的人却因为骄傲而使他的地位一落千丈!瞧这些希腊的将军们!他们已经在那儿拍着粗笨的埃阿斯的肩膀,好像他的脚已经踏在勇敢的赫克托的胸口,强大的特洛亚已经濒于末日了。

阿喀琉斯　我相信你的话,因为他们走过我的身旁,就像守财奴看见叫化子一样,没有一句好话,也没有一张好脸。怎么!难道我的功劳都已经被人忘记了吗?

俄底修斯　将军,时间老人的背上负着一个庞大的布袋,那里面装满着被寡恩负义的世人所遗忘的丰功伟绩;那些已成过去的美绩,一转眼间就会在人们的记忆里消失。只有继续不断的前进,才可以使荣名永垂不替;如果一旦罢手,就会像一套久遭搁置的生锈的铠甲,谁也不记得它的往日的勋劳,徒然让它的不合时宜的式样,留作世人揶揄的资料。不要放弃眼前的捷径,光荣的路是狭窄的,一个人只能前进,不能后退;所以你应该继续在这一条狭路上迈步前进,因为无数竞争的人都在你的背后,一个紧追着一个;要是你略事退让,或者闪在路旁,他们就会像汹涌的怒潮一样直冲过来,把你遗弃在最后;又像一匹落伍的骏马,倒在地上,下驷的驽骀都可以追在它的前面,从它的身上践踏过去。那时候人家现在所做的事,虽然比不上你从前所做的事,但是你的声名却要被他们所掩盖,因为时间正像一个趋炎附势的主人,对于一个临去的客人不过和他略微握一握手,对于一个新来的客人,却伸开了两臂,飞也似的过去抱住他;欢迎是永远含笑的,告别总是带着叹息。啊!不要让德行追索它旧日的酬报,因为美貌、智慧、门第、膂力、功业、爱情、友谊、慈善,这些都要受到无情的时间的侵蚀。世人有一个共同的天性,他们一致赞美新制的玩物,虽然它们原是从旧有的材料改造而成的;他们宁愿拂拭发着亮光的金器,却不去过问那被灰尘掩蔽了光彩的金器。人们的眼睛只能看见现在,他们所赞赏的也只有眼前的人物;所以不用奇怪,你伟大的完人,一切希腊人都在开始崇拜埃阿斯,因为活动的东西是比停滞不动的东西更容易引人注目的。众人的属望曾经集于你的身上,要是你不把你自己活活埋葬,把你的威名收藏在你的营帐里,那么你也未始不可恢复旧日的光荣;不久以前,你那在战场上的赫赫声威,是曾经使天神为之侧目的。

阿喀琉斯　我这样深居简出,却有极充分的理由。

俄底修斯　可是有更充分、更有力的理由反对你的深居简出。阿喀琉斯,人家都知道你恋爱着普里阿摩斯的一个女儿。

阿喀琉斯　嘿!人家都知道!

俄底修斯　你以为那很奇怪吗?什么事情都逃不过旁观者的冷眼;渊深莫测的海底也可以量度得到,潜藏在心头的思想也会被人猜中。国家事务中往往有一些秘密,是任何史乘所无法发现的。你和特洛亚人之间的关系,我们是完全明白的;可是阿喀琉斯倘然是个真正的英雄,他就应该去把赫克托打败,不应该把波吕克塞娜①丢弃不顾。要是现在小小的皮洛斯在家里听见了光荣的号角在我们诸岛上吹响,所有的希腊少女们都在跳跃欢唱,"伟大的赫克托的妹妹征服了阿喀琉斯,可是我们的伟大的埃阿斯勇敢地把他打倒,"那时候他的心里该是多么难受。再见,将军,我对你这样说完全是出于好意;留心你脚底下的冰块,不要让一个傻子从这上面滑了过去,你自己却把它踹碎了。(下。)

---

① 波吕克塞娜(Polyxena),普里阿摩斯的女儿,为阿喀琉斯所恋。

帕特洛克罗斯　阿喀琉斯,我也曾经这样劝告过您。一个男人在需要行动的时候优柔寡断,没有一点丈夫的气概,比一个卤莽粗野、有男子气概的女子更为可憎。人家常常责怪我,以为我对于战争的厌恶以及您对于我的亲密的友谊,是使您懈怠到现在这种样子的根本原因。好人,振作起来吧;只要您振臂一呼,那柔弱轻佻的丘匹德就会从您的颈上放松他的淫荡的拥抱,像雄狮鬣上的一滴露珠似的,摇散在空气之中。

阿喀琉斯　埃阿斯要去和赫克托交战吗?

帕特洛克罗斯　是的,也许他会在他身上得到极大的荣誉。

阿喀琉斯　我的声誉已经遭到极大的危险,我的威名已经受到严重的损害。

帕特洛克罗斯　啊!那么您要留心,自己加于自己的伤害是最不容易治疗的;忽略了应该做的事,往往会引起危险的后果,这种危险就像寒热病一样,会在我们向阳闲坐的时候侵袭到我们的身上。

阿喀琉斯　好帕特洛克罗斯,去把忒耳西忒斯叫来;我要差这傻瓜去见埃阿斯,请他在决战完毕以后,邀请特洛亚的骑士们到我们这儿来,大家便服相见。我简直像一个女人似的害着相思,渴想着会一会卸除武装的赫克托,跟他握手谈心,把他的面貌瞧一个清楚。——他来得正好!

　　　　忒耳西忒斯上。

忒耳西忒斯　怪事,怪事!

阿喀琉斯　什么怪事?

忒耳西忒斯　埃阿斯在战场上走来走去,像失了魂似的。

阿喀琉斯　是怎么一回事?

忒耳西忒斯　他明天必须单人匹马去和赫克托交战;他因为预想到这一场英勇的厮杀,骄傲得了不得,所以满口乱嚷乱叫,却没有说出一句话来。

阿喀琉斯　怎么会有这样的事?

忒耳西忒斯　他跨着大步,像一只孔雀似的走来走去,踱了一步又立定了一会儿;他那满腹心事的样子,就像一个在脑子里打算盘的女店主在那儿计算她的账目;他咬着嘴唇,装出一副深谋远虑的神气,好像说,"我这儿有一脑袋的神机妙算,你们等着瞧吧;"他说得不错,可是他那脑袋里的智慧,就像打火石里的火花一样,不去打它是不肯出来的。这家伙一辈子算是完了;因为赫克托倘不在交战的时候扭断他的头颈,凭着他那股摇头摆脑的得意劲儿,也会把自己的头颈摇断的。他已经不认识我;我说,"早安,埃阿斯;"他却回答我,"谢谢,阿伽门农。"你们看他还算个什么人,会把我当作元帅!他简直变成了一条失水的鱼儿,一个不会说话的怪物啦。自以为了不起!就像一件皮背心一样,两面都好穿。

阿喀琉斯　忒耳西忒斯,你必须做我的使者,替我带一个信给他。

忒耳西忒斯　谁,我吗?嘿,他见了谁都不睬;他不愿意回答人家;只有叫化子才老是开口;他的舌头是长在臂膀上的。我可以扮做他的样子,让帕特洛克罗斯向我提出问题,你们就可以瞧瞧埃阿斯是怎么样的。

阿喀琉斯　帕特洛克罗斯,对他说:我恭恭敬敬地请求英武的埃阿斯邀请骁勇无比的赫克托便服到敝寨一叙;关于他的身体上的安全,我可以要求慷慨宽宏、声名卓著、高贵尊荣的

希腊军大元帅阿伽门农特予保证,等等,等等。你这样
说吧。

帕特洛克罗斯　乔武大神祝福伟大的埃阿斯!

忒耳西忒斯　哼!

帕特洛克罗斯　我奉尊贵的阿喀琉斯的命令前来——

忒耳西忒斯　嘿!

帕特洛克罗斯　他,恭恭敬敬地请求您邀请赫克托到他的寨内
一叙——

忒耳西忒斯　哼!

帕特洛克罗斯　他可以从阿伽门农取得安全通行的保证。

忒耳西忒斯　阿伽门农!

帕特洛克罗斯　是,将军。

忒耳西忒斯　嘿!

帕特洛克罗斯　您的意思怎样?

忒耳西忒斯　愿上帝和你同在。

帕特洛克罗斯　您的答复呢,将军?

忒耳西忒斯　明天要是天晴,那么在十一点钟的时候,一定可以
见个分晓;可是他即使得胜,我也要叫他付下重大的代价。

帕特洛克罗斯　您的答复呢,将军?

忒耳西忒斯　再见,再见。

阿喀琉斯　啊,难道他就是这么一副腔调吗?

忒耳西忒斯　不,他简直是脱腔走调;我不知道赫克托捶破了他
的脑壳以后,他还会唱些什么调调儿出来;不过我想他是不
会有什么调调儿唱出来的,除非阿波罗抽了他的筋去做琴
弦。

阿喀琉斯　来,你必须立刻替我去送一封信给他。

251

忒耳西忒斯　让我再带一封去给他的马吧；比较起来，还是他的马有些知觉哩。

阿喀琉斯　我心里很乱，就像一池搅乱了的泉水，我自己也看不见它的底。(阿喀琉斯、帕特洛克罗斯同下。)

忒耳西忒斯　但愿你那心里的泉水再清澈起来，好让我把我的驴子牵下去喝几口水！我宁愿做一只羊身上的虱子，也不愿做这么一个没有头脑的勇士。(下。)

第 四 幕

第一场 特洛亚。街道

　　　　埃涅阿斯及仆人持火炬自一方上；帕里斯、得伊福玻斯、安忒诺、狄俄墨得斯及余人等各持火炬自另一方上。

帕里斯　瞧！喂！那儿是谁？

得伊福玻斯　那是埃涅阿斯将军。

埃涅阿斯　那一位是帕里斯王子吗？要是我也安享着像您这样的艳福，除非有天大的事情，什么也不能叫我离开我床头的伴侣的。

狄俄墨得斯　我也这样想呢。早安，埃涅阿斯将军。

帕里斯　埃涅阿斯，这是一位勇敢的希腊人，你跟他拉拉手吧。你不是说过，狄俄墨得斯曾经有整整一个星期在战场上把你纠缠住不放吗？现在你可以仔细瞧瞧他的面貌了。

埃涅阿斯　在我们继续休战的期间，勇敢的将军，我愿意祝您健康；可是当我们戎装相见的时候，我对您只有不共戴天的敌忾。

狄俄墨得斯　狄俄墨得斯对于您的友情和敌意，都同样欣然接受。当我们现在心平气和的时候，请您许我向您还祝健康；可是我们要是在战场上角逐起来，那么乔武在上，我要用我全身的力量和计谋,来夺取你的生命。
埃涅阿斯　你将要猎逐一头狮子,当它逃走的时候,是用它的脸奔向敌人的。现在我却用善意的温情,欢迎你到特洛亚来!凭着维纳斯的玉手起誓,世上没有人会像我一样爱着他所准备杀死的东西。
狄俄墨得斯　我们的想法完全一样。乔武,要是埃涅阿斯的末日不就是我的宝剑的光荣,那么愿他活到千秋万岁吧!可是当我们为了光荣而互相争斗的时候,那么愿他明天就死去,而且每一处骨节上都留着一个伤痕!
埃涅阿斯　我们真是知己相逢。
狄俄墨得斯　正是;我们更希望下一次相逢的时候,彼此互成仇敌。
帕里斯　像这样满含着敌意的热烈欢迎,像这样无上高贵的充满仇恨的友情,真是我平生所未闻。将军,你有什么事起得这样早?
埃涅阿斯　王上叫我去,可是我不知道为了什么事。
帕里斯　这儿就是他所要叫你干的事:你带着这位希腊人到卡尔卡斯的家里,在那里把美丽的克瑞西达交给他,以交换他们放回来的安忒诺。你可以陪着我们一块儿去;否则你先走一步也可以。我总是觉得——也可以说的确相信——我的兄弟特洛伊罗斯昨天晚上在那里过夜;你就把他叫醒起来,通知他我们就要来了,同时把一切情形告诉他。我怕我们此去是一定非常不受欢迎的。
埃涅阿斯　那还用说吗?特洛伊罗斯宁愿让希腊人拿了特洛亚去,也不愿让克瑞西达被人从特洛亚带走。
帕里斯　那也没有办法;时势所迫,不得不然。请吧,将军;我们

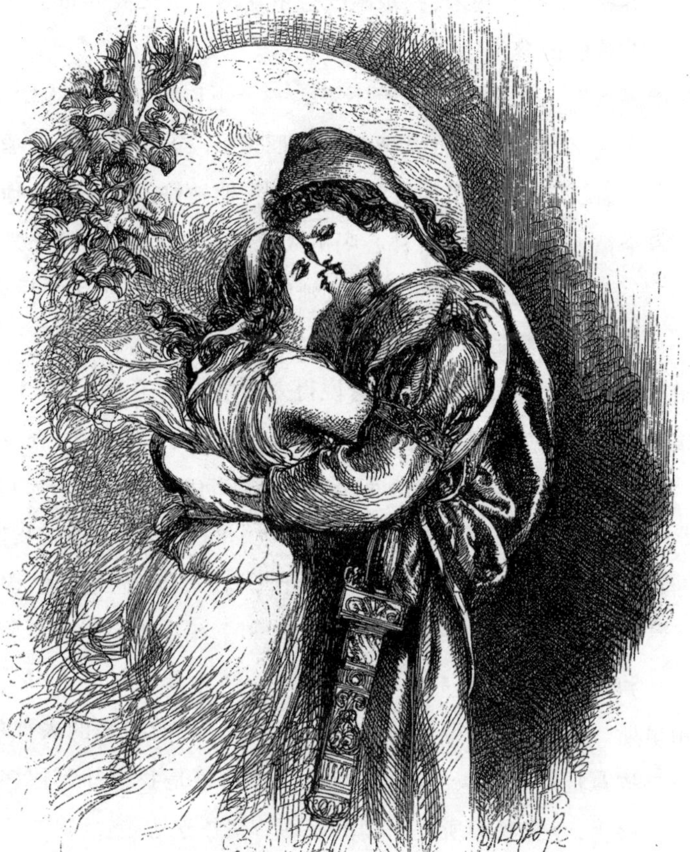

随后就来。

埃涅阿斯　那么各位早安！（下。）

帕里斯　告诉我，尊贵的狄俄墨得斯，像一个好朋友似的老实告诉我，照您看起来，我跟墨涅拉俄斯两个人究竟是谁更配得上美丽的海伦？

狄俄墨得斯　你们两人都差不多。一个不以她的失节为嫌，费了这么大的力气想要把她追寻回来；一个也不以舔人唾余为耻，不惜牺牲了如许的资财将士，把她保留下来。他像一个懦弱的王八似的，甘心喝下人家残余的无味的糟粕；您像一个好色之徒似的，愿意让她淫荡的身体生育您的后嗣。照这样比较起来，你们正是一个半斤，一个八两。

帕里斯　您把您的同国的姊妹说得太不堪了。

狄俄墨得斯　她太对不起她的祖国了。听我说，帕里斯，在她的淫邪的血管里，每一滴负心的血液，都有一个希腊人为它而丧失了生命；在她的腐烂的尸体上，每一分、每一厘的皮肉，都有一个特洛亚人为它而暴骨沙场。自从她牙牙学语以来，她所说过的好话的数目，还抵不上死在她手里的希腊人和特洛亚人的总数。

帕里斯　好，狄俄墨得斯，您说的话就像一个做买卖的人似的，故意把您所要买的东西说得这样坏；可是我们却不愿多费唇舌，夸赞我们所要出卖的东西。请往这边走。（同下。）

第二场　同前。潘达洛斯家的庭前

　　　　特洛伊罗斯及克瑞西达上。

特洛伊罗斯　亲爱的，进去吧；早晨很冷呢。

克瑞西达　那么,我的好殿下,让我去叫舅舅下来,替您开门。

特洛伊罗斯　不要麻烦他;去睡吧,去睡吧;你那双可爱的眼睛已经倦得睁不开来,你的全身有一种软绵绵的感觉,好像一个没有思虑的婴孩似的。

克瑞西达　那么再会吧。

特洛伊罗斯　请你快去睡一会儿。

克瑞西达　您已经讨厌我了吗?

特洛伊罗斯　啊,克瑞西达!倘不是忙碌的白昼被云雀叫醒,惊起了无赖的乌鸦;倘不是酣梦的黑夜不再遮掩我们的欢乐,我是怎么也不愿离开你的。

克瑞西达　夜是太短了。

特洛伊罗斯　可恨的妖巫!对于心绪烦乱的人们,她会像地狱中的长夜一样逗留不去;对于欢会的恋人们,她就驾着比思想还快的翅膀迅速飞走。你再不进去,会受寒的,那时你又要骂我了。

克瑞西达　请您再稍留片刻吧;你们男人总是不肯多留一会儿的。唉,好傻的克瑞西达!我应该继续推拒您的要求,那么您就不肯走开了。听!有人起来啦。

潘达洛斯　(在内)怎么!这儿的门都开着吗?

特洛伊罗斯　这是你的舅舅。

克瑞西达　真讨厌!现在他又要来把我取笑了;叫人怪不好意思的!

　　　　潘达洛斯上。

潘达洛斯　啊,啊!其味如何?喂,你这位大娘子!我的甥女克瑞西达呢?

克瑞西达　该死的坏舅舅,老是把人取笑!你自己害得我——

现在却来讥笑我。

潘达洛斯　害得你怎样？害得你怎样？让她自己说，我害得你怎样？

克瑞西达　算了，算了，你这坏人！你自己永远做不出好事来，也不让人家做一个安安分分的人。

潘达洛斯　哈，哈！唉，可怜的东西！真是个傻丫头！昨天晚上没有睡觉吗？他这个坏家伙不让你睡吗？让妖精抓了他去！

克瑞西达　我不是对您说过吗？我恨不得打他一顿才痛快！（内叩门声）谁在打门？好舅舅，去瞧瞧。殿下，您再到我房里坐一会儿；您在笑我，好像我的话里头存着邪心似的。

特洛伊罗斯　哈哈！

克瑞西达　不，您弄错了，我没有转这种念头。（内叩门）他们把门擂得多急！请您快进去吧，我怎么也不愿让人家瞧见您在这儿。（特洛伊罗斯、克瑞西达同下。）

潘达洛斯　（往门口）是谁？什么事？你们要把门都打破了吗？怎么！什么事？

　　　　埃涅阿斯上。

埃涅阿斯　早安，大人，早安。

潘达洛斯　是谁？埃涅阿斯将军！哎哟，我人都不认识啦。您这么早来有什么见教？

埃涅阿斯　特洛伊罗斯王子在这儿吗？

潘达洛斯　在这儿？他在这儿干吗？

埃涅阿斯　算了，大人，我知道他在这儿，您不用瞒我。我有一些对他很有关系的话要跟他说。

潘达洛斯　您说他在这儿吗?那么我可以发誓,我一点也不知道;我自己是很晚才回来的。他到这儿来干吗呢?

埃涅阿斯　算了,算了,您这样替他遮掩,也许是对朋友的一片好心,可是对他没有什么好处。不管您知道不知道,快去叫他出来;去。

　　　特洛伊罗斯重上。

特洛伊罗斯　怎么!什么事?

埃涅阿斯　殿下,恕我少礼,我的事情很紧急;令兄帕里斯、得伊福玻斯、希腊来的狄俄墨得斯和被释归来的安忒诺都要来了。因为希腊人把安忒诺还给我们,所以我们必须在这一小时内,把克瑞西达姑娘交给狄俄墨得斯带回希腊,作为交换。

特洛伊罗斯　已经这样决定了吗?

埃涅阿斯　这件事情已经由普里阿摩斯和全体廷臣通过,立刻就要实行。

特洛伊罗斯　好容易如愿以偿,又变了一场梦幻!我要见他们去;埃涅阿斯将军,请你装作我们是偶然相遇的,不要说在这儿找到了我。

埃涅阿斯　很好,很好,殿下;我决不泄露秘密。(特洛伊罗斯、埃涅阿斯同下。)

潘达洛斯　有这等事?刚才到手就丢了?魔鬼把安忒诺抓了去!这位小王子准要发疯了。该死的安忒诺!我希望他们扭断他的头颈!

　　　克瑞西达重上。

克瑞西达　怎么!什么事?刚才是谁?

潘达洛斯　唉!唉!

克瑞西达　您为什么这样长叹？他呢？去了！好舅舅,告诉我,是怎么一回事？

潘达洛斯　我还是死了干净！

克瑞西达　天哪！是什么事？

潘达洛斯　你进去吧。你为什么要生到这世上来？我知道你会把他害死的。唉,可怜的王子！该死的安忒诺。

克瑞西达　好舅舅,我求求您,我跪在地上求求您,告诉我究竟发生了什么事。

潘达洛斯　你得走了,丫头,你得走了;人家拿安忒诺来换你来了。你必须到你父亲那儿去,不能再跟特洛伊罗斯在一起。他一定要伤心死的;他再也受不了的。

克瑞西达　啊,你们天上的神明！我是不愿意去的。

潘达洛斯　你非去不可。

克瑞西达　我不愿意去,舅舅。我已经忘记了我的父亲;我不知道什么骨肉之情,只有亲爱的特洛伊罗斯才是我最亲近的亲人。神明啊！要是克瑞西达有一天会离开特洛伊罗斯,那么让她的名字永远被人唾骂吧！时间、武力、死亡,尽你们把我的身体怎样摧残吧;可是我的爱情的基础是这样坚固,就像吸引万物的地心,永远不会动摇的。我要进去哭了。

潘达洛斯　好,你去哭吧。

克瑞西达　我要扯下我的光亮的头发,抓破我的被人赞美的脸,哭哑我的娇好的喉咙,用特洛伊罗斯的名字捶碎我的心。我不愿离开特洛亚一步。(同下。)

第三场　同前。潘达洛斯家门前

　　　　帕里斯、特洛伊罗斯、埃涅阿斯、得伊福玻斯、安忒诺及狄俄墨得斯上。

帕里斯　天已经大亮,把她交给这位希腊勇士的预订时间很快就要到了。特洛伊罗斯,我的好兄弟,你去告诉这位姑娘她所应该做的事,催她赶快收拾一切,准备动身。

特洛伊罗斯　你们各位都跟我到她家里去;我立刻带她出来。当我把她交给这个希腊人的时候,请你把他的手当作一座祭坛,你的兄弟特洛伊罗斯是个祭司,把他自己的心挖出来作为献祭了。(下。)

帕里斯　我知道一个人在恋爱中的心理;可是我虽然老大不忍,却没有法子帮助他! 各位将军,请进去吧。(同下。)

第四场　同前。潘达洛斯家中一室

　　　　潘达洛斯及克瑞西达上。

潘达洛斯　别太伤心啦,别太伤心啦。

克瑞西达　你为什么叫我别太伤心呢? 我所感到的悲哀是这样地深刻、广泛、透彻而强烈,我怎么能够把它压抑下去呢? 要是我可以节制我的感情,或是把它的味道冲得淡薄一点,那么也许我也可以节制我的悲哀;可是我的爱是不容许掺入任何水分的,我失去了这样一个爱人的悲哀,也是没有法子可以排遣的。

　　　　特洛伊罗斯上。

261

潘达洛斯　他、他、他来了。啊！好一对鸳鸯！

克瑞西达　（抱特洛伊罗斯）啊,特洛伊罗斯！特洛伊罗斯！

潘达洛斯　瞧这一双痴男怨女！我也要想抱着什么人哭一场哩。那歌儿是怎么说的？

　　啊,心啊,悲哀的心,
　　你这样叹息为何不破碎？

下面的答句是——

　　因为言语或友情,
　　都不能给你的痛苦以安慰。

这几行诗句真是说得入情入理。可见什么东西都不应该随便丢弃,因为我们也许会有一天用得着这样几句诗的。喂,小羊们！

特洛伊罗斯　克瑞西达,我因为爱你爱得这样虔诚,远胜于从我的冷淡的嘴唇里所吐出来的对于神明的颂祷,所以激怒了天神,把你夺去了。

克瑞西达　天神也会嫉妒吗？

潘达洛斯　是,是,是,是,这是一桩非常明显的事实。

克瑞西达　我真的必须离开特洛亚吗？

特洛伊罗斯　这是一件无可避免的恨事。

克瑞西达　怎么！也必须离开特洛伊罗斯吗？

特洛伊罗斯　你必须离开特洛亚,也必须离开特洛伊罗斯。

克瑞西达　真会有这种事吗？

特洛伊罗斯　而且是这样匆促。运命的无情的毒手把我们硬生生拆分开来,不留给我们一些从容握别的时间；它粗暴地阻止了我们唇吻的交融,用蛮力打散了我们紧紧的偎抱,把我们无限郑重的深盟密誓扼死在我们的喉间。我们用千万声叹息买到了彼此的爱情,现在却必须用一声短促的叹息把我们自己廉价出卖。无情的时间像一个强盗似的,现在必须把他所偷到的珍贵宝物急急忙忙塞在他的包裹里:像天上的星那么多的离情别意,每一句道别都伴着一声叹息一个吻,都被他挤塞在一句简单的"再会"里;只剩给我们草草的一吻,被断续的泪珠和成了辛酸的滋味。

埃涅阿斯　(在内)殿下,那姑娘预备好了没有?

特洛伊罗斯　听!他们在叫你啦。有人说,一个人将死的时候,催命的鬼差也是这样向他"来吧!""来吧!"地招呼着的。叫他们耐心等一会儿;她就要来了。

潘达洛斯　我的眼泪呢?快下起雨来,把我的叹息打下去,因为它像一阵大风似的,要把我的心连根吹起来了呢!(下。)

克瑞西达　那么我必须到希腊人那儿去吗?

特洛伊罗斯　没有挽回的余地了。

克瑞西达　那么我要在快活的希腊人中间,做一个伤心的克瑞西达了!我们什么时候再相会呢?

特洛伊罗斯　听我说,我的爱人。只要你忠心不变——

克瑞西达　我忠心不变!怎么!你怀疑我吗?

特洛伊罗斯　不,你不要误会我的意思;我说"只要你忠心不变",不是对你有什么不放心的地方,我不过用这样一句话,引起我下面的意思。只要你忠心不变,我一定会来看你的。

克瑞西达　啊!殿下,那您就要遭到不测的危险啦;可是我的忠心是不会变的。

特洛伊罗斯　我要出入危险,习以为常。你佩戴着我这衣袖吧。

克瑞西达　这手套也请您永远戴在手上。我什么时候再看见您呢？

特洛伊罗斯　我会贿赂希腊的守兵，每天晚上来探望你。可是你不要变心。

克瑞西达　天啊！又是"不要变心"！

特洛伊罗斯　爱人，听我告诉你我说这句话的理由：希腊的青年们都是充满美好的品质的，他们都很可爱，很俊秀，有很好的天赋，又博学多能，我怕你也许会喜新忘旧；唉！一种真诚的嫉妒占据着我的心头，请你把它叫作纯洁的罪恶吧。

克瑞西达　天啊！您不爱我。

特洛伊罗斯　那么让我像一个恶徒一样不得好死！我不是怀疑你的忠心，只是不相信自己有什么长处：我不会唱歌，不会跳舞，不会讲那些花言巧语，也不会跟人家勾心斗角，这些都是希腊人最擅长的本领；可是我可以说在每一种这一类的优点中间，都潜伏着一个不动声色的狡猾的恶魔，引诱人堕入他的圈套。希望你不要被他诱惑。

克瑞西达　您想我会被他诱惑吗？

特洛伊罗斯　不。可是有些事情不是我们的意志所能作主的；有时候我们会变成引诱自己的恶魔，因为过于相信自己的脆弱易变的心性，而陷于身败名裂的地步。

埃涅阿斯　（在内）殿下！

特洛伊罗斯　来，吻我；我们就此分别了。

帕里斯　（在内）特洛伊罗斯兄弟！

特洛伊罗斯　哥哥，你带着埃涅阿斯和那希腊人进来吧。

克瑞西达　殿下，您不会变心吗？

特洛伊罗斯　谁，我吗？唉，忠心是我唯一的过失：当别人用手段去沽名钓誉的时候，我却用一片忠心博得一个痴愚的名声；人家用奸诈在他们的铜冠上镀了一层金，我只有纯朴的真诚，我的王冠是敝旧而没有虚饰的。你尽可相信我的一片真心：我的为人就是纯正朴实，如此而已。

    埃涅阿斯、帕里斯、安忒诺、得伊福玻斯及狄俄墨得斯上。

特洛伊罗斯 欢迎，狄俄墨得斯将军！这就是我们向你们交换安忒诺的那位姑娘，等我们到了城门口的时候，我就把她交给你，一路上我还要告诉你她是怎样的一个人。你要好好看顾她；凭着我的灵魂起誓，希腊人，要是有一天你的生命悬在我的剑下，只要一提起克瑞西达的名字，你就可以像普里阿摩斯坐在他的深宫里一样安全。

狄俄墨得斯 克瑞西达姑娘，您无须感谢这位王子的关切，您那明亮的眼睛，您那天仙化人的面庞，就是最有力的言辞，使我不能不给您尽心的爱护；您今后就是狄俄墨得斯的女主人，他愿意一切听从您的吩咐。

特洛伊罗斯 希腊人，你用这种恭维她的话语，来嘲笑我的诚意的请托，未免太没有礼貌了。我告诉你吧，希腊的将军，她的好处是远超过你的恭维以上的，你也不配做她的仆人。我吩咐你好好看顾她，因为这就是我的吩咐；要是你胆敢欺负她，那么即使阿喀琉斯那个大汉做你的保镖，我也要切断你的喉咙。

狄俄墨得斯 啊！特洛伊罗斯王子，您不用生气，让我凭着我的地位和使命所赋有的特权，说句坦白的话：当我离开这儿以后，我爱怎么做就怎么做，什么人也不能命令我；我将按照她本身的价值看重她，可是您要是叫我必须怎么怎么做，那么我就用我的勇气和荣誉，回答您一个"不"字。

特洛伊罗斯 来，到城门口去吧。我对你说，狄俄墨得斯，你今天对我这样出言不逊,以后你可不要碰在我的手里。姑娘,让我搀着您的手,我们就在路上谈谈我们两人所要说的话吧。(特洛伊罗斯、克瑞西达、狄俄墨得斯同下;喇叭声。)

帕里斯　听!赫克托的喇叭声。

埃涅阿斯　我们把这一个早晨浪费过去了!我曾经对他发誓,要比他先到战场上去,现在他一定要怪我怠惰迟慢了。

帕里斯　这都是特洛伊罗斯不好。来,来,到战场上去会他。

得伊福玻斯　我们立刻就去吧。

埃涅阿斯　好,让我们像一个精神奋发的新郎似的,赶快去追随在赫克托的左右;我们特洛亚的光荣,今天完全依靠着他一个人的神威。(同下。)

第五场　希腊营地。前设围场

埃阿斯披甲胄及阿伽门农、阿喀琉斯、帕特洛克罗斯、墨涅拉俄斯、俄底修斯、涅斯托等同上。

阿伽门农　你已经到了约定的地点,勇气勃勃地等候时间的到来。威武的埃阿斯,用你的喇叭向特洛亚高声吹响,让它传到你那英勇的敌人的耳中,召唤他出来吧。

埃阿斯　吹喇叭的,我多赏你几个钱,你替我使劲地吹,把你那喇叭管子都吹破了吧。吹啊,家伙,鼓起你的腮帮,挺起你的胸脯,吹得你的眼睛里冒血,给我把赫克托吹了出来。

(吹喇叭。)

俄底修斯　没有喇叭回答的声音。

阿喀琉斯　时候还早哩。

阿伽门农　那里不是狄俄墨得斯带着卡尔卡斯的女儿来了吗?

俄底修斯　正是他,我认识他走路的姿态;看他趾高气扬的样子,好像非常得意。

　　　　　狄俄墨得斯及克瑞西达上。

阿伽门农　这位就是克瑞西达姑娘吗?

狄俄墨得斯　正是。

阿伽门农　好姑娘,欢迎您到我们这儿来。

涅斯托　我们的元帅用一个吻来欢迎您哩。

俄底修斯　可是那只能表示他个人的盛意;她是应该让我们大家都有接一次吻的机会的。

涅斯托　说得有理;我来开始吧。涅斯托已经吻过了。

阿喀琉斯　美人,让我吻去您嘴唇上的冰霜;阿喀琉斯向您表示他的欢迎。

墨涅拉俄斯　我也有吻她一次的权利。

帕特洛克罗斯　你还是放弃了你的权利吧;帕里斯也正是这样打旁边杀了过来,把你的权利夺了去的。

俄底修斯　啊,杀人的祸根,我们一切灾难的主因;为了一个人而我们来混战这一场。

帕特洛克罗斯　姑娘,这第一个吻是墨涅拉俄斯的;第二个是我的:帕特洛克罗斯吻着您。

墨涅拉俄斯　啊!这倒很方便!

帕特洛克罗斯　帕里斯跟我两个人总是代替他和人家接吻。

墨涅拉俄斯　我一定要得到我的一吻。姑娘,对不起。

克瑞西达　在接吻的时候,是您给我吻呢还是您受我的吻?

帕特洛克罗斯　我给您吻,也受您的吻。

克瑞西达　权衡轻重,不可吃亏,您所受的吻胜过您所给的吻,所以我不让您吻。

267

墨涅拉俄斯　那么我给您利息;让我用三个吻换您的一个吧。

克瑞西达　你确是个怪人;偏偏不用双数。

墨涅拉俄斯　姑娘,单身汉都很古怪。

克瑞西达　帕里斯却成了双;你也明明知道;你变得吊单了,他占了你的便宜,你是有苦说不出。

墨涅拉俄斯　你真是当头一棒呢。

克瑞西达　对不起。

俄底修斯　你俩并不能针锋相对,这笔买卖是做不成的。好姑娘,我可以向您讨一个吻吗?

克瑞西达　可以。

俄底修斯　我真想吻你。

克瑞西达　好,您讨吧。

俄底修斯　那么,为了维纳斯的缘故,给我一个吻;等海伦再变成一个处女的时候,他也可以吻您,他的吻也让我代领了吧。

克瑞西达　这一笔债可以记在账上,等它到期的时候,您再来问我讨吧。

俄底修斯　那是永远不会到期的,那么把我的一吻给我。

狄俄墨得斯　姑娘,我带您去见令尊吧。(狄俄墨得斯偕克瑞西达下。)

涅斯托　一个伶俐的女人。

俄底修斯　算了,算了!她的眼睛里、面庞上、嘴唇边都有话,连她的脚都会讲话呢;她身上的每一处骨节,每一个行动,都透露出风流的心情来。呵,这类油腔滑调的东西,厚着脸皮,侧步而进;她们把心里的话全部打开,引人上钩:简直是街头卖俏,唾手可得。(喇叭声。)

众　　人　特洛亚人的喇叭。

阿伽门农　他们的军队来了。

　　　　　赫克托披甲胄;埃涅阿斯、特洛伊罗斯与其他特洛亚将士等上。

埃涅阿斯　各位希腊将军请了！赫克托叫我来问你们,在今天这次比武中间,交战双方是不是一定要一决雌雄,死伤流血,在所不计;还是在一方面已经占到上风的时候,就由监战的人发令双方停止?

阿伽门农　赫克托愿意采取哪一种方式?

埃涅阿斯　他没有意见;他愿意服从两方面议定的条件。

阿喀琉斯　这正是赫克托的作风,想得很周到,有点儿骄傲,可是未免太小看对方的骑士了。

埃涅阿斯　将军,您倘然不是阿喀琉斯,那么请问您叫什么名字?

阿喀琉斯　我倘不是阿喀琉斯,就是个无名小卒。

埃涅阿斯　那么尊驾正是阿喀琉斯了。可是让我告诉您吧:赫克托有的是吞吐宇宙的无限大的勇气,却没有一丝一毫的骄傲。您要是知道他的为人,那么他这种表面上的骄傲,正是他的礼貌。你们这位埃阿斯的身体上有一半是和赫克托同血统的,为了顾念亲属的情谊,今天只有半个赫克托出场,用他一半的心,一半的身体,来跟这个一半特洛亚人一半希腊人的混血骑士相会。

阿喀琉斯　那么今天的战争只是一场娘儿们的打架吗?啊！我知道了。

　　　　　狄俄墨得斯重上。

阿伽门农　狄俄墨得斯将军来了。善良的骑士,你去站在我们这位埃阿斯的旁边;你和埃涅阿斯将军就做两方面的监战人吧,或者让他们战到精疲力竭,或者让他们略为打上一两回合,都由你们两人决定。这两个交战的既然是亲戚,恐怕他们剑下不免有所顾忌。(埃阿斯、赫克托二人入场。)

俄底修斯　他们已经拔剑相向了。

阿伽门农　那个满脸懊丧的特洛亚人是谁?

俄底修斯　普里阿摩斯的最小的儿子,一个真正的骑士:他未曾经过多大的历练,可是已经卓尔不群;他的出言很坚决,他的行为代替了他的言辞,他也从不矜功伐能;他不容易动怒,可是一动了怒,他的怒气却不容易平息下来;他有一颗坦白的心和一双慷慨的手,他所有的都可以给人家,他所想到的都不加掩饰,可是他的慷慨并不是滥施滥与,他的嘴里也从不曾吐露过一些卑劣的思想。他像赫克托一样勇敢,可是比赫克托更厉害;因为赫克托在盛怒之中,只要看见柔弱的事物,就会心软下来,可是他在激烈行动的时候,是比善妒的爱情更为凶狠的。他们称他为特洛伊罗斯,在他的身上建立着未来的希望,足与赫克托先后媲美。这是埃涅阿斯对我说的,他很熟悉这个少年,当我在特洛亚宫里的时候,他这样私下告诉我的。(号角声;赫克托与埃阿斯交战。)

阿伽门农　他们打起来了。

涅斯托　埃阿斯,出力!

特洛伊罗斯　赫克托,你睡着了吗;醒来!

阿伽门农　他的剑法很不错;好啊,埃阿斯!

狄俄墨得斯　大家住手。(号角声停止。)

埃涅阿斯　两位王子,够了,请歇手吧。

埃阿斯　我还没有上劲呢;再打一会儿吧。

狄俄墨得斯　请问赫克托的意思。

赫克托　好,那么我是不愿意再打下去了。将军,你是我的父亲的妹妹的儿子,伟大的普里阿摩斯的侄儿;血统上的关系,阻止我们作流血的斗争。要是在你身上混合着的希腊和特洛亚的血液,可以使你这样说,"这一只手是完全属于希腊的,这一只是属于特洛亚的;这腿上的筋肉全然是希腊的,这腿上全然是特洛亚的;右边的脸上流着我母亲的血液,左边的流着我父亲的血液。"那么凭着万能的乔武起誓,我要用我的剑在你每一处流着希腊血液的肢体上留下这一场恶战的痕迹;可是我不能上干天怒,让我的利剑沾上一滴你所得自你的母亲、我的可尊敬的姑母的血液。让我拥抱你,埃阿斯;凭着震响着雷霆的天神起誓,你有很壮健的手臂:兄弟,愿你得到一切的光荣!

埃阿斯　谢谢你,赫克托;你是一个太仁厚慷慨的人。我本意是要来杀死你,替自己博得一个英雄的名声。

赫克托　即使最负盛名的涅俄普托勒摩斯①,也不能希望从赫克托身上夺得光荣。

埃涅阿斯　两方面都在等着看你们两位还有什么行动。

赫克托　我们就这样回答:拥抱是这一场决战的结果。埃阿斯,再会。

埃阿斯　这是一个难得的机会,要是我的请求可以获得胜利,那么我要请我的著名的表兄到我们希腊营中一叙。

狄俄墨得斯　这是阿伽门农的意思,伟大的阿喀琉斯也渴想见一见解除甲胄的赫克托的英姿。

赫克托　埃涅阿斯,叫我的兄弟特洛伊罗斯过来见我;把这次友

---

① 涅俄普托勒摩斯(Neoptolemus),即皮洛斯,是阿喀琉斯的儿子。此处显然是指阿喀琉斯本人。

谊的访问通知我们特洛亚方面的观战将士,叫他们回去吧。兄弟,把你的手给我;我愿意跟你一起吃吃喝喝,认识认识你们的骑士。

埃阿斯　伟大的阿伽门农亲自来迎接我们了。

赫克托　凡是他们中间最有名的人物,都请你一个一个把他们的名字告诉我;可是轮到阿喀琉斯的时候,我要凭着我自己的眼睛,从他魁梧庞大的身体上认出他来。

阿伽门农　尊贵的英雄!我们热烈欢迎你,正像我们热烈希望早早去掉你这样一位敌人一样;可是在欢迎的时候,不该说这样的话,请你明白我的意思,在过去和未来的路上,是布满毁灭的零落的残迹的,可是在此时此刻,我们却毫不猜疑,以出于真心的诚意向你表示欢迎,伟大的赫克托!

赫克托　谢谢你,尊严的阿伽门农。

阿伽门农　(向特洛伊罗斯)特洛亚著名的将军,我们同样欢迎你的光降。

墨涅拉俄斯　让我继我的王兄之后,欢迎你们两位英雄的兄弟。

赫克托　这一位将军是谁?

埃涅阿斯　尊贵的墨涅拉俄斯。

赫克托　啊!是您吗,将军?凭着战神的臂鞲,谢谢您!不要笑我发这样古怪的誓,您那位从前的太太总是凭着爱神的手套起誓的;她很安好,可是没有叫我向您问候。

墨涅拉俄斯　别提起她,将军;她是一个死了的题目。

赫克托　啊!对不起,恕我失言。

涅斯托　勇敢的特洛亚人,我常常看见你突过希腊青年的队伍,像披荆斩棘一样挥舞着你的宝剑,一手操纵着死生的命运;

我也看见你像一个盛怒的珀耳修斯①似的鞭策着骏马驰骋,把你的剑停留在空中,不去加诛那些望风披靡的败将降卒;那时我曾经对旁边的人说,"瞧!那边正是天神朱庇特在那儿决定人们的生死呢!"我也看见一群希腊人把你紧紧包围在中间,像俄林波斯山上的一场角斗似的,你却从容不迫地在那儿休息;可是当我看见你的时候,你的脸总是深锁在钢铁的面甲里,直到现在方才看到你的面目。我认识你的祖父,曾经跟他交战过一次,他是一位很好的军人;可是凭着伟大的战神起誓,你比他强得多啦。让一个老年人拥抱你;可尊敬的战士,欢迎你驾临我们的营地。

埃涅阿斯　这位是年老的涅斯托。

赫克托　让我拥抱你,久历沧桑的好老人家;最可尊敬的涅斯托,我很高兴遇见你。

涅斯托　我希望我的臂膀不但能够拥抱你,也能够和你在疆场上决战。

赫克托　我也希望它们能够。

涅斯托　嘿!凭着我这一把白须,我明天可要跟你决战几回合呢。好,欢迎,欢迎!我现在是老了——

俄底修斯　特洛亚的柱石已经在我们这儿了,我不知道现在那座城会不会倒下来。

赫克托　俄底修斯将军,您的容貌我还记得很清楚。啊!自从上次您跟狄俄墨得斯出使敝城,我们初次会面以后,已经死了多少希腊人和特洛亚人啦。

俄底修斯　将军,我那时候早就向您预告后来的事情了;我的预

---

① 珀耳修斯(Perseus),希腊神话中的著名英雄。

言还不过应验了一半,因为那座屏障贵邦的顽强的城墙,那些高耸云霄的碉楼,都必须吻它们自己脚下的泥土。

赫克托　我不能相信您的话,它们现在还是固若金汤;照我并不夸大的估计,打落每一块弗里吉亚的石头,都必须用一滴希腊人的血做代价。什么事情都要到结局方才知道究竟,那位惯于调停一切的时间老人,总有一天会替我们结束这一场纷争的。

俄底修斯　那么就让他去解决一切吧。最温良、最勇武的赫克托,欢迎!等元帅宴请过您以后,我也要请您驾临敝营,让我略尽地主之谊。

阿喀琉斯　对不起,俄底修斯将军,我要占先一下!赫克托,我已经把你看了个饱,仔细端详过你的面貌,把你身上的每一个地方都牢牢记住了。

赫克托　这位就是阿喀琉斯吗?

阿喀琉斯　我就是阿喀琉斯。

赫克托　请你站好,我也要看看你。

阿喀琉斯　你尽管看吧。

赫克托　我已经看好了。

阿喀琉斯　你看得太快了。我可要像买东西似的再把你从头到脚细细看一遍。

赫克托　啊!你要把我当作一本兵法书细看吗?可是我怕你有许多地方看不懂。为什么你要这样尽盯着我?

阿喀琉斯　天神啊,告诉我,我应该在他身上的哪一部分把他杀死呢?是这儿,是这儿,还是这儿?让我认清在什么方位结果赫克托的生命。天神啊,回答我吧!

赫克托　骄傲的人,天神倘会回答这样一个问题,他们也不成其为天神了。请你再站一站。你以为取我的命是一件这么容易的事,可以让你预先认清在什么地方把我杀死吗?

阿喀琉斯　我告诉你,是的。

赫克托　即使你的话是天神的启示,我也不会相信。你还是自己留心点儿吧,因为我要把你杀死的时候,我不是在这儿那儿杀死你,凭着替战神打盔的铁砧起誓,我要在你身上每一处地方杀死你。各位聪明的希腊人,恕我夸下这样的海口,他出言不逊,激我说出这样狂妄的话来;可是我倘不能用行为证实我的话,我就永不——

埃阿斯　表兄,你不必生气。阿喀琉斯,您也不用说这种恫吓的话,等您用得着它们的时候再拿出来吧;只要您有胃口,您可以每天去跟赫克托厮杀的。可是我怕我们全营将士请您出马的时候,您又请也请不出来了。

赫克托　请您让我在战场上跟您相见好不好?自从您不肯替希腊人出力以来,我们已经好久不曾有过痛快的厮杀了。

阿喀琉斯　赫克托,你请求我吗?好,明天我一定和你相会,决一个你死我活;可是今天晚上我们是好朋友。

赫克托　一言为定,把你的手给我。

阿伽门农　各位希腊将士,你们大家先到我的营帐里来,参加共同的欢宴;要是赫克托有功夫,你们有谁想要表示你们好客的殷勤,再可以各自招待他。把鼓儿高声打起来,把喇叭吹起来,让这位大英雄知道我们对他的欢迎。(除特洛伊罗斯、俄底修斯二人外皆下。)

特洛伊罗斯　俄底修斯将军,请您告诉我,卡尔卡斯住在什么地方?

俄底修斯　在墨涅拉俄斯的营帐里,尊贵的特洛伊罗斯;狄俄墨

275

得斯今晚就在那儿陪他喝酒,这家伙眼睛里不见天地,只是瞧着美丽的克瑞西达。

特洛伊罗斯　将军,我们从阿伽门农帐里出来以后,可不可以有劳您带我到那里去?

俄底修斯　您可以命令我。我也要请问一声,这位克瑞西达姑娘在特洛亚的名誉怎样?她在那里有没有什么情人因为跟她分别而伤心?

特洛伊罗斯　啊,将军!我真像一个向人夸示他的伤疤的人一样,反而遭到您的讥笑了。请吧,将军。她曾经被人爱,她也爱过人,她现在还是这样;可是甜蜜的爱情往往是命运嘴里的食物。(同下。)

第 五 幕

第一场　希腊营地。阿喀琉斯帐前

　　　　阿喀琉斯及帕特洛克罗斯上。

阿喀琉斯　今夜我要用希腊的美酒烧热他的血液,明天再用我的宝剑叫它冷下来。帕特洛克罗斯,我们一定要请他痛痛快快地大吃一顿。

帕特洛克罗斯　忒耳西忒斯来了。

　　　　忒耳西忒斯上。

阿喀琉斯　啊,你这嫉妒的核儿!你这天生的硬面包壳儿!有什么消息?

忒耳西忒斯　嘿,你这虚有其表的画像,你这痴人崇拜者的偶像,这儿有一封信给你。

阿喀琉斯　从哪儿来的,你这七零八碎的东西?

忒耳西忒斯　嘿,你这满盘的傻瓜,从特洛亚来的。

帕特洛克罗斯　现在谁在看守着营帐?

忒耳西忒斯　军医和伤兵。①

---

① 原文 tent 有两个意思:营帐和检查伤口的针具。忒耳西忒斯在回答时故意曲解原意,答非所问。

帕特洛克罗斯　说得妙,你这捣蛋鬼,耍这种把戏有什么意思?

忒耳西忒斯　请你免开尊口,孩子;我一点也不能从你的谈话里得到什么好处。人家都以为你是阿喀琉斯的雄丫头。

帕特洛克罗斯　混蛋!什么叫做雄丫头?

忒耳西忒斯　嘿,雄丫头就是男婊子。但愿南方的各种恶病,绞肠、脱肠、伤风、肾砂、昏睡症、瘫痪、烂眼、坏肝、哮喘、膀胱肿毒、坐骨神经痛、灰掌疯、无药可医的筋骨痛、终身不治的水泡疹,一股脑儿染到你这荒唐家伙的身上!

帕特洛克罗斯　怎么,你这该死的嫉妒匣子,你这样咒人是什么意思?

忒耳西忒斯　我咒你吗?

帕特洛克罗斯　哼,你这烂木桶,你这婊子生的不成形的恶狗,你没有咒我。

忒耳西忒斯　没有!那么你为什么发急,你这一绞轻薄的丝线,你这罩在烂眼上的绿绸眼罩,你这浪子钱袋上的流苏,你?啊!这个寒碜的世间怎么尽是这些水面的飞虫,这些可厌的渺小的生物!

帕特洛克罗斯　闭嘴,恶毒的东西!

忒耳西忒斯　你这麻雀蛋儿!

阿喀琉斯　我的好帕特洛克罗斯,我明天出战的雄心已经受到挫折。这儿是一封赫卡柏王后写来的信,还有她的女儿,我的爱人,给我的一件礼物,她们都恳求我遵守我从前发过的一句誓言。我不愿违背我的誓言。让希腊没落,让名誉消失,让光荣或去或留吧;我必须服从我所已经发过的重誓。来,来,忒耳西忒斯,帮着布置布置我的营帐;今夜一定要在欢宴中消度过去。去吧,帕特洛克罗斯!(阿喀琉斯、帕特洛克罗斯同下。)

忒耳西忒斯　这两个人有太多的血气,太少的头脑,也许会发起疯来;要是他们因为有太多的头脑,太少的血气而发疯,那么我倒可以治愈他们的疯病。还有那个阿伽门农,人倒很老实,他也很爱玩鹌鹑,可是他的头脑总共还不过像耳屎那么一点点。讲到他那个外表像天神的兄弟,那头公牛,那尊原始的雕像,那座歪斜的王八的纪念碑,他不过是用链条穿起了挂在他哥哥腿上的一块小小的鞋拔;像他这种家伙,智慧里掺了些奸恶,奸恶里拼了些智慧,还能够叫他变得比现在的样子好一点吗?变一头驴子,那也不算什么;他又是驴子又是牛。变一头牛,那也不算什么;他又是牛又是驴子。变一条狗、一头骡子、一只猫、一只臭鼬、一只蛤蟆、一条蜥蜴、一只枭、一只鹞子,或是一条没有卵的鲱鱼,我都不在乎;可是倘要叫我变一个墨涅拉俄斯!嘿,我才要向命运造反呢。要是我不是忒耳西忒斯,那么别问我愿意变什么,因为就是叫我做癞病人身上的一个虱子我都愿意,只要不是做墨涅拉俄斯。嗳唷!精灵们带着火把来啦!

　　　　赫克托、特洛伊罗斯、埃阿斯、阿伽门农、俄底修斯、涅斯托、墨涅拉俄斯及狄俄墨得斯各持火炬上。

阿伽门农　我们走错了,我们走错了。
埃阿斯　不,那儿就是;就是那个有火光的地方。
赫克托　真太麻烦你们了。
埃阿斯　不,没有什么。
俄底修斯　他自己来接您啦。

　　　　阿喀琉斯重上。

阿喀琉斯　欢迎,勇敢的赫克托;欢迎,各位王子。

阿伽门农　特洛亚的英雄王子,我现在要向您道晚安了。埃阿斯会吩咐卫士们侍候您的。

赫克托　谢谢您,愿您晚安,希腊的元帅。

墨涅拉俄斯　晚安,将军。

赫克托　晚安,墨涅拉俄斯好将军。

忒耳西忒斯　好个屁:你说好呀?好粪坑,好尿桶。

阿喀琉斯　回去的人我向他们道晚安,留着的人我欢迎他们。

阿伽门农　晚安。(阿伽门农、墨涅拉俄斯同下。)

阿喀琉斯　年老的涅斯托也没有去;狄俄墨得斯,你也在这儿耽搁一二小时,陪陪赫克托吧。

狄俄墨得斯　我不能,将军;我有重要的事情,现在就要去了。晚安,伟大的赫克托。

赫克托　把您的手给我。

俄底修斯　(向特洛伊罗斯旁白)跟着他的火把跑;他是到卡尔卡斯的帐里去的。我陪您走走。

特洛伊罗斯　真是有劳您啦。

赫克托　好,晚安。(狄俄墨得斯下;俄底修斯、特洛伊罗斯随下。)

阿喀琉斯　来,来,我们进帐吧。(阿喀琉斯、赫克托、埃阿斯、涅斯托同下。)

忒耳西忒斯　那个狄俄墨得斯是个奸诈小人,一个居心不正的坏家伙;当他斜着眼睛瞧人的时候,正像一条发着咝咝声音的蛇一样靠不住。他会随口许愿,可是等到他履行他所许的愿的时候,天文学家也会发出预告,因为那时候天象一定会发生巨大的变化,太阳反而要向月亮借光了。我宁愿不看赫克托,一定要跟住他;人家说他养着一个特洛亚的婊子,借那卖国贼卡尔卡斯的营帐幽会。我要跟他去。奸淫,只有奸淫!全都是些不要脸的淫棍!(下。)

第二场　同前。卡尔卡斯帐前

狄俄墨得斯上。

狄俄墨得斯　喂!你睡了没有?

卡尔卡斯　(在内)谁在叫?

狄俄墨得斯　狄俄墨得斯。是卡尔卡斯吗?你的女儿呢?

卡尔卡斯　(在内)她就来了。

特洛伊罗斯及俄底修斯自远处上;忒耳西忒斯随上。

俄底修斯　站远一些,别让火把照见我们。

克瑞西达上。

特洛伊罗斯　克瑞西达出来会他了。

狄俄墨得斯　啊,我的被保护人!

克瑞西达　我的亲爱的保护人!来!我给您说句话。(向狄俄墨得斯耳语。)

特洛伊罗斯　哼,这样亲热!

俄底修斯　她会向无论哪个初次见面的男人唱歌。

忒耳西忒斯　不论哪个男人都能跟她唱到一块儿去,只要他能搭上她的腔调,她的调门多得很。

狄俄墨得斯　你会记得吗?

克瑞西达　记得,记得。

狄俄墨得斯　好,你可记住了;不要口不应心。

特洛伊罗斯　叫她记住些什么?

俄底修斯　听着!

克瑞西达　甜甜蜜蜜的希腊人,别再诱我干那些傻事情了。

忒耳西忒斯　捣什么鬼！

狄俄墨得斯　不,那么——

克瑞西达　我对您说呀——

狄俄墨得斯　算了,算了,有什么说的;你已经背了誓了。

克瑞西达　真的,我不能。你要我怎么样？

忒耳西忒斯　一个鬼把戏——公开的秘密。

狄俄墨得斯　你不是发过誓要给我一件什么东西吗？

克瑞西达　请您不要逼我履行我的誓言了,亲爱的希腊人;除了这一件事情以外,我什么都依你。

狄俄墨得斯　晚安！

特洛伊罗斯　忍耐,把这口怒气压下去吧！

俄底修斯　你怎么啦,特洛亚人？

克瑞西达　狄俄墨得斯——

狄俄墨得斯　不,不,晚安;我不愿再被愚弄了。

特洛伊罗斯　比你更好的人也被她愚弄过了。

克瑞西达　听着！我向您的耳边说句话。

特洛伊罗斯　该死,该死！

俄底修斯　您在动怒了,王子;我们还是走吧,免得您的脾气越发越大。这地方是个危险的地方,这时间也是容易闯祸的时间。请您回去吧。

特洛伊罗斯　不,你瞧你瞧！

俄底修斯　您还是走吧;您已经气得发疯了。来,来,来。

特洛伊罗斯　请你再等一会儿。

俄底修斯　您快要忍耐不住了;来。

特洛伊罗斯　请你等一会儿。凭着地狱和一切地狱里的酷刑发誓,我决不说一句话！

狄俄墨得斯　好,晚安!

克瑞西达　可是您是含怒而去的。

特洛伊罗斯　那使你心里难过吗?啊,枯萎了的忠心!

俄底修斯　怎么,怎么,王子!

特洛伊罗斯　天神在上,我忍耐就是了。

克瑞西达　我的保护人!——喂,希腊人!

狄俄墨得斯　呸,呸!再见;你老是作弄人家。

克瑞西达　凭良心说,我没有;您回来呀。

俄底修斯　您在气得发抖了;王子;我们走吧,您要忍不住了。

特洛伊罗斯　她摸他的脸!

俄底修斯　来,来。

特洛伊罗斯　不,等一会儿;天神在上,我决不说一句话;在我的意志和一切耻辱的中间,有忍耐在那儿看守着;再等一会儿吧。

忒耳西忒斯　那个屁股胖胖的、手指粗得像马铃薯般的荒淫的魔鬼怎么会把这两个宝货撮在一起!煎吧,都给我在奸淫里煎枯了吧!

狄俄墨得斯　那么你答应了吗?

克瑞西达　是,我答应了;不骗您。

狄俄墨得斯　给我一件什么东西做保证吧。

克瑞西达　我去给您拿来。(下。)

俄底修斯　您发誓说一定忍耐的。

特洛伊罗斯　你放心吧,好将军;我一定抑制住自己,不让我的感情暴露出来;我满心都是忍耐。

　　　　　克瑞西达重上。

忒耳西忒斯　抵押品来了!瞧,瞧,瞧!

克瑞西达　狄俄墨得斯,这衣袖请您收下来吧。

特洛伊罗斯　啊,美人!你的忠心呢?

俄底修斯　王子——

特洛伊罗斯　我会忍耐;在外表上忍住我的怒气。

克瑞西达　您瞧瞧那衣袖;瞧清楚了。他曾经爱过我——啊,负心的女人!把它还给我。

狄俄墨得斯　这是谁的?

克瑞西达　您已经还了我,不用再问了。明天晚上我不愿跟您相会。狄俄墨得斯,请您以后不要再来看我了吧。

忒耳西忒斯　现在她又要磨他了;说得好,磨石!

狄俄墨得斯　拿来给我。

克瑞西达　什么,是这个吗?

狄俄墨得斯　是这个。

克瑞西达　天上的诸神啊!你可爱的、可爱的信物!你的主人现在正在床上躺着想起你也想起我;他一定在那儿叹气,拿着我的手套,一边回忆一边轻轻地吻着它;就像我吻着你一样。不,不要从我手里把它夺去;谁拿了它去,就是把我的心也一块儿拿去了。

狄俄墨得斯　你的心已经给了我了;这东西也是我的。

特洛伊罗斯　我已经发誓忍耐。

克瑞西达　你不能把它拿去,狄俄墨得斯;真的您不能拿去;我宁愿把别的东西给您。

狄俄墨得斯　我一定要这个。它是谁的?

克瑞西达　您不用问。

狄俄墨得斯　快说,它本来是属于谁的?

克瑞西达　它本来是属于一个比您更爱我的人的。可是您既然已经拿了去,就给了您吧。

狄俄墨得斯　它是谁的?

克瑞西达　凭着狄安娜女神和侍候她的那群星娥们起誓,我不愿告诉您它是谁的。

狄俄墨得斯　明天我要把它佩在我的战盔上,要是他不敢向我挑战,也叫他看着心里难过。

特洛伊罗斯　即使你是魔鬼,把它挂在你的角上,我也要向你挑战。

克瑞西达　好,好,事情已经过去,也不用说了;可是不,我不愿应您的约会。

狄俄墨得斯　好,那么再见;狄俄墨得斯以后再不让你玩弄了。

克瑞西达　您不要去;人家刚说了一句话,您又恼起来啦。

狄俄墨得斯　我不喜欢让人开这样的玩笑。

忒耳西忒斯　我也不喜欢,自有地狱王为证;可是你不喜欢的事我倒最喜欢。

狄俄墨得斯　那么我要不要来?什么时候?

克瑞西达　好,你来吧;——天啊!——你来吧;——我一定要受神明的惩罚了!

狄俄墨得斯　再会。

克瑞西达　晚安;请你一定来。(狄俄墨得斯下)别了,特洛伊罗斯!我的一只眼睛还在望着你,可是另一只眼睛已经随着我的心转换了方向。唉,我们可怜的女人!我发现了我们这一个弱点,我们的眼睛所犯的错误支配着我们的心;一时的失足把我们带到了永远错误的路上。啊,从这里可以得出一个结论,那就是:受眼睛支配的思念一定是十分卑劣的。(下。)

忒耳西忒斯　这是她对于她自己的贞节的最老实的供认,除非

285

她再说一句,"我的心现在已经变成了一个娼妇。"

俄底修斯　没有什么可看的了,王子。

特洛伊罗斯　是的,一切都完了。

俄底修斯　那么我们还留在这儿干吗?

特洛伊罗斯　我要把他们在这儿说的话一个字一个字地记录在我的灵魂里。可是我倘把这两个人共同串演的这一出活剧告诉人家,虽然我宣布的是事实,这事实会不会是一个谎呢?因为在我的心里还留着一个顽强的信仰,不肯接受眼睛和耳朵的见证,好像这两个器官都是善于欺骗,它们的作用只是颠倒是非,淆乱黑白。刚才出来的真是克瑞西达吗?

俄底修斯　我又不会驱神役鬼,特洛亚人。

特洛伊罗斯　一定不是她。

俄底修斯　的确是她。

特洛伊罗斯　我还没有发疯,我知道那不是她。

俄底修斯　难道倒是我疯了吗?刚才明明是克瑞西达。

特洛伊罗斯　为了女人的光荣,不要相信她是克瑞西达!我们都是有母亲的;不要让那些找不到诽谤的题目的顽固批评家们得到借口,用克瑞西达的例子来评断一切女性;还是相信她不是克瑞西达吧。

俄底修斯　王子,她干了些什么事,可以使我们的母亲都蒙上污辱呢?

特洛伊罗斯　她没有干什么事,除非刚才的女人真的就是她。

忒耳西忒斯　他自己亲眼瞧见了还要强词诡辩吗?

特洛伊罗斯　这是她吗?不,这是狄俄墨得斯的克瑞西达。美貌如果是有灵魂的,这就不是她;灵魂如果指导着誓言,誓言如果代表着虔诚的心愿,虔诚如果是天神的喜悦,世间如

286

果有不变的常道,这就不是她。啊,疯狂的理论!为自己起诉,控诉自己,却又全无实证,矛盾重重:理智造了反,却不违反理智;理智丢光了,却仍做得合理,保持一个场面。这是克瑞西达,又不是克瑞西达。我的灵魂里正在进行着一场奇怪的战争,一件不可分的东西,分隔得比天地相去还要辽阔;可是在这样广大的距离中间,却又找不到一个针眼大的线缝。像地狱之门一样坚强的证据,证明克瑞西达是我的,上天的赤绳把我们结合在一起。像上天本身一样坚强的证据,却证明神圣的约束已经分裂松懈,她的破碎的忠心、她的残余的爱情、她的狼藉的贞操,都拿去与狄俄墨得斯另结新欢了。

俄底修斯　尊贵的特洛伊罗斯也会受制于他所吐露的那种感情吗?

特洛伊罗斯　是的,希腊人;我要用像热恋着维纳斯的战神马斯的心一样鲜红的大字把它书写出来;从来不曾有过一个年轻的男子用我这样永恒而坚定的灵魂恋爱过。听着,希腊人,正像我深爱着克瑞西达一样,我也同样痛恨着她的狄俄墨得斯;他将要佩在盔上的那块衣袖是我的,即使他的盔是用天上的神火打成的,我的剑也要把它挑下来;疾风卷海,波涛怒立的声势,也将不及我的利剑落在狄俄墨得斯身上的时候那样惊心动魄。

忒耳西忒斯　这是他偷女人的报应。

特洛伊罗斯　啊,克瑞西达!负心的克瑞西达!你好负心!一切不忠不信、无情无义,比起你的失节负心来,都会变成光荣。

俄底修斯　啊!您忍着些吧;您这一番愤激的话,已经给人家听见了。

埃涅阿斯上。

埃涅阿斯　殿下,我已经找您一个钟头了。赫克托现在正在特洛亚披起他的甲胄来了。埃阿斯等着护送您回去。

特洛伊罗斯　那么我们一同走吧。多礼的将军,再会。别了,叛逆的美人!狄俄墨得斯,留心站稳了,顶一座堡垒在你的头上吧!

俄底修斯　我送你们两位到门口。

特洛伊罗斯　请接受我心烦意乱的感谢。(特洛伊罗斯、埃涅阿斯、俄底修斯同下。)

忒耳西忒斯　要是我碰见了那个混蛋狄俄墨得斯!我要向他学老鸦叫,叫得他满身晦气。我倘把这婊子的事情告诉了帕特洛克罗斯,他一定愿意把无论什么东西送给我;鹦鹉瞧见了一粒杏仁,也不及他听见了一个近在手头的婊子更高兴。奸淫,奸淫;永远是战争和奸淫,别的什么都不时髦。浑身火焰的魔鬼抓了他们去!(下。)

第三场　特洛亚。普里阿摩斯王宫门前

　　　　赫克托及安德洛玛刻上。

安德洛玛刻　我的夫君今天怎么脾气坏到这样子,不肯接受人家的劝告呢?脱下你的甲胄来,今天不要出去打仗了。

赫克托　不要激怒我,快进去;凭着一切永生的天神起誓,我非去不可。

安德洛玛刻　我的梦一定会应验的。

赫克托　别多说啦。

　　　　卡珊德拉上。

卡珊德拉　我的哥哥赫克托呢？

安德洛玛刻　在这儿，妹妹；他已经披上甲胄，充满了杀心。陪着我向他高声恳求吧；让我们跪下来哀求他，因为我梦见流血的混乱，整夜里只是梦着屠杀的惨象。

卡珊德拉　啊！这是真的。

赫克托　喂！让我的喇叭吹起来。

卡珊德拉　看在上天的面上，好哥哥，不要吹起进攻的信号。

赫克托　快去；天神已经听见我发过誓了。

卡珊德拉　天神对于愤激暴怒的誓言是充耳不闻的；它们是不洁的祭礼，比污秽的兽肝更受憎恨。

安德洛玛刻　啊！听从我们的劝告吧。不要以为自恃正义，便可以伤害他人；如果那是合法的，那么用暴力劫夺所得的财物拿去布施，也可以说是合法的了。

卡珊德拉　誓言是否有效，必须视发誓的目的而定；不是任何的目的都可以使誓言发生力量。脱下你的甲胄吧，亲爱的赫克托。

赫克托　你们别闹。我的荣誉主宰着我的命运。生命是每一个人所重视的；可是高贵的人重视荣誉远过于生命。

　　　特洛伊罗斯上。

赫克托　啊，孩子！你今天预备上战场吗？

安德洛玛刻　卡珊德拉，叫我们的父亲来劝劝他。（卡珊德拉下。）

赫克托　不，你不要去，特洛伊罗斯；脱下你的铠甲，孩子；我今天充满了骑士的精神。让你的筋骨再长得结实一点，不要就去试探战争的锋刃吧。脱下你的铠甲，去，不要怀疑，勇敢的孩子，我今天要为了你、为了我、为了整个的特洛亚而作战。

特洛伊罗斯　哥哥,您有一个太仁慈的弱点,这弱点适宜于一头狮子,却不适宜于一个勇士。

赫克托　是怎样一个弱点,好特洛伊罗斯?你指出来责备我吧。

特洛伊罗斯　好几次战败的希腊人倒在地上,您虽然已经举起您的剑,却叫他们站起来,放他们活命。

赫克托　啊!那是公道的行为。

特洛伊罗斯　不,那是傻气的行为,赫克托。

赫克托　怎么!怎么!

特洛伊罗斯　看在一切天神的面上,让我们把恻隐之心留在我们母亲那儿吧;当我们披上甲胄的时候,让残酷的愤怒指挥着我们的剑锋,执行无情的杀戮。

赫克托　嘿!那太野蛮了。

特洛伊罗斯　赫克托,这样才是战争呀。

赫克托　特洛伊罗斯,我今天不要你临阵。

特洛伊罗斯　谁可以阻止我?命运、命令,或是握着火红的指挥杖的战神的手,都不能叫我退下;普里阿摩斯父王和赫卡柏母后含着满眶的眼泪跪在地上,都不能打消我的决心;就是您,我的哥哥,拔出您的锋利的剑来,也挡不住我;除了我自己的毁灭以外,我不怕任何的阻力。

　　　卡珊德拉偕普里阿摩斯上。

卡珊德拉　拖住他,普里阿摩斯,不要放松。他是你的拐杖;要是你失去你的拐杖,那么你依靠着他,整个的特洛亚依靠着你,大家都要一起倒下了。

普里阿摩斯　来,赫克托,来,回来;你的妻子做了噩梦,你的母亲看见了幻象,卡珊德拉预知未来,我自己也像一个突然得到天启的先知一样,告诉你今天是一个不祥的日子,所以你回来吧。

赫克托　埃涅阿斯在战场上等我;我和许多希腊人有约在先,今天一定要去跟他们相会。

普里阿摩斯　可是你不能去。

赫克托　我不能失信于人。您知道我一向是不敢违抗您的意旨的,所以,亲爱的父亲,不要使我负上一个不孝的罪名,请您允许我出战吧。

卡珊德拉　普里阿摩斯啊! 不要听从他。

安德洛玛刻　不要允许他,亲爱的父亲。

赫克托　安德洛玛刻,你使我生气了。为了你对我的爱情,快给我进去吧。(安德洛玛刻下。)

特洛伊罗斯　都是这个愚蠢的、做梦的、迷信的姑娘,凭空虚构出这许多噩兆。

卡珊德拉　啊,别了! 亲爱的赫克托! 瞧,你死了! 瞧,你的眼睛变成惨白了! 瞧,你满身的伤口都在流血! 听,特洛亚在呼号,赫卡柏在痛哭,可怜的安德洛玛刻在发出她尖锐的悲声! 瞧,慌乱、疯狂和惊愕,像一群没有头脑的痴人彼此相遇,大家都在哭喊着赫克托:赫克托死了! 啊,赫克托!

特洛伊罗斯　去! 去!

卡珊德拉　别了。且慢,赫克托,我还要向你告别:你欺骗了你自己,也欺骗了我们全体特洛亚人。(下。)

赫克托　父王,您听见她这样嚷叫,有点儿惊恐吗? 进去安慰安慰我们的军民;我们现在要出去作战,干一些值得赞美的事情,今天晚上再来讲给您听吧。

普里阿摩斯　再会,愿神明保佑你平安! (普里阿摩斯、赫克托各下;号角声。)

特洛伊罗斯　他们已经打起来了,听! 骄傲的狄俄墨得斯,相信我,我今天不是失去我的手臂,就要夺回我的衣袖。

　　　　特洛伊罗斯将去时,潘达洛斯自另一方上。

潘达洛斯　您听见吗,殿下? 您听见吗?

特洛伊罗斯　现在又有什么事?

潘达洛斯　这儿是那可怜的女孩子寄来的一封信。

特洛伊罗斯　让我看。

潘达洛斯　这倒霉的混账咳嗽害得我好苦,还要让这傻丫头把我搅得心神不安,又是这样,又是那样,看来我这条老命也活不长久了;我的眼睛里又害起了风湿症,我的骨节又痛得这么厉害,不知道我作了什么孽,才受到这样的罪。她说些什么?

特洛伊罗斯　空话,空话,只有空话,没有一点真心;行为和言语背道而驰。(撕信)去,你风一样轻浮的,跟着风飘去,也化成一阵风吧。她用空话和罪恶搪塞我的爱情,却用行为去满足他人。(各下。)

第四场　特洛亚及希腊营地之间

　　　　号角声;兵士混战;忒耳西忒斯上。

忒耳西忒斯　现在他们在那儿打起来了,待我去看个热闹。那个奸诈的卑鄙小人,狄俄墨得斯,把那个下流的痴心的特洛亚小傻瓜的衣袖裹在他的战盔上;我巴不得看见他们碰头,看那头爱着那婊子的特洛亚小驴子怎样放那个希腊淫棍回到那只假情假义的浪蹄子那儿去,叫他有袖而来,无袖而归。在另一方面,那些狡猾的信口发誓的坏东西——那块耗子咬过的陈年干酪,涅斯托,和那头狗狐俄底修斯,他们定下的计策,简直不值一颗乌莓子;他们的计策是要叫那条杂种恶狗埃阿斯去对抗那条同样坏的恶狗阿喀琉斯;现在埃阿斯那恶狗已经变得比阿喀琉斯那恶狗更骄傲了,今天他不肯出战;所以那些希腊人都像野蛮人一样胡作非为起来,计策权谋把军誉一起搅坏了。且慢!衣袖来了;那一个也来了。

    狄俄墨得斯上,特洛伊罗斯随上。

特洛伊罗斯 别逃;你就是跳下了冥河,我也要入水追你。

狄俄墨得斯 你弄错了,我没有逃;因为你们人多,好汉不吃眼前亏,所以我才抽身出来。你小心点儿吧!

忒耳西忒斯 守住你那婊子,希腊人!为了那婊子的缘故,特洛亚人,出力吧!挑下那衣袖来,挑下那衣袖来!(特洛伊罗斯、狄俄墨得斯随战随下。)

    赫克托上。

赫克托 希腊人,你是谁?你也是要来跟赫克托比一个高下的吗?你是不是一个贵族?

忒耳西忒斯 不,不,我是个无赖,一个只会骂人的下流汉,一个卑鄙龌龊的小人。

赫克托 我相信你;放你活命吧。(下。)

忒耳西忒斯 慈悲的上帝,你居然会相信我!这天杀的把我吓了这么一跳!那两个扭成一团的混蛋呢?我想他们也许把彼此吞下去了,那才是个笑话哩。看起来,淫欲总是自食其果的。我要找他们去。(下。)

第五场　战地的另一部分

　　　　狄俄墨得斯及仆人上。

狄俄墨得斯　来,给我把特洛伊罗斯的骏马牵了回去,把它奉献给我的爱人克瑞西达,向她表示我对于她的美貌的敬礼;对她说,我已经教训过那个多情的特洛亚人,用事实证明我是她的骑士了。

仆　人　我就去,将军。(下。)

　　　　阿伽门农上。

阿伽门农　添救兵,添救兵!凶猛的波吕达玛斯已经把门农打了下来;那私生子玛伽瑞隆把多里俄斯捉了去,像一尊巨大的石像似的,站在被杀的厄庇斯特洛福斯和刻狄俄斯二王的尸体上,挥舞着他的枪杆;波吕克塞诺斯也死了;安菲玛科斯和托阿斯都受了致命的重伤;帕特洛克罗斯被擒被杀,下落不明;帕拉墨得斯身受重创;可怕的萨癸塔里大逞威风,把我们的兵士吓得四散奔窜。狄俄墨得斯,快去添救兵,否则我们要一败涂地了。

　　　　涅斯托上。

涅斯托　去,把帕特洛克罗斯的尸体抬到阿喀琉斯帐里;再叫那像蜗牛一样慢腾腾的埃阿斯赶快披上甲胄。有一千个赫克托在战场上,一会儿他骑着马在这儿鏖战,一会儿他又在那边徒步奔突,挡着他的人逃的逃,死的死,就像一群轻舟小艇,遇见了一头喷射海水的巨鲸一样;一会儿他又在别的地方,把那些稻草般的希腊人摧枯拉朽似的杀得望风披靡,这里,那里,到处有他神出鬼没的踪迹,他的敏捷的行动,简直是得心应手,要怎么样便怎么样,看见了也会叫人不相信自己的眼睛。

  俄底修斯上。

俄底修斯 啊!勇气,勇气,王子们!伟大的阿喀琉斯披起铠甲来了;他在哭泣、咒骂,发誓复仇,帕特洛克罗斯身上的创伤已经激起了他的昏睡的雄心;他手下的那些负伤的壮士,有的割去了鼻子,有的砍掉了手,断臂的,刖足的,都在叫喊着赫克托的名字。埃阿斯也失去了一个朋友,恼得他咬牙切齿,已经披甲出战,要去找特洛伊罗斯拼命;那特洛伊罗斯今天就像发了疯似的横冲直撞,勇不可当,命运也像故意讥讽智谋的无用一样,对他特别照顾,使他战无不胜。

  埃阿斯上。

埃阿斯 特洛伊罗斯!你这懦夫躲到哪里去了?(下。)
狄俄墨得斯 在那儿,在那儿。
涅斯托 好,好,我们也上去杀一阵。

  阿喀琉斯上。

阿喀琉斯 这赫克托在什么地方?来,来,你这吓吓小孩子的家伙,还不给我出来吗?我要让你知道遇见一个发怒的阿喀琉斯是怎么样的。赫克托!赫克托呢?我只要找赫克托。(各下。)

第六场 战地的另一部分

  埃阿斯上。

埃阿斯 特洛伊罗斯,你这懦夫,出来!

  狄俄墨得斯上。

狄俄墨得斯　特洛伊罗斯！特洛伊罗斯在什么地方？

埃阿斯　你要找他干吗？

狄俄墨得斯　我要教训教训他。

埃阿斯　等我做了元帅，你到了我的地位，你再来教训他吧。特洛伊罗斯！喂，特洛伊罗斯！

　　　　特洛伊罗斯上。

特洛伊罗斯　啊，奸贼，狄俄墨得斯！转过你的奸诈的脸来，你这奸贼！拿你的命来赔偿我的马儿！

狄俄墨得斯　嘿！你来了吗？

埃阿斯　我要独自跟他交战；站开，狄俄墨得斯。

狄俄墨得斯　他是我的目的物；我不愿意袖手旁观。

特洛伊罗斯　来，你们这两个希腊贼子；你们一起来吧！（随战随下。）

　　　　赫克托上。

赫克托　呀，特洛伊罗斯吗？啊，打得好，我的小兄弟！

　　　　阿喀琉斯上。

阿喀琉斯　现在我看见你了。嘿！等着吧，赫克托！

赫克托　住手，你还是休息一会儿。

阿喀琉斯　我不要你卖什么人情，骄傲的特洛亚人。我的手臂久已不举兵器了，这是你的幸运；我的休息和怠惰，给你很大的便宜；可是我不久就会让你知道我的厉害。现在你还是去追寻你的命运吧。（下。）

赫克托　再会，要是我早知道会遇见你，我的勇气一定会增加百倍。啊，我的兄弟！

　　　　特洛伊罗斯重上。

特洛伊罗斯　埃阿斯把埃涅阿斯捉了去了；真有这样的事吗？

不,凭着那边天空中灿烂的阳光发誓,他不能让他捉去;我一定要去救他出来,否则宁愿让他们把我也一起捉了去。听着,命运!今天我已经把死生置之度外了。(下。)

    一骑士披富丽铠甲上。

赫克托　站住,站住,希腊人;你是一个很好的目标。啊,你不愿站住吗?我很喜欢你这身甲胄;即使把它割破砍碎,也要剥它下来。畜生,你不愿站住吗?好,你逃,我就追,非得剥下你的皮来不可。(同下。)

第七场　战地的另一部分

    阿喀琉斯及众骑士上。

阿喀琉斯　过来,我的骑士们,听清我的话。你们看我到什么地方,就跟到什么地方。不要动你们的刀剑,蓄养好你们的气力;当我找到凶猛的赫克托以后,你们就用武器把他密密围住,一阵乱剑刹死他。跟我来,孩子们,留心我的行动;伟大的赫克托决定要在今天丧命。(同下。)

    墨涅拉俄斯及帕里斯互战上;忒耳西忒斯随上。

忒耳西忒斯　那王八跟那奸夫也打起来了。出力,公牛!出力,狗子!呦,帕里斯,呦!啊,我的两个雌儿的麻雀!呦,帕里斯,呦!那公牛打胜了;喂,留心他的角!(帕里斯、墨涅拉俄斯下。)

    玛伽瑞隆上。

玛伽瑞隆　奴才,转过来跟我打。
忒耳西忒斯　你是什么人?
玛伽瑞隆　普里阿摩斯的庶子。

297

忒耳西忒斯　你是个私生子,我也是个私生子,我喜欢私生子,一个私生子生我出来,教养我成为一个私生头脑、私生血气的变种;一头熊不会咬它的同类,那么私生子为什么要自相残杀呢?要注意,我们彼此不和是最不吉祥之兆:一个私生子为一个婊子打起架来就会惹祸上身的;再会,私生子。(下。)

玛伽瑞隆　魔鬼抓了你去,懦夫!(下。)

第八场　战地的另一部分

赫克托上。

赫克托　富丽的外表包裹着一个腐烂不堪的核心,你这一身好盔甲送了你的性命。现在我已经做完一天的工作,待我好好休息一下。我的剑啊,你已经饱餐了鲜血和死亡,你也休息休息吧。(脱下战盔,将盾牌悬挂背后。)

阿喀琉斯及众骑士上。

阿喀琉斯　瞧。赫克托,太阳已经开始没落,丑恶的黑夜在他的背后追踪而来;赫克托的生命,也要跟太阳一起西沉,结束了这一个白昼。

赫克托　我现在已经解除武装;不要乘人不备,希腊人。

阿喀琉斯　动手,孩子们,动手!这就是我所要找的人。(赫克托倒地)现在,特洛亚,你也跟着倒下来吧!这儿躺着你的心脏,你的筋肉,你的骨骼。上去,骑士们!大家齐声高呼,"阿喀琉斯已经把勇武的赫克托杀死了!"(吹归营号)听!我军在吹归营号了。

骑　士　主将,特洛亚的喇叭跟我们的喇叭声音是一样的。

阿喀琉斯　黑夜的巨龙之翼已经覆盖了大地，分开了交战的两军。我的尚未餍足的宝剑，因为已经尝到了美味，也要归寝了。（插剑入鞘）来，把他的尸体缚在我的马尾巴上，我要把这特洛亚人拖过战场。（同下。）

第九场　战地的另一部分

阿伽门农、埃阿斯、墨涅拉俄斯、涅斯托、狄俄墨得斯及余人等列队行进，内喧呼声。

阿伽门农　听！听！那是什么呼声？

涅斯托　静下来，鼓声！

内呼声："阿喀琉斯！阿喀琉斯！赫克托被杀了！阿喀琉斯！"

狄俄墨得斯　听他们的呼声，好像是赫克托给阿喀琉斯杀了。

埃阿斯　果然有这样的事，我们也不要自夸；伟大的赫克托并没有不如他的地方。

阿伽门农　大家静静前进。派一个人到阿喀琉斯那里去，请他到我的大营里来。要是他的死是天神有心照顾我们，那么伟大的特洛亚已经是我们的，残酷的战争也要从此结束了。

（众列队行进下。）

第十场　战地的另一部分

埃涅阿斯及特洛亚兵士上。

埃涅阿斯　站住！我们现在还控制着这战场。不要回去，让我们忍着饥饿挨过这一夜。

　　　　　特洛伊罗斯上。

特洛伊罗斯　赫克托被杀了。

众　人　赫克托！哪有这样的事！

特洛伊罗斯　他死了,他的尸体缚在那凶手的马尾上,惨无人道地拖过了充满着耻辱的战场。天啊,颦蹙你的怒眉,赶快降下你的惩罚来吧！神明啊,坐在你们的宝座上,眷顾着特洛亚吧！让你们的迅速的灾祸变成慈悲,不要拖延我们不可避免的毁灭吧！

埃涅阿斯　殿下,您不要瓦解我们全军的士气。

特洛伊罗斯　你没有了解我的意思,所以才会对我说这样的话。我没有说到逃走、恐惧和死亡；我是向着一切天神和世人所加于我们的迫切的危险挑战。赫克托已经离我们而去了；谁去把这样的消息告诉普里阿摩斯和赫卡柏呢？有谁现在到特洛亚去,宣布赫克托的死讯的,让他永远被称为不祥的啼枭吧。这样一句话是会使普里阿摩斯变成一座石像,使妇女们变成泪泉和化石,使少年们变成冰冷的雕像,使整个的特洛亚惊怖失色的。可是去吧,赫克托死了,还有什么话说呢？且慢！你们这些可恶的营帐,这样骄傲地布下在我们弗里吉亚的平原上,无论太阳起得多早,我要把你们踏为平地！还有你,你这肥胖的懦夫。无论怎样广阔的距离,都不能分解我们两人的仇恨；我要永远像一颗疑神疑鬼的负疚的良心一样缠绕着你！回到特洛亚去！我们不要懊恼,让复仇的希望掩盖我们内心的悲痛。（埃涅阿斯及特洛亚军队下。）

　　　　　特洛伊罗斯将去时,潘达洛斯自另一方上。

潘达洛斯　听我说,听我说！

特洛伊罗斯　滚开,下贱的龟奴！丑恶和耻辱追随着你,永远和你的名字连在一起！(下。)

潘达洛斯　好一服医治我的骨痛的妙药！啊,世界,世界,世界！一个替别人奔走的人,是这样被人轻视！做卖国贼的,做淫媒的,人家用得着你们的时候,是多么重用你们,可是他们会给你们些什么好处呢？为什么人家这样喜欢我们所干的事,却这样痛恨我们的行业？有什么诗句可以证明？——让我想一想！——

　　那采蜜的蜂儿无虑无愁,
　　终日在花丛里歌唱优游;
　　等到它一朝失去了利刺,
　　甘蜜和柔歌也一齐消逝。

奉告吃风月饭的朋友们,把这几句诗做你们的座右铭吧。(下。)

麦 克 白

朱生豪 译
方　平 校

MACBETH.

Act IV. Sc. 1.

剧 中 人 物

邓肯　苏格兰国王

马尔康 ⎫
道纳本 ⎭ 邓肯之子

麦克白 ⎫
班　柯 ⎭ 苏格兰军中大将

麦克德夫 ⎫
列诺克斯 ｜
洛　　斯 ｜
孟 提 斯 ⎬ 苏格兰贵族
安 格 斯 ｜
凯士纳斯 ⎭

弗里恩斯　班柯之子

西华德　诺森伯兰伯爵，英国军中大将

小西华德　西华德之子

西登　麦克白的侍臣

麦克德夫的幼子

英格兰医生

苏格兰医生

军曹

门房

老翁

麦克白夫人

麦克德夫夫人

麦克白夫人的侍女

赫卡忒及三女巫

贵族、绅士、将领、兵士、刺客、侍从及使者等

班柯的鬼魂及其他幽灵等

地　　点

苏格兰；英格兰

第 一 幕

第一场 荒 原

　　　　　　雷电。三女巫上。

女巫甲　何时姊妹再相逢,
　　　　雷电轰轰雨蒙蒙?

女巫乙　且等烽烟静四陲,
　　　　败军高奏凯歌回。

女巫丙　半山夕照尚含辉。

女巫甲　何处相逢?

女巫乙　在荒原。

女巫丙　共同去见麦克白。

女巫甲　我来了,狸猫精。

女巫乙　癞蛤蟆叫我了。

女巫丙　来也。①

三女巫　(合)美即丑恶丑即美,

---

① 三女巫各有一精怪听其驱使;侍候女巫甲的是狸猫精,侍候女巫乙的是癞蛤蟆,侍候女巫丙的当是怪鸟。

翱翔毒雾妖云里。(同下。)

第二场　福累斯附近的营地

内号角声。邓肯、马尔康、道纳本、列诺克斯及侍从等上,与一流血之军曹相遇。

邓　肯　那个流血的人是谁?看他的样子,也许可以向我们报告关于叛乱的最近的消息。

马尔康　这就是那个奋勇苦战帮助我冲出敌人重围的军曹。祝福,勇敢的朋友!把你离开战场以前的战况报告王上。

军　曹　双方还在胜负未决之中;正像两个精疲力竭的游泳者,彼此扭成一团,显不出他们的本领来。那残暴的麦克唐华德不愧为一个叛徒,因为无数奸恶的天性都丛集于他的一身;他已经征调了西方各岛上的轻重步兵,命运也像娼妓一样,有意向叛徒卖弄风情,助长他的罪恶的气焰。可是这一切都无能为力,因为英勇的麦克白——真称得上一声"英勇"——不以命运的喜怒为意,挥舞着他的血腥的宝剑,像个煞星似的一路砍杀过去,直到了那奴才的面前,也不打个躬,也不通一句话,就挺剑从他的肚脐上刺了进去,把他的胸膛划破,一直划到下巴上;他的头已经割下来挂在我们的城楼上了。

邓　肯　啊,英勇的表弟!尊贵的壮士!

军　曹　天有不测风云,从那透露曙光的东方偏卷来了无情的风暴,可怕的雷雨;我们正在兴高采烈的时候,却又遭遇了重大的打击。听着,陛下,听着:当正义凭着勇气的威力正在驱逐敌军向后溃退的时候,挪威国君看见有机可乘,调了一批甲械精良的生力军又向我们开始一次新的猛攻。

邓　肯　我们的将军们,麦克白和班柯有没有因此而气馁?

军　曹　是的,要是麻雀能使怒鹰退却、兔子能把雄狮吓走的话。实实在在地说,他们就像两尊巨炮,满装着双倍火力的炮弹,愈发愈猛,向敌人射击;瞧他们的神气,好像拼着浴血负创,非让尸骸铺满原野,决不罢手——可是我的气力已经不济了,我的伤口需要马上医治。

邓　肯　你的叙述和你的伤口一样,都表现出一个战士的精神。来,把他送到军医那儿去。(侍从扶军曹下。)

　　　　洛斯上。

邓　肯　谁来啦?

马尔康　尊贵的洛斯爵士。

列诺克斯　他的眼睛里露出多么慌张的神色!好像要说些什么意想不到的事情似的。

洛　斯　上帝保佑吾王!

邓　肯　爵士,你从什么地方来?

洛　斯　从费辅来,陛下;挪威的旌旗在那边的天空招展,把一阵寒风搧进了我们人民的心里。挪威国君亲自率领了大队人马,靠着那个最奸恶的叛徒考特爵士的帮助,开始了一场惨酷的血战;后来麦克白披甲戴盔,和他势均力敌,刀来枪往,奋勇交锋,方才挫折了他的凶焰;胜利终于属我们所有。——

邓　肯　好大的幸运!

洛　斯　现在史威诺,挪威的国王,已经向我们求和了;我们责令他在圣戈姆小岛上缴纳一万块钱充入我们的国库,否则不让他把战死的将士埋葬。

邓　肯　考特爵士再也不能骗取我的信任了,去宣布把他立即处死,他的原来的爵位移赠麦克白。

洛　斯　我就去执行陛下的旨意。

邓　肯　他所失去的,也就是尊贵的麦克白所得到的。(同下。)

第三场　荒　原

　　　　雷鸣。三女巫上。

女巫甲　妹妹,你从哪儿来?

女巫乙　我刚杀了猪来。

女巫丙　姊姊,你从哪儿来?

女巫甲　一个水手的妻子坐在那儿吃栗子,啃呀啃呀啃呀地啃着。"给我吃一点,"我说。"滚开,妖巫!"那个吃鱼吃肉的贱人喊起来了。她的丈夫是"猛虎号"的船长,到阿勒坡去了;可是我要坐在一张筛子里追上他去,像一头没有尾巴的老鼠,瞧我的,瞧我的,瞧我的吧。

女巫乙　我助你一阵风。

女巫甲　感谢你的神通。

女巫丙　我也助你一阵风。

女巫甲　刮到西来刮到东。

　　　　到处狂风吹海立,
　　　　浪打行船无休息;
　　　　终朝终夜不得安,
　　　　骨瘦如柴血色干;
　　　　一年半载海上漂,
　　　　气断神疲精力销;

>   他的船儿不会翻,
>
>   暴风雨里受苦难。
>
> 瞧我有些什么东西?

女巫乙　给我看,给我看。

女巫甲　这是一个在归途覆舟殒命的舵工的拇指。(内鼓声。)

女巫丙　鼓声!鼓声!麦克白来了。

三女巫　(合)手携手,三姊妹,

>   沧海高山弹指地,
>
>   朝飞暮返任游戏。
>
>   姊三巡,妹三巡,
>
>   三三九转蛊方成。
>
>   麦克白及班柯上。

麦克白　我从来没有见过这样阴郁而又光明的日子。

班　柯　到福累斯还有多少路?这些是什么人,形容这样枯瘦,服装这样怪诞,不像是地上的居民,可是却在地上出现?你们是活人吗?你们能不能回答我们的问题?好像你们懂得我的话,每一个人都同时把她满是皱纹的手指按在她的干枯的嘴唇上。你们应当是女人,可是你们的胡须却使我不敢相信你们是女人。

麦克白　你们要是能够讲话,告诉我们你们是什么人?

女巫甲　万福,麦克白!祝福你,葛莱密斯爵士!

女巫乙　万福,麦克白!祝福你,考特爵士!

女巫丙　万福,麦克白,未来的君王!

班　柯　将军,您为什么这样吃惊,好像害怕这种听上去很好的消息似的?用真理的名义回答我,你们到底是幻象呢,还是果真像你们所显现的那种生物?你们向我的高贵的同伴致敬,并且预言他未来的尊荣和远大的希望,使他仿佛听得出了神;可是你们却没有对我说一句话。要是你们能够洞察时间所播的种子,知道哪一颗会长成,哪一颗不会长成,那么请对我说吧;我既不乞讨你们的恩惠,也不惧怕你们的憎恨。

女巫甲　祝福!

女巫乙　祝福!

女巫丙　祝福!

女巫甲　比麦克白低微,可是你的地位在他之上。

女巫乙　不像麦克白那样幸运,可是比他更有福。

女巫丙　你虽然不是君王,你的子孙将要君临一国。万福,麦克白和班柯!

女巫甲　班柯和麦克白,万福!

麦克白　且慢,你们这些闪烁其词的预言者,明白一点告诉我。西纳尔①死了以后,我知道我已经晋封为葛莱密斯爵士;可是怎么会做起考特爵士来呢?考特爵士现在还活着,他的势力非常煊赫;至于说我是未来的君王,那正像说我是考特爵士一样难于置信。说,你们这种奇怪的消息是从什么地方得来的?为什么你们要在这荒凉的旷野用这种预言式的称呼使我们止步?说,我命令你们。(三女巫隐去。)

班　柯　水上有泡沫,土地也有泡沫,这些便是大地上的泡沫。她们消失到什么地方去了?

麦克白　消失在空气之中,好像是有形体的东西,却像呼吸一样融化在风里了。我倒希望她们再多留一会儿。

---

① 西纳尔是麦克白的父亲。

班　柯　我们正在谈论的这些怪物,果然曾经在这儿出现吗?还是因为我们误食了令人疯狂的草根,已经丧失了我们的理智?

麦克白　您的子孙将要成为君王。

班　柯　您自己将要成为君王。

麦克白　而且还要做考特爵士;她们不是这样说的吗?

班　柯　正是这样说的。谁来啦?

　　　　洛斯及安格斯上。

洛　斯　麦克白,王上已经很高兴地接到了你的胜利的消息;当他听见你在这次征讨叛逆的战争中所表现的英勇的勋绩的时候,他简直不知道应当惊异还是应当赞叹,在这两种心理的交相冲突之下,他快乐得说不出话来。他又得知你在同一天之内,又在雄壮的挪威大军的阵地上出现,不因为你自己亲手造成的死亡的惨象而感到些微的恐惧。报信的人像密雹一样接踵而至,异口同声地在他的面前称颂你的保卫祖国的大功。

安格斯　我们奉王上的命令前来,向你传达他的慰劳的诚意;我们的使命只是迎接你回去面谒王上,不是来酬答你的功绩。

洛　斯　为了向你保证他将给你更大的尊荣起见,他叫我替你加上考特爵士的称号;祝福你,最尊贵的爵士!这一个尊号是属于你的了。

班　柯　什么!魔鬼居然会说真话吗?

麦克白　考特爵士现在还活着;为什么你们要替我穿上借来的衣服?

安格斯　原来的考特爵士现在还活着,可是因为他自取其咎,犯了不赦的重罪,在无情的判决之下,将要失去他的生命。他

313

究竟有没有和挪威人公然联合,或者曾经给叛党秘密的援助,或者同时用这两种手段来图谋颠覆他的祖国,我还不能确实知道;可是他的叛国的重罪,已经由他亲口供认,并且有了事实的证明,使他遭到了毁灭的命运。

麦克白　（旁白）葛莱密斯,考特爵士;最大的尊荣还在后面。（向洛斯、安格斯）谢谢你们的跋涉。（向班柯）您不希望您的子孙将来做君王吗?方才她们称呼我做考特爵士,不同时也许给你的子孙莫大的尊荣吗?

班　柯　您要是果然完全相信了她们的话,也许做了考特爵士以后,还渴望想把王冠攫到手里。可是这种事情很奇怪;魔鬼为了要陷害我们起见,往往故意向我们说真话,在小事情上取得我们的信任,然后在重要的关头我们便会堕入他的圈套。两位大人,让我对你们说句话。

麦克白　（旁白）两句话已经证实,这好比是美妙的开场白,接下去就是帝王登场的正戏了。（向洛斯、安格斯）谢谢你们两位。（旁白）这种神奇的启示不会是凶兆,可是也不像是吉兆。假如它是凶兆,为什么用一开头就应验的预言保证我未来的成功呢?我现在不是已经做了考特爵士了吗?假如它是吉兆,为什么那句话会在我脑中引起可怖的印象,使我毛发悚然,使我的心全然失去常态,噗噗地跳个不住呢?想象中的恐怖远过于实际上的恐怖;我的思想中不过偶然浮起了杀人的妄念,就已经使我全身震撼,心灵在胡思乱想中丧失了作用,把虚无的幻影认为真实了。

班　柯　瞧,我们的同伴想得多么出神。

麦克白　（旁白）要是命运将会使我成为君王,那么也许命运会替我加上王冠,用不着我自己费力。

班　柯　新的尊荣加在他的身上,就像我们穿上新衣服一样,在没有穿惯以前,总觉得有些不大适合身材。

麦克白　(旁白)事情要来尽管来吧,到头来最难堪的日子也会对付得过去的。

班　柯　尊贵的麦克白,我们在等候着您的意旨。

麦克白　原谅我;我的迟钝的脑筋刚才偶然想起了一些已经忘记了的事情,两位大人,你们的辛苦已经铭刻在我的心上,我每天都要把它翻开来诵读。让我们到王上那儿去。想一想最近发生的这些事情;等我们把一切仔细考虑过以后,再把各人心里的意思彼此开诚相告吧。

班　柯　很好。

麦克白　现在暂时不必多说。来,朋友们。(同下。)

第四场　福累斯。宫中一室

喇叭奏花腔。邓肯、马尔康、道纳本、列诺克斯及侍从等上。

邓　肯　考特的死刑已经执行完毕没有?监刑的人还没有回来吗?

马尔康　陛下,他们还没有回来;可是我曾经和一个亲眼看见他就刑的人谈过话,他说他很坦白地供认他的叛逆,请求您宽恕他的罪恶,并且表示深切的悔恨。他的一生行事,从来不曾像他临终的时候那样得体;他抱着视死如归的态度,抛弃了他的最宝贵的生命,就像它是不足介意、不值一钱的东西一样。

邓　肯　世上还没有一种方法,可以从一个人的脸上探察他的居心;他是我所曾经绝对信任的一个人。

麦克白、班柯、洛斯及安格斯上。

邓　肯　啊，最值得钦佩的表弟！我的忘恩负义的罪恶，刚才还重压在我的心头。你的功劳太超越寻常了，飞得最快的报酬都追不上你；要是它再微小一点，那么也许我可以按照适当的名分，给你应得的感谢和酬劳；现在我只能这样说，一切的报酬都不能抵偿你的伟大的勋绩。

麦克白　为陛下尽忠效命，它的本身就是一种酬报。接受我们的劳力是陛下的名分；我们对于陛下和王国的责任，正像子女和奴仆一样，为了尽我们的敬爱之忱，无论做什么事都是应该的。

邓　肯　欢迎你回来；我已经开始把你栽培，我要努力使你繁茂。尊贵的班柯，你的功劳也不在他之下，让我把你拥抱在我的心头。

班　柯　要是我能够在陛下的心头生长，那收获是属于陛下的。

邓　肯　我的洋溢在心头的盛大的喜乐，想要在悲哀的泪滴里隐藏它自己。吾儿，各位国戚，各位爵士，以及一切最亲近的人，我现在向你们宣布立我的长子马尔康为储君，册封为肯勃兰亲王，他将来要继承我的王位；不仅仅是他一个人受到这样的光荣，广大的恩宠将要像繁星一样，照耀在每一个有功者的身上。陪我到殷佛纳斯去，让我再叨受你一次盛情的招待。

麦克白　不为陛下效劳，闲暇成了苦役。让我做一个前驱者，把陛下光降的喜讯先去报告我的妻子知道；现在我就此告辞了。

邓　肯　我的尊贵的考特！

麦克白　（旁白）肯勃兰亲王！这是一块横在我的前途的阶石，

我必须跳过这块阶石，否则就要颠仆在它的上面。星星啊，收起你们的火焰！不要让光亮照见我的黑暗幽深的欲望。眼睛啊，别望这双手吧；可是我仍要下手，不管干下的事会吓得眼睛不敢看。（下。）

邓　肯　真的，尊贵的班柯；他真是英勇非凡，我已经饱听人家对他的赞美，那对我就像是一桌盛筵。他现在先去预备款待我们了，让我们跟上去。真是一个无比的国戚。（喇叭奏花腔。众下。）

第五场　殷佛纳斯。麦克白的城堡

　　麦克白夫人上，读信。

麦克白夫人　"她们在我胜利的那天遇到我；我根据最可靠的说法，知道她们是具有超越凡俗的知识的。当我燃烧着热烈的欲望，想要向她们详细询问的时候，她们已经化为一阵风不见了。我正在惊奇不置，王上的使者就来了，他们都称我为'考特爵士'；那一个尊号正是这些神巫用来称呼我的，而且她们还对我作这样的预示，说是'祝福，未来的君王！'我想我应该把这样的消息告诉你，我的最亲爱的有福同享的伴侣，好让你不至于因为对于你所将要得到的富贵一无所知，而失去你所应该享有的欢欣。把它放在你的心头，再会。"你本是葛莱密斯爵士，现在又做了考特爵士，将来还会达到那预言所告诉你的那样高位。可是我却为你的天性忧虑：它充满了太多的人情的乳臭，使你不敢采取最近的捷径；你希望做一个伟大的人物，你不是没有野心，可是你却缺少和那种野心相联属的奸恶；你的欲望很大，但又希望只用正当的手段；一方面不愿玩弄机诈，一方面却又要作非分的攫夺；伟大的爵士，你想要的那东西正在喊："你要到手，就得这样干！"你也不是不肯这样干，而是怕干。赶快回来吧，让我把我的精神力量倾注在你的耳中；命运和玄奇的力量分明已经准备把黄金的宝冠罩在你的头上，让我用舌尖的勇气，把那阻止你得到那顶王冠的一切障碍驱扫一空吧。

　　　　一使者上。

麦克白夫人　你带了些什么消息来？

使　者　王上今晚要到这儿来。

麦克白夫人　你在说疯话吗？主人是不是跟王上在一起？要是果真有这一回事，他一定会早就通知我们准备的。

使　者　禀夫人，这话是真的。我们的爵爷快要来了；我的一个伙伴比他早到了一步，他跑得气都喘不过来，好容易告诉了我这个消息。

麦克白夫人　好好看顾他；他带来了重大的消息。（使者下）报告邓肯走进我这堡门来送死的乌鸦，它的叫声是嘶哑的。来，注视着人类恶念的魔鬼们！解除我的女性的柔弱，用最凶恶的残忍自顶至踵贯注在我的全身；凝结我的血液，不要让怜悯钻进我的心头，不要让天性中的恻隐摇动我的狠毒的决意！来，你们这些杀人的助手，你们无形的躯体散满在空间，到处找寻为非作恶的机会，进入我的妇人的胸中，把我的乳水当作胆汁吧！来，阴沉的黑夜，用最昏暗的地狱中的浓烟罩住你自己，让我的锐利的刀瞧不见它自己切开的伤口，让青天不能从黑暗的重衾里探出头来，高喊"住手，住手！"

　　　　麦克白上。

麦克白夫人　伟大的葛莱密斯！尊贵的考特！比这二者更伟大、更尊贵的未来的统治者！你的信使我飞越蒙昧的现在，我已经感觉到未来的搏动了。

麦克白　我的最亲爱的亲人，邓肯今晚要到这儿来。

麦克白夫人　什么时候回去呢？

麦克白　他预备明天回去。

麦克白夫人　啊！太阳永远不会见到那样一个明天。您的脸，我的爵爷，正像一本书，人们可以从那上面读到奇怪的事情。你要欺骗世人，必须装出和世人同样的神气；让您的眼睛里、您的手上、您的舌尖，随处流露着欢迎；让人家瞧您像一朵纯洁的花朵，可是在花瓣底下却有一条毒蛇潜伏。我们必须准备款待这位将要来到的贵宾；您可以把今晚的大事交给我去办；凭此一举，我们今后就可以日日夜夜永远掌握君临万民的无上权威。

麦克白　我们还要商量商量。

麦克白夫人　泰然自若地抬起您的头来；脸上变色最易引起猜疑。其他一切都包在我身上。（同下。）

第六场　同前。城堡之前

　　高音笛奏乐。火炬前导；邓肯、马尔康、道纳本、班柯、列诺克斯、麦克德夫、洛斯、安格斯及侍从等上。

邓　肯　这座城堡的位置很好；一阵阵温柔的和风轻轻吹拂着我们微妙的感觉。

班　柯　夏天的客人——巡礼庙宇的燕子，也在这里筑下了它的温暖的巢居，这可以证明这里的空气有一种诱人的香味；

檐下梁间、墙头屋角,无不是这鸟儿安置吊床和摇篮的地方;凡是它们生息繁殖之处,我注意到空气总是很新鲜芬芳。

麦克白夫人上。

邓　肯　瞧,瞧,我们的尊贵的主妇!到处跟随我们的挚情厚爱,有时候反而给我们带来麻烦,可是我们还是要把它当作厚爱来感谢;所以根据这个道理,我们给你带来了麻烦,你还应该感谢我们,祷告上帝保佑我们。

麦克白夫人　我们的犬马微劳,即使加倍报效,比起陛下赐给我们的深恩广泽来,也还是不足挂齿的;我们只有燃起一瓣心香,为陛下祷祝上苍,报答陛下过去和新近加于我们的荣宠。

邓　肯　考特爵士呢?我们想要追在他的前面,趁他没有到家,先替他设筵洗尘;不料他骑马的本领十分了不得,他的一片忠心使他急如星火,帮助他比我们先到了一步。高贵贤淑的主妇,今天晚上我要做您的宾客了。

麦克白夫人　只要陛下吩咐,您的仆人们随时准备把他们自己和他们所有的一切开列清单,向陛下报账,把原来属于陛下的依旧呈献给陛下。

邓　肯　把您的手给我;领我去见我的居停主人。我很敬爱他,我还要继续眷顾他。请了,夫人。(同下。)

第七场　同前。堡中一室

高音笛奏乐;室中遍燃火炬。一司膳及若干仆人持肴馔食具上,自台前经过。麦克白上。

麦克白　要是干了以后就完了,那么还是快一点干;要是凭着暗杀的手段，可以攫取美满的结果，又可以排除了一切后患；要是这一刀砍下去，就可以完成一切、终结一切、解决一切——在这人世上，仅仅在这人世上，在时间这大海的浅滩上；那么来生我也就顾不到了。可是在这种事情上，我们往往逃不过现世的裁判；我们树立下血的榜样，教会别人杀人，结果反而自己被人所杀；把毒药投入酒杯里的人，结果也会自己饮鸩而死，这就是一丝不爽的报应。他到这儿来本有两重的信任：第一，我是他的亲戚，又是他的臣子，按照名分绝对不能干这样的事；第二，我是他的主人，应当保障他身体的安全，怎么可以自己持刀行刺？而且，这个邓肯秉性仁慈，处理国政，从来没有过失，要是把他杀死了，他的生前的美德，将要像天使一般发出喇叭一样清澈的声音，向世人昭告我的弑君重罪；"怜悯"像一个赤身裸体在狂风中飘游的婴儿，又像一个御气而行的天婴，将要把这可憎的行为揭露在每一个人的眼中，使眼泪淹没叹息。没有一种力量可以鞭策我实现自己的意图，可是我的跃跃欲试的野心，却不顾一切地驱着我去冒颠踬的危险。——

　　麦克白夫人上。

麦克白　啊！什么消息？

麦克白夫人　他快要吃好了；你为什么从大厅里跑了出来？

麦克白　他有没有问起我？

麦克白夫人　你不知道他问起过你吗？

麦克白　我们还是不要进行这一件事情吧。他最近给我极大的尊荣；我也好容易从各种人的嘴里博到了无上的美誉，我的名声现在正在发射最灿烂的光彩，不能这么快就把它丢弃了。

麦克白夫人　难道你把自己沉浸在里面的那种希望，只是醉后的妄想吗？它现在从一场睡梦中醒来，因为追悔自己的孟浪，而吓得脸色这样苍白吗？从这一刻起，我要把你的爱情看做同样靠不住的东西。你不敢让你在行为和勇气上跟你的欲望一致吗？你宁愿像一头畏首畏尾的猫儿，顾全你所认为生命的装饰品的名誉，不惜让你在自己眼中成为一个懦夫，让"我不敢"永远跟随在"我想要"的后面吗？

麦克白　请你不要说了。只要是男子汉做的事，我都敢做；没有人比我有更大的胆量。

麦克白夫人　那么当初是什么畜生使你把这一种企图告诉我的呢？是男子汉就应当敢作敢为；要是你敢做一个比你更伟大的人物，那才更是一个男子汉。那时候，无论时间和地点都不曾给你下手的方便，可是你却居然决意要实现你的愿望；现在你有了大好的机会，你又失去勇气了。我曾经哺乳过婴孩，知道一个母亲是怎样怜爱那吮吸她乳汁的子女；可是我会在它看着我的脸微笑的时候，从它的柔软的嫩嘴里摘下我的乳头，把它的脑袋砸碎，要是我也像你一样，曾经发誓下这样毒手的话。

麦克白　假如我们失败了——

麦克白夫人　我们失败！只要你集中你的全副勇气，我们决不会失败。邓肯赶了这一天辛苦的路程，一定睡得很熟；我再去陪他那两个侍卫饮酒作乐，灌得他们头脑昏沉、记忆化成一阵烟雾；等他们烂醉如泥、像死猪一样睡去以后，我们不就可以把那毫无防卫的邓肯随意摆布了吗？我们不是可以把这一件重大的谋杀罪案，推在他的酒醉的侍卫身上吗？

麦克白　愿你所生育的全是男孩子，因为你的无畏的精神，只应该铸造一些刚强的男性。要是我们在那睡在他寝室里的两个人身上涂抹一些血迹,而且就用他们的刀子,人家会不会相信真是他们干下的事?

麦克白夫人　等他的死讯传出以后,我们就假意装出号啕痛哭的样子,这样还有谁敢不相信?

麦克白　我的决心已定,我要用全身的力量,去干这件惊人的举动。去,用最美妙的外表把人们的耳目欺骗;奸诈的心必须罩上虚伪的笑脸。(同下。)

第 二 幕

第一场　殷佛纳斯。堡中庭院

　　　　　仆人执火炬引班柯及弗里恩斯上。

班　柯　孩子,夜已经过了几更了?

弗里恩斯　月亮已经下去;我还没有听见打钟。

班　柯　月亮是在十二点钟下去的。

弗里恩斯　我想不止十二点钟了,父亲。

班　柯　等一下,把我的剑拿着。天上也讲究节俭,把灯烛一起熄灭了。把那个也拿着。催人入睡的疲倦,像沉重的铅块一样压在我的身上,可是我却一点也不想睡。慈悲的神明!抑制那些罪恶的思想,不要让它们潜入我的睡梦之中。

　　　　　麦克白上,一仆人执火炬随上。

　　　　　把我的剑给我。——那边是谁?

麦克白　一个朋友。

班　柯　什么,爵爷!还没有安息吗?王上已经睡了;他今天非常高兴,赏了你家仆人许多东西。这一颗金刚钻是他送给尊夫人的,他称她为最殷勤的主妇。无限的愉快笼罩着他的全身。

麦克白　我们因为事先没有准备,恐怕有许多招待不周的地方。

班　柯　好说好说。昨天晚上我梦见那三个女巫;她们对您所讲的话倒有几分应验。

麦克白　我没有想到她们;可是等我们有了工夫,不妨谈谈那件事,要是您愿意的话。

班　柯　悉如遵命。

麦克白　您听从了我的话,包您有一笔富贵到手。

班　柯　为了觊觎富贵而丧失荣誉的事,我是不干的;要是您有什么见教,只要不毁坏我的清白的忠诚,我都愿意接受。

麦克白　那么慢慢再说,请安息吧。

班　柯　谢谢;您也可以安息啦。(班柯、弗里恩斯同下。)

麦克白　去对太太说要是我的酒①预备好了,请她打一下钟。你去睡吧。(仆人下)在我面前摇晃着、它的柄对着我的手的,不是一把刀子吗?来,让我抓住你。我抓不到你,可是仍旧看见你。不祥的幻象,你只是一件可视不可触的东西吗?或者你不过是一把想象中的刀子,从狂热的脑筋里发出来的虚妄的意匠?我仍旧看见你,你的形状正像我现在拔出的这一把刀子一样明显。你指示着我所要去的方向,告诉我应当用什么利器。我的眼睛倘不是上了当,受其他知觉的嘲弄,就是兼领了一切感官的机能。我仍旧看见你;你的刃上和柄上还流着一滴一滴刚才所没有的血。没有这样的事;杀人的恶念使我看见这种异象。现在在半个世界上,一切生命仿佛已经死去,罪恶的梦景扰乱着平和的睡眠,作法的女巫在向惨白的赫卡忒献祭;形容枯瘦的杀人

---

① 指睡前所喝的牛乳酒。

犯,听到了替他巡哨、报更的豺狼的嗥声,仿佛淫乱的塔昆蹑着脚步像一个鬼似的向他的目的地走去。坚固结实的大地啊,不要听见我的脚步声音是向什么地方去的,我怕路上的砖石会泄漏了我的行踪,把黑夜中一派阴森可怕的气氛破坏了。我正在这儿威胁他的生命,他却在那儿活得好好的;在紧张的行动中间,言语不过是一口冷气。(钟声)我去,就这么干;钟声在招引我。不要听它,邓肯,这是召唤你上天堂或者下地狱的丧钟。(下。)

第二场 同 前

麦克白夫人上。

麦克白夫人　酒把他们醉倒了,却提起了我的勇气;浇熄了他们的馋焰,却燃起了我心头的烈火。听!不要响!这是夜枭在啼声,它正在鸣着丧钟,向人们道凄厉的晚安。他在那儿动手了。门都开着,那两个醉饱的侍卫用鼾声代替他们的守望;我曾经在他们的乳酒里放下麻药,瞧他们熟睡的样子,简直分别不出他们是活人还是死人。

麦克白　(在内)那边是谁?喂!

麦克白夫人　哎哟!我怕他们已经醒过来了,这件事情却还没有办好;不是罪行本身,而是我们的企图毁了我们。听!我把他们的刀子都放好了;他不会找不到的。倘不是我看他睡着的样子活像我的父亲,我早就自己动手了。我的丈夫!

麦克白上。

麦克白　我已经把事情办好了。你没有听见一个声音吗?

麦克白夫人　我听见枭啼和蟋蟀的鸣声。你没有讲过话吗？

麦克白　什么时候？

麦克白夫人　刚才。

麦克白　我下来的时候吗？

麦克白夫人　嗯。

麦克白　听！谁睡在隔壁的房间里？

麦克白夫人　道纳本。

麦克白　(视手)好惨！

麦克白夫人　别发傻,惨什么。

麦克白　一个人在睡梦里大笑,还有一个人喊"杀人啦！"他们把彼此惊醒了；我站定听他们；可是他们念完祷告,又睡着了。

麦克白夫人　是有两个睡在那一间。

麦克白　一个喊,"上帝保佑我们！"一个喊,"阿门！"好像他们看见我高举这一双杀人的血手似的。听着他们惊慌的口气,当他们说过了"上帝保佑我们"以后,我想要说"阿门",却怎么也说不出来。

麦克白夫人　不要把它放在心上。

麦克白　可是我为什么说不出"阿门"两个字来呢？我才是最需要上帝垂恩的,可是"阿门"两个字却哽在我的喉头。

麦克白夫人　我们干这种事,不能尽往这方面想下去；这样想着是会使我们发疯的。

麦克白　我仿佛听见一个声音喊着："不要再睡了！麦克白已经杀害了睡眠,"那清白的睡眠,把忧虑的乱丝编织起来的睡眠,那日常的死亡,疲劳者的沐浴,受伤的心灵的油膏,大自然的最丰盛的菜肴,生命的盛筵上主要的营养,——

327

麦克白夫人　你这种话是什么意思？

麦克白　那声音继续向全屋子喊着："不要再睡了！葛莱密斯已经杀害了睡眠,所以考特将再也得不到睡眠,麦克白将再也得不到睡眠！"

麦克白夫人　谁喊着这样的话？唉,我的爵爷,您这样胡思乱想,是会妨害您的健康的。去拿些水来,把您手上的血迹洗净。为什么您把这两把刀子带了来？它们应该放在那边。把它们拿回去,涂一些血在那两个熟睡的侍卫身上。

麦克白　我不高兴再去了;我不敢回想刚才所干的事,更没有胆量再去看它一眼。

麦克白夫人　意志动摇的人！把刀子给我。睡着的人和死了的人不过和画像一样;只有小儿的眼睛才会害怕画中的魔鬼。要是他还流着血,我就把它涂在那两个侍卫的脸上;因为我们必须让人家瞧着是他们的罪恶。(下。内敲门声。)

麦克白　那打门的声音是从什么地方来的？究竟是怎么一回事,一点点的声音都会吓得我心惊肉跳？这是什么手！嘿！它们要挖出我的眼睛。大洋里所有的水,能够洗净我手上的血迹吗？不,恐怕我这一手的血,倒要把一碧无垠的海水染成一片殷红呢。

　　　麦克白夫人重上。

麦克白夫人　我的两手也跟你的同样颜色了,可是我的心却羞于像你那样变成惨白。(内敲门声)我听见有人打着南面的门;让我们回到自己房间里去;一点点的水就可以替我们泯除痕迹;不是很容易的事吗？你的魄力不知道到哪儿去了。(内敲门声)听！又在那儿打门了。披上你的睡衣,也许人家会来找我们,不要让他们看见我们还没有睡觉。别这样傻头傻脑地呆想了。

麦克白　要想到我所干的事,最好还是忘掉我自己。(内敲门声)用你打门的声音把邓肯惊醒了吧!我希望你能够惊醒他!(同下。)

第三场　同　前

　　　　内敲门声。一门房上。

门　房　门打得这样厉害!要是一个人在地狱里做了管门人,就是拔闩开锁也足够他办的了。(内敲门声)敲,敲,敲!凭着魔鬼的名义,谁在那儿?一定是个囤积粮食的富农,眼看碰上了丰收的年头,就此上了吊。赶快进来吧,多预备几方手帕,这儿是火坑,包你淌一身臭汗。(内敲门声)敲,敲!凭着还有一个魔鬼的名字,是谁在那儿?哼,一定是什么讲起话来暧昧含糊的家伙,他会同时站在两方面,一会儿帮着这个骂那个,一会儿帮着那个骂这个;他曾经为了上帝的缘故,干过不少亏心事,可是他那条暧昧含糊的舌头却不能把他送上天堂去。啊!进来吧,暧昧含糊的家伙。(内敲门声)敲,敲,敲!谁在那儿?哼,一定是什么英国的裁缝,他生前给人做条法国裤还要偷材料①,所以到了这里来。进来吧,裁缝;你可以在这儿烧你的烙铁。(内敲门声)敲,敲;敲个不停!你是什么人?可是这儿太冷,当不成地狱呢。我再也不想做这鬼看门人了。我倒很想放进几个各色各样的人来,让他们经过酒池肉林,一直到刀山火焰上去。(内

---

① 当时法国裤很紧窄,在这种裤子上偷材料的裁缝,必是老手。

敲门声)来了,来了!请你记着我这看门的人。(开门。)

  麦克德夫及列诺克斯上。

麦克德夫　朋友,你是不是睡得太晚了,所以睡到现在还爬不起来?

门　房　不瞒您说,大人,我们昨天晚上喝酒,一直闹到第二遍鸡啼哩;喝酒这一件事,大人,最容易引起三件事情。

麦克德夫　是哪三件事情?

门　房　呃,大人,酒糟鼻、睡觉和撒尿。淫欲呢,它挑起来也压下去;它挑起你的春情,可又不让你真的干起来。所以多喝酒,对于淫欲也可以说是个两面派:成全它,又破坏它;捧它的场,又拖它的后腿;鼓励它,又打击它;替它撑腰,又让它站不住脚;结果呢,两面派把它哄睡了,叫它做了一场荒唐的春梦,就溜之大吉了。

麦克德夫　我看昨晚上杯子里的东西就叫你做了一场春梦吧。

门　房　可不是,大爷,让我从来也没这么荒唐过。可我也不是好惹的,依我看,我比它强,我虽然不免给它揪住大腿,可我终究把它摔倒了。

麦克德夫　你的主人起来了没有?

  麦克白上。

麦克德夫　我们打门把他吵醒了;他来了。

列诺克斯　早安,爵爷。

麦克白　两位早安。

麦克德夫　爵爷,王上起来了没有?

麦克白　还没有。

麦克德夫　他叫我一早就来叫他;我几乎误了时间。

麦克白　我带您去看他。

330

麦克德夫　我知道这是您乐意干的事,可是有劳您啦。

麦克白　我们喜欢的工作,可以使我们忘记劳苦。这门里就是。

麦克德夫　那么我就冒昧进去了,因为我奉有王上的命令。(下。)

列诺克斯　王上今天就要走吗?

麦克白　是的,他已经这样决定了。

列诺克斯　昨天晚上刮着很厉害的暴风,我们住的地方,烟囱都给吹了下来;他们还说空中有哀哭的声音,有人听见奇怪的死亡的惨叫,还有人听见一个可怕的声音,预言着将要有一场绝大的纷争和混乱,降临在这不幸的时代。黑暗中出现的凶鸟整整地吵了一个漫漫的长夜;有人说大地都发热而战抖起来了。

麦克白　果然是一个可怕的晚上。

列诺克斯　我的年轻的经验里唤不起一个同样的回忆。

　　　　　麦克德夫重上。

麦克德夫　啊,可怕!可怕!可怕!不可言喻、不可想象的恐怖!

麦克白
列诺克斯　什么事?

麦克德夫　混乱已经完成了他的杰作!大逆不道的凶手打开了王上的圣殿,把它的生命偷了去了!

麦克白　你说什么?生命?

列诺克斯　你是说陛下吗?

麦克德夫　到他的寝室里去,让一幕惊人的惨剧昏眩你们的视觉吧。不要向我追问;你们自己去看了再说。(麦克白、列诺克斯同下)醒来!醒来!敲起警钟来。杀了人啦!有人在谋反啦！班柯！道纳本！马尔康！醒来！不要贪恋温柔的睡眠,那只是死亡的表象,瞧一瞧死亡的本身吧！起来,起来,瞧瞧世界末日的影子！马尔康！班柯！像鬼魂从坟墓里起来一般,过来瞧瞧这一幕恐怖的景象吧！把钟敲起来！（钟鸣。）

    麦克白夫人上。

麦克白夫人　为什么要吹起这样凄厉的号角,把全屋子睡着的人唤醒？说,说！

麦克德夫　啊,好夫人！我不能让您听见我嘴里的消息,它一进到妇女的耳朵里,是比利剑还要难受的。

    班柯上。

麦克德夫　啊,班柯！班柯！我们的主上给人谋杀了！

麦克白夫人　哎哟！什么！在我们的屋子里吗？

班　柯　无论在什么地方,都是太惨了。好德夫,请你收回你刚才说过的话,告诉我们没有这么一回事。

    麦克白及列诺克斯重上。

麦克白　要是我在这件变故发生以前一小时死去,我就可以说是活过了一段幸福的时间;因为从这一刻起,人生已经失去它的严肃的意义,一切都不过是儿戏;荣名和美德已经死了,生命的美酒已经喝完,剩下来的只是一些无味的渣滓,当作酒窖里的珍宝。

    马尔康及道纳本上。

道纳本　出了什么乱子了？

麦克白　你们还没有知道你们重大的损失;你们的血液的源泉已经切断了,你们的生命的根本已经切断了。

麦克德夫　你们的父王给人谋杀了。

马尔康　啊！给谁谋杀的？

列诺克斯　瞧上去是睡在他房间里的那两个家伙干的事；他们的手上脸上都是血迹；我们从他们枕头底下搜出了两把刀，刀上的血迹也没有揩掉；他们的神色惊惶万分；谁也不能把他自己的生命信托给这种家伙。

麦克白　啊！可是我后悔一时卤莽，把他们杀了。

麦克德夫　你为什么杀了他们？

麦克白　谁能够在惊愕之中保持冷静，在盛怒之中保持镇定，在激于忠愤的时候保持他的不偏不倚的精神？世上没有这样的人吧。我的理智来不及控制我的愤激的忠诚。这儿躺着邓肯，他的白银的皮肤上镶着一缕缕黄金的宝血，他的创巨痛深的伤痕张开了裂口，像是一道道毁灭的门户；那边站着这两个凶手，身上浸润着他们罪恶的颜色，他们的刀上凝结着刺目的血块；只要是一个尚有几分忠心的人，谁不要怒火中烧，替他的主子报仇雪恨？

麦克白夫人　啊，快来扶我进去！

麦克德夫　快来照料夫人。

马尔康　（向道纳本旁白）这是跟我们切身相关的事情，为什么我们一言不发？

道纳本　（向马尔康旁白）我们身陷危境，不可测的命运随时都会吞噬我们，还有什么话好说呢？去吧，我们的眼泪现在还只在心头酝酿呢。

马尔康　（向道纳本旁白）我们的沉重的悲哀也还没有开头呢。

班　柯　照料这位夫人。（侍从扶麦克白夫人下）我们这样袒露着身子，不免要受凉，大家且去披了衣服，回头再举行一次会议，详细彻查这一件最残酷的血案的真相。恐惧和疑虑使我们惊惶失措；站在上帝的伟大的指导之下，我一定要从尚未揭发的假面具下面，探出叛逆的阴谋，和它作殊死的奋斗。

麦克德夫　我也愿意作同样的宣告。

众　人　我们也都抱着同样的决心。

麦克白　让我们赶快穿上战士的衣服，大家到厅堂里商议去。

众　人　很好。（除马尔康、道纳本外均下。）

马尔康　你预备怎么办？我们不要跟他们在一起。假装出一副悲哀的脸，是每一个奸人的拿手好戏。我要到英格兰去。

道纳本　我到爱尔兰去；我们两人各奔前程，对于彼此都是比较安全的办法。我们现在所在的地方，人们的笑脸里都暗藏着利刃；越是跟我们血统相近的人，越是想喝我们的血。

马尔康　杀人的利箭已经射出，可是还没有落下，避过它的目标是我们惟一的活路。所以赶快上马吧；让我们不要斤斤于告别的礼貌，趁着有便就溜出去；明知没有网开一面的希望，就该及早逃避弋人的罗网。（同下。）

第四场　同前。城堡外

洛斯及一老翁上。

老　翁　我已经活了七十个年头，惊心动魄的日子也经过得不少，稀奇古怪的事情也看到过不少，可是像这样可怕的夜晚，却还是第一次遇见。

洛　斯　啊！好老人家，你看上天好像恼怒人类的行为，在向这流血的舞台发出恐吓。照钟点现在应该是白天了，可是黑夜的魔手却把那盏在天空中运行的明灯遮蔽得不露一丝光亮。难道黑夜已经统治一切,还是因为白昼不屑露面,所以在这应该有阳光遍吻大地的时候,地面上却被无边的黑暗所笼罩?

老　翁　这种现象完全是反常的,正像那件惊人的血案一样。在上星期二那天,有一头雄踞在高岩上的猛鹰,被一只吃田鼠的鸥鹑飞来啄死了。

洛　斯　还有一件非常怪异可是十分确实的事情,邓肯有几匹躯干俊美、举步如飞的骏马,的确是不可多得的良种,忽然野性大发,撞破了马棚,冲了出来,倔强得不受羁勒,好像要向人类挑战似的。

老　翁　据说它们还彼此相食。

洛　斯　是的,我亲眼看见这种事情,简直不敢相信自己的眼睛。麦克德夫来了。

　　　　麦克德夫上。

洛　斯　情况现在变得怎么样啦?

麦克德夫　啊,您没有看见吗?

洛　斯　谁干的这件残酷得超乎寻常的罪行已经知道了吗?

麦克德夫　就是那两个给麦克白杀死了的家伙。

洛　斯　唉!他们干了这件事可以希望得到什么好处呢?

麦克德夫　他们是受人的指使。马尔康和道纳本,王上的两个儿子,已经偷偷地逃走了,这使他们也蒙上了嫌疑。

洛　斯　那更加违反人情了!反噬自己的命根,这样的野心会有什么好结果呢?看来大概王位要让麦克白登上去了。

麦克德夫　他已经受到推举,现在到斯贡即位去了。

洛　斯　邓肯的尸体在什么地方?

麦克德夫　已经抬到戈姆基尔,他的祖先的陵墓上。

洛　斯　您也要到斯贡去吗?

麦克德夫　不,大哥,我还是到费辅去。

洛　斯　好,我要到那里去看看。

麦克德夫　好,但愿您看见那里的一切都是好好的,再会!怕只怕我们的新衣服不及旧衣服舒服哩!

洛　斯　再见,老人家。

老　翁　上帝祝福您,也祝福那些把恶事化成善事、把仇敌化为朋友的人们!(各下。)

第 三 幕

第一场　福累斯。宫中一室

班柯上。

班　柯　你现在已经如愿以偿了：国王、考特、葛莱密斯，一切符合女巫们的预言；你得到这种富贵的手段恐怕不大正当；可是据说你的王位不能传及子孙，我自己却要成为许多君王的始祖。要是她们的话里也有真理，就像对于你所显示的那样，那么，既然她们所说的话已经在你麦克白身上应验，难道不也会成为对我的启示，使我对未来发生希望吗？可是闭口！不要多说了。

　　　　喇叭奏花腔。麦克白王冠王服；麦克白夫人后冠后服；列诺克斯、洛斯、贵族、贵妇、侍从等上。

麦克白　这儿是我们主要的上宾。

麦克白夫人　要是忘记了请他，那就要成为我们盛筵上绝大的遗憾，一切都要显得寒碜了。

麦克白　将军，我们今天晚上要举行一次隆重的宴会，请你千万出席。

班　柯　谨遵陛下命令；我的忠诚永远接受陛下的使唤。

麦克白　今天下午你要骑马去吗?

班　柯　是的,陛下。

麦克白　否则我很想请你参加我们今天的会议,贡献我们一些良好的意见,你的老谋深算,我是一向佩服的;可是我们明天再谈吧。你要骑到很远的地方吗?

班　柯　陛下,我想尽量把从现在起到晚餐时候为止这一段的时间在马上消磨过去;要是我的马不跑得快一些,也许要到天黑以后一两小时才能回来。

麦克白　不要误了我们的宴会。

班　柯　陛下,我一定不失约。

麦克白　我听说我那两个凶恶的王侄已经分别到了英格兰和爱尔兰,他们不承认他们的残酷的弑父重罪,却到处向人传播离奇荒谬的谣言;可是我们明天再谈吧,有许多重要的国事要等候我们两人共同处理呢。请上马吧;等你晚上回来的时候再会。弗里恩斯也跟着你去吗?

班　柯　是,陛下;时间已经不早,我们就要去了。

麦克白　愿你快马飞驰,一路平安。再见。(班柯下)大家请便,各人去干各人的事,到晚上七点钟再聚首吧。为要更能领略到嘉宾满堂的快乐起见,我在晚餐以前,预备一个人独自静息静息;愿上帝和你们同在!(除麦克白及侍从一人外均下)喂,问你一句话。那两个人是不是在外面等候着我的旨意?

侍　从　是,陛下,他们就在宫门外面。

麦克白　带他们进来见我。(侍从下)单单做到了这一步还不算什么,总要把现状确定巩固起来才好。我对于班柯怀着深切的恐惧,他的高贵的天性中有一种使我生畏的东西;他是个敢作敢为的人,在他的无畏的精神上,又加上深沉的智

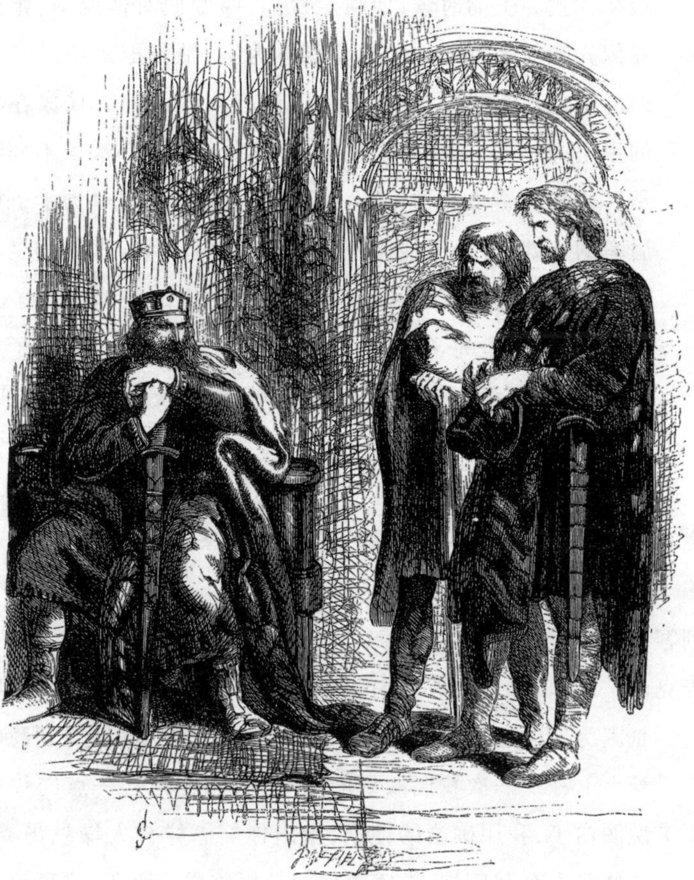

虑,指导他的大勇在确有把握的时机行动。除了他以外,我什么人都不怕,只有他的存在却使我惴惴不安;我的星宿给他罩住了,就像恺撒罩住了安东尼的星宿。当那些女巫们最初称我为王的时候,他呵斥她们,叫她们对他说话;她们就像先知似的说他的子孙将相继为王,她们把一顶没有后嗣的王冠戴在我的头上,把一根没有人继承的御杖放在我的手里,然后再从我的手里夺去,我自己的子孙却得不到继承。要是果然是这样,那么我玷污了我的手,只是为了班柯后裔的好处;我为了他们暗杀了仁慈的邓肯;为了他们良心上负着重大的罪疚和不安;我把我的永生的灵魂送给了人类的公敌,只是为了使他们可以登上王座,使班柯的种子登上王座!不,我不能忍受这样的事,宁愿接受命运的挑战!是谁?

    侍从率二刺客重上。

麦克白 你现在到门口去,等我叫你再进来。(侍从下)我们不是在昨天谈过话吗?

刺客甲 回陛下的话,正是。

麦克白 那么好,你们有没有考虑过我的话?你们知道从前都是因为他的缘故,使你们屈身微贱,虽然你们却错怪到我的身上。在上一次我们谈话的中间,我已经把这一点向你们说明白了,我用确凿的证据,指出你们怎样被人操纵愚弄、怎样受人牵制压抑、人家对你们是用怎样的手段、这种手段的主动者是谁以及一切其他的种种,所有这些都可以使一个半痴的、疯癫的人恍然大悟地说:"这些都是班柯干的事。"

刺客甲 我们已经蒙陛下开示过了。

麦克白　是的,而且我还要更进一步,这就是我们今天第二次谈话的目的。你们难道有那样的好耐性,能够忍受这样的屈辱吗?他的铁手已经快要把你们压下坟墓里去,使你们的子孙永远做乞丐,难道你们就这样虔敬,还要叫你们替这个好人和他的子孙祈祷吗?

刺客甲　陛下,我们是人总有人气。

麦克白　嗯,按说,你们也算是人,正像家狗、野狗、猎狗、叭儿狗、狮子狗、杂种狗、癞皮狗,统称为狗一样;它们有的跑得快,有的跑得慢,有的狡猾,有的可以看门,有的可以打猎,各自按照造物赋与它们的本能而分别价值的高下,在笼统的总称底下得到特殊的名号;人类也是一样。要是你们在人类的行列之中,并不属于最卑劣的一级,那么说吧,我就可以把一件事情信托你们,你们照我的话干了以后,不但可以除去你们的仇人,而且还可以永远受我的眷宠;他一天活在世上,我的心病一天不能痊愈。

刺客乙　陛下,我久受世间无情的打击和虐待,为了向这世界发泄我的怨恨起见,我什么事都愿意干。

刺客甲　我也这样,一次次的灾祸逆运,使我厌倦于人世,我愿意拿我的生命去赌博,或者从此交上好运,或者了结我的一生。

麦克白　你们两人都知道班柯是你们的仇人。

刺客乙　是的,陛下。

麦克白　他也是我的仇人;而且他是我的肘腋之患,他的存在每一分钟都深深威胁着我生命的安全;虽然我可以老实不客气地运用我的权力,把他从我的眼前铲去,而且只要说一声"这是我的意旨"就可以交代过去。可是我却还不能就这么干,因为他有几个朋友同时也是我的朋友,我不能招致他们的反感,即使我亲手把他打倒,也必须假意为他的死亡悲泣;所以我只好借重你们两人的助力,为了许多重要的理由,把这件事情遮过一般人的眼睛。

刺客乙　陛下,我们一定照您的命令做去。

刺客甲　即使我们的生命——

麦克白　你们的勇气已经充分透露在你们的神情之间。最迟在这一小时之内,我就可以告诉你们在什么地方埋伏,等看准机会,再通知你们在什么时间动手;因为这件事情一定要在今晚干好,而且要离开王宫远一些,你们必须记住不能把我牵涉在内;同时为了免得留下枝节起见,你们还要把跟在他身边的他的儿子弗里恩斯也一起杀了,他们父子两人的死,对于我是同样重要的,必须让他们同时接受黑暗的命运。你们先下去决定一下;我就来看你们。

刺客乙　我们已经决定了,陛下。

麦克白　我立刻就会来看你们;你们进去等一会儿。(二刺客下)班柯,你的命运已经决定,你的灵魂要是找得到天堂的话,今天晚上你就该找到了。(下。)

第二场　同前。宫中另一室

麦克白夫人及一仆人上。

麦克白夫人　班柯已经离开宫廷了吗?

仆　人　是,娘娘,可是他今天晚上就要回来的。

麦克白夫人　你去对王上说,我要请他允许我跟他说几句话。

仆　人　是,娘娘。(下。)

麦克白夫人　费尽了一切,结果还是一无所得,我们的目的虽然达到,却一点不感觉满足。要是用毁灭他人的手段,使自己置身在充满着疑虑的欢娱里,那么还不如那被我们所害的人,倒落得无忧无虑。

　　麦克白上。

麦克白夫人　啊,我的主!您为什么一个人孤零零的,让最悲哀的幻想做您的伴侣,把您的思想念念不忘地集中在一个已死者的身上?无法挽回的事,只好听其自然;事情干了就算了。

麦克白　我们不过刺伤了蛇身,却没有把它杀死,它的伤口会慢慢平复过来,再用它的原来的毒牙向我们的暴行复仇。可是让一切秩序完全解体,让活人、死人都去受罪吧,为什么我们要在忧虑中进餐,在每夜使我们惊恐的噩梦的谑弄中睡眠呢?我们为了希求自身的平安,把别人送下坟墓里去享受永久的平安,可是我们的心灵却把我们磨折得没有一刻平静的安息,使我们觉得还是跟已死的人在一起,倒要幸福得多了。邓肯现在睡在他的坟墓里;经过了一场人生的热病,他现在睡得好好的,叛逆已经对他施过最狠毒的伤害,再没有刀剑、毒药、内乱、外患,可以加害于他了。

麦克白夫人　算了算了,我的好丈夫,把您的烦恼的面孔收起;今天晚上您必须和颜悦色地招待您的客人。

麦克白　正是,亲人;你也要这样。尤其请你对班柯曲意殷勤,用你的眼睛和舌头给他特殊的荣宠。我们的地位现在还没有巩固,我们虽在阿谀逢迎的人流中浸染周旋,却要保持我们的威严,用我们的外貌遮掩着我们的内心,不要给人家窥破。

343

麦克白夫人　您不要多想这些了。

麦克白　啊！我的头脑里充满着蝎子,亲爱的妻子;你知道班柯和他的弗里恩斯尚在人间。

麦克白夫人　可是他们并不是长生不死的。

麦克白　那还可以给我几分安慰,他们是可以伤害的;所以你快乐起来吧。在蝙蝠完成它黑暗中的飞翔以前,在振翅而飞的甲虫应答着赫卡忒的呼召,用嗡嗡的声音摇响催眠的晚钟以前,将要有一件可怕的事情干完。

麦克白夫人　是什么事情?

麦克白　你暂时不必知道,最亲爱的宝贝,等事成以后,你再鼓掌称快吧。来,使人盲目的黑夜,遮住可怜的白昼的温柔的眼睛,用你的无形的毒手,毁除那使我畏惧的重大的绊脚石吧! 天色在朦胧起来,乌鸦都飞回到昏暗的林中;一天的好事开始沉沉睡去,黑夜的罪恶的使者却在准备攫捕他们的猎物。我的话使你惊奇;可是不要说话;以不义开始的事情,必须用罪恶使它巩固。跟我来。(同下。)

第三场　同前。苑囿,有一路通王宫

三刺客上。

刺客甲　可是谁叫你来帮我们的?

刺客丙　麦克白。

刺客乙　我们可以不必对他怀疑,他已经把我们的任务和怎样动手的方法都指示给我们了,跟我们得到的命令相符。

刺客甲　那么就跟我们站在一起吧。西方还闪耀着一线白昼的余晖;晚归的行客现在快马加鞭,要来找寻宿处了;我们守候的目标已经在那儿向我们走近。

刺客丙　听！我听见马蹄声。

班　柯　（在内）喂，给我们一个火把！

刺客乙　一定是他；别的客人们都已经到了宫里了。

刺客甲　他的马在兜圈子。

刺客丙　差不多有一哩路；可是他正像许多人一样，常常把从这儿到宫门口的这一条路作为他们的走道。

刺客乙　火把，火把！

刺客丙　是他。

刺客甲　准备好。

　　　　班柯及弗里恩斯持火炬上。

班　柯　今晚恐怕要下雨。

刺客甲　让它下吧。（刺客等向班柯攻击。）

班　柯　啊，阴谋！快逃，好弗里恩斯，逃，逃，逃！你也许可以替我报仇。啊奴才！（死。弗里恩斯逃去。）

刺客丙　谁把火灭了？

刺客甲　不应该灭火吗？

刺客丙　只有一个人倒下；那儿子逃去了。

刺客乙　我们工作的重要一部分失败了。

刺客甲　好，我们回去报告我们工作的结果吧。（同下。）

第四场　同前。宫中大厅

　　　　厅中陈设筵席。麦克白、麦克白夫人、洛斯、列诺克斯、群臣及侍从等上。

麦克白　大家按着各人自己的品级坐下来；总而言之一句话，我

345

竭诚欢迎你们。

群　臣　谢谢陛下的恩典。

麦克白　我自己将要跟你们在一起,做一个谦恭的主人,我们的主妇现在还坐在她的宝座上,可是我就要请她对你们殷勤招待。

麦克白夫人　陛下,请您替我向我们所有的朋友们表示我的欢迎的诚意吧。

　　　　　刺客甲上,至门口。

麦克白　瞧,他们用诚意的感谢答复你了;两方面已经各得其平。我将要在这儿中间坐下来。大家不要拘束,乐一个畅快;等会儿我们就要合席痛饮一巡。(至门口)你的脸上有血。

刺客甲　那么它是班柯的。

麦克白　我宁愿你站在门外,不愿他置身室内。你们已经把他结果了吗?

刺客甲　陛下,他的咽喉已经割破了;这是我干的事。

麦克白　你是一个最有本领的杀人犯;可是谁杀死了弗里恩斯,也一样值得夸奖;要是你也把他杀了,那你才是一个无比的好汉。

刺客甲　陛下,弗里恩斯逃走了。

麦克白　我的心病本来可以痊愈,现在它又要发作了;我本来可以像大理石一样完整,像岩石一样坚固,像空气一样广大自由,现在我却被恼人的疑惑和恐惧所包围拘束。可是班柯已经死了吗?

刺客甲　是,陛下;他安安稳稳地躺在一条泥沟里,他的头上刻着二十道伤痕,最轻的一道也可以致他死命。

麦克白　谢天谢地。大蛇躺在那里；那逃走了的小虫，将来会用它的毒液害人，可是现在它的牙齿还没有长成。走吧，明天再来听候我的旨意。(刺客甲下。)

麦克白夫人　陛下，您还没有劝过客；宴会上倘没有主人的殷勤招待，那就不是在请酒，而是在卖酒；这倒不如待在自己家里吃饭来得舒适呢。既然出来作客，在席面上最让人开胃的就是主人的礼节，缺少了它，那就会使合席失去了兴致的。

麦克白　亲爱的，不是你提起，我几乎忘了！来，请放量醉饱吧，愿各位胃纳健旺，身强力壮！

列诺克斯　陛下请安坐。

　　　　　班柯鬼魂上，坐在麦克白座上。

麦克白　要是班柯在座，那么全国的英俊，真可以说是荟集于一堂了；我宁愿因为他的疏怠而嗔怪他，不愿因为他遭到什么意外而为他惋惜。

洛　斯　陛下，他今天失约不来，是他自己的过失。请陛下上坐，让我们叨陪末席。

麦克白　席上已经坐满了。

列诺克斯　陛下，这儿是给您留着的一个位置。

麦克白　什么地方？

列诺克斯　这儿，陛下。什么事情使陛下这样变色？

麦克白　你们哪一个人干了这件事？

群　臣　什么事，陛下？

麦克白　你不能说这是我干的事；别这样对我摇着你的染着血的头发。

洛　斯　各位大人，起来；陛下病了。

麦克白夫人　坐下,尊贵的朋友们,王上常常这样,他从小就有这种毛病。请各位安坐吧;他的癫狂不过是暂时的,一会儿就会好起来。要是你们太注意了他,他也许会动怒,发起狂来更加厉害;尽管自己吃喝,不要理他吧。你是一个男子吗?

麦克白　嗾,我是一个堂堂男子,可以使魔鬼胆裂的东西,我也敢正眼瞧着它。

麦克白夫人　啊,这倒说得不错!这不过是你的恐惧所描绘出来的一幅图画;正像你所说的那柄引导你去行刺邓肯的空中的匕首一样。啊!要是在冬天的火炉旁,听一个妇女讲述她的老祖母告诉她的故事的时候,那么这种情绪的冲动、恐惧的伪装,倒是非常合适的。不害羞吗?你为什么扮这样的怪脸?说到底,你瞧着的不过是一张凳子罢了。

麦克白　你瞧那边!瞧!瞧!瞧!你怎么说?哼,我什么都不在乎。要是你会点头,你也应该会说话。要是殡舍和坟墓必须把我们埋葬了的人送回世上,那么鸢鸟的胃囊将要变成我们的坟墓了。(鬼魂隐去。)

麦克白夫人　什么!你发了疯,把你的男子气都失掉了吗?

麦克白　要是我现在站在这儿,那么刚才我明明瞧见他。

麦克白夫人　啐!不害羞吗?

麦克白　在人类不曾制定法律保障公众福利以前的古代,杀人流血是不足为奇的事;即使在有了法律以后,惨不忍闻的谋杀事件,也随时发生。从前的时候,一刀下去,当场毙命,事情就这样完结了;可是现在他们却会从坟墓中起来,他们的头上戴着二十件谋杀的重罪,把我们推下座位。这种事情是比这样一件谋杀案更奇怪的。

麦克白夫人　陛下,您的尊贵的朋友们都因为您不去陪他们而十分扫兴哩。

麦克白　我忘了。不要对我惊诧,我的最尊贵的朋友们;我有一种怪病,认识我的人都知道那是不足为奇的。来,让我们用这一杯酒表示我们的同心永好,祝各位健康!你们干了这一杯,我就坐下。给我拿些酒来,倒得满满的。我为今天在座众人的快乐,还要为我们亲爱的缺席的朋友班柯尽此一杯;要是他也在这儿就好了!来,为大家、为他,请干杯,请各位为大家的健康干一杯。

群　臣　敢不从命。

　　　　班柯鬼魂重上。

麦克白　去!离开我的眼前!让土地把你藏匿了!你的骨髓已经枯竭,你的血液已经凝冷;你那向人瞪着的眼睛也已经失去了光彩。

麦克白夫人　各位大人,这不过是他的旧病复发,没有什么别的缘故;害各位扫兴,真是抱歉得很。

麦克白　别人敢做的事,我都敢:无论你用什么形状出现,像粗暴的俄罗斯大熊也好,像披甲的犀牛、舞爪的猛虎也好,只要不是你现在的样子,我的坚定的神经决不会起半分战栗;或者你现在死而复活,用你的剑向我挑战,要是我会惊惶胆怯,那么你就可以宣称我是一个少女怀抱中的婴孩。去,可怕的影子!虚妄的揶揄,去!(鬼魂隐去)嘿,他一去,我的勇气又恢复了。请你们安坐吧。

麦克白夫人　你这样疯疯癫癫的,已经打断了众人的兴致,扰乱了今天的良会。

麦克白　难道碰到这样的事,能像飘过夏天的一朵浮云那样不叫人吃惊吗？我吓得面无人色,你们眼看着这样的怪象,你们的脸上却仍然保持着天然的红润,这才怪哩。

洛　斯　什么怪象,陛下?

麦克白夫人　请您不要对他说话;他越来越疯了;你们多问了他,他会动怒的。对不起,请各位还是散席了吧;大家不必推先让后,请立刻就去,晚安!

列诺克斯　晚安;愿陛下早复健康!

麦克白夫人　各位晚安!（群臣及侍从等下。）

麦克白　流血是免不了的;他们说,流血必须引起流血。据说石块曾经自己转动,树木曾经开口说话;鸦鹊的鸣声里曾经泄露过阴谋作乱的人。夜过去了多少了?

麦克白夫人　差不多到了黑夜和白昼的交界,分别不出是昼是夜来。

麦克白　麦克德夫藐视王命,拒不奉召,你看怎么样?

麦克白夫人　你有没有差人去叫过他?

麦克白　我偶然听人这么说;可是我要差人去唤他。他们这一批人家里谁都有一个被我买通的仆人,替我窥探他们的动静。我明天要趁早去访那三个女巫,听她们还有什么话说;因为我现在非得从最妖邪的恶魔口中知道我的最悲惨的命运不可。为了我自己的好处,只好把一切置之不顾。我已经两足深陷于血泊之中,要是不再涉血前进,那么回头的路也是同样使人厌倦的。我想起了一些非常的计谋,必须不等斟酌就迅速实行。

麦克白夫人　一切有生之伦,都少不了睡眠的调剂,可是你还没有好好睡过。

麦克白　来,我们睡去。我的疑鬼疑神、出乖露丑,都是因为未经磨炼、心怀恐惧的缘故;我们干这事太缺少经验了。(同下。)

第五场 荒 原

雷鸣。三女巫上,与赫卡忒相遇。

女巫甲　哎哟,赫卡忒!您在发怒哩。

赫卡忒　我不应该发怒吗,你们这些放肆大胆的丑婆子?你们怎么敢用哑谜和有关生死的秘密和麦克白打交道;我是你们魔法的总管,一切的灾祸都由我主持支配,你们却不通知我一声,让我也来显一显我们的神通?而且你们所干的事,都只是为了一个刚愎自用、残忍狂暴的人;他像所有的世人一样,只知道自己的利益,一点不是对你们存着什么好意。可是现在你们必须补赎你们的过失;快去,天明的时候,在阿契隆①的地坑附近会我,他将要到那边来探询他的命运;把你们的符咒、魔蛊和一切应用的东西预备齐整,不得有误。我现在乘风而去,今晚我要用整夜的工夫,布置出一场悲惨的结果;在正午以前,必须完成大事。月亮角上挂着一颗湿淋淋的露珠,我要在它没有堕地以前把它摄取,用魔术提炼以后,就可以凭着它呼灵唤鬼,让种种虚妄的幻影迷乱他的本性;他将要藐视命运,唾斥死生,超越一切的情理,排弃一切的疑虑,执着他的不可能的希望;你们都知道自信是人类最大的仇敌。(内歌声,"来吧,来吧,……")听!他们在叫我啦;我的小精灵们,瞧,他们坐在云雾之中,在等着

---

① 阿契隆(Acheron),本为希腊神话中的一条冥河,这里借指地狱。

我呢。(下。)

女巫甲　来,我们赶快;她就要回来的。(同下。)

第六场　福累斯。宫中一室

列诺克斯及另一贵族上。

列诺克斯　我以前的那些话只是叫你听了觉得对劲,那些话是还可以进一步解释的;我只觉得事情有些古怪。仁厚的邓肯被麦克白所哀悼;邓肯是已经死去的了。勇敢的班柯不该在深夜走路,您也许可以说——要是您愿意这么说的话,他是被弗里恩斯杀死的,因为弗里恩斯已经逃匿无踪;人总不应该在夜深的时候走路。哪一个人不以为马尔康和道纳本杀死他们仁慈的父亲,是一件多么惊人的巨变?万恶的行为!麦克白为了这件事多么痛心;他不是乘着一时的忠愤,把那两个酗酒贪睡的溺职卫士杀了吗?那件事干得不是很忠勇的吗?嗯,而且也干得很聪明;因为要是人家听见他们抵赖他们的罪状,谁都会怒从心起的。所以我说,他把一切事情处理得很好;我想要是邓肯的两个儿子也给他拘留起来——上天保佑他们不会落在他的手里——他们就会知道向自己的父亲行弑,必须受到怎样的报应;弗里恩斯也是一样。可是这些话别提啦,我听说麦克德夫因为出言不逊,又不出席那暴君的宴会,已经受到贬辱。您能够告诉我他现在在什么地方吗?

贵　　族　被这暴君篡逐出亡的邓肯世子现在寄身在英格兰宫廷之中,谦恭的爱德华对他非常优待,一点不因为他处境颠危而减削了敬礼。麦克德夫也到那里去了,他的目的是要请求贤明的英王协力激励诺森伯兰和好战的西华德,使他们出兵相援,凭着上帝的意旨帮助我们恢复已失的自由,使我们仍旧能够享受食桌上的盛馔和酣畅的睡眠,不再畏惧宴会中有沾血的刀剑,让我们能够一方面输诚效忠,一方面安受爵赏而心无疑虑;这一切都是我们现在所渴望而求之不得的。这一个消息已经使我们的王上大为震怒,他正在那儿准备作战了。

列诺克斯　他有没有差人到麦克德夫那儿去?

贵　族　他已经差人去过了;得到的回答是很干脆的一句:"老兄,我不去。"那个恼怒的使者转身就走,嘴里好像叽咕着说,"你给我这样的答复,看着吧,你一定会自食其果。"

列诺克斯　那很可以叫他留心留心远避当前的祸害。但愿什么神圣的天使飞到英格兰的宫廷里,预先替他把信息传到那儿;让上天的祝福迅速回到我们这一个在毒手压制下备受苦难的国家!

贵　族　我愿意为他祈祷。(同下。)

第 四 幕

第一场　山洞。中置沸釜

雷鸣。三女巫上。

女巫甲　斑猫已经叫过三声。

女巫乙　刺猬已经啼了四次。

女巫丙　怪鸟在鸣啸:时候到了,时候到了。

女巫甲　绕釜环行火融融,

　　　　毒肝腐脏真其中。

　　　　蛤蟆蛰眠寒石底,

　　　　三十一日夜相继;

　　　　汗出淋漓化毒浆,

　　　　投之鼎釜沸为汤。

众　巫　(合)不惮辛劳不惮烦,

　　　　釜中沸沫已成澜。

女巫乙　沼地蟒蛇取其肉,

　　　　脔以为片煮至熟;

　　　　蝾螈之目青蛙趾,

　　　　蝙蝠之毛犬之齿,

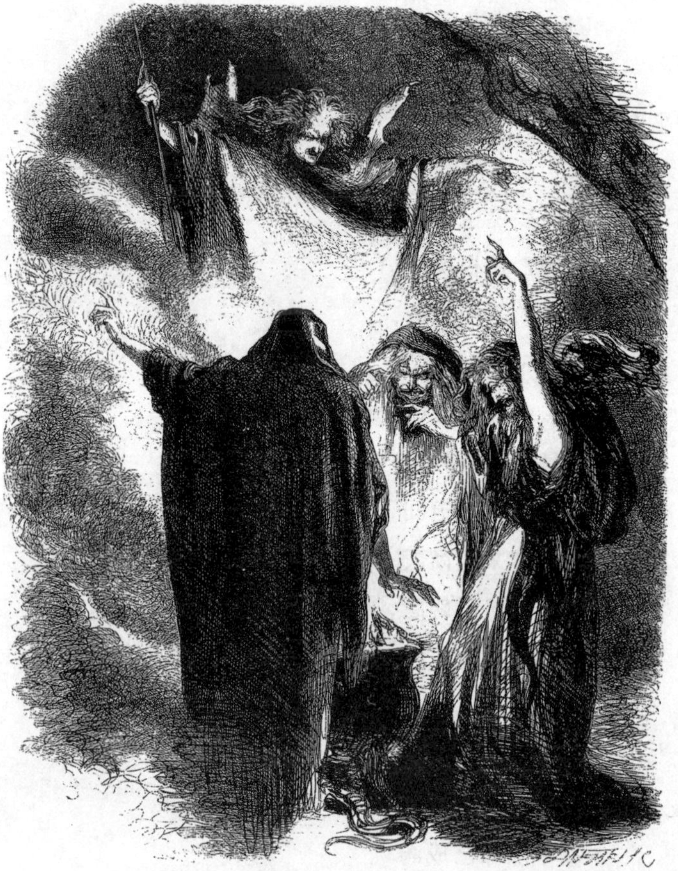

蝮舌如叉蚯蚓刺，
蜥蜴之足枭之翅，
炼为毒蛊鬼神惊，
扰乱人世无安宁。

众　　巫　（合）不惮辛劳不惮烦，
釜中沸沫已成澜。

女巫丙　豺狼之牙巨龙鳞，
千年巫尸貌狰狞；
海底抉出鲨鱼胃，
夜掘毒芹根块块；
杀犹太人摘其肝，
剖山羊胆汁潺潺；
雾黑云深月食时，
潜携斤斧劈杉枝；
娼妇弃儿死道间，
断指持来血尚殷；
土耳其鼻鞑靼唇，
烈火糜之煎作羹；
猛虎肝肠和鼎内，
炼就妖丹成一味。

众　　巫　（合）不惮辛劳不惮烦，
釜中沸沫已成澜。

女巫乙　炭火将残蛊将成，
猩猩滴血蛊方凝。
　　　　　赫卡忒上。

赫卡忒　善哉尔曹功不浅，

356

　　　　　颁赏酬劳利泽遍。

　　　　　于今绕釜且歌吟,

　　　　　大小妖精成环形,

　　　　　摄人魂魄荡人心。(音乐,众巫唱幽灵之歌。)

女巫乙　拇指怦怦动,

　　　　　必有恶人来;

　　　　　既来皆不拒,

　　　　　洞门敲自开。

　　　　　麦克白上。

麦克白　啊,你们这些神秘的幽冥的夜游的妖婆子!你们在干什么?

众　巫　(合)一件没有名义的行动。

麦克白　凭着你们的法术,我吩咐你们回答我,不管你们的秘法是从哪里得来的。即使你们放出狂风,让它们向教堂猛击;即使汹涌的波涛会把航海的船只颠覆吞噬;即使谷物的叶片会倒折在田亩上,树木会连根拔起;即使城堡会向它们的守卫者的头上倒下;即使宫殿和金字塔都会倾圮;即使大自然所孕育的一切灵奇完全归于毁灭,连"毁灭"都感到手软了,我也要你们回答我的问题。

女巫甲　说。

女巫乙　你问吧。

女巫丙　我们可以回答你。

女巫甲　你愿意从我们嘴里听到答复呢,还是愿意让我们的主人们回答你?

麦克白　叫他们出来;让我见见他们。

女巫甲　母猪九子食其豚,

血浇火上焰生腥;

杀人恶犯上刑场,

汗脂投火发凶光。

众　巫　(合)鬼王鬼卒火中来,

现形作法莫惊猜。

　　　　　雷鸣。第一幽灵出现,为一戴盔之头。

麦克白　告诉我,你这不知名的力量——

女巫甲　他知道你的心事;听他说,你不用开口。

第一幽灵　麦克白!麦克白!麦克白!留心麦克德夫;留心费辅爵士。放我回去。够了。(隐入地下。)

麦克白　不管你是什么精灵,我感谢你的忠言警告;你已经一语道破了我的忧虑。可是再告诉我一句话——

女巫甲　他是不受命令的。这儿又来了一个,比第一个法力更大。

　　　　　雷鸣。第二幽灵出现,为一流血之小儿。

第二幽灵　麦克白!麦克白!麦克白!——

麦克白　我要是有三只耳朵,我的三只耳朵都会听着你。

第二幽灵　你要残忍、勇敢、坚决;你可以把人类的力量付之一笑,因为没有一个妇人所生下的人可以伤害麦克白。(隐入地下。)

麦克白　那么尽管活下去吧,麦克德夫;我何必惧怕你呢?可是我要使确定的事实加倍确定,从命运手里接受切实的保证。我还是要你死,让我可以斥胆怯的恐惧为虚妄,在雷电怒作的夜里也能安心睡觉。

　　　　　雷鸣。第三幽灵出现,为一戴王冠之小儿,手持树枝。

麦克白　这升起来的是什么,他的模样像是一个王子,他的幼稚的头上还戴着统治的荣冠?

众　巫　静听,不要对它说话。

第三幽灵　你要像狮子一样骄傲而无畏,不要关心人家的怨怒,也不要担忧有谁在算计你。麦克白永远不会被人打败,除非有一天勃南的树林会冲着他向邓西嫩高山移动。(隐入地下。)

麦克白　那是决不会有的事;谁能够命令树木,叫它从泥土之中拔起它的深根来呢?幸运的预兆!好!勃南的树林不会移动,叛徒的举事也不会成功,我们巍巍高位的麦克白将要尽其天年,在他寿数告终的时候奄然物化。可是我的心还在跳动着想要知道一件事情;告诉我,要是你们的法术能够解释我的疑惑,班柯的后裔会不会在这一个国土上称王?

众　巫　不要追问下去了。

麦克白　我一定要知道究竟;要是你们不告诉我,愿永久的咒诅降在你们身上!告诉我。为什么那口釜沉了下去?这是什么声音?(高音笛声。)

女巫甲　出来!

女巫乙　出来!

女巫丙　出来!

众　巫　(合)一见惊心,魂魄无主;
　　　　如影而来,如影而去。

作国王装束者八人次第上;最后一人持镜;班柯鬼魂随其后。

麦克白　你太像班柯的鬼魂了;下去!你的王冠刺痛了我的眼珠。怎么,又是一个戴着王冠的,你的头发也跟第一个一样。第三个又跟第二个一样。该死的鬼婆子!你们为什么让我看见这些人?第四个!跳出来吧,我的眼睛!什么!

这一连串戴着王冠的,要到世界末日才会完结吗?又是一个?第七个!我不想再看了。可是第八个又出现了,他拿着一面镜子,我可以从镜子里面看见许许多多戴王冠的人;有几个还拿着两个金球,三根御杖。可怕的景象!啊,现在我知道这不是虚妄的幻象,因为血污的班柯在向我微笑,用手指点着他们,表示他们就是他的子孙。(众幻影消灭)什么!真是这样吗?

女巫甲　嗯,这一切都是真的;可是麦克白为什么这样呆若木鸡。来,姊妹们,让我们鼓舞鼓舞他的精神,用最好的歌舞替他消愁解闷。我先用魔法使空中奏起乐来,你们就挽成一个圈子团团跳舞,让这位伟大的君王知道,我们并没有怠慢他。(音乐。众女巫跳舞,舞毕与赫卡忒俱隐去。)

麦克白　她们在哪儿?去了?愿这不祥的时辰在日历上永远被人咒诅!外面有人吗?进来!

　　　列诺克斯上。

列诺克斯　陛下有什么命令?

麦克白　你看见那三个女巫吗?

列诺克斯　没有,陛下。

麦克白　她们没有打你身边过去吗?

列诺克斯　确实没有,陛下。

麦克白　愿她们所驾乘的空气都化为毒雾,愿一切相信她们言语的人都永堕沉沦!我方才听见奔马的声音,是谁经过这地方?

列诺克斯　启禀陛下,刚才有两三个使者来过,向您报告麦克德夫已经逃奔英格兰去了。

麦克白　逃奔英格兰去了!

列诺克斯　是,陛下。

麦克白　时间,你早就料到我的狠毒的行为,竟抢先了一着;要追赶上那飞速的恶念,就得马上见诸行动;从这一刻起,我心里一想到什么,便要立刻把它实行,没有迟疑的余地;我现在就要用行动表示我的意志——想到便下手。我要去突袭麦克德夫的城堡;把费辅攫取下来;把他的妻子儿女和一切跟他有血缘之亲的不幸的人们一齐杀死。我不能像一个傻瓜似的只会空口说大话;我必须趁着我这一个目的还没有冷淡下来以前把这件事干好。可是我不想再看见什么幻象了!那几个使者呢?来,带我去见见他们。(同下。)

第二场　费辅。麦克德夫城堡

麦克德夫夫人、麦克德夫子及洛斯上。

麦克德夫夫人　他干了什么事,要逃亡国外?

洛　斯　您必须安心忍耐,夫人。

麦克德夫夫人　他可没有一点忍耐;他的逃亡全然是发疯。我们的行为本来是光明坦白的,可是我们的疑虑却使我们成为叛徒。

洛　斯　您还不知道他的逃亡究竟是明智的行为还是无谓的疑虑。

麦克德夫夫人　明智的行为!他自己高飞远走,把他的妻子儿女、他的宅第尊位,一齐丢弃不顾,这算是明智的行为吗?他不爱我们;他没有天性之情;鸟类中最微小的鹪鹩也会奋不顾身,和鸱鸮争斗,保护它巢中的众雏。他心里只有恐惧没有爱;也没有一点智慧,因为他的逃亡是完全不合情理的。

洛　　斯　好嫂子,请您抑制一下自己;讲到尊夫的为人,那么他是高尚明理而有识见的,他知道应该怎样见机行事。我不敢多说什么;现在这种时世太冷酷无情了,我们自己还不知道,就已经蒙上了叛徒的恶名;一方面恐惧流言,一方面却不知道为何而恐惧,就像在一个风波险恶的海上漂浮,全没有一定的方向。现在我必须向您告辞;不久我会再到这儿来。最恶劣的事态总有一天告一段落,或者逐渐恢复原状。我的可爱的侄儿,祝福你!

麦克德夫夫人　他虽然有父亲,却和没有父亲一样。

洛　　斯　我要是再逗留下去,才真是不懂事的傻子,既会叫人家笑话我不像个男子汉,还要连累您心里难过;我现在立刻告辞了。(下。)

麦克德夫夫人　小子,你爸爸死了;你现在怎么办?你预备怎样过活?

麦克德夫子　像鸟儿一样过活,妈妈。

麦克德夫夫人　什么!吃些小虫儿、飞虫儿吗?

麦克德夫子　我的意思是说,我得到些什么就吃些什么,正像鸟儿一样。

麦克德夫夫人　可怜的鸟儿!你从来不怕有人张起网儿、布下陷阱,捉了你去哩。

麦克德夫子　我为什么要怕这些,妈妈?他们是不会算计可怜的小鸟的。我的爸爸并没有死,虽然您说他死了。

麦克德夫夫人　不,他真的死了。你没了父亲怎么好呢?

麦克德夫子　您没了丈夫怎么好呢?

麦克德夫夫人　嘿,我可以到随便哪个市场上去买二十个丈夫回来。

麦克德夫子　那么您买了他们回来,还是要卖出去的。

麦克德夫夫人　这刁钻的小油嘴;可也亏你想得出来。

麦克德夫子　我的爸爸是个反贼吗,妈妈?

麦克德夫夫人　嗯,他是个反贼。

麦克德夫子　怎么叫做反贼?

麦克德夫夫人　反贼就是起假誓扯谎的人。

麦克德夫子　凡是反贼都是起假誓扯谎的吗?

麦克德夫夫人　起假誓扯谎的人都是反贼,都应该绞死。

麦克德夫子　起假誓扯谎的都应该绞死吗?

麦克德夫夫人　都应该绞死。

麦克德夫子　谁去绞死他们呢?

麦克德夫夫人　那些正人君子。

麦克德夫子　那么那些起假誓扯谎的都是些傻瓜,他们有这许多人,为什么不联合起来打倒那些正人君子,把他们绞死了呢?

麦克德夫夫人　哎哟,上帝保佑你,可怜的猴子!可是你没了父亲怎么好呢?

麦克德夫子　要是他真的死了,您会为他哀哭的;要是您不哭,那是一个好兆,我就可以有一个新的爸爸了。

麦克德夫夫人　这小油嘴真会胡说!

　　　　一使者上。

使　者　祝福您,好夫人!您不认识我是什么人,可是我久闻夫人的令名,所以特地前来,报告您一个消息。我怕夫人目下有极大的危险,要是您愿意接受一个微贱之人的忠告,那么还是离开此地,赶快带着您的孩子们避一避的好。我这样

363

惊吓着您,已经是够残忍的了;要是有人再要加害于您,那真是太没有人道了,可是这没人道的事儿快要落到您头上了。上天保佑您!我不敢多耽搁时间。(下。)

麦克德夫夫人　叫我逃到哪儿去呢?我没有做过害人的事。可是我记起来了,我是在这个世上,这世上做了恶事才会被人恭维赞美,做了好事反会被人当作危险的傻瓜;那么,唉!我为什么还要用这种婆子气的话替自己辩护,说是我没有做过害人的事呢?

　　　　　刺客等上。

麦克德夫夫人　这些是什么人?
众刺客　你的丈夫呢?
麦克德夫夫人　我希望他是在光天化日之下你们这些鬼东西不敢露脸的地方。
刺　客　他是个反贼。
麦克德夫子　你胡说,你这蓬头的恶人!
刺　客　什么!你这叛徒的孽种!(刺麦克德夫子。)
麦克德夫子　他杀死我了,妈妈;您快逃吧!(死。麦克德夫夫人呼"杀了人啦!"下,众刺客追下。)

第三场　英格兰。王宫前

　　　　　马尔康及麦克德夫上。

马尔康　让我们找一处没有人踪的树荫,在那里把我们胸中的悲哀痛痛快快地哭个干净吧。
麦克德夫　我们还是紧握着利剑,像好汉子似的卫护我们被蹂躏的祖国吧。每一个新的黎明都听得见新孀的寡妇在哭泣,新失父母的孤儿在号啕,新的悲哀上冲霄汉,发出凄厉的回声,就像哀悼苏格兰的命运,替她奏唱挽歌一样。

马尔康　我相信的事就叫我痛哭,我知道的事就叫我相信;我只要有机会效忠祖国,也愿意尽我的力量。您说的话也许是事实。一提起这个暴君的名字,就使我们切齿腐舌。可是他曾经有过正直的名声;您对他也有很好的交情;他也还没有加害于您。我虽然年轻识浅,可是您也许可以利用我向他邀功求赏,把一头柔弱无罪的羔羊向一个愤怒的天神献祭,不失为一件聪明的事。

麦克德夫　我不是一个奸诈小人。

马尔康　麦克白却是的。在尊严的王命之下,忠实仁善的人也许不得不背着天良行事。可是我必须请您原谅;您的忠诚的人格决不会因为我用小人之心去测度它而发生变化;最光明的天使也许会堕落,可是天使总是光明的;虽然小人全都貌似忠良,可是忠良的一定仍然不失他的本色。

麦克德夫　我已经失去我的希望。

马尔康　也许正是这一点刚才引起了我的怀疑。您为什么不告而别,丢下您的妻子儿女,您那些宝贵的骨肉、爱情的坚强的联系,让她们担惊受险呢?请您不要把我的多心引为耻辱,为了我自己的安全,我不能不这样顾虑。不管我心里怎样想,也许您真是一个忠义的汉子。

麦克德夫　流血吧,流血吧,可怜的国家! 不可一世的暴君,奠下你的安若泰山的基业吧,因为正义的力量不敢向你诛讨! 戴着你那不义的王冠吧,这是你的已经确定的名分;再会,殿下;即使把这暴君掌握下的全部土地一起给我,再加上富庶的东方,我也不愿做一个像你所猜疑我那样的奸人。

马尔康　不要生气；我说这样的话，并不是完全为了不放心您。我想我们的国家呻吟在虐政之下，流泪、流血，每天都有一道新的伤痕加在旧日的疮痍之上；我也想到一定有许多人愿意为了我的权利奋臂而起，就在友好的英格兰这里，也已经有数千义士愿意给我助力；可是虽然这样说，要是我有一天能够把暴君的头颅放在足下践踏，或者把它悬挂在我的剑上，我的可怜的祖国却要在一个新的暴君的统治之下，滋生更多的罪恶，忍受更大的苦痛，造成更分歧的局面。

麦克德夫　这新的暴君是谁？

马尔康　我的意思就是说我自己；我知道在我的天性之中，深植着各种的罪恶，要是有一天暴露出来，黑暗的麦克白在相形之下，将会变成白雪一样纯洁；我们的可怜的国家看见了我的无限的暴虐，将会把他当作一头羔羊。

麦克德夫　踏遍地狱也找不出一个比麦克白更万恶不赦的魔鬼。

马尔康　我承认他嗜杀、骄奢、贪婪、虚伪、欺诈、狂暴、凶恶，一切可以指名的罪恶他都有；可是我的淫佚是没有止境的：你们的妻子、女儿、妇人、处女，都不能填满我的欲壑；我的猖狂的欲念会冲决一切节制和约束；与其让这样一个人做国王，还是让麦克白统治的好。

麦克德夫　从人的生理来说，无限制的纵欲是一种"虐政"，它曾经推翻了无数君主，使他们不能长久坐在王位上。可是您还不必担心，谁也不能禁止您满足您的分内的欲望；您可以一方面尽情欢乐，一方面在外表上装出庄重的神气，世人的耳目是很容易遮掩过去的。我们国内尽多自愿献身的女子，无论您怎样贪欢好色，也应付不了这许多求荣献媚的娇娥。

马尔康　除了这一种弱点以外,在我的邪僻的心中还有一种不顾廉耻的贪婪,要是我做了国王,我一定要诛锄贵族,侵夺他们的土地;不是向这个人索取珠宝,就是向那个人索取房屋;我所有的越多,我的贪心越不知道餍足,我一定会为了图谋财富的缘故,向善良忠贞的人无端寻衅,把他们陷于死地。

麦克德夫　这一种贪婪比起少年的情欲来,它的根是更深而更有毒的,我们曾经有许多过去的国王死在它的剑下。可是您不用担心,苏格兰有足够您享用的财富,它都是属于您的;只要有其他的美德,这些缺点都不算什么。

马尔康　可是我一点没有君主之德,什么公平、正直、节俭、镇定、慷慨、坚毅、仁慈、谦恭、诚敬、宽容、勇敢、刚强,我全没有;各种罪恶却应有尽有,在各方面表现出来。嘿,要是我掌握了大权,我一定要把和谐的甘乳倾入地狱,扰乱世界的和平,破坏地上的统一。

麦克德夫　啊,苏格兰,苏格兰!

马尔康　你说这样一个人是不是适宜于统治？我正是像我所说那样的人。

麦克德夫　适宜于统治! 不,这样的人是不该让他留在人世的。啊,多难的国家,一个篡位的暴君握着染血的御杖高踞在王座上,你的最合法的嗣君又亲口吐露了他是这样一个可咒诅的人,辱没了他的高贵的血统,那么你几时才能重见天日呢？你的父王是一个最圣明的君主;生养你的母后每天都想到人生难免的死亡,她朝夕都在屈膝跪求上天的垂怜。再会! 你自己供认的这些罪恶,已经把我从苏格兰放逐啊,我的胸膛,你的希望永远在这儿埋葬了!

马尔康　麦克德夫,只有一颗正直的心,才会有这种勃发的忠义之情,它已经把黑暗的疑虑从我的灵魂上一扫而空,使我充分信任你的真诚。魔鬼般的麦克白曾经派了许多说客来,想要把我诱进他的罗网,所以我不得不着意提防;可是上帝鉴临在你我二人的中间!从现在起,我委身听从你的指导,并且撤回我刚才对我自己所讲的坏话,我所加在我自己身上的一切污点,都是我的天性中所没有的。我还没有近过女色,从来没有背过誓,即使是我自己的东西,我也没有贪得的欲念;我从不曾失信于人,我不愿把魔鬼出卖给他的同伴,我珍爱忠诚不亚于生命;刚才我对自己的诽谤,是我第一次的说谎。那真诚的我,是准备随时接受你和我的不幸的祖国的命令的。在你还没有到这儿来以前,年老的西华德已经带领了一万个战士,装备齐全,向苏格兰出发了。现在我们就可以把我们的力量合并在一起;我们堂堂正正的义师,一定可以得胜。您为什么不说话?

麦克德夫　好消息和恶消息同时传进了我的耳朵里,使我的喜怒都失去了自主。

　　　一医生上。

马尔康　好,等会儿再说。请问一声,王上出来了吗?

医　生　出来了,殿下;有一大群不幸的人们在等候他医治,他们的疾病使最高明的医生束手无策,可是上天给他这样神奇的力量,只要他的手一触,他们就立刻痊愈了。

马尔康　谢谢您的见告,大夫。(医生下。)

麦克德夫　他说的是什么疾病?

马尔康　他们都把它叫做瘰疬;自从我来到英国以后,我常常看见这位善良的国王显示他的奇妙无比的本领。除了他自己以外,谁也不知道他是怎样祈求着上天;可是害着怪病的人,浑身肿烂,惨不忍睹,一切外科手术无法医治的,他只要嘴里念着祈祷,用一枚金章亲手挂在他们的颈上,他们便会霍然痊愈;据说他这种治病的天能,是世世相传永袭罔替的。除了这种特殊的本领以外,他还是一个天生的预言者,福祥环拱着他的王座,表示他具有各种美德。

麦克德夫　瞧,谁来啦?

马尔康　是我们国里的人;可是我还认不出他是谁。

　　　　洛斯上。

麦克德夫　我的贤弟,欢迎。

马尔康　我现在认识他了。好上帝,赶快除去使我们成为陌路之人的那一层隔膜吧!

洛　斯　阿门,殿下。

麦克德夫　苏格兰还是原来那样子吗?

洛　斯　唉!可怜的祖国!它简直不敢认识它自己。它不能再称为我们的母亲,只是我们的坟墓;在那边,除了浑浑噩噩、一无所知的人以外,谁的脸上也不曾有过一丝笑容;叹息、呻吟、震撼天空的呼号,都是日常听惯的声音,不能再引起人们的注意;剧烈的悲哀变成一般的风气;葬钟敲响的时候,谁也不再关心它是为谁而鸣;善良人的生命往往在他们帽上的花朵还没有枯萎以前就化为朝露。

麦克德夫　啊!太巧妙、也是太真实的描写!

马尔康　最近有什么令人痛心的事情?

洛　斯　一小时以前的变故,在叙述者的嘴里就已经变成陈迹了;每一分钟都产生新的祸难。

麦克德夫　我的妻子安好吗?

洛　　斯　呃,她很安好。

麦克德夫　我的孩子们呢?

洛　　斯　也很安好。

麦克德夫　那暴君还没有毁坏他们的平静吗?

洛　　斯　没有;当我离开他们的时候,他们是很平安的。

麦克德夫　不要吝惜你的言语;究竟怎样?

洛　　斯　当我带着沉重的消息、预备到这儿来传报的时候,一路上听见谣传,说是许多有名望的人都已经起义;这种谣言照我想起来是很可靠的,因为我亲眼看见那暴君的军队在出动。现在是应该出动全力挽救祖国沦夷的时候了;你们要是在苏格兰出现,可以使男人们个个变成兵士,使女人们愿意从她们的困苦之下争取解放而作战。

马尔康　我们正要回去,让这消息作为他们的安慰吧。友好的英格兰已经借给我们西华德将军和一万兵士,所有基督教的国家里找不出一个比他更老练、更优秀的军人。

洛　　斯　我希望我也有同样好的消息给你们!可是我所要说的话,是应该把它在荒野里呼喊,不让它钻进人们耳中的。

麦克德夫　它是关于哪方面的?是和大众有关的呢,还是一两个人单独的不幸?

洛　　斯　天良未泯的人,对于这件事谁都要觉得像自己身受一样伤心,虽然你是最感到切身之痛的一个。

麦克德夫　倘然那是与我有关的事,那么不要瞒过我;快让我知道了吧。

洛　　斯　但愿你的耳朵不要从此永远憎恨我的舌头,因为它将要让你听见你有生以来所听到的最惨痛的声音。

麦克德夫　哼,我猜到了。

洛　　斯　你的城堡受到袭击;你的妻子和儿女都惨死在野蛮的刀剑之下;要是我把他们的死状告诉你,那会使你痛不欲生,在他们已经成为被杀害了的驯鹿似的尸体上,再加上了你的。

马尔康　慈悲的上天!什么,朋友!不要把你的帽子拉下来遮住你的额角;用言语把你的悲伤倾泻出来吧;无言的哀痛是会向那不堪重压的心低声耳语,叫它裂成片片的。

麦克德夫　我的孩子也都死了吗?

洛　　斯　妻子、孩子、仆人,凡是被他们找得到的,杀得一个不存。

麦克德夫　我却不得不离开那里!我的妻子也被杀了吗?

洛　　斯　我已经说过了。

马尔康　请宽心吧;让我们用壮烈的复仇做药饵,治疗这一段惨酷的悲痛。

麦克德夫　他自己没有儿女。我的可爱的宝贝们都死了吗?你说他们一个也不存吗?啊,地狱里的恶鸟!一个也不存?什么!我的可爱的鸡雏们和他们的母亲一起葬送在毒手之下了吗?

马尔康　拿出男子汉的气概来。

麦克德夫　我要拿出男子汉的气概来;可是我不能抹杀我的人类的感情。我怎么能够把我所最珍爱的人置之度外,不去想念他们呢?难道上天看见这一幕惨剧而不对他们抱同情吗?罪恶深重的麦克德夫!他们都是为了你而死于非命的。我真该死,他们没有一点罪过,只是因为我自己不好,无情的屠戮才会降临到他们的身上。愿上天给他们安息!

马尔康　把这一桩仇恨作为磨快你的剑锋的砺石；让哀痛变成愤怒；不要让你的心麻木下去，激起它的怒火来吧。

麦克德夫　啊！我可以一方面让我的眼睛里流着妇人之泪，一方面让我的舌头发出大言壮语。可是，仁慈的上天，求你撤除一切中途的障碍，让我跟这苏格兰的恶魔正面相对，使我的剑能够刺到他的身上；要是我放他逃走了，那么上天饶恕他吧！

马尔康　这几句话说得很像个汉子。来，我们见国王去；我们的军队已经调齐，一切齐备，只待整装出发。麦克白气数将绝，天诛将至；黑夜无论怎样悠长，白昼总会到来的。（同下。）

第 五 幕

第一场　邓西嫩。城堡中一室

　　一医生及一侍女上。

医　生　我已经陪着你看守了两夜,可是一点不能证实你的报告。她最后一次晚上起来行动是在什么时候?

侍　女　自从王上出征以后,我曾经看见她从床上起来,披上睡衣,开了橱门上的锁,拿出信纸,把它折起来,在上面写了字,读了一遍,然后把信封好,再回到床上去;可是在这一段时间里,她始终睡得很熟。

医　生　这是心理上的一种重大的纷乱,一方面入于睡眠的状态,一方面还能像醒着一般做事。在这种睡眠不安的情形之下,除了走路和其他动作以外,你有没有听见她说过什么话?

侍　女　大夫,那我可不能把她的话照样告诉您。

医　生　你不妨对我说,而且应该对我说。

侍　女　我不能对您说,也不能对任何人说,因为没有一个见证可以证实我的话。

　　麦克白夫人持烛上。

侍　女　您瞧！她来啦。这正是她往常的样子；凭着我的生命起誓,她现在睡得很熟。留心看着她；站近一些。

医　生　她怎么会有那支蜡烛？

侍　女　那就是放在她的床边的；她的寝室里通宵点着灯火,这是她的命令。

医　生　你瞧,她的眼睛睁着呢。

侍　女　嗯,可是她的视觉却关闭着。

医　生　她现在在干什么？瞧,她在擦着手。

侍　女　这是她的一个惯常的动作,好像在洗手似的。我曾经看见她这样擦了足有一刻钟的时间。

麦克白夫人　可是这儿还有一点血迹。

医　生　听！她说话了。我要把她的话记下来,免得忘记。

麦克白夫人　去,该死的血迹！去吧！一点、两点,啊,那么现在可以动手了。地狱里是这样幽暗！呸,我的爷,呸！你是一个军人,也会害怕吗？既然谁也不能奈何我们,为什么我们要怕被人知道？可是谁想得到这老头儿会有这么多血？

医　生　你听见没有？

麦克白夫人　费辅爵士从前有一个妻子；现在她在哪儿？什么！这两只手再也不会干净了吗？算了,我的爷,算了；你这样大惊小怪,把事情都弄糟了。

医　生　说下去,说下去；你已经知道你所不应该知道的事。

侍　女　我想她已经说了她所不应该说的话；天知道她心里有些什么秘密。

麦克白夫人　这儿还是有一股血腥气；所有阿拉伯的香料都不能叫这只小手变得香一点。啊！啊！啊！

医　生　这一声叹息多么沉痛！她的心里蕴蓄着无限的凄苦。

侍　　女　我不愿为了身体上的尊荣,而让我的胸膛里装着这样一颗心。

医　　生　好,好,好。

侍　　女　但愿一切都是好好的,大夫。

医　　生　这种病我没有法子医治。可是我知道有些曾经在睡梦中走动的人,都是很虔敬地寿终正寝。

麦克白夫人　洗净你的手,披上你的睡衣;不要这样面无人色。我再告诉你一遍,班柯已经下葬了;他不会从坟墓里出来的。

医　　生　有这等事?

麦克白夫人　睡去,睡去;有人在打门哩。来,来,来,来,让我搀着你。事情已经干了就算了。睡去,睡去,睡去。(下。)

医　　生　她现在要上床去吗?

侍　　女　就要上床去了。

医　　生　外边很多骇人听闻的流言。反常的行为引起了反常的纷扰;良心负疚的人往往会向无言的衾枕泄漏他们的秘密;她需要教士的训诲甚于医生的诊视。上帝,上帝饶恕我们一切世人!留心照料她;凡是可以伤害她自己的东西全都要从她手边拿开;随时看顾着她。好,晚安!她扰乱了我的心,迷惑了我的眼睛。我心里所想到的,却不敢把它吐出嘴唇。

侍　　女　晚安,好大夫。(各下。)

第二场　邓西嫩附近乡野

旗鼓前导,孟提斯、凯士纳斯、安格斯、列诺克斯及兵士等上。

孟提斯　英格兰军队已经迫近,领军的是马尔康、他的叔父西华德和麦克德夫三人,他们的胸头燃起复仇的怒火;即使心如死灰的人,为了这种痛入骨髓的仇恨也会激起流血的决心。

安格斯　在勃南森林附近,我们将要碰上他们;他们正在从那条路上过来。

凯士纳斯　谁知道道纳本是不是跟他的哥哥在一起?

列诺克斯　我可以确实告诉你,将军,他们不在一起。我有一张他们军队里高级将领的名单,里面有西华德的儿子,还有许多初上战场、乳臭未干的少年。

孟提斯　那暴君有什么举动?

凯士纳斯　他把邓西嫩防御得非常坚固。有人说他疯了;对他比较没有什么恶感的人,却说那是一个猛士的愤怒;可是他不能自己约束住他的惶乱的心情,却是一件无疑的事实。

安格斯　现在他已经感觉到他的暗杀的罪恶紧粘在他的手上;每分钟都有一次叛变,谴责他的不忠不义;受他命令的人,都不过奉命行事,并不是出于对他的忠诚;现在他已经感觉到他的尊号罩在他的身上,就像一个矮小的偷儿穿了一件巨人的衣服一样束手绊脚。

孟提斯　他自己的灵魂都在谴责它本身的存在,谁还能怪他的昏乱的知觉怔忡不安呢。

凯士纳斯　好,我们整队前进吧;我们必须认清谁是我们应该服从的人。为了拔除祖国的沉疴,让我们准备和他共同流尽我们的最后一滴血。

列诺克斯　否则我们也愿意喷洒我们的热血,灌溉这一朵国家主权的娇花,淹没那凭陵它的野草。向勃南进军!(众列队行进下。)

第三场 邓西嫩。城堡中一室

麦克白、医生及侍从等上。

麦克白 不要再告诉我什么消息;让他们一个个逃走吧;除非勃南的森林会向邓西嫩移动,我是不知道有什么事情值得害怕的。马尔康那小子算得什么?他不是妇人所生的吗?预知人类死生的精灵曾经这样向我宣告:"不要害怕,麦克白;没有一个妇人所生下的人可以加害于你。"那么逃走吧,不忠的爵士们,去跟那些饕餮的英国人在一起吧。我的头脑,永远不会被疑虑所困扰,我的心灵永远不会被恐惧所震荡。

一仆人上。

麦克白 魔鬼罚你变成炭团一样黑,你这脸色惨白的狗头!你从哪儿得来这一副呆鹅的蠢相?

仆　人 有一万——

麦克白 一万只鹅吗,狗才?

仆　人 一万个兵,陛下。

麦克白 去刺破你自己的脸,把你那吓得毫无血色的两颊染一染红吧,你这鼠胆的小子。什么兵,蠢材?该死的东西!瞧你吓得脸像白布一般。什么兵,不中用的奴才?

仆　人 启禀陛下,是英格兰兵。

麦克白 不要让我看见你的脸。(仆人下)西登!——我心里很不舒服,当我看见——喂,西登!——这一次的战争也许可以使我从此高枕无忧,也许可以立刻把我倾覆。我已经活得够长久了;我的生命已经日就枯萎,像一片雕谢的黄叶;

377

凡是老年人所应该享有的尊荣、敬爱、服从和一大群的朋友，我是没有希望再得到的了；代替这一切的，只有低声而深刻的咒诅，口头上的恭维和一些违心的假话。西登！

　　西登上。

西　　登　陛下有什么吩咐？

麦克白　还有什么消息没有？

西　　登　陛下，刚才所报告的消息，全都证实了。

麦克白　我要战到我的全身不剩一块好肉。给我拿战铠来。

西　　登　现在还用不着哩。

麦克白　我要把它穿起来。加派骑兵，到全国各处巡回视察，要是有谁嘴里提起了一句害怕的话，就把他吊死。给我拿战铠来。大夫，你的病人今天怎样？

医　　生　回陛下，她并没有什么病，只是因为思虑太过，继续不断的幻想扰乱了她的神经，使她不得安息。

麦克白　替她医好这一种病。你难道不能诊治那种病态的心理，从记忆中拔去一桩根深蒂固的忧郁，拭掉那写在脑筋上的烦恼，用一种使人忘却一切的甘美的药剂，把那堆满在胸间、重压在心头的积毒扫除干净吗？

医　　生　那还是要仗病人自己设法的。

麦克白　那么把医药丢给狗子吧；我不要仰仗它。来，替我穿上战铠；给我拿指挥杖来。西登，把骑兵派出去。——大夫，那些爵士们都背了我逃走了。——来，快。——大夫，要是你能够替我的国家验一验小便，查明它的病根，使它回复原来的健康，我一定要使太空之中充满着我对你的赞美的回声。——喂，把它脱下了。——什么大黄肉桂，什么清泻的药剂，可以把这些英格兰人排泄掉？你听见过这类药草吗？

医　　生　是的,陛下;我听说陛下准备亲自带兵迎战呢。

麦克白　给我把铠甲带着。除非勃南森林会向邓西嫩移动,我对死亡和毒害都没有半分惊恐。

医　　生　(旁白)要是我能够远远离开邓西嫩,高官厚禄再也诱不动我回来。(同下。)

第四场　勃南森林附近的乡野

　　　旗鼓前导,马尔康、西华德父子、麦克德夫、孟提斯、凯士纳斯、安格斯、列诺克斯、洛斯及兵士等列队行进上。

马尔康　诸位贤卿,我希望大家都能够安枕而寝的日子已经不远了。

孟提斯　那是我们一点也不疑惑的。

西华德　前面这一座是什么树林?

孟提斯　勃南森林。

马尔康　每一个兵士都砍下一根树枝来,把它举起在各人的面前;这样我们可以隐匿我们全军的人数,让敌人无从知道我们的实力。

众兵士　得令。

西华德　我们所得到的情报,都说那自信的暴君仍旧在邓西嫩深居不出,等候我们兵临城下。

马尔康　这是他的惟一的希望;因为在他手下的人,不论地位高低,一找到机会都要叛弃他,他们接受他的号令,都只是出于被迫,并不是自己心愿。

麦克德夫　等我们看清了真情实况再下准确的判断吧,眼前让我们发扬战士的坚毅的精神。

西华德　我们这一次的胜败得失,不久就可以分晓。口头的推测不过是一些悬空的希望,实际的行动才能够产生决定的结果,大家奋勇前进吧!(众列队行进下。)

第五场　邓西嫩。城堡内

旗鼓前导,麦克白、西登及兵士等上。

麦克白　把我们的旗帜挂在城墙外面;到处仍旧是一片"他们来了"的呼声;我们这座城堡防御得这样坚强,还怕他们围攻吗?让他们到这儿来,等饥饿和瘟疫来把他们收拾去吧。倘不是我们自己的军队也倒了戈跟他们联合在一起,我们尽可以挺身出战,把他们赶回老家去。(内妇女哭声)那是什么声音?

西　登　是妇女们的哭声,陛下。(下。)

麦克白　我简直已经忘记了恐惧的滋味。从前一声晚间的哀叫,可以把我吓出一身冷汗,听着一段可怕的故事,我的头发会像有了生命似的竖起来。现在我已经饱尝无数的恐怖;我的习惯于杀戮的思想,再也没有什么悲惨的事情可以使它惊悚了。

西登重上。

麦克白　那哭声是为了什么事?

西　登　陛下,王后死了。

麦克白　她反正要死的,迟早总会有听到这个消息的一天。明天,明天,再一个明天,一天接着一天地蹑步前进,直到最后一秒钟的时间;我们所有的昨天,不过替傻子们照亮了到死亡的土壤中去的路。熄灭了吧,熄灭了吧,短促的烛光!人生不过是一个行走的影子,一个在舞台上指手画脚的拙劣的伶人,登场片刻,就在无声无臭中悄然退下;它是一个愚人所讲的故事,充满着喧哗和骚动,却找不到一点意义。

一使者上。

麦克白　你要来播弄你的唇舌;有什么话快说。

使　者　陛下,我应该向您报告我以为我所看见的事,可是我不知道应该怎样说起。

麦克白　好,你说吧。

使　者　当我站在山头守望的时候,我向勃南一眼望去,好像那边的树木都在开始行动了。

麦克白　说谎的奴才!

使　者　要是没有那么一回事,我愿意悉听陛下的惩处;在这三哩路以内,您可以看见它向这边过来;一座活动的树林。

麦克白　要是你说了谎话,我要把你活活吊在最近的一株树上,让你饿死;要是你的话是真的,我也希望你把我吊死了吧。我的决心已经有些动摇,我开始怀疑起那魔鬼所说的似是而非的暧昧的谎话了;"不要害怕,除非勃南森林会到邓西嫩来;"现在一座树林真的到邓西嫩来了。披上武装,出去!他所说的这种事情要是果然出现,那么逃走固然逃走不了,留在这儿也不过坐以待毙。我现在开始厌倦白昼的阳光,但愿这世界早一点崩溃。敲起警钟来!吹吧,狂风!来吧,灭亡!就是死我们也要捐躯沙场。(同下。)

第六场　同前。城堡前平原

旗鼓前导,马尔康、老西华德、麦克德夫等率军队各持树枝上。

马尔康　现在已经相去不远;把你们树叶的幕障抛下,现出你们威武的军容来。尊贵的叔父,请您带领我的兄弟——您的英勇的儿子,先去和敌人交战;其余的一切统归尊贵的麦克德夫跟我两人负责部署。

西华德　再会。今天晚上我们只要找得到那暴君的军队,一定要跟他们拼个你死我活。

麦克德夫　把我们所有的喇叭一齐吹起来;鼓足了你们的衷气,把流血和死亡的消息吹进敌人的耳里。(同下。)

第七场　同前。平原上的另一部分

　　　　号角声。麦克白上。

麦克白　他们已经缚住我的手脚;我不能逃走,可是我必须像熊一样挣扎到底。哪一个人不是妇人生下的?除了这样一个人以外,我还怕什么人。

　　　　小西华德上。

小西华德　你叫什么名字?

麦克白　我的名字说出来会吓坏你。

小西华德　即使你给自己取了一个比地狱里的魔鬼更炽热的名字,也吓不倒我。

麦克白　我就叫麦克白。

小西华德　魔鬼自己也不能向我的耳中说出一个更可憎恨的名字。

麦克白　他也不能说出一个更可怕的名字。

小西华德　胡说,你这可恶的暴君;我要用我的剑证明你是说谎。(二人交战,小西华德被杀。)

麦克白　你是妇人所生的；我瞧不起一切妇人之子手里的刀剑。(下。)

　　　　　号角声。麦克德夫上。

麦克德夫　那喧声是在那边。暴君,露出你的脸来；要是你已经被人杀死,等不及我来取你的性命,那么我的妻子儿女的阴魂一定不会放过我。我不能杀害那些被你雇佣的倒霉的士卒；我的剑倘不能刺中你,麦克白,我宁愿让它闲置不用,保全它的锋刃,把它重新插回鞘里。你应该在那边；这一阵高声的呐喊,好像是宣布什么重要的人物上阵似的。命运,让我找到他吧！我没有此外的奢求了。(下。号角声。)

　　　　　马尔康及老西华德上。

西华德　这儿来,殿下；那城堡已经拱手纳降。暴君的人民有的帮这一面,有的帮那一面；英勇的爵士们一个个出力奋战；您已经胜算在握,大势就可以决定了。

马尔康　我们也碰见了敌人,他们只是虚晃几枪罢了。

西华德　殿下,请进堡里去吧。(同下。号角声。)

　　　　　麦克白重上。

麦克白　我为什么要学那些罗马人的傻样子,死在我自己的剑上呢？我的剑是应该为杀敌而用的。

　　　　　麦克德夫重上。

麦克德夫　转过来,地狱里的恶狗,转过来！

麦克白　我在一切人中间,最不愿意看见你。可是你回去吧,我的灵魂里沾着你一家人的血,已经太多了。

麦克德夫　我没有话说；我的话都在我的剑上,你这没有一个名字可以形容你的狠毒的恶贼！(二人交战。)

麦克白　你不过白费了气力；你要使我流血,正像用你锐利的剑锋在空气上划一道痕迹一样困难。让你的刀刃降落在别人的头上吧；我的生命是有魔法保护的，没有一个妇人所生的人可以把它伤害。

麦克德夫　不要再信任你的魔法了吧；让你所信奉的神告诉你，麦克德夫是没有足月就从他母亲的腹中剖出来的。

麦克白　愿那告诉我这样的话的舌头永受咒诅，因为它使我失去了男子汉的勇气！愿这些欺人的魔鬼再也不要被人相信，他们用模棱两可的话愚弄我们，听来好像大有希望，结果却完全和我们原来的期望相反。我不愿跟你交战。

麦克德夫　那么投降吧，懦夫，我们可以饶你活命，可是要叫你在众人的面前出丑：我们要把你的像画在篷帐外面，底下写着，"请来看暴君的原形。"

麦克白　我不愿投降，我不愿低头吻那马尔康小子足下的泥土，被那些下贱的民众任意唾骂。虽然勃南森林已经到了邓西嫩，虽然今天和你狭路相逢，你偏偏不是妇人所生下的，可是我还要擎起我的雄壮的盾牌，尽我最后的力量。来，麦克德夫，谁先喊"住手，够了"的，让他永远在地狱里沉沦。

（二人且战且下。）

　　　吹退军号。喇叭奏花腔。旗鼓前导，马尔康、老西华德、洛斯、众爵士及兵士等重上。

马尔康　我希望我们不见的朋友都能够安然到来。

西华德　总有人免不了牺牲；可是照我看见的眼前这些人说起来，我们这次重大的胜利所付的代价是很小的。

马尔康　麦克德夫跟您的英勇的儿子都失踪了。

洛　斯　老将军，令郎已经尽了一个军人的责任；他刚刚活到成人的年龄,就用他的勇往直前的战斗精神证明了他的勇力,像一个男子汉似的死了。

西华德　那么他已经死了吗?

洛　斯　是的,他的尸体已经从战场上搬走。他的死是一桩无价的损失,您必须勉抑哀思才好。

西华德　他的伤口是在前面吗?

洛　斯　是的,在他的额部。

西华德　那么愿他成为上帝的兵士!要是我有像头发一样多的儿子,我也不希望他们得到一个更光荣的结局;这就作为他的丧钟吧。

马尔康　他是值得我们更深的悲悼的,我将向他致献我的哀思。

西华德　他已经得到他最大的酬报;他们说,他死得很英勇,他的责任已尽;愿上帝与他同在!又有好消息来了。

　　　　　麦克德夫携麦克白首级重上。

麦克德夫　祝福,吾王陛下!你就是国王了。瞧,篡贼的万恶的头颅已经取来;无道的虐政从此推翻了。我看见全国的英俊拥绕在你的周围,他们心里都在发出跟我同样的敬礼;现在我要请他们陪着我高呼:祝福,苏格兰的国王!

众　人　祝福,苏格兰的国王!(喇叭奏花腔。)

马尔康　多承各位拥戴,论功行赏,在此一朝。各位爵士国戚,从现在起,你们都得到了伯爵的封号,在苏格兰你们是最初享有这样封号的人。在这去旧布新的时候,我们还有许多事情要做;那些因为逃避暴君的罗网而出亡国外的朋友们,我们必须召唤他们回来;这个屠夫虽然已经死了,他的魔鬼一样的王后,据说也已经亲手杀害了自己的生命,可是帮助他们杀人行凶的党羽,我们必须一一搜捕,处以极刑;此外一切必要的工作,我们都要按照上帝的旨意,分别先后,逐步处理。现在我要感谢各位的相助,还要请你们陪我到斯贡去,参与加冕大典。(喇叭奏花腔。众下。)